文学熱の時代

慷慨から煩悶へ

木村 洋 著
Hiroshi Kimura

名古屋大学出版会

文学熱の時代——目　次

凡　例

一、資料からの引用は、断りのない限りすべて初出による。

一、引用の際、原則として旧字を新字に改め、ルビを適宜省略した。また圏点、傍点などの記号も原則として省略したが、残した場合もある。

一、引用中の「／」は改行を示す。

一、引用中の〔　〕は木村による補足である。

一、「ヿ」「〆」「ゟ」等の合字をそれぞれ「トモ」「シテ」「こと」等とした。

一、資料、記事の副題を基本的に省略した。

序章　明治期の政治と文学

1　新思想としての文学

明治期に文学者の待遇は大きく変化する。ひとことで言えば、新たなる知識人として見出されていく。この状況は、自然主義の代表的小説家だった国木田独歩が一九〇八年に死去した頃の状況によって裏づけられる。このとき独歩は青年たちの「精神的感化者」[1]、「思想界の偉人」[2]と目されており、新聞は、「従来の社会的大人物に対すると同じ礼を以て」[3]独歩の死を大々的に報じ、さらに『新声』『新潮』『趣味』『中央公論』『新小説』といった諸雑誌も相次いで追悼特集（一九〇八年七～八月）を組んだほどだった。この出来事は、文学者が偉人（「社会的大人物」）であるということを人々が確認するための儀礼だったと言える。内田魯庵が「三十五年間の文人の社会的地位の進歩」（『太陽』一八巻九号、一九一二年六月）で、「今日の文人は最早社会の寄生虫では無い、食客では無い、幇間では無い。文人は文人として堂々社会に対する事が出来る」（三四四頁）と誇らしげに述べているのは、こうした動向を踏まえたものだったと考えられる。

以上のような文学者の地位の向上は、文学が新思想の象徴として浮かび上がっていた日露戦争後の状況と無関係ではありえない。次に示すのは、一九〇八年一〇月、『早稲田文学』に発表された時評「教学界」（無署名、三五号）の一節である。

年で言つたら先づ青年者と老成人、職で言つたら先づ文藝的方面と経世的方面、これらをその両極端として、而してその間に緩急諄駁さまぐの度合ひと色合ひを以て、所謂新思想と旧思想との対照が漸く著しくなつて来たのが、我が最近人文史上の趨勢であると謂つてよい。（一〇二頁）

この時評は「文藝的方面」と「経世的方面」の分断を、「新思想」と「旧思想」の分断として理解し、続けて次のように補足している。「両者はその気分を異にし、その生命を異にし、その人生観を異にして来た。互ひに想像もつかぬ別の自我を擁いて、互ひに想像もつかぬ別の世界を生きんとする」（一〇三頁）。ここから分かるのは、日露戦争後において文学が新思想を象徴するものとして浮上し、同時に、政治（「経世」）の貴さを疑わない年長世代の者たちとは一線を画する価値観の拠点として思想界の中で大きな存在感を持つに至ったことである。

そのような状況を日露戦争後の文壇人たちの諸発言から窺うことができる。例えば島村抱月は伊藤博文の死が報じられた際に、「是れからの自分等の生存と接触した印象」は伊藤には残らず、むしろ国木田独歩や二葉亭四迷の死に対して「痛切な哀悼の情」が起こると述べていた（「国宝的人物」『太陽』一五巻一五号臨時特集号「伊藤博文公」、一九〇九年一一月、二二〇頁）。ここに見られる文学への自負の念は、「経世論」の見地から徳富蘇峰に批判された田山花袋が、蘇峰を「低級読者の群の一人」として罵倒するふるまいにもよく表れている（「文壇一夕話」『文章世界』四巻一四号、一九〇九年一一月、一七七頁）。こうした発言群に、文学が政治（経世）に比肩する重大な使命を帯びた営みとして浮上していた日露戦争後の状況を確認できる（第11章でこの点を詳述する）。この延長上に、近代文学者の表現や人生を論じる言説が無数に生み出され、その肖像が紙幣の上にも描かれる今日の状況があることは言うまでもない。

本書の関心は、そのような状況がいかにしてもたらされたかを明らかにすることにある。

むろんこの展開の背後には新世代の文学の担い手たちによる小説改良があった。周知のように小説は徳川期から戯作と呼ばれ、漢詩文や和歌の下位に位置するものとして蔑まれていた。[4] しかし特に一八八〇年代から小説を遊戯や閑事業ではなく、真摯かつ知的な営みとして構築し直そうとする動きが活発化していく。そうした意欲を強く抱えつつ現れたのが坪内逍遥『小説神髄』(松月堂、一八八五年九月〜一八八六年四月)だった。『小説神髄』は、これまで詩歌の下位に置かれた小説を詩歌以上に優れた表現形式として位置づけ(「詩歌のごとく字数に定限あらざるのみか韻語などいふ械《くびかせ》もなく」)、それが「文壇上の最大美術の其随一」となることへの期待を述べていた(上巻五丁オ)。こうした言明に後押しされる形で、二葉亭四迷をはじめとする若い才能たちが次々と小説改良に乗り出し、早くも一八八〇年代後半には「小説の時代」[5] と称するべき状況が生まれる。その結果、「文化文政の戯作時代とちがひ小説は文学の極粋と目せらるゝ今日なれば」(蘿主人「小説は游戯文字にあらず」『女学雑誌』一九三号、一八八九年一二月、一五頁)と言われたように、小説は種々の文学的な営みの中で中心的な位置を占めるものとして存在感を高め、この動きと連動する形で西洋流の精緻な批評(石橋忍月、内田魯庵など)や新しい感想録や時文(徳富蘇峰、内村鑑三など)が生み出され、韻文の改良(宮崎湖処子《こしょし》、正岡子規など)も推し進められた。[6]

さらに、この文学変革の重要な背景となっていたのは、言うまでもなく西欧の文学や思想との接触だった。『小説神髄』にも、「泰西の国々にてハ大人《たいじん》学士といハる、人々皆争つて稗史をひもとき快楽《けらく》を求むる」(上巻三〇丁ウ)という一節があるように、小説家が思想界の中で尊重されている西欧圏の状況は明治期の文学の担い手たちにも知られつつあり、当然この認識は、小説を遊戯視してきた従来の文学観への不満に結びつき、文学改良を促進する原動力となった。実際、逍遥は先の一節に続けて、「我国俗《くにうど》はいにしへより小説をもて玩《もてあそび》具と見做しつ作者もまた之を甘んじ敢て小説を改良して大人《たいじん》学士を楽ましむる美術となさむと思ひしものなし」(上巻三〇丁ウ)という不満を記していた。この言明が、「素ヨリ戯作ハ識者ニ示スニ非ス」[7]と考えてきたこれまでの小説家（戯作者）への反発と結びついていることは言うまでもない。以後の文学の担い手たちは、本書でも詳しく見ていくように、こうした主張に促されながら知識層の関心に応えうる（「大人《たいじん》学士を楽ましむる」）小説を率先して提供していく。その結果、一九〇八年の時点では小説（少なくともその一部）が「玩具」と目されてきた状況を脱して「思想史上重大なる現象として権威の軽からざるもの」となったという発言も見られるようになる（後藤宙外「小説と世論」『新小説』一三年二巻、一九〇八年二月、一〇二頁）。

以上に述べた小説を中心とする文学変革や西洋の文学や思想との出会いは、文学が新思想の象徴として君臨する日露戦争後の状況を準備していく主な文脈の一つであり、本書の論点ともなるが、それだけではこの歴史的展開を充分に説明できない。同時に考慮せねばならないのは、こうした展開と連動する、文学への新たな参画者たちの登場という歴史的文脈である。すなわち、これまで民権の伸張や不平等条約撤廃などの問題に頭を悩ませてきた意欲的な知性が一八八〇年代後半あたりから文学に興味を持ち始め、その担い手となっていくという動きがあり、そこで新たな表現と思想の開拓が大きく促された。本書の主眼は、いまだ充分に明らかになっていないこの動向を追跡することで、文学が知識人（「大人《たいじん》学士」）たちの切実な関心の対象、つまり新思想となっていく歴史的展開をいっそう鮮明に浮かび上がらせることにある。同時にこの展開が、志士的精神や経世家風の意識を自明なものとしてきた幕末、明治期の知識人たち（「経世的方面」）に敵対しながら新しい思想的勢力を築き上げていくことを明らかにしたい。

2　政治から文学へ

では先に述べた文学への新規参入者たちの出現とはいかなる出来事なのか。

言うまでもなく明治前期は異様な政治的高揚に満たされた時期に当たる。幕末以来の政治的動乱は、士族反乱を経由して自由民権運動へと引き継がれ、特に一八八〇年代前半には福島事件（一八八二年）、加波山事件（一八八四年）、秩父事件（同年）が起きるなど運動が過熱する。しかし一八八〇年代後半には政府による弾圧、これまでの過激路線への民権派の反省もあり、運動は徐々に沈静化していく。またそれに連なる形で坪内逍遥の『一読三歎当世書生気質《かたぎ》』（晩青堂、一八八五年六月〜一八八六年一月）や『小説神髄』をはじめとする実作や提言が一つの契機となって小説創作が流行する。

この気運とともに生じるのが、もともと文学的な人間（例えば尾崎紅葉）だけではなく、政治的だった人間さえもが文学（特に小説）への関心を深め、文学者として世に立つことを考えていくという展開である。ここで見ておきたいのが、死の前年に国木田独歩が自身の足取りを振り返った「我は如何にして小説家となりしか」（『新古文林』三巻一号、一九〇七年一月）の一節である。本書が考えたい問題がここに集約されている。

全体自分は、功名心が猛烈な少年で在りまして、少年の時は賢相名将とも成り、名を千歳に残すといふのが一心で、ナポレオン、豊太公の如き大人物が自分より以前の世にあつて、後世を圧倒し我々を眼下に見て居るのが、残念でたまらないので半夜密かに、如何にして我れは世界第一の大人《たいじん》と成るべきやと言ふ門《マ》題《マ》に触着《ぶつか》つてぽろ〳〵涙をこぼした事さへ有るのです、（中略）物語を作つて一生を送るなど言ふ、事は夢にも思はず、思はないばかりではなく寧ろ男子の恥辱と迄、思つただらうと思ひます（中略）、つまり文章家、小説家など言ふものは、絶対に眼中に無かつたのです、処が、自分の精神上に一大革命が起りました、即はち、人性の門題《ママ》に触着《ぶつかつ》たので有ります、（中略）
（中略）そこで読む書《もの》が以前とは異《ちが》つて来る、以前は憲法論を読み経済書を読み、グラッドストンの演説集を読み、マコーレーの英国史を読んだ自分は、知らず〳〵此等を捨てゝカライルのサルトルレザルタスを読み、ヲーズヲースの詩集にあこがれ、ゲーテをのぞき見するといふ始末に立到りました。（六八〜六九頁）

独歩は当初賢相名将になることを志し、グラッドストンの演説集やマコーレーの歴史書に親しむ政治青年であり、物語を作るなどは軽蔑の対象（「男子の恥辱」）だったが、しだいにカーライルやワーズワスやゲーテに親しむ文学的な人間に変貌した。何が政治から文学への関心の乗り換えをこの青年に促したのか。それは、別の角度から言えば、何が文学の処遇を変えたかという問いである。つまり文学が、賢相名将になることを目指し、物語を作って一生を送ることを「男子の恥辱」とまで考える硬派の頭脳にとっても意義深いものとして浮上していく展開があったはずである。さらにこのような文学への新参者たちの登場、つまり異質な文脈の接触が明治期にいかなる表現と思想の領域を開拓していくのか。そうした問題を追跡することで、より十全な形で明治期の表現と思想の変革史を理解できるはずである。

先に述べた政治から文学へという思想の流れは、三宅雪嶺の言う「慷慨衰へて煩悶興る」という動きと対応している。この言葉は雪嶺が一九〇六年七月に『日本人』に掲げた記事の標題である（四三九号、無署名、のちに『想痕』〔至誠堂、一九一五年七月〕収録）。そこで雪嶺は、明治維新前後から帝国議会開設（一八九〇年）前後までが政治意識（「慷慨」）が加熱した時期に当たり、それから「煩悶」が勢力を持ち、国家的なものから個人的なものへと関心が転換していったと述べている。

現に政治意識の昂揚によって特徴づけられる明治前期には、「頻りに慷慨悲憤の文字を書き列ねて流涕長大息すること世の著述家の習慣とな」っており（無署名「流行の著書」『東京経済雑誌』三八〇号、一八八七年八月、一九八頁）、当時広く読まれた政治小説の代表作、東海散士『佳人之奇遇』（全八編一六巻、博文堂、一八八五年一〇月〜一八九七年一〇月）に描かれるのも「轗頭轗尾凡テ是レ慷慨悲壮ノ談ノミ」（巻一、二丁オ）という「自叙」の言葉通りの内容だった。(8) しかしそのような傾向はしだいに衰退し、自己や人生への関心が青年たちの間で増大していく。

そこで生じたのが雪嶺の言う「慷慨衰へて煩悶興る」という動向だった。すなわち、善と悪、正義（民権）と不正義（圧政）という明快な区分を設定しつつ人を政治的行動へと駆り立てる「慷慨」が後退するとともに、「吾とは何ぞや」（国木田独歩「牛肉と馬鈴薯《じゃがいも》」『小天地』二巻三号、一九〇一年一一月、二八頁）といった内省へと人を向かわせ、厭世や自殺にも帰結する「煩悶」が勢力を拡大する。その結果、一九〇六年頃には「近来煩悶といふ言葉が大分世間に流行」する状況が生まれ（元良勇次郎「男女青年の煩悶と其解決」『女学世界』六巻五号、一九〇六年四月、二頁）、それと連動する形で文壇でも、国家への志士たちの献身を描くかつての政治小説とは大きく異なり、青年の煩悶や自殺への傾斜を描く国木田独歩や島崎藤村の作品が注目を浴びるようになる。つまり雪嶺の言う「慷慨衰へて煩悶興る」という言葉は、政治から文学へと関心を転じた先の独歩の軌跡のみならず、自由民権運動の衰退期から明治末までを覆う思想と表現の流れの要約となっており、同時に、本書が取り上げたい現象を実に適切な用語の選択によって表現している。

こうした政治から文学へ、「慷慨」から「煩悶」への関心の乗り換え（あるいは双方の共存）については、先の独歩（一八七一年生まれ）とともに、経世への献身を望み、文学への嫌悪を抱え込みながらも創作に携わった二葉亭四迷（一八六四年生まれ）、自由党左派が起こした大阪事件に関わった北村透谷（一八六八年生まれ）がよく注目されてきた。

ただこれらの事例はあくまで部分的なものでしかない。この点について従来あまりまとまった記述がないようなので補足しておこう。

例えば島崎藤村（一八七二年生まれ）は少年の頃に政治雑誌を愛読し、イギリス首相に登りつめたディズレイリの政治的生涯を夢見るような心が長く続いたとのちに回想しているし（『桜の実の熟する時』春陽堂、一九一九年一月、二一〇～二一一頁）、小栗風葉（一八七五年生まれ）は新聞の論文書きになり、文章経世の道をもって一世を風靡したいと望み、徳富蘇峰『新日本之青年』（集成社書店、一八八七年四月）を「愛読措かなかつた」という（「予が文章上の経歴」『文章世界』三巻一号、一九〇八年一月、一〇九頁）。田山花袋（一八七一年生まれ）も若い頃に政治や法律の方面に行こうかという惑いがあったと回想している（『東京の三十年』博文館、一九一七年六月、四八頁）。その他、実際に政治活動に携わっていた人物として、鳥峰倶楽部という自由党系の団体に属しながら民権自由を鼓吹していた後藤宙外（評論家、小説家、一八六六年生まれ）がおり、[9] 宮崎湖処子（一八六四年生まれ）、内田魯庵（一八六八年生まれ）、岩野泡鳴（一八七三年生まれ）、平田禿木（『文学界』同人、一八七三年生まれ）なども政治家になることを願った経歴を持っている。[10]

政治家志望を特に明言していない人物たちもこうした心性から自由ではなかった。夏目漱石（一八六七年生まれ）は、「余は少年の頃よく、西郷隆盛と楠正成とどつちが偉らからうの、ワシントンとナポレオンとどつちが優れてゐるだらうのと云ふ質問を発して、年寄を困らせた事がある」（「太陽雑誌募集名家投票に就て」『東京朝日新聞』一九〇九年五月五日）[11] と述べており、本格的に職業作家として活動を始める少し前には、「命のやりとりをする様な維新の志士の如き烈しい精神で文学をやつて見《い》たい」（鈴木三重吉宛書簡、一九〇六年一〇月二六日）[12] という決意を記していた。徳富蘆花（一八六八年生まれ）も「政治家を出ずべき家だつたから、文藝を好む私は母と兄から日に幾度となく痛み入つた意見を加へられた」と述べており（「何故に余は小説家と成りし乎」『青年』九巻二号、一九一一年二月）[13]、高山樗牛《ちょぎゅう》（一八七一年生まれ）も政治と文学の狭間で紆余曲折を経た軌跡を辿った（本書第7章参照）。

このように一八七〇年前後に生まれ、政治の季節に触れていた知識層の青年たちのほとんどは、程度の差こそあれ、政治への情熱や志士的精神から無縁ではいられなかった。まさに幸田露伴が、「多くの所謂有為の少壮の談論思惟の標的は政治論や功利論のほかには無かつたと云つても宜い位であった」（「明治二十年前後の二文星」『早稲田文学』二三二号、一九二五年六月、四頁）と回想する通りである。この光景を視野に入れると、「坪内博士〔逍遥〕の如く初めから劇や小説を生涯の仕事とする決心で起つたものは異教であつた」という魯庵の言明がそれほど誇大な言い方ではなかったことが分かる（「二葉亭追憶」『思ひ出す人々』春秋社、一九二五年六月、四二八頁）。

そして政治の季節の後退に連なる形で、一八八〇年代後半あたりから小説創作が流行し、先のような青年たちが文学へと流れ込んでいく。こうした新しい文学の担い手たちの台頭は、当然ながら従来とは異質な文学観や表現意識を持ち込むことに繋がった。例えば独歩は、尾崎紅葉（一八六七年生まれ）の小説の皮相さを批判する際に、紅葉が「書生仲間の道楽」（圏点原文）の延長で文学に携わり始めたことを揶揄的に触れていた（「紅葉山人」、佐藤儀助編『現代百人豪』第一編、一九〇二年四月、新声社）。この背後にあるのは、自らの文学的出自が「書生仲間の道楽」以上に高等なものであるという自負と、それゆえの従来的な戯作者気質、つまり遊戯的な創作態度への拒絶感だろう。一方、紅葉も、「人生観が何うしたの、世界観が斯うしたのと、ひどく大業なことを云ツたツてしやうがない。其れで又小説が出来るもんぢやないんだ」（「作家苦心談」『新著月刊』一巻三号、一八九七年六月、二二四頁）と述べていたように、これまでとは異質な要素（宗教的、哲学的性格）を備え始めていく新興文学への嫌悪を語っていた。この光景は、これまで文学の異分子だったはずの者たちが文学に加わったために引き起こされた摩擦と言える。

むろん文壇内の軋轢だけではない。この過程で文学は隣接領域（政治、宗教、哲学など）と新たな協働を図り、外部に向けても激しい自己主張を展開していく。本書は、このように異質な血を得ることで変貌を遂げていく文学の動きを追跡したい。

3　徳富蘇峰とその周辺

従来の研究では政治から文学へという明治期の思想の流れは、先述のように二葉亭四迷、北村透谷、国木田独歩の文業を考える際の論点となるとともに、明治中期を扱う歴史学やその隣接分野でも注目されてきた[14]。近年の代表的な成果として木村直恵『〈青年〉の誕生』（新曜社、一九九八年二月）がある。木村は、一八八七年前後の言論界に焦点を当て、そこで自由民権運動期に流行を見た存在様式である「壮士」が否定されていく様相を、『国民之友』の世代論や青年たちの結社活動など幅広い事象を微視的に追うことで明らかにした。木村の仕事は、文学領域の検討に主眼を置いたものではないものの、政治から文学へという思想の流れを明らかにする試みとして本書とも多分に関心を共有している。

それに対して本書が行いたいのは検討範囲の拡大である。すなわち、政治から文学へという思想の流れを、一八八〇年代後半あたりの動向（二葉亭や透谷のような文学者や明治中期の青年群）に留まらず、「慷慨衰へて煩悶興る」という展開の帰結部分に当たる明治後期の動向（高山樗牛、綱島梁川、自然主義者など）までをも含めた視野の中で辿っていきたい。こうした視点を確保することで、文学が政治家としての活躍を願うような青年たちの情熱の対象として発見され、遊戯（戯作）の対極に置かれるべき真摯な思想的営為として変貌を遂げていく展開が一望のもとに浮かび上がるはずである。

本書は二部構成をとる。第Ⅰ部で一八八〇年代後半から一八九〇年代の展開を取り上げ、第Ⅱ部で一九〇〇年代の展開を取り上げる。ともに政治から文学へという思想の流れを辿る点で第Ⅰ部、第Ⅱ部の内容は共通するが、前者は政治と文学の紐帯、後者は文学の卓越化によってそれぞれ特徴づけられる。順に概要を示しておく。

第Ⅰ部では、自由民権運動の衰退とともに特に目立った動きを見せる文学の地位向上と、それによって生まれる政治と文学の協働に注目する。筆者は先に、文学が政治への関心で満たされた人間にとっても意義深いものとして浮上していく展開があったと指摘した。この展開を考えるために特に民友社社主、徳富蘇峰とその周辺の動きを取り上げる。蘇峰は、一八七〇年前後に生まれた先の知識層の青年たちにとって突出した影響力を持っていた。内田魯庵は当時の青年たちの蘇峰熱をこう証言している。

> 其当時、徳富蘇峰君は熊本の故山から『将来之日本』と『新日本の青年』とを挈《ひっさ》げて帝都の論壇に突入し、続いて国民之友を創刊して声望隆々たる勢ひであつた。当時の青年で徳富君に傾倒しなかつたものは殆んど一人も無かつた位である。国民之友は殆んど天下の精神界に号令する観があつた。長谷川君〔二葉亭四迷〕も亦其随喜者の一人であつた。（「二葉亭の一生」、坪内逍遥、内田魯庵編『二葉亭四迷』易風社、一九〇九年八月、下一七五頁）

ここからも分かるように、先の青年たちの信頼すべき友ないし先輩として存在したのが蘇峰（一八六三年生まれ）に他ならない。そしてこの人物が情熱を傾けたのが文学の擁護だった。実際、北村透谷が蘇峰を「美文学の庇護者」（「静思余録を読む」『評論』五号、一八九三年六月、一〇頁）と称えたように、蘇峰は政治から文学へという思想の流れの中で決定的な役割を担っていた。

ただ蘇峰と民友社はこれまでその重要性に見合う関心の対象となってはいない。その背景には、日清戦争前後から目立って保守化していく蘇峰（民友社）と対比する形で透谷（『文学界』）の功績を突出させる文学史の理解が特に自然主義隆盛期から強固なものとなり（本書第11章参照）、そのまま今日まで保たれてきたという事情がある。例えば中野重治が透谷と比べる形で述べた、「愛山らの小汚い実証主義」（「芥川氏のことなぞ」『文藝公論』二巻一号、一九二八年一月、五四頁）という民友社（山路愛山）批判は、こうした民友社への視線を象徴しており、蘇峰が取り上げられる際も現実的、功利的といった紋切り型の評価が繰り返されてきた（第1章参照）。しかしそれらは、「美文学の庇護者」としての蘇峰の業績を見過ごすことで成り立つ理解でしかない。実際、これから見ていくように文学の庇護と振興を推し進めようとする蘇峰の熱意は当時の言論界の中で際立っていた。第Ⅰ部は、蘇峰と民友社の周辺で政治から文学へという流れが大きく促進され、従来の表現と思想の変革が目覚しい動きを見せることを明らかにする。

以下、第Ⅰ部の概要を示しておこう。

第1章では、蘇峰が一八八〇年代後半の政治小説の流行に対抗しながら文学の庇護と振興を図っていたことを検討する。それによって、功利的という評価で理解されてきた蘇峰が、むしろ当時の現実的、功利的風潮への挑戦者だったことを明らかにする。

第2章では、蘇峰が『国民之友』等に発表した詩人論を考察する。蘇峰はその詩人論で和歌を厳しく批判し、歌人たちの反発を招くが、同時に、新しい詩的表現を積極的に擁護し、文学の新たな担い手となる青年たちに大きな刺激をもたらしていた。ここから文学の鼓吹者としての蘇峰の姿が見えてくる。

第3章では、内田魯庵の批評活動と提携しながら現れる松原岩五郎の貧民窟探訪記事を検討する。魯庵も松原も民友社（国民新聞社）社員としての経歴を持ち、特に松原は蘇峰の著作を熱烈に支持した青年の一人だった。この章で見ていくのは、松原の文学表現が社会問題、労働問題に独特の貢献を行う様子である。一八九〇年代に生じた文学と政治の新たな協調の様子をここに確認できる。

第4章でもこうした一八九〇年代の様相を、国木田独歩『武蔵野』（民友社、一九〇一年三月）に着目しつつ考察する。ここでは『武蔵野』の特異な表現が、蘇峰の掲げた平民主義という理念、そして当時の経世論や社会問題の論者たちの発言と密接に関わっていたことを明らかにする。

第5章では独歩の初期作品の先進的な表現を、蘇峰や山路愛山たちの史論との関係から検討する。この検討から明らかになるのは、独歩の文業が、蘇峰や愛山の史論で示された視点を継承しながらも、ある局面で独自の記録、記憶を実践する形で始まっていくことである。

第6章では、政治から文学へという思想の流れの中で大きな役割を果たしたキリスト教の意義を考えるために、一八九〇年代の内村鑑三の著作活動を取り上げる。ここでは内村の言説が、蘇峰などのキリスト教知識人たちの言論と密接に関わる形で現れ、また硯友社文学とは異なる文学表現のあり方を先駆的に示す意義を持っていたことなどを確認し、内村の試みと明治文学史の関連を明らかにする。

4 高山樗牛から自然主義へ

以上のように第I部で扱うのは、文学が経世論や社会問題の知見と提携する形で新しい表現を生み出していく展開である。その後、文学はより過激な路線に舵を切っていく。それが、政治（国家）に対して文学（個人）の優位を主張するという企てである。第II部では、このように文学の卓越化によって特徴づけられる一九〇〇年代の思想動向を取り上げる。

具体的には、一九〇〇年代初めの高山樗牛の批評活動、藤村操の投身自殺（一九〇三年）、青年層の綱島梁川熱（一九〇五〜一九〇六年頃）、自然主義運動（一九〇六年頃〜一九一〇年頃）を追跡する。むろん自然主義運動の研究を中心に、一九〇〇年代の表現と思想についてはすでにかなりの量の研究の蓄積がある。しかし本書は新たな視点を設定したい。それは、「旧思想」(15)をも一九〇〇年代の表現と思想の流れの必須の構成部分として位置づけるという視点である。

これまでの研究では「旧思想」、つまり保守派論客や教育家や統治権力の動きは基本的に省略可能なものとして扱われてきた。確かに忠君愛国や良妻賢母を倦むことなく唱え、文学と青年を排撃した保守派論客たちの動向は、研究対象としての魅力に乏しいかもしれない。しかし強調せねばならないのは、「旧思想」さえも一九〇〇年代に奮闘を見せた展開の一つだったことである。「旧思想」は文学の排撃に一貫して意欲を見せ、特に一九〇六年頃には、文部大臣が青年と文学を指弾する文部省訓令を出し、教育者たちが小説禁圧策を講じ、保守派論客たちが一斉に青年と文学を批判するなど、ある沸騰状態に達する。現に『早稲田文学』の時評「明治三十九年文藝教学史科」(無署名、一四号、一九〇七年二月)は、一九〇六年の教育界が「時勢と、当局の為政者と相俟つて近年にない景況であつた」(一八頁)という驚きを語っている。文学界に対する当局の警戒もいっそう強まり、一九〇八年頃からは文学作品の発禁処分が急増していく。こうした保守派論客たちや統治権力の活躍こそは、自然主義運動という明治期最大の文学運動を逆説的に促した主な要因だったと見られる。

一九〇〇年代の表現と思想の一貫した背景となっていたのがこうした新旧思想の抗争であり、それゆえ「旧思想」への目配りを欠いた論述は、片方の話者の発言が脱落した対談記事のように不完全なものと言わねばならない。以上の思想闘争を復元していくとき、自然主義運動は、中村光夫『風俗小説論』(河出書房、一九五〇年六月)等によって広められてきた非社会的という消極的な評価とは相容れない新たな相貌とともに浮かび上がるはずである。

以下、第II部の概要を示しておこう。

第7章では、政治(国家)に対して文学(個人)の優位を主張する展開の中でも大きな反響を引き起こした高山樗牛の批評活動を取り上げる。その際、「青年の代表者」たる徳富蘇峰の評価の失墜と比較することで、樗牛が備えていた批評活動の革新性を明らかにする。

第8章では、藤村操の投身自殺が論議を巻き起こす一九〇三年から文部省訓令が出された一九〇六年までの展開を取り上げる。この検討から浮上するのは、「厭世」「煩悶」といった争点が新旧思想の分断を拡大させていく様子である。この動きと自然主義運動の興隆が密接に関わっていたことを論じる。

第9章では、藤村操の自殺とも深く関わる綱島梁川『病間録』（金尾文淵堂、一九〇五年九月）をめぐる状況を取り上げる。『病間録』は、煩悶する青年を熱烈に擁護し、青年たちの間に梁川熱を呼び起こす一方で、井上哲次郎をはじめとする保守派論客たちの激しい非難を生む。ここではそうした状況が自然主義運動の重要な背景となっていたことを明らかにする。

第10章では、自然主義の表現と教育界の動きの関連を考える。先述のように一九〇〇年代の言論の中で大きな存在感を持っていたのは、教育家をはじめとした「旧思想」の展開であり、当然この動きは当時の自然主義文学を強く規定した。そのことを正宗白鳥「何処へ」（『早稲田文学』二六～二九号、一九〇八年一～四月）に着目して検討する。

第11章では、保守派論客の代表的存在となっていた徳富蘇峰と、正宗白鳥、島崎藤村、田山花袋など自然主義の担い手たちとの対立関係を辿る。自然主義運動が、政治をこそ第一義的な使命と考えるこれまでの知識人たちの価値観に対して備えていた革新性をここで明らかにする。

第12章では、夏目漱石の後期小説と自然主義文学の関連を考える。自然主義隆盛期の動向の新しさは、国木田独歩などによって書かれた思弁的な（「考へさせる」）小説が第一義的な表現として受け入れられた点にある。ここでは『心』（『東京朝日新聞』一九一四年四月二〇日～八月一一日）などの漱石の小説がこうした表現を吸収しつつ生み出されていったことを明らかにする。

5　本書の方法

この章の最後に、本書の分析方法について付言しておく。日本近代文学研究では一九九〇年代から二〇〇〇年代にかけて（一部についてはそれ以前から）、国民国家（ナショナリズム）批判、ポストコロニアル批評、オリエンタリズム批判、フェミニズム批評などの視座からの検討が流行した。その中で発表時期も表現様式も異なる文学作品が一様に国民国家、帝国主義、男性中心主義の形成や強化に加担してきたという批判を浴びてきた。こうした分析は、文学者たちによって充分に意識化されていない思考の枠組み、その無意識、無自覚さに着目するという特徴を持っている。実際、こうした研究の中で、「自らの自己拡張の欲望に気づかない」[16]（夏目漱石を論じる一節）、「意図するせざるにかかわらず、こうした時代の方向（ナショナリズムと帝国主義的な欲望）と重なりながら」[17]（森田思軒を論じる一節）という言い方が繰り返されてきたし、「無意識化したイデオロギー」「政治的無意識」[18]といった類の字句も同類の文脈で多用された[19]。

むろん以上のような研究によって明らかになったことは数多いし、文学を非文学領域との接点や交錯に留意しつつ理解していこうとする姿勢は本書とも一致する。ただ先のような（政治的）無意識の分析だけでは見えてこないこともある。例えば一八八〇年代半ばの時点と一九一〇年頃の時点を比べると、思想や文学を取り巻く状況は大きく様変わりしている。この過程で政治小説や戯作的な表現は二次的なものとして斥けられ、哲学的な思弁を備えた小説が肯定され、経世に比肩する重大な使命を帯びた営みとして文学が浮上していく。なぜか。むろん歴史を動かしてきた因子はさまざまに考えられるだろう。ただその主要な部分を占めるものとして、文学に携わった新世代の知識人たちの意識的な努力（とその自己認識）という観点を排除できないはずである。この間、文学の担い手たちは従来の思想と文学の動向を不服とし、その打開を図るために新しい修辞や論理を考案し、周囲に理解者を増やしていくことで少しずつ状況を更新してきた。本書は、なぜ先の二十数年ほどの間に思想や文学を取り巻く状況が一変したかという問いに答えたいと望んでいる。それゆえこうした文学の担い手たちの苦闘を軽視してよいものとは考えない。本書が先の国民国家批判などの分析方法とは異なり、文学の担い手たちの意識や意図の部分にも深く留意した立論となっているのはそのためである。

この企ては、歴史を動かしてきた因子としてあらためて文学者や文学表現を設定し直すという作業を意味する。そうした視点をとることで、明治期に未知の表現と思想がいかにして切り拓かれたかが浮かび上がるはずである。今日、批評家たちによって近代文学の終焉や影響力の低下が言われている。[20] 近代文学は、長らく新思想の別名として知識人たちの尊敬を集めてきた栄光を失いつつあるらしい。この新たな光景は何を意味するのか。そのことを理解するためにも、あらためて近代文学の形成過程を記述する必要性は高まっている。本書が文学の地位の上昇という一見自明とも思われがちな現象に拘るのもこうした事情のためである。

本書の読者は、明治期の文学の動きを辿る際に徳富蘇峰、教育家、宗教家、文部大臣といった非文学者たちを随処に登場させる本書の記述を訝しく思うかもしれない。ただ当時の文学者たちの頭脳は決して文学的な言説だけで満たされていたわけではなかった。そのことは、文学者への言及と政治家や新聞記者や史論家や宗教家といった非文学者への言及が画然と区別されないまま同居する国木田独歩の日記を見れば明らかである。本書の狙いも、このような日記の記述に対応する明治期の混然とした表現と思想の様相を捕まえることにある。むろん本書は必ずしも政治から文学へと要約しうる思想の流れを網羅的に追跡できているわけではなく、とりあえずの筆者の中間報告にすぎない。それでもここまでの調査がいくらかの問題提起になっていると思われることもあり、これを世に問うことにした。

注

（1）SG生「新書雑感」（『早稲田文学』三四号、一九〇八年九月）六一頁。
（2）吾妻耕一「梁川と独歩」（『六合雑誌』三三五号、一九〇八年一一月）七七四頁。
（3）無署名「明治四十一年文藝史科」（『早稲田文学』三九号、一九〇九年二月）六六頁。
（4）徳川期の文学的な営みの階層性については中村幸彦が「近世文学の特徴」（『中村幸彦著述集』五巻、中央公論社、一九八二年八月、雑誌初出一九五二年一二月）等の論文で雅と俗という観点から考察している。徳川期の文学観が変容し、『小説神髄』の刊行へと至る過程については前田愛「明治初期の文学」（紅野敏郎ほか編『明治の文学』有斐閣、一九七二年六月）で論じられている。明治期の漢詩文の位置づけの変容については齋藤希史『漢文脈と近代日本』（日本放送出版協会、二〇〇七年二月）第三章での考察があり、和歌が明治期に批判に晒されていく様相については本書第2章で取り上げる。
（5）「此二三年間に小説の盛んなるは実に驚くへきものにして之を小説の時代と称するも過言にはあらし」（無署名「雑誌批評」『出版月評』一八号、一八八九年三月、六六頁）。
（6）文学という概念の変遷については鈴木貞美『日本の「文学」概念』（作品社、一九九八年一〇月）に詳しい。なお本書では文学という語（もとよりこの語は厳密な境界画定ができるものではないが）を通例のように詩や小説の意味で使うが、非文学者たちが執筆した感想録、史論、人物論、宗教書での自伝的記述なども文学の一種として意識していることを言い添えておく。なぜなら、例えば国木田独歩の日記の記述からも分かるように、明治期にこれらの言説は相互に密接に関連しており、当時の人々も感想録や史論などの言説から詩や小説からもたらされるのと同様の感銘を受けていたからである。また本書では小説という語を分析概念として通時代的に用いている。そのため例えば徳川期の読本などの物語作品を指す際にも小説という語を用いる。これは議論をいたずらに複雑にしないための便宜的な用法である。
（7）無署名「仮名垣魯文条野有人教部省へ差出シタル書面ノ略」（『新聞雑誌』五二号、一八七二年七月）。
（8）「流行の著書」と「慷慨」に関する一八八七年前後の言説群についてはすでに木村直恵『〈青年〉の誕生』（新曜社、一九九八年二月）第II章で検討されている（八〇頁以下）。
（9）「後藤宙外君」（新声社編『創作苦心談』新声社、一九〇一年三月、『明治文学全集99』筑摩書房、一九八〇年八月、三一六頁）。
（10）宮崎湖処子、内田魯庵、岩野泡鳴、平田禿木の回想を以下に示しておく。「私の本来の処世方針は政治家になる筈であつたので、それでなくば政治学者になりたいと思つて居たが」（湖処子「文学から宗教へ」『文章世界』五巻一二号、一九一〇年九月、八〇頁）。「政治家にならうと思つたこともあるし」（魯庵「予が文学者となりし径路」『新潮』一一巻六号、一九〇九年一二月、九三頁)。「僕も初めは、透谷の行き方と同じ様に、政治界に雄飛したい考へ(中略)であつたのが」(泡鳴「我は如何にして詩人となりしか」『新古文林』三巻三号、一九〇七年三月、二二一~二二二頁)。「政治家、といふより新聞記者にでもなる積りであつたかも知れない」(禿木『禿木遺響 文学界前後』四方木書房、一九四三年九月、一〇七頁)。

(11)『漱石全集』一六巻(岩波書店、一九九五年四月)二六三頁。

(12)『漱石全集』二二巻(岩波書店、一九九六年三月)六〇六頁。

(13)『徳冨蘆花集』別巻(日本図書センター、一九九九年二月)一〇〇頁。

(14)例えば内田義彦「知識青年の諸類型」(『内田義彦著作集』五巻、岩波書店、一九八八年一一月、初出一九五九年九月)や色川大吉「明治二十年代の思想・文化」(『色川大吉著作集1 新編明治精神史』筑摩書房、一九九五年一〇月、新編版単行本の初出は一九七三年一〇月)など。内田は世代差によって異なる明治期青年層の類型を指摘しており、色川は、一元的な政治への参加を特徴とする一八五〇年代生まれの世代と、それに対する懐疑から宗教や文学や哲学などの領域で活躍する一八六〇年代前後生まれの世代を対比的に論じている。

(15)この語は例えば無署名「明治四十年史」(『太陽』一四巻三号、一九〇八年二月)で自然主義運動と対立する陣営を指すものとして使われた(第8章第1節参照)。

(16)朴裕河「「インデペンデント」の陥穽」(『日本近代文学』五八集、一九九八年五月)九五頁。

(17)高橋修「「冒険」をめぐる想像力」(金子明雄ほか『ディスクールの帝国』新曜社、二〇〇〇年四月)三六〇頁。

(18)山本芳明『文学者はつくられる』(ひつじ書房、二〇〇〇年一二月)七八頁、一一三頁、一三一頁。

(19)こうした研究には、文学者たちを、一種の思想的統制に無自覚に加担した存在として理解していこうとする視点がある。ただそのときに往々にして文学者たちが、政府が理想とする人間像や価値観、またその思想統制に対して抵抗を繰り広げていたこと(つまり意識、意図の部分)は見過ごされるか、過小評価される傾向があるように思われる。

(20)大塚英志「不良債権としての「文学」」(『群像』五七巻七号、二〇〇二年六月)、柄谷行人「近代文学の終り」(『近代文学の終り』インスクリプト、二〇〇五年一一月、雑誌初出は二〇〇四年)などの例。東浩紀は『セカイからもっと近くに』(東京創元社、二〇一三年一二月)で、「文学が社会に与える影響はかつてなく小さく、逆に社会が文学に与える影響もかつてなく小さい」とし、「文学と社会があるていど「公共的」な関係をもって」いることを前提とする「文芸評論」を書くことの困難さを述べている(四~五頁)。

第Ⅰ部　政治と文学の紐帯

第1章　徳富蘇峰の文学振興

1　はじめに

巨視的に見ると明治期の思想の流れには、政治から文学へという形で要約できる展開がある。三宅雪嶺の言葉を借りれば、「慷慨衰へて煩悶興る」という展開のことである。序章でも紹介したように、雪嶺が『日本人』に掲げた「慷慨衰へて煩悶興る」（四三九号、一九〇六年七月、無署名、のちに『想痕』〔至誠堂、一九一五年七月〕収録）は、明治維新前後から帝国議会開設（一八九〇年）前後までが「慷慨」の時期に当たり、それに代わって現れたのが「煩悶」だったと述べ、「国家的」なものから「個人的」なものへの関心の変化を指摘する。こうした政治意識の高揚からその減退へ、国家への関心から個人への関心へという思想の展開を分かりやすく体現するのが、政治青年から文学青年へと転身を図った北村透谷や国木田独歩の足跡だろう。

むろんこの展開は、政治の季節の終わり、つまり自由民権運動の衰退と密接に関わっているが、この出来事と併せて考えねばならないのが文学の地位の向上という文脈である。すなわち、ここで文学が政治の代替となりうるほどに意義ある営みとして浮上していたからこそ、政治から文学への関心の乗り換えが可能になったと言える。何がこの乗り換えを準備したのか。言い換えれば、何が政治に比肩しうるほどに意義ある営みとして文学を浮上させたのか。本章は、文学の地位向上をめぐって特に目覚しい動きを見せる自由民権運動の衰退期（一八八〇年代後半）の動向に注目し、この問題を考えたい。

この時期の文学動向において顕著な業績を残した人物としてよく取り上げられるのは坪内逍遥である。確かに逍遥は、『小説神髄』（全九冊、松月堂、一八八五年九月〜一八八六年四月）その他の評論や実作によって、「慷慨」に満たされた政治小説とは大きく異なる文学のあり方を示し、一八八〇年代後半の小説流行の旗手として後続の書き手たちを牽引した。しかし逍遥の足跡を追うだけでは充分にこの時期の文学の地位向上の理由を説明できない。このように言うのは、先に触れた透谷と独歩の足跡を意識するからである。両者は逍遥への思い入れを感じさせる言及を特に残しておらず、逍遥をあまり重く見ていなかったと考えられる。一方、間違いなく逍遥よりも切実な存在と映っていたのが民友社社主の徳富蘇峰である。透谷の評論で最も頻出する名前の一つが蘇峰であり、周知のように独歩も蘇峰に深い尊敬の念を抱いていた。そのことは蘇峰の言説が逍遥にはない意義と魅力を備えていたことを示している。

では蘇峰は自由民権運動の衰退期にいかにして文学を擁護し、文学に目覚めつつあった青年たちをいかにして導いたのか。逍遥に比して蘇峰が注目されることははるかに少ないが、本章は当時の文学振興の立役者としての蘇峰の働きを見ていきたい。この作業は、功利主義者という常套的な評価に収まらない蘇峰の足跡を浮かび上がらせるはずである。

2　美文学の庇護者

以下、本章が明らかにしていきたいのは、徳富蘇峰が文学の地位を向上させようとする熱意において当時の言論界の中で際立った人物だったということである。この理解は唐突に聞こえるかもしれない。蘇峰の言論活動については現実的、功利（主義）的という評言で意味づけられるのが通例となっており、特に北村透谷と比較する形で蘇峰は新興文学の動きに対して冷淡な存在として扱われてきた。[1] むろんこの見解がすべて間違っているわけではない。透谷（『文学界』）を「高踏派」「不健全」と批判した蘇峰「社会に於ける思想の三潮流」（『国民之友』一八八号社説欄、一八九三年四月、無署名、のちに『経世小策』下巻〔民友社、一八九六年七月〕収録）は蘇峰に対する見方を強力に方向づけたらしく、とりわけこれ以後、蘇峰が文学への理解を欠いた人物として批判されることが増えていく。例えば高山樗牛は次のように蘇峰（民友社）を難じている。「吾等の見る所にては民友社の文学は遂に功利的たるを免れず、（中略）是の如きは果して真に文学を解するものと謂ふべき乎」（「新聞紙の文学に就きて」『太陽』二巻二号、一八九六年一月、無署名、のちに『改訂註釈樗牛全集』二巻〔博文館、一九二六年一月〕収録）。[2]

しかしそれは事態の半面でしかない。当時の資料を追っていくことで浮かび上がるのは、むしろ蘇峰が文学や宗教的営みの庇護者として敬意とともに語られてもいた光景である。ここで紹介したいのは、透谷が蘇峰の感想録集『静思余録』（民友社、一八九三年五月）（図1-1）を評した「静思余録を読む」（『評論』五号、一八九三年六月）である。これは『静思余録』刊行時の最も詳細な評の一つであり、蘇峰への思い入れの強さを証している。当時透谷は山路愛山と交わされた人生相渉論争の渦中にあり、蘇峰とも対立する立場にあったが、蘇峰への敬意の念を失っていたわけではなかった。透谷は言う。

天下の人心は単に政治に狂熱し、粗暴卑野なる仏国思想の充満せる時に当り、優に精神的教養の道を唱へて、忽ち国民の反省を促し、更に又た文壇の乱麻を裁して、静かに美文学の庇護者〔と〕なり、一二の他の雑誌と共に、大に文学の気焔を張り、以て今日を致したるなど、国民の友が、社会創業の時に常りて、国民の為に成したる功蹟は誰人か之む拒まんや。（「静思余録を読む」圏点原文、以下同）

周知のように『国民之友』は、蘇峰が一八八七年二月に創刊し、主筆として尽力した評論雑誌である。透谷は、人心が「政治に狂熱」していた中で蘇峰（『国民之友』）が「優に精神的教養の道を唱へ」、「美文学の庇護者」となってくれたと感謝を記す。この言明は、現実的、功利（主義）的という評価だけでは蘇峰の業績を捉えられないことを教えてくれる。透谷から見れば、少なくとも『国民之友』刊行の頃からしばらくの間、蘇峰はむしろ現実的、功利的な風潮（透谷の言う政治への狂熱）への挑戦者と映っていた。[3] 透谷の評だけではない。「粗暴卑野なる仏国思想」とは対照的に、詩的な調子と宗教的な感慨に満たされた蘇峰の言説の魅力を指摘する複数の評が存在する。例えば坪内逍遥「『静思余録』」（『早稲田文学』四五号、一八九三年八月、無署名、のちに『文学その折々』（春陽堂、一八九六年九月）収録）は、「其の理想のエマルソンに似て清く高き優に此等諸種の文章をして散文の詩中に位せしむるに足る」とその魅力を語る。[4]

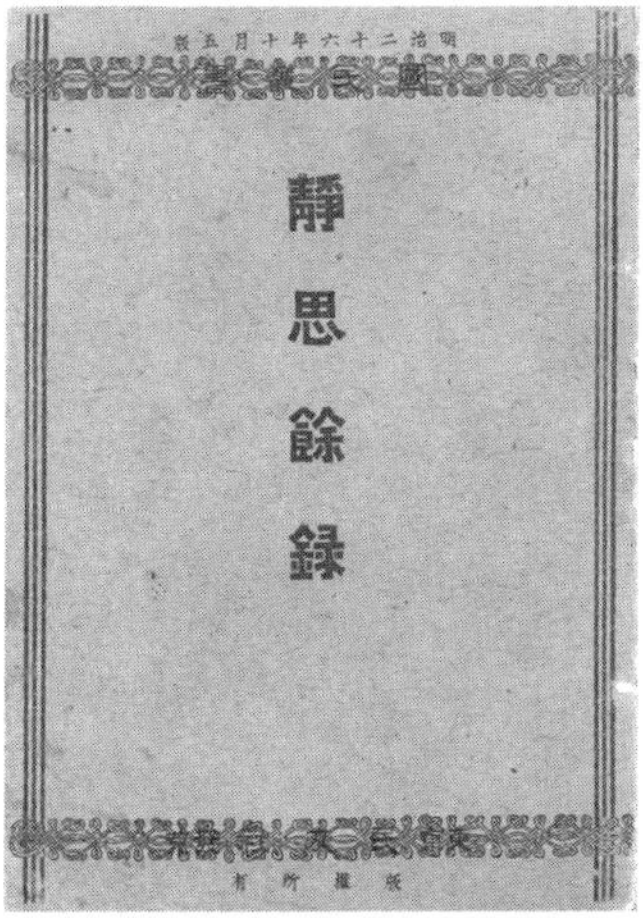

図 1-1　徳富蘇峰『静思余録』（民友社，1893 年 5 月）

当初から蘇峰がこうした形で評価されていたことは、『静思余録』の冒頭に収められた「インスピレーション」が『国民之友』（二二号社説欄、一八八八年五月）に掲載された際の反響からも裏づけられる。「インスピレーション」は蘇峰の記事の中でとりわけ鮮烈な印象を読者に残したらしく、「名論を出せり」（天晴居士「吾人の心得三ケ条」『青年思海』一四号、一八八八年九月）、「好文章」「新文章」（宮崎湖処子『国民之友及日本人』集成社、一八八八年一二月、署名末兼八百吉、七三頁、八三頁）といった評が相次いで現れた。この反響も、「精神的教養の道」へと読者を導くような蘇峰の言説の魅力と関わっていた。田中清風「インスピレーション評」（『国民之友』二四号、一八八八年六月）は、「民友記者落想自天外来以て此幽妙高遠の説を為せり（中略）此説の如きは同雑誌中の破天荒と謂はさるを得す」と評しているし、後年、堺利彦も、「インスピレーションといふ言葉を初めて此の雑誌から教へられ、（中略）我々少年は忽ち何か『天来』の妙音を感得した如くであつた」（『堺利彦伝』改造社、一九二六年九月、一二〇頁）という回想を残している。[5]

こうした蘇峰の言説の意義を別の角度から指摘するのが国木田独歩「民友記者徳富猪一郎氏」（『青年文学』一二号、一八九二年一〇月、署名鉄斧生）である。これは二段組み一〇頁もの分量で『国民之友』創刊以来の蘇峰の活動を論じたものであり、同人誌『青年文学』に掲げられた独歩の諸記事の中で最も長大である。当時二一歳だった青年にとって蘇峰はそのような労力に値する研究対象だった。独歩はここで伊藤博文や福沢諭吉たちによる政治的、社会的領域の「開国」に続き、新しい段階が来たと述べる。それが「精神的開国派」の登場である。独歩はこの推進者として同志社英学校を創設した新島襄を挙げ、これに連なる存在として蘇峰を位置づける。

然かるに此の道念〔基督教的道念〕を包むに尤も普通にして新奇なる標識を以てし、政治の上に、教育の上に、文学の上に、社会の上に、能く精神的開国言ひ換ゆれば精神的革新の道を開拓する者は実に民友記者なりとす。

このように「精神的開国」の推進者として蘇峰を捉える言明が、[6] 政治への狂熱に抗った「美文学の庇護者」として蘇峰を位置づける先の透谷の認識と重なることは言うまでもない。以上のように、少なくとも『国民之友』刊行の頃から数年間の蘇峰の活動について言えば、現実的、功利的という評言でそれを捉えるのは適切ではなく、むしろ文学や精神的営みの擁護に際立って意欲を見せた人物として蘇峰は重視されていた。では蘇峰は人心が「政治に狂熱」する状況の中でいかにして文学や精神的営みを擁護したのか。

この検討にあたって注目したいのは、蘇峰が『国民之友』社説欄に発表した、先の「インスピレーション」をはじめとする評論や感想録である。当時『国民之友』は、「明治年間斯の如く雑誌の権を立てたる者はあらず」（透谷「静思余録を読む」）と言われたように突出した発行部数を誇った雑誌であり、[7] その社説記事として掲げられた蘇峰の感想録と文学評論の影響力は決して小さくなかったはずである。これらの感想録と文学評論は、『国民新聞』の記事も併せてのちに『静思余録』と『文学断片』（民友社、一八九四年三月）にそれぞれ収められる。特に『静思余録』は多くの読者を得た著作であり、後年、蘇峰は『静思余録』の発行部数が『第二静思余録』（民友社、一八九五年四月）と併せて「十万以上二十万の近き数に上つたであらう」（自序、『静思餘録』改装版、民友社、一九二四年九月、二頁）と述べている。正宗白鳥は「蘇峰と蘆花」（『中央公論』四三年七号、一九二八年七月）でこの点に触れている。

「不如帰」のやうな通俗小説なら兎に角、感想文集に過ぎない書物が、読書社会の狭隘であつた数十年前の日本で、こんなに多量に売捌かれたことは、異例であつたに違ひない。それほど当時の青年読者を捉へる力を有つてゐたのである。

一八七九年生まれの白鳥自身も蘇峰に心酔した青年読者の一人だった。白鳥は同じ記事で『静思余録』を「綴ぢ目のほぐれるほどに日常読耽つた」と回想している。こうした青年層の蘇峰熱を裏づけるのが、青年投稿雑誌『文庫』の特集「募集愛読書目披露。」（二巻五号、一八九六年四月）と「愛読書目。（第二回披露）」（三巻一号、一八九六年六月）である。この特集で最も多くの回答者が挙げているのが蘇峰の本（一六名中一一名）であり、二位（太平記、曲亭馬琴の本、頼山陽の本、それぞれ五名）以下との間に大差がある。またそこで、「彼れ〔蘇峰〕が著書は殆んどこれを読み尽せり」（栗川漁子君）など口々に蘇峰への愛着の念が語られており、白鳥の言う「青年読者を捉へる力」が証明されている。

本章はこうした蘇峰の言説を検討するにあたり、とりわけ文学や宗教（特にキリスト教）の擁護に対する強い意欲を窺わせる一八八七年から一八八九年頃の感想録や文学評論に着目する。これらの記事と政治小説の対立関係に目を向けることで、透谷や独歩などの青年たちに強い訴求力を持った蘇峰の言説の意義と魅力を考えたい。言うまでもなく政治小説とは、自由民権運動、つまり政治への「狂熱」が生み出した表現様式だった。むろん蘇峰が先の記事群を発表する一八八〇年代後半にはすでに自由民権運動は当初の勢いを失い、政治的騒乱も沈静化しつつあったが、一方では国会開設（一八九〇年）が間近に迫ったという事情があり、あらためてあるべき政治家の資質や保守派と革新派の政治闘争などへの社会の関心が高まっていた。これと連動する形で政治小説の刊行数も一八八〇年代後半に最多となる。[8]

なかでも反響を呼んだのが、『朝野新聞』記者だった末広鉄腸の『政治小説雪中梅』（全二冊、博文堂、一八八六年八～一一月）である。「今政事小説の著述を以て雷名なる末広鉄腸氏」（無署名「新粧之佳人」『読売新聞』一八八七年六月一一日）と評されたように、『政治小説雪中梅』によって小説家としての鉄腸の評価はにわかに高まった。一八九〇年五月に刊行された訂正増補版『政治小説雪中梅』（嵩山堂）の自序によると、その反響のために大阪、東京、地方で『政治小説雪中梅』が歌舞伎で演じられ、同名の偽書の刊行のために損害が生じ、上編は五度、下編は四度版を改め、発行部数は三万を超え、「多ク此書ノ力」によって「一ケ年ノ海外行」も可能になったという。『政治小説雪中梅』は、一面では過激思想に傾斜しがちだったかつての自由民権運動への反省を強く打ち出し、恋愛描写にも重きを置くという新しさを備えている。しかし田山花袋が指摘するように、「国を愛する慷慨悲憤の士に才色絶美の佳人を配して、それに政治上の意見などを附した所謂傾向物」（徳田秋声、花袋『早稲田文学社文学普及会講話叢書第一編』文学普及社、一九一四年五月、一〇頁）という点で、『政治小説雪中梅』は矢野龍渓『斉武名士経国美談』（全二冊、報知新聞社、一八八三年三月～一八八四年二月）や東海散士『佳人之奇遇』（全八編一六巻、博文堂、一八八五年一〇月～一八九七年一〇月）のような政治小説の先例と共通しており、自由民権運動期の思考原理になおも強く規定されている。

そしてちょうど『政治小説雪中梅』が話題になっていた時期に発表された蘇峰の感想録や文学評論は、こうした政治小説とは別の視野を打ち立てる試みとして登場した。実際、蘇峰は「近来流行の政治小説を評す」（『国民之友』六号社説欄、一八八七年七月、のちに『文学断片』収録）を発表し、『政治小説雪中梅』に暗に言及しながら政治小説を厳しく批判している。(9) むろんこの記事はすでによく知られているが、蘇峰がそれ以外にも政治小説の思考原理を相対化する作業を持続的に推し進めていたことは従来ほぼ知られていないと思われる。ここで見ておきたいのは、「近来流行の政治小説を評す」の二年後に発表された「愛の特質を説て我邦の小説家に望む」（『国民之友』六二～六三号社説欄、一八八九年九月、のちに『文学断片』収録）の次のような一節である。

> 今日の小説を以て之を彼の一二年前の演説小説、壮士小説、虎狩小説、慷慨小説、狇猴冠《もっこうかん》小説に比すれば、其進歩は実に目を驚かす計なり、

「演説小説、壮士小説」云々の部分は政治小説の特徴と符合しており、明らかに政治小説を揶揄している。(10) ここからも政治小説に対する対抗的な姿勢が、「近来流行の政治小説を評す」以後も一貫して保たれていたことが窺われる。以下、「愛の特質を説て我邦の小説家に望む」や「インスピレーション」などの蘇峰の言説に目を配りながら、特に『政治小説雪中梅』を中心とする政治小説との対立関係を詳しく見ていこう。それによって、人心が「政治に狂熱」する中で「美文学の庇護者」となってくれたと透谷に称えられた蘇峰の言説の魅力が見えてくるはずである。

3　蘇峰と政治小説

徳富蘇峰「愛の特質を説て我邦の小説家に望む」の趣旨は、従来の日本の小説が「愛の真意」に注目していないというものである。ここで蘇峰が批判するのが、才子佳人小説（「一方に才子を描せば必ず他方に佳人を描す」）や「打算的」な愛を描く小説である。（これらの特徴も政治小説を想起させる。）その上で蘇峰は、ユゴー「九十三《ナインチースリー》」を模範的な作例として称賛する。「九十三《ナインチースリー》」は、王党の大将、共和軍の総督、共和の監察官が三人の幼児のために次々と命を落とすことを描いた小説である。政治小説の流行が話題となる中で、蘇峰があえてこの小説を称揚に値する作品として選びとったのは多分に戦略的だったと考えられる。では蘇峰はどのように「九十三《ナインチースリー》」を称えるのか。

> 嗚呼路傍の野草に均しき三人の孩児は、国家の棟梁たる三大英雄を殺せり、是れ豈にユークリットの幾何論法にて解し得る問題ならんや、此の最も小なる者の為に、此の最も大なる者を犠牲とし、喜んで犠牲とし、人をして其不釣合なるを感ぜす、却て頃刻の間読者をして天使の如き心腸を有せしむる者は何ぞや、是れ純愛なり、是れ愛の本性を明かにしたるものに非ずや、（傍線原文、以下同）

「九十三《ナインチースリー》」の「三大英雄」たちの行動は、社会的地位や財産の獲得に結びつかず、むしろこれまでの蓄積の消失、つまり死をもたらす。蘇峰はそれに続けて同類の自己犠牲を描くユゴーの「哀史《ミゾレブル》」「渡海難《トイロル、ヲフ、ゼ、シー》」を紹介し、その「愛」の描き方を称える。注目したいのは、こうした主張が政治小説との顕著な違いとなることである。末広鉄腸『政治小説雪中梅』とその続編『政事小説花間鶯《かかんおう》』（全三冊、金港堂、一八八七年四月〜一八八八年三月）で主人公の政治家国野基が財産、地位、伴侶を獲得していく様子が描かれるように、政治小説では積み重ねられた辛苦は充分に見返りを生み出す。こうした辛苦から成功へという物語構成は政治小説の特徴の一つであり、例えば『政党余談春鶯囀《しゅんおうてん》』(ビーコンスフヰールド侯〔ディズレイリ〕著、関直彦訳、全四冊、坂上半七、一八八四年三～九月)ではある男が名望を得て代議士に選ばれるまでの過程が描かれているし、政治小説としても享受されたディズレイリの伝記『経世偉勲』(尾崎行雄著、全二冊、集成社、一八八六年五～一一月)では、ディズレイリが卑しい身分から大宰相となるまでの道筋が辿られる。[11] このような作品が、死や辛苦に終わる英雄の自己犠牲を描く先のユゴーの小説とすぐれて対蹠的なのは明らかだろう。つまり「愛の特質を説て我邦の小説家に望む」は、政治小説で執着の対象となる地位や富を進んで放擲する英雄のふるまいこそを称え、さらに地位や富を超えるものとして「愛」を浮上させることで、政治小説の視野の狭隘さと俗物性を露呈させるような認識を作り上げる。

同時にここで目を留めたいのは、英雄をめぐる特徴的な認識である。先述のようにこの評論では、「路傍の野草に均しき三人の孩児」のために「国家の棟梁たる三大英雄」が「喜んで犠牲」となる「九十三《ナインチースリー》」の内容への驚きと称賛が記される。このような英雄と非英雄(「三人の孩児」)の関係も政治小説との違いとなる。『政治小説雪中梅』のような政治小説が倦むことなく描くのは、英雄という、国家の命運を左右しうる人物が国家に貢献する物語である。「路傍の野草に均しき三人の孩児」のように国家の命運をすぐには左右しない成員の経験は付随的で省略可能な事項でしかなく、英雄(「最も大なる者」)と非英雄(「最も小なる者」)の間の序列は安定している。一方、ユゴーの小説では、英雄が国家の危難に対して些事であるはずの非英雄のために身を献げる事態、つまり英雄たる自己の自発的な放棄が描かれており、政治小説の安定した英雄中心主義の構図を混乱に陥れる、まさに「ユークリットの幾何論法にて解し得」ない光景が現出している。

蘇峰の言説が政治小説とは対照的な認識を打ち出そうとしていたことは、「田舎漢」(『国民之友』五二号社説欄、一八八九年六月、のちに『静思余録』収録)からも明らかである。注目されるのは、「不体裁の衣服」を纏い、議会で「調子悪」き声でしか演説できないクロムウェルや、「寒山霜を踏んで狡兎を追」いながら生きる、つまり演説場での喝采とは無縁な西郷隆盛こそがここで理想的な人物として称えられる点である。

この点も政治小説との顕著な違いとなる。政治小説は、政治家（志願者）が聴衆に向かって雄々しく演説する姿を描くことにとりわけ熱意を見せた。例えば『政治小説雪中梅』は三三頁にわたる井生村楼の政談演説会での国野の雄弁を写しとり、見開きの挿画によってその眺望を視覚化し、国野が財産家の娘に慕われる端緒としてこの場面を設定するという入念ぶりを見せている。他にも、梅影隠士『政治小説断腸之余滴』（駸々堂、一八八七年四月）、朝東六郎『政事小説綢繆《ちゅうびゅう》瑣談』（後凋閣、一八八七年七月）、内村秋風道人『政治小説廿三年夢幻之鐘』（駸々堂、一八八七年八月）、同『政治小説鶯宿梅』（駸々堂、一八八七年九月）などで、かなりの紙幅（二〇頁から四〇頁ほど）を割いて政談演説会の様子が写しとられる（図1-2）。このように演説という題材が重視された要因として、国会開設を間近に控え、演説への興味が増したという事情[12]や、政治思想の宣伝を執筆目的とするという事情とともに、演説の挿入が作中人物をいかにも英雄らしい人物として仕立てるための格好の機会となったという事情があるだろう。演説場での聴衆たちの視線の一点集中、そこで開示される演説者の高い見識と爽やかな弁舌と秀でた容姿、沸き起こる拍手喝采は、政治家志願者国野のもとに集まる名望の大きさを効果的に可視化する。

しかし「田舎漢」は演説場での政治家（志願者）の勇姿に興味を見せようとしない。一方で、「彼（田舎漢）は上帝の外恐るべきもの有るを知らず、彼は真理の外服従すべきもの有るを知らず」とあるように、「上帝」というキリスト教的な用語を使いながらクロムウェルたちの孤高の精神を賛美する。「田舎漢」に見られるのは、演説場での拍手喝采が象徴する世俗的心性、名望の固執への強い違和感であり、ここでも政治小説の表現は賛同を見ない。この姿勢が、「愛」の無償性や非英雄への自己犠牲を称える先の「愛の特質を説て我邦の小説家に望む」と通底することは言うまでもない。

以上のような政治小説に対する対抗的な姿勢は、文学や宗教への厚い信頼と密接に結びついている。特にそのことをよく物語るのが前節で触れた「インスピレーション」である。内容は、インスピレーションという不可思議な作用が「世の英雄豪傑、孝子烈婦、忠臣義士、熱心なる宗教家、美術家、冒険者の如き人々」の「世界を驚かすの事業」を生み出してきたというものである。そこで記されるのは一種の芸術礼賛であり、まず冒頭でエマソンが引用され、次に巨勢金岡《こせのかなおか》（画家）、牧谿《もっけい》（画家）、ミケランジェロ、ミルトン、杜甫、施耐庵《したいあん》、ユゴー、ベートーベン、ワグナーたちの表現が称えられ、さらにインスピレーションを求める宗教家、文学者、芸術家たちの超俗的な精神が写しとられていく。

ルーテル云へることあり、我れ怒る時には善く祈禱し、又た善く説教すと、而して彼の正宗が名刀を鍛〔きた〕はん

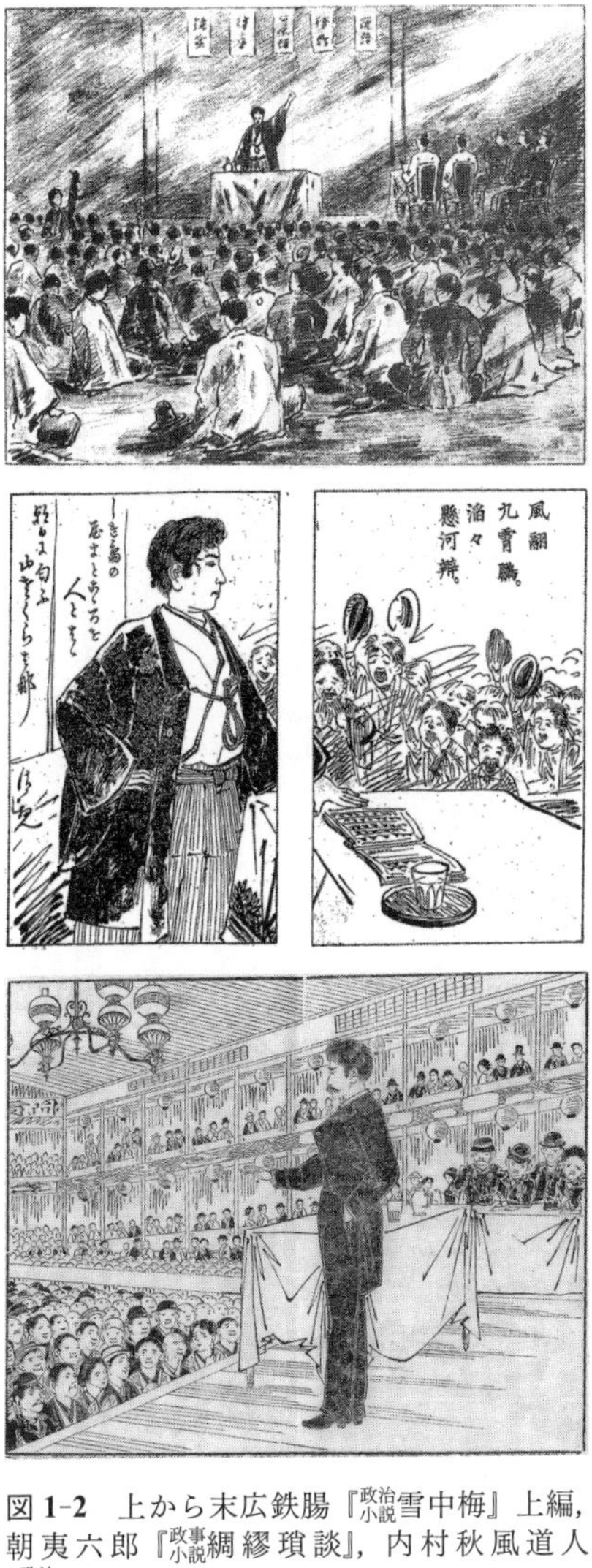

図1-2 上から末広鉄腸『政治小説雪中梅』上編, 朝夷六郎『政事小説綢繆瑣談』, 内村秋風道人『政治小説廿三年夢幻之鐘』の挿画

とする時に、斎戒したるが如き、文覚《もんがく》が那智の滝に苦行したるが如き、西行が一枝の笻《つえ》、一盂《いちう》の鉢、破笠草鞋《はりゅうそうあい》、雲水を漂遊したるが如き、ゴルドスミスの俚謡を唱へ、琵琶を弾じ、乞食して、欧洲南部を旅行したるが如き、ウエスレーが断食して祈禱したるが如き、其目的とする所は、各々異なるに拘はらず、皆な此の「インスピレーシヨン」を求めんが為めに非ずや、ルーソー嘗って其懺悔書に記てし《ママ》曰く、

この部分に続いて蘇峰は、行脚中の激烈な高揚を記すルソー『告白』（「懺悔書」）の蘇峰訳を二〇行にもわたって示した上で、「欧洲の億万の人心に放火したる一点の火種」がこの行脚中のインスピレーションから得たものだったと述べる。「インスピレーシヨン」の主眼は、このように東西の宗教家、文学者、芸術家たちの非凡な表現と超俗的な精神を列挙し礼賛することにあった。そして政治小説が倦まずに描いた英雄や志士たちの足跡も、インスピレーションの駆動例という文脈の中に組み込まれる。

孫権と雖も、曹操と雖も、若くはシーザルと雖も、クロンウエルと雖も、ゴステオスと雖も、グラッドストンと雖も、皆な然らざるは無きなり、

シヨアン嬢〔ジャンヌ・ダルク〕が、眇々たる仏国田舎の一女子を以て英国の大軍を退けたるが如きは、唯た是れ「インスピレーション」有るが為めのみ、

ここに政治小説とは明らかに異なる発想を確認できるだろう。「インスピレーション」において文学者や宗教家たちと英雄豪傑は、ある超俗的な精神の持ち主の事例として同じ範疇に括られる形で登場する。つまり文学、宗教、政治を別種のものと見る視点は排されており（記事中で費やされる字数から言えば、政治はむしろ付随的と言える）、この点が、英雄豪傑の活躍を何よりも重視して描く政治小説との違いとなることは言うまでもない。

こうした違いは、「インスピレーション」が英雄豪傑をある独特の視点から説明しようとすることと関わっている。注目されるのは、ここで英雄豪傑が国家と結びつけられないことである。政治小説の中で志士や政治家の活躍は国家と不可分だった。例えば東海散士『佳人之奇遇』に描かれる志士たちの精神は次のような字句とともに説明される。

潔ク国家ニ殉シ死シテ父兄ヲシテ顧慮ノ累ヲ絶タシメ（巻二、一八八五年一〇月、一七丁ウ）

神州ノ為メニ生命ヲ鋒鏑ニ委シ（同一九丁オ）

他日我帝国ノ為メニ鞠躬命ヲ致シ（同一九丁ウ）

『政治小説雪中梅』でも主人公国野基（この見事な名前にも注意したい）は、「国家の経綸を志ざ」（下編一四一頁）すために数々の辛苦を忍んで奮闘する。他にも内村秋風道人『政治小説廿三年夢幻之鐘』に見られる、「児《わたくし》は学問をして国の為に致したう御ざんす」（四三頁）という烈婦お民の発言など、同様の例は無数に見つかる。政治小説にとって国家は、このように身命を賭するまでの行動の母胎、最高度の能動性や勇敢さの源泉だった。しかし「インスピレーション」は、英雄豪傑の足跡に触れながらも国家という観念でそれを説明しようとしない。一方で導入されるのは「神力」である。

蓋し「インスピレーション」は神力なり、我れ自から我れより超越し、人間自から人間より超越し、人間にして天使に類する行をなすが如きは、皆な此の「インスピレーション」に本つく者なり

蘇峰は、尋常ならざる人間の能動性の源泉として「神力」という、世俗や国家を超える存在を顕在化させる。こ

うした説明原理の導入によって英雄豪傑は、政治的文脈（国家）から切り離される形で、つまりインスピレーションの駆動例という新たな文脈の中で理解され、文学者や宗教家と等価の存在として発見される。こうした「インスピレーション」の新奇性を、先のルソーへの言及にも見出せるだろう。当時ルソーという名は、透谷の言う「粗暴卑野なる仏国思想」を象徴するすぐれて政治的な記号の一つだった。[13] しかし「インスピレーション」でルソーは、「懺悔書」という内省的な本を書き、行脚中の忘我と高揚を流麗な筆致で表現する文学者として示される。ここにも政治小説の視野との違いを指摘できるだろう。ルソー『告白』（「懺悔書」）への関心は、のちに森鷗外や綱島梁川や島崎藤村たちに引き継がれるものであり、[14] 蘇峰の文学観の先駆性を示すと言える。

このように「インスピレーション」は政治小説が依拠する認識との差別化を図りつつ、政治（英雄豪傑）に並び立つ意義を備えた営みとして文学と宗教を浮かび上がらせた。英雄豪傑の活躍を至高の主題とする政治小説が流行を見る状況の中で「インスピレーション」が「新文章」として迎えられたのは、こうした内容と無関係ではなかったはずである。

4　『国民之友』の文学厚遇

以上のように蘇峰の感想録や文学評論では、政治家としての地位や名望への執着、英雄と非英雄の間の安定した序列、最高度の能動性の源泉としての国家といった政治小説を構成する諸要素は懐疑の対象となり、一方で「愛」「上帝」といった用語、ルソー『告白』などへの言及に見られるように、文学や宗教への信頼と尊崇の念が語られた。以下、こうした文学や宗教的営みの擁護者としての蘇峰の働きを別の角度から見ていこう。

まず補足しておきたいのは、これまで見てきた蘇峰の姿勢がその修辞的な意識とも密接に結びついていることである。この意識とは、政治論説の中に文学的、宗教的な表現や用語を混淆させていく独特の構成意識を指している。例えば蘇峰『将来之日本』（経済雑誌社、一八八六年一〇月）には杜甫の詩や「伽羅先代萩《めいぼくせんだいはぎ》」（歌舞伎脚本）が引かれており、島田三郎は『将来之日本』再版（一八八七年二月）の頭注で次のような驚きを語っていた。

忽引漢土古聖賢語、忽挙泰西今代政治家言、忽哲学士説、忽院本家文、引証自在、議論縦横、使読者目眩心驚、可謂奇絶之筆、(15)（一八一頁）

また蘇峰『新日本之青年』（集成社、一八八七年四月）では「田舎ノ鉄鍛工」を歌うロングフェローの詩が援用されているし（一一頁）、「三島通傭君」（『国民之友』三三号社説欄、一八八八年一一月、のちに『人物管見』〔民友社、一八九二年五月〕収録）では『ハムレット』の一節が引かれ、板垣退助の進退問題を論じる文脈（「板垣退助君——附政治家の徳義」、同四七号社説欄、一八八九年四月、のちに『人物管見』収録）ではパウロ、ルター、ダンテ、ミルトンが触れられる。このように蘇峰は、政治評論の字面にあえて文学的、宗教的な字句や表現を混在させていくという特異な修辞的意識の持ち主だった。当然この態度は、これまで見てきた文学の庇護者としての蘇峰のふるまいと連動しているだろう。当時蘇峰は、「政治、法律、商業、工業、其他の業務に従事する者」が率先して文学に親しむことを求めており（「好伴侶としての文学」『国民之友』九三号社説欄、一八九〇年九月、のちに『文学断片』収録）、この主張に適うようにまさに自らを、文学に深く啓発された新しい経世家の具体例として提示し続けたと言える。

このような人物が雑誌編集に携わるとき、当然その雑誌は文学の厚遇に顕著な特徴を持つものとなった。創刊当初から『国民之友』（図1-3）では多くの誌面が小説の書評に割かれており、のちに石橋忍月、内田魯庵といった新鋭の批評家の文学評論が次々と同誌に掲載された。当時の代表的な評論雑誌だった『東京経済雑誌』（一八七九年

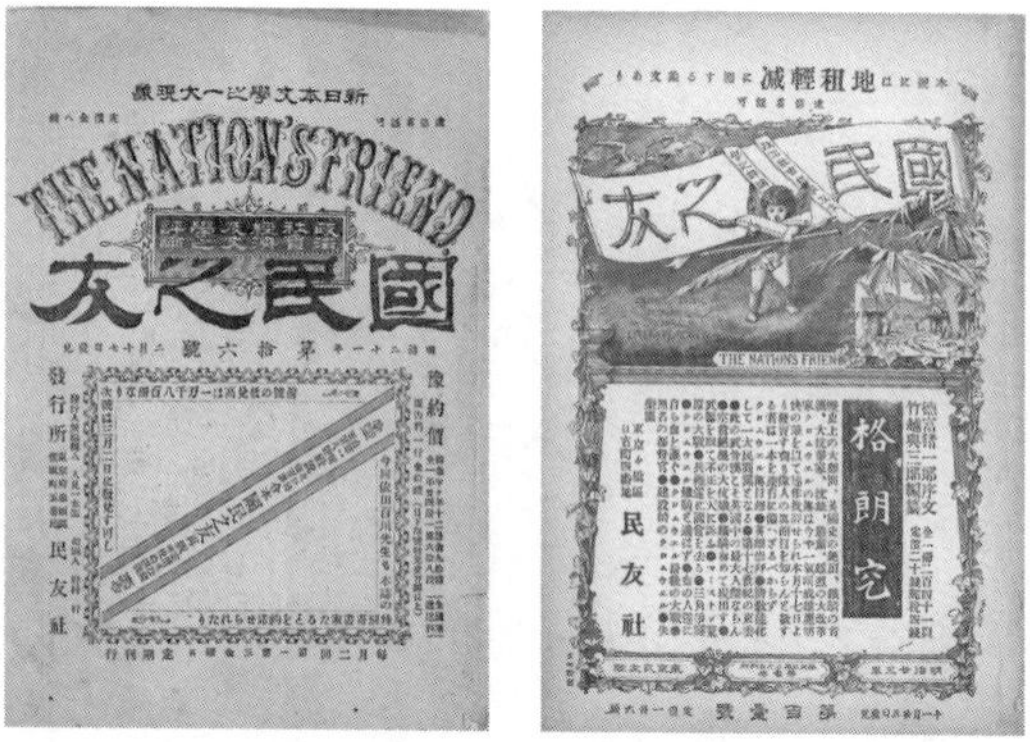

図 1-3　『国民之友』の表紙。ほとんどの場合，『国民之友』は 50 頁程度の冊子として刊行された。

一月、田口卯吉が創刊）や『六合雑誌』（一八八〇年一〇月、小崎弘道たちが創刊）でもこうした編集方針はとられておらず、[16]『国民之友』の文学厚遇の姿勢は異例と言える。[17]さらに第七号（一八八七年八月）からは文学欄（「藻塩草」欄）が設置され、続いて第三七号（一八八九年一月）に初めて文学作品だけで成り立つ特別附録が掲載され、以後文壇の呼び物となる。[18]特別附録に掲載された小説に関しては蘇峰の回想が残っている。

予自身は小説には一切無縁の衆生であるが、しかし山田美妙斎の「胡蝶」、尾崎紅葉の「拈華微笑《ねんげみしょう》」、森鷗外の「舞姫」、坪内逍遥の「妻〔細〕君」、幸田露伴の「一口剣」は、みな悉く予自らこれを作者に求め、予手づから作者からこれを受取つたものである。（『読書九十年』大日本雄弁会講談社、一九五二年九月、六四頁）

蘇峰による原稿依頼がそれに留まらなかったことは、二葉亭四迷訳「あいびき」（ツルゲー子〔ネ〕フ著、『国民之友』二五～二七号、一八八八年七～八月）の冒頭にある、「今度徳富先生の御依頼で訳して見ました」という記述からも窺われる。蘇峰自身が「明治中期のいはば文学時代においては、予もいささか一臂《いっぴ》の貢献をしたと思つてゐる」（『読書九十年』六四～六五頁）と自負したように、こうした文学振興策への感謝の念は幾度となく語られていた。

明治の文界は長く民友社を忘るゝ能はず。春夏の附録に世を動かせしこと幾何ぞや、（流水子「民友社」『評論』

九号、一八九三年七月）

見よ彼か春夏の大附録を起して、如何に年少作家を鼓吹したりしかを。又忍月不知庵等の筆をかりて、如何に当年の小説創作を鼓吹したりしかを。（中略）過去数年間、純文学は深くこの恩人に負ふ所あるべし。（荒川漁長「民友派及早稲田派」『文学界』一八号、一八九四年六月）

これ以外にも幸田露伴や山田美妙たちの新派小説の紹介者、文壇の大家号授与所としての『国民之友』の意義は口々に指摘されている。[19] また蘇峰は森田思軒、朝比奈知泉と図って一八八八年九月に文学会を設立し、当時の主要な文筆家たちを集めて親睦の機会を提供していた。[20] さらに、カーライル、マコーレー、荻生徂徠、ワーズワスなど東西の文学者、著作家の文業を紹介し、論じる叢書『拾弐文豪』（全一二巻、号外五冊、一八九三年七月〜一九〇三年一月）を企画し、民友社同人はもとより、北村透谷にも自ら執筆を依頼し、[21] 一八九三年から順次この叢書を刊行した（図1-4）。これも「文学者決して賤むべきものでないと云ふ事」（蘇峰「日曜講壇と国民文学欄」『新潮』一〇巻一号、一九〇九年一月）を認知させるための企画だった。以上からも『国民之友』創刊以来、蘇峰が強い意志をもって持続的に文学の振興を図っていたことが分かるだろう。

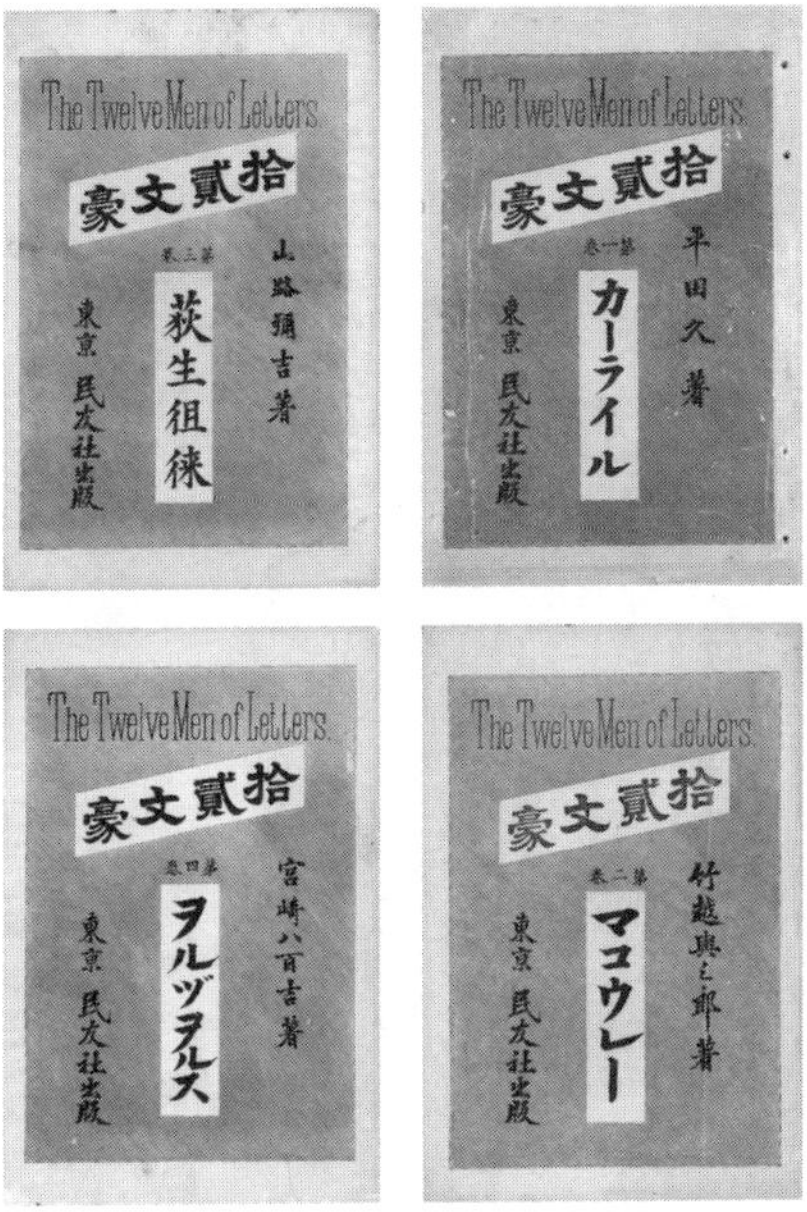

図1-4　叢書『拾弐文豪』の表紙

5　文学と宗教の政治的貢献

では蘇峰が文学や宗教的営みを擁護した事情とはいかなるものなのか。

まず考えられるのは欧米の言論との関係である。蘇峰が『国民之友』刊行時に強く意識していた米国の週刊雑誌『The Nation』[22]には、文学書の詳細な書評がしばしば掲載されていた。試みに『国民之友』が刊行されたのと同じ一八八七年初めの『The Nation』を確認すると、「RECENT NOVELS」（一月六日）、「DEAN PLUMPTRE'S TRANSLATION OF THE DIVINE COMEDY」（二月三日）、「Dowden's Shelley」（二月一七日）、「RECENT NOVELS」（同前）、「American Literature, 1607–1885, Vol. I」（二月二四日）など、複数の文学的著作への論評が見つかる。こうした海外の言論における文学の地位の相対的な高さを意識できる立場にあったことは、当然ながら蘇峰の意識に影響を及ぼしていたはずである。

さらに注目されるのは、蘇峰が抱いていた政治的構想、いわゆる平民主義である。初期の蘇峰の思想的模索を集大成した『将来之日本』の中心的な主張の一つは、「武備主義」（軍事力重視の路線）の否定にあり、この主張は次のような認識と結びついていた。

縦令《たとえ》ル井ナポレオンカセバストホルニ於テ露国ノ猛勢ヲ挫シトテ仏国人民ハ果シテ此レカ為ニ幾何ノ利益ヲ得タルヤ。縦令仏国ニ復讎シタルヲ以テビスマルクノ雄名ハ四海ヲ圧シタリトテ。モルトケノ勲章ニハ燦爛タル光輝ヲ添ヘタリトテ。日耳曼《ゼルマン》人民ハ果シテ此レカ為ニ幾何ノ利益ヲ得タルヤ。（三一頁）

注目されるのは、政治小説での英雄崇拝と呼ぶべき志向とは対照的に、ナポレオン三世やビスマルクのような英雄豪傑の貢献も限定的なものにすぎないと主張されることである。『将来之日本』の別のところでも蘇峰は、「願クハ我現今ノ人民ヨ。我将来ノ人民タル青年ヨ。少ク彼ノナポレヲン、ビスマルクヲ嘆美スルノ熱情ヲハ一転シテ此ノ二恩人〔アダム・スミスとジェームズ・ワット〕ヲ嘆美セヨ」（九五頁）と述べている。ここからも蘇峰が、ナポレオンのような英雄の働きだけが吹聴される当時の言論状況を不服とし、それとは別のところで生じる政治的貢献の顕在化に意を注ごうとしていたことが分かる。[23]

　こうした問題意識にとってとりわけ魅力的な実践例として浮かび上がっていたのが、蘇峰が一〇代から深く接してきたキリスト教であった。[24] 蘇峰は「自由貿易、及基督教」（『六合雑誌』七三号、一八八七年一月）で、ナポレオンすらも「宇内ヲ一統」できなかったと述べる一方、キリスト教（と自由貿易）こそが「一ノ大砲ヲ放タス、一ノ茅屋ヲ焼カス」してなお「天下ヲ一統スルノ手段」となると主張する。

「平和ヲ求ムルモノハ福ナリ、其人ハ神ノ子ト称セラル可レハナリ」トハ是レ新約聖書ニ特筆大書セラレタル明文ニシテ、何人ト雖ドモ基督教ノ精神ハ平和ヲ此ノ世界ニ来スニアルコトヲ知ル可キナリ、蓋シ基督教ノ重シトナス所ハ他愛ニアリ曰ク「十字架ヲ負フテ我ニ随ヘ」ト、而シテ其ノ祖師カ自ラ十字架ニ上リ以テ万民ノ罪ヲ償フ《ママ》タリト称スルカ如キハ、万世ノ下信徒タルモノヽ、将ニ為サヽル可ラサルノ標準ヲ示シタルモノト云ハサル可ラス、且ツ「人爾ノ右ノ頬ヲ批《〔う〕》タハ左リヲモ転シテ之ヲ向ケヨ」ト云ヒ、「爾ノ敵ヲ愛シ、爾ヲ詛フ者ヲ祝シ、爾ヲ憎ムモノヲ善視シ、虐遇迫害スルモノヽ為メニ祈禱セヨ」ト云シカ如キハ、以テ其ノ一班《ママ》ヲ覗フニ足ル可シ、

　引用文に続けて蘇峰は、このようなキリスト教の教えが政治的な実効性を持つことを示すために米国クェーカー教徒指導者ウィリアム・ペンに言及する。すなわち、ペンが「獰猛」な「北米土人」を前にして「一ノ武器ヲモ携

帯」せず、「吾人ハ此ノ〔上帝の〕規法ニヨリテ、互ニ相愛シ、相扶ケ、相共ニ善ヲナスコトヲ教へ且ツ命セラレタリ」という態度で接しようとしたことが敬意とともに記される。こうした精神を伝播することで「四海ノ裡皆兄弟」となり、「血腥キ戦争」を抑止できるというのが「自由貿易、及基督教」の主張である。

注目したいのは、以上の主張に当時の政治小説とは一線を画する政治的展望が表現されていることである。先に見てきたように政治小説が繰り返し描くのは、演説場での英雄的人物の雄姿やその政治的貢献だった。一方蘇峰は、むしろ英雄の政治的貢献の限定性こそを強調し、その上で、「自ラ十字架ニ上リ以テ万民ノ罪ヲ償フ」という、国政と直接的に関わらない宗教的指導者の行動や、「人爾ノ右ノ頬ヲ批タハ左リヲモ転シテ之ヲ向ケヨ」という、政論の構えを持たない、質朴で日常的な言葉こそが人々を感奮させ、ある政治的行動をもたらすことに着目する。(25) すなわち、政治小説が重視する演説場や国会や戦場といった政治的空間の外部で人々の内面が変容を被り、重大な政治的貢献が胚胎するという、政治小説が依拠するのとは明らかに異なる社会改良の見取り図がここで意識されている。

こうした政治的空間の表面には現れにくい政治的効果への着目が、文学の持つ感化力への期待に結びつくことは自然な成り行きと言えるだろう。この点で注目されるのは蘇峰「ジヨン、ブライト」(『国民之友』二六号社説欄、一八八八年七月、のちに徳富蘆花纂訳『如温武雷土伝』〔民友社、一八八九年九月〕収録)である。これは「英国多数の人民を苦しめたる穀物条例を撃破」した政治家ブライトをめぐる人物評である。蘇峰は例によってここで「ナポレオン、ビスマルク等の如き種類の人のみ伝承せらるゝ」状況を批判しつつ、ある高潔な精神(「心事の清浄厳粛」)がブライトを勇気ある政治的行動に導いたことに注意を促す。この文脈で記されるのが次の一節である。

吾人ハ之を聞く、ブライト氏は嘗つて、セッキスピーヤの詞曲中、大僧正ウルジーが、ヘンリー八世の宰相クロンウエルに語りたる、「正を踏んで恐るゝ勿れ」の一語を以て、其終身の金誡となせりと、而して氏が一世の歴史を見るに、氏ハ実に此語に背かざるの人と謂ふ可し、正を踏んで懼れざるは容易の業にあらす、而して古今英雄の弱点職として此処に在るを見れは、吾人かフ《〔ブ〕》ライト氏を尊信し愛慕するも亦た実に止むを得ざるなり、

ここでは「セッキスピーヤの詞曲」中の一節が、ある政治家の意識を一貫して規定し続けたということ、つまり非政治的な表現（文学）がもたらす政治的貢献が意識されている。言い換えれば、政治と文学、穀物条例の打破とシェイクスピアの戯曲は決して別の事柄とは考えられていない。ここに確認できるのは文学の有する感化力への信頼だろう。同様のことを、蘇峰「無名の英雄」（『基督教新聞』二〇四号、一八八七年六月、のちに『静思余録』収録）にも指摘できる。注目されるのは、英雄偏重の言論界を批判し、下層の人民たちに対する「世間の冷淡無頓着」を嘆じるという文脈で、「グレイー氏が村寺の古墳の句」が四行にわたって引用され、共感が献げられる点である。ここからも文学的表現が政治的文脈（英雄偏重の言説群）の中で批判的視点を提供するものとして捉えられていることが分かる。

蘇峰が『将来之日本』や『新日本之青年』などの政治論文の中で「伽羅先代萩」や西洋詩などを好んで引用したのもこうした認識と結びついていたはずである。すなわち、演説場や国会といった政治的領域の出来事だけではなく、宗教家の教えや文学作品の一節さえも人々の内面を変革し、新たな政治的実践の起点となりうるという認識のことである。こうした文学が持つ感化力への着目が、これまで見てきた蘇峰の文学振興策と密接に関わることは言を俟たない。実際、蘇峰による初の文学評論「近来流行の政治小説を評す」では、「蓋し彼の文学者は、社会の明鏡たるのみならず、復た其燈台たらざる可らず」と文学の社会的貢献への期待がはっきりと語られていた。これ以

後、文学と宗教への期待と信頼に支えられた、「インスピレーション」をはじめとする複数の「新文章」が発表されていくことは先に見た通りである。

むろんこのとき文学の価値は社会改良に資するという理由から見出されており、その点は文学の徹底した独立性を主張した後年(一八九三年)の北村透谷[26]とは異なっている。しかし蘇峰の模索は、時期こそ数年ずれるものの、先行する思潮に対抗しつつ文学の庇護をいっそう推し進めた点で決して透谷の模索と違っていたわけではない[27]。本章で強調しておきたいのは、一八八〇年代後半の蘇峰の言論活動を通じて一見政治とは縁のない文学的表現(透谷の言う「美文学」)がこれまで以上に容認、擁護される形での政治(言論)のあり方が提示されたことである。ここに見られるのは、演説場や国会や戦場といった政治的領域の出来事だけではなく、先のような文学的、宗教的な表現をも重大な政治的貢献を生み出す手段として考慮しながら社会運営を構想していこうとする、政治小説とは一線を画する問題意識であり、そこで文学や宗教は、ナポレオンに比肩する社会的貢献を行い、「終身の金誠」として政治家を導きうるほどの営みとして見出され、擁護された。人心が「政治に狂熱」していたという状況の中で透谷や独歩が蘇峰を「美文学の庇護者」、「精神的開国」の推進者として発見したのは、以上のような蘇峰の働きを踏まえたからであったと考えられる。

6 「非文学者」の業績

これまで見てきたように一八八〇年代後半に徳富蘇峰は、政治小説の流行に対抗する形で感想録や文学評論を『国民之友』に発表し、さらに同誌で文学を厚遇し、透谷に「美文学の庇護者」と称えられていた。以上のように文学の地位を高めようとする蘇峰の熱意は当時の言論界の中で突出しており、蘇峰の足跡を功利的、現実的という評言だけで適切に捉えることはできない。こうした活動と結びついていたのが、演説場や国会といった政治的空間とは異なるところで、つまり宗教や文学の言葉を起点にしてもたらされる政治的貢献を考慮しつつ社会改良の契機を探ろうとする問題意識だった。ここでは一見政治とは縁のない文学的表現（透谷の言う「美文学」）がこれまで以上に尊重される形で新たな言論のあり方が構想されており、それは透谷のような青年にも多分に共感を呼び起こすものだった。

補足しておきたいのは坪内逍遥との関係である。一八八〇年代後半に逍遥と蘇峰は文学の地位の向上という共通の目標を持ち、ともに政治小説の批判者だった。しかし政治への態度において両者は異なっている。逍遥にとって政治は特に執着の対象ではなかったが[28]、先述のように蘇峰は、たとえ政治小説のような政治への「狂熱」に染まらなかったとはいえ、依然として文学を政治に密接に関わる営みとして考えていた。こうした「非文学者」（『文学断片』自序）らしさゆえに持ちえただろう魅力を指摘しておかねばならない。透谷や独歩などの若い知識人たちの頭脳は、たとえ文学への傾倒を強めるとはいえ、なおもいくらかの政治的関心によって占められており[29]、もとより戯作者的な気質とは無縁だった。このような頭脳にとって「春のやおぼろ先生戯著」（『一読三歎当世書生気質』一号表紙、一八八五年六月、傍点木村）という字句にも逡巡を見せない逍遥の言説は多分に趣味的に見えた可能性がある[30]。一方、エマソンや西行について語る文脈にもクロムウェルのような名を配し、反戯作的な態度を徹底して貫こうとする蘇峰の言説は、まさにそのような頭脳に強く訴えかけるものだっただろう。透谷や独歩が逍遥に対して蘇峰以上に熱のこもった言及を残していないのは、このような蘇峰の言説の魅力と関係するはずである[31]。

先述のように明治期の思想の流れには政治から文学へという展開がある。ここで進行するのが文学への知識層の青年たちの参入、つまり異質な知の脈絡の合流であり、この動きが新しい表現や思想の展開を切り拓いていくことはのちの透谷や独歩たちの文業からも明らかである。そして以上に見てきたように、この文脈の中で目覚しい働きをなしたのが蘇峰だった。蘇峰という「非文学者」の業績を軽視できない理由がここにある。

注

(1) 例えば明治期の文芸批評の展開を論じる宗像和重「文芸批評の発生」(有精堂編集部編『時代別日本文学史事典 近代編』有精堂出版、一九九四年六月)はこう記している。「弟の徳冨蘆花が「君が眼中より見れば文学の如きは唯経世の一手段のみ」という如く、「平民主義」を掲げる蘇峰らの文学観はきわめて現実的、功利的で、しばしば『文学界』の理想主義と対立し」云々(一四八頁)。他にも、「文芸をむしろ経世の用具としてみる功利的立場に傾き」云々と指摘する家永三郎「国民之友」(『文学』二三巻一号、一九五五年一月)、「文学における社会性、通俗性、目的性の重視」(五八一頁)を特徴として挙げる吉田正信「徳富蘇峰の文学評論」(『新日本古典文学大系明治編26』岩波書店、二〇〇二年一二月)など複数の類例がある。

(2) 以下、本章で取り上げる蘇峰の『国民之友』社説記事はすべて無署名記事である。

(3) 自由民権運動期の表現の功利主義的性格については、次のような坪内逍遥の政治小説批判からも明らかだろう。「(第二)の評言ハ。小説を以て「ユウスフル、アート」(実用技)と同視し。美術を以て専らに政事家の機械となさまくする。実用専門家の妄言なり。是蓋し小説の真味をしらざるものなり」(『一読三歎当世書生気質』九号の自序、晩青堂、一八八五年一〇月)。

(4) 他にも「何等深邃高邁の作ぞ」、「唯心的几〔汎〕神的観念に充てることは今更ら指摘すまじ」(筑峰生「与徳富蘇峰氏書」『日本評論』五九号、一八九四年一月)という『静思余録』評がある。

(5) 透谷も「民友子の観察論を読みたる人は必らず又た民友子の「インスピレーション」を読まざるべからず」(「内部生命論(第一)」『文学界』五号、一八九三年五月)と、この記事を重視していた。『青年思海』一四号、透谷、堺利彦の言及はすでに木村直恵『〈青年〉の誕生』(新曜社、一九九八年二月)三三五~三三六頁で触れられている。島崎藤村も明治学院時代の思い出を記す部分で、「徳富蘇峰氏の『インスピレエション』などいふ説が、その講堂で発表された」(「明治学院の学窓」『新片町より』左久良書房、一九〇九年九月、二六八頁)と述べている。

(6) こうした明治史の素描は、福沢諭吉を「物質的智識上の文明」の輸入者とし、新島襄を「精神的道徳の文明」の輸入者とする蘇峰「福澤諭吉君と新島襄君」(『国民之友』一七号社説欄、一八八八年三月、のちに『人物管見』〔後述〕収録)に倣ったと考えられる。実際、「民友記者徳富猪一郎氏」中の「爾政治家よ」云々、「爾等文学者よ」云々、「爾事業家よ」云々という引用部分（三～四頁）は、出典が示されていないが、蘇峰の当記事一二～一三頁に拠っている。つまり「民友記者徳富猪一郎氏」は蘇峰という対象を、蘇峰の認識の枠組み自体に依拠しながら論じており、独歩の視野が幾重にも蘇峰の主張に規定されていたことが分かる。

（7）その点については有山輝雄「言論の商業化」（『コミュニケーション研究紀要』四輯、一九八六年七月）に詳しい。

（8）柳田泉『政治小説研究』下巻（春秋社、一九六八年一二月）の「政治小説年表」によると、一八八〇年代後半の政治小説の刊行数の推移は次の通り。一八八五年一七点、一八八六年二七点、一八八七年一〇一点、一八八八年一二二点、一八八九年五二点。

（9）中村完の「近来流行の政治小説を評す」注釈（『日本近代文学大系』五七巻、角川書店、一九七二年九月）七〇頁。

（10）演説は政治小説で執拗に取り上げられた題材である（後述）。「壮士」「慷慨」も政治小説と密接に結びついた語である。例えば『政治小説雪中梅』の頭注で主人公の国野基は「慷慨ノ壮士」として触れられているし（上編一一三頁）、『佳人之奇遇』は「壮士令嬢の憤怨慷慨を漏す」小説と評されていた（慨世居士「歴史を以て小説に代へバ如何」『読売新聞』一八八八年五月二五日）。「虎狩」、「狇猴冠」という語は、政治小説で描かれる武勇譚や主人公たちの俗物性を踏まえたものだろう。なおすでに服部嘉香「明治初期の大衆文学」（『早稲田文学』二五五号、一九二七年四月）は先の蘇峰の言明を政治小説への罵倒として取り上げている（九五頁）。

（11）厳密には『経世偉勲』は伝記とすべきだが、「政治的小説」（後編再版本〔一八八七年一月〕巻末の後編に関する批評摘要、六頁）としても受容されていた。

（12）例えば末広鉄腸『二十三年未来記』（博文堂、一八八六年五月）は、「国会ノ議場ニ於テ他党ヲ制止シテ自党ノ勢力ヲ拡張スル者ハ一ニ弁論ノ力ナリ」と述べ、「公衆ノ前ニ立テ充分ノ意見ヲ陳述シ以テ多数ヲ感動セシムルノ伎倆」がなければ「政事上ノ改革ヲ成就」できないと説く（九六～九七頁）。

（13）周知のようにルソーの著作は自由民権運動に大きな影響を与えており、『政治小説雪中梅』でも当時の言論の様子が、「ルーソーの丸呑に非らざればスペンサーの仮声《こはいろ》なり」（上編三五頁）と触れられている。北村透谷「三日幻境」（『女学雑誌』三二五～三二七号、一八九二年八～九月）にも「わがルーソー、ボルテイアの輩に欺《おほ》かれ了らず」云々とあり、ルソーという名と政治の結びつきが分かる。

（14）以下参照。森鷗外訳「懺悔記」（ルウソオ著、『立憲自由新聞』一八九一年三月一八日～五月一日）、綱島梁川「禅思録」（『病間録』金尾文淵堂、一九〇五年一〇月）、島崎藤村「ルウソオの『懺悔』中に見出したる自己」（『新片町より』前掲）。

（15）貫宇迂史「将来之日本」（『出版月評』一号、一八八七年八月）も『将来之日本』での特徴的な引用をこう評している。「杜甫の詩、神皇正統記、加羅千代萩、抔は場所柄には左程要用にあらねと著者か青年洋学者流と違ひ和漢とも十分に渉猟せらるゝことを表するに足らんか」。この評からも蘇峰による文学作品の引用が意外性を持つものだったことが分かる。なお貫宇迂史は、蘇峰『新聞記者と新聞』（民友社、一九二九年七月）一七五頁で指摘されているように陸羯南を指す。

（16）『国民之友』刊行時に『東京経済雑誌』と『六合雑誌』が有力な評論雑誌だったことは、蘇峰が「民友社と『国民之友』」（『日本文学講座11』改造社、一九三四年一月）でこの二誌と比較しつつ『国民之友』の意義を説明していたことからも明らかである。また無署名「文学」（『早稲田文学』七年一二号、一八九八年九月）にも、「顧みれば『国民之友』の始めて世に出でたる当時、兎に角に雑誌の体をなしたるものを挙ぐれば、僅かに『経済雑誌』、『六合雑誌』、『東洋学藝雑誌』、『哲学雑誌』等の数者を出でざりき」とある。

（17）試みに『国民之友』創刊年（一八八七年）の三誌を比較すると、『東京経済雑誌』で小説の書評に費やされた文字数は約三五八〇字、『国民之友』の文字数は約一万五五五〇字（つまり『東京経済雑誌』の四倍以上）であり、『六合雑誌』に小説の書評はない。

（18）文学作品の掲載は収益の拡大という点からも重視された。有山輝雄「言論の商業化」（前掲）一四〜一五頁参照。

（19）例えば以下。大和田建樹『明治文学史』（博文館、一八九四年一〇月）一二五頁、高山樗牛「『国民の友』を惜む」（『太陽』四巻一八号、一八九八年九月、無署名、のちに『樗牛全集』二巻〈博文館、一九〇五年二月〉収録）、SM生「はきよせ」（『六合雑誌』二一三号、一八九八年九月）、無署名「文学」（『早稲田文学』七年一二号、一八九八年九月）。

（20）高野静子「明治二一年に発会した『文学会』について」（『日本史研究』二五二号、一九八三年八月）、同「解題」（『民友社思想文学叢書』別巻、三一書房、一九八五年五月）を参照。

（21）蘇峰「北村透谷集を読む」（『好書品題』民友社、一九二八年四月）にこう記されている。「未定稿にして絶筆たる『ヱ《ママ》マルソン』は、実に予が親しく君を訪うて、依嘱したる稿にかゝる。君と予と、未だ全く没交渉といふ可きではない」（四〇頁）。また同じ記事に「透谷君の予に対する心情はいざ知らず、予自身は君を愛好した。而して今尚ほ愛好するの情に禁《た》へない」（三五頁）とある。この点からも当時の蘇峰の認識を、透谷と対立させつつ理解するだけでは不十分であることが分かる。

（22）「言志」（『国民之友』二六四号、一八九五年一〇月、無署名だが文面から筆者は明らかに蘇峰）、蘇峰『蘇峰自伝』（中央公論社、一九三五年九月）二二三頁等の記述を参照。

（23）木村直恵『〈青年〉の誕生』（前掲）第Ⅰ〜Ⅲ章で詳述される、『国民之友』を中心として展開された壮士批判もこれと関わるだろう。

(24) 同志社遊学時代の蘇峰のキリスト教受容、新島襄との関連については杉井六郎「蘇峰におけるキリスト教」(『徳富蘇峰の研究』法政大学出版局、一九七七年七月)に詳しい。蘇峰は一八七六年に新島襄より洗礼を受けるが、一八七〇年代末頃にはキリスト教への信仰心を失う。ただそれ以後もキリスト教に一定の関心を抱き続けていた。植手通有「解題」(『明治文学全集34』筑摩書房、一九七四年四月)は一八八〇年代後半に蘇峰がキリスト教を「一種の勤勉主義・真面目主義の道徳」(三七三頁)として重視していたと指摘しているが、蘇峰のキリスト教受容についてはもう少し補足が必要だろう。本章は、蘇峰が政治小説(自由民権運動期)の思考原理との対立関係という文脈の中でキリスト教の意義を再発見していたことを指摘しておきたい。

(25) 付言しておくと、のちに蘇峰の思想はしだいにキリスト教的な発想から離れ、日清戦争頃には人間を律する道徳上の基盤として国家という観念を重視していくようになる。この点は坂本多加雄『市場・道徳・秩序』(ちくま学芸文庫、二〇〇七年七月、単行本初出一九九一年)一三〇頁以下で考察されている。

(26) 透谷「人生に相渉るとは何の謂ぞ」(『文学界』二号、一八九三年二月)を参照。

(27) ではなぜ蘇峰に功利主義者という一面的な評価が長らく与えられてきたのか。ここには、のちに透谷が主張した一種の文学至上主義が文壇で力を持つに至り、つねに透谷との比較から蘇峰が理解されてきたという事情が大きく関係しているだろう。特に明治期最大の文学運動だった自然主義運動の担い手たちが透谷の文業を顕彰した際に蘇峰と対立関係にあったという経緯は重要と思われる。この点については本書第11章第3節で検討する。

(28) 「将又《はたまた》政治とやら議論小説とやら左様な怖《こわ》らしき六かしい物ハ一度少しばかり手を附たばかり其後ハ遣る気もなく書いた事もなく」(坪内逍遥「ヤヨ喃《なう》暫らく、白雪《はくせつ》山人に物申さん」『読売新聞』一八八七年一月二一日、署名春のやの隠居)。この戯作的な文体にも留意したい。

(29) その点を、例えば透谷「国民之友対自由党」(『評論』四号、一八九三年五月)、独歩「『伊太利建国三傑』を読む」(『青年文学』一三号、一八九二年一一月、署名てつぷ)等の発言に確認できる。

(30) その点で蘇峰の次のような言及は示唆的である。「私は『小説神髄』も、正直な所読まない。『書生気質』も拝見しない。(中略)多分坪内先生も明治時代の一九とか、三馬とか云ふ質のお方であらうと私はひそかに考へた」(『老記者叢話』民友社、一九三〇年三月、六五頁)。ただし蘇峰「人民の手に依りて成立する大学」(『国民之友』一九号、一八八八年四月、無署名だが一二頁の「既に吾人が前号(国民之友第十七号)に於て」云々から蘇峰の手になると判断できる)には、「吾人は嘗つて春の屋氏の「書生気質」を瞥見し」とあり、「近来流行の政治小説を評す」(前掲)にも、「馬琴氏の八犬伝の如きは、明治の新小説家より、様々の批難を受けたり」とあり、少なくとも蘇峰は逍遥の言説について一定の知識を持っていたと考えられる。もっとも、先の『老記者叢話』の記述に見られるように、両者に相容れない部分があったことも確実だろう。なお笹淵友一『浪漫主義文学の誕生』（明治書院、一九五八年一月）五五三頁以下は別の点から両者の関連を指摘している。

（31）独歩と幾度か接する機会を持った正宗白鳥がのちに次のような発言を残していることは示唆的である。「国木田などが信仰を離れたことを、坪内逍遙の悪感化に依るやうに、師〔植村正久〕は云つてゐたが、それは明らかに間違ひである。第一、独歩は逍遙を嫌つてゐた。私だつて、逍遙によつて、わが信仰を毫末も左右されたとは思つてゐない」（「内村鑑三」『社会』四巻四〜五号、一九四九年四〜五月、『正宗白鳥全集』二五巻、一九八四年六月、福武書店、二三七頁）。

第2章　経世と詩人論

——徳富蘇峰の批評活動

1　はじめに

国木田独歩が文学者を志す以前に東京専門学校の英語政治科に籍を置く政治青年だったことはよく知られている。ではそのような人物が文学者を目指すようになる過程には何が介在していたのか。

自由民権運動の終息とともに多くの青年たちが文学に強い関心を持ち始めたことは、当人たちの回想によって分かる。とりわけ一八九〇年前後の数年間は、紅露逍鷗（尾崎紅葉、幸田露伴、坪内逍遥、森鷗外）の活躍、『しからみ草紙』（一八八九年一〇月創刊）や『早稲田文学』（一八九一年一〇月創刊）など複数の文学雑誌の刊行によって文学がこれまで以上に活況を呈した時期に当たる。この頃からしだいに文学への関心を深めていく独歩の辿る軌跡も、一応その動向のささやかな一例と位置づけられるかもしれない。しかし当時の独歩は紅露逍鷗の動向に目立った反応を見せておらず、独歩が文学への関心をはっきりと語った最も早い時期の発言である「田家文学とは何ぞ」（『青年文学』一三号、一八九二年一一月、署名鉄斧生）で、鷗外と逍遥の間で争われた有名な没理想論争は「滑稽戯」「迷信謬説」と記されるにすぎない。そのことは、以上に述べた動向とは別のところで独歩のような政治青年に文学の意義を啓発していく展開があったことを示している。この展開に今一度注目してみることは、同時代の政治から文学へという動きがいかなる歴史的な転換をもたらしたかを見直すことに繋がるはずである。

前章でも見たように、先の独歩の軌跡を大きく方向づけたと考えられるのは徳富蘇峰の言論活動である。政治的論評を主眼とした蘇峰の活動は、この時期の文学を扱う研究においてあまり注目されていないが、前章に引き続きこの言論人を文学史の重要人物として取り上げたい。蘇峰は、たとえ実作者ではなかったにせよ、際立った熱心さで文学の擁護に努めた人物だった。その点を、蘇峰が一八八七年二月に刊行した評論雑誌『国民之友』の特異さについて述べた内田魯庵の回想によってあらためて確認しておこう。

当時徳富蘇峰の『国民之友』は政治を中心として普《あまね》く各方面の名士を寄書家に網羅し、鬱然として思想壇に重きをなした雑誌界の覇王であつた。此の『国民之友』が特別附録として小説を載せ初めたのは従来此種の評論雑誌が漢詩文或は国風の外は小説其他の純粋美文を決して載せなかつた習慣を破つた破天荒の新例であつた。随つて『国民之友』の附録は著るしく読書界の興味を惹き、尋常小説読者以外の知識階級者の注目をも集めて世評の焼点となつた。（「美妙斎美妙」『おもひ出す人々』春秋社、一九二五年六月、二五〜二六頁）

『国民之友』は「小説其他の純粋美文」の積極的な掲載という点で評論雑誌の「破天荒の新例」だった。その点は、前章で見たように北村透谷も「美文学の庇護者」として『国民之友』への愛着を語っていたことからも確かめられる（「静思余録を読む」『評論』五号、一八九三年六月）。さらに一八九〇年二月に蘇峰が刊行した『国民新聞』に関しても、「近来新聞紙の調子少しく一変せんとす、喜こぶべきこと也、特に国民新聞の如く文学的ならんとするものも新に起り（下略）」（無署名「新聞紙なくんば天下太平なり」『女学雑誌』一九九号、一八九〇年二月）[1]という評が現れたように、文学重視の姿勢は同時代の注目を呼ぶ。蘇峰の言論活動の特異さはそれだけに留まらない。文学的修辞を凝らした革新的な文体、また文学者、詩人たちの言葉を縦横に引用するその特異な論説は、それ自体個性的な文学的実践として大きな反響を集めた[2]。そのことは、蘇峰が文学の意味と機能に関して従来の言論人とは異なる自覚を備えていたことを示している。

とりわけ蘇峰が文学への介入を端的な形で行ったのは、『国民之友』『国民新聞』を主要な舞台として政治論説と並行して発表された初期の文学評論である。その多くは政治論説と同じく『国民之友』社説記事として書かれた。本章はこの一連の発言を再検討していく。それによって同時代の文学的通念との対立を深めながら文化の政治的機能について新たな理解を打ち立てていった、紅露逍鷗とは異なる動向を明らかにしたい。

2　評論「新日本の詩人」

特に徳富蘇峰の批評活動の意欲と挑発性を際立って表す事例として取り上げたいのは、同時代の歌人たちを論敵とする形で行われた一連の詩人論である。この時期、蘇峰は「新日本の詩人」という同題の二つの詩人論を発表している。一つは一八八八年八月に『国民之友』第二八号社説欄に発表されたもの、もう一つは青年文学会第二回例会（一八九〇年一一月二三日）で講演され、一八九一年三月に『青年文学雑誌』第一号で活字化されたものである（ともに『文学断片』〔民友社、一八九四年三月〕収録）。記事の存在自体はよく知られているものの、それが同時代の歌人たちとの間に深刻な対立を引き起こしつつ生まれたことは従来ほとんど注目されていない。

近代短歌史研究の見地からは、蘇峰の発言は和歌に疎い部外者の提言の一つとして取り扱われるにすぎない[3]。またこの時期の蘇峰を扱った研究も歌人たちとの対立に目立った関心を寄せていない。笹淵友一『浪漫主義文学の誕生』（明治書院、一九五八年一月）はこの点にわずかに言及しているが、「蘇峰の和歌の理解は極めて浅薄粗雑であり、「その和歌漢詩論の大雑把さは「新体詩抄」の詩歌論と相通ずる啓蒙時代のきめの荒さなのである」（五六三頁）と、何らそこに積極的な意味を見出していない。もちろん今日の眼から見て蘇峰の和歌批判に「浅薄粗雑」な部分を挙げることは容易である。しかし本章はあえてこう問いたい。その「浅薄粗雑」な主張にも同時代に固有の意味がなかったかと。留意したいのは、この和歌批判が一定の賛同によって迎えられるとともに、そこから詩に関する独自の理解が慌ただしく形成されていくことである。以下、そのような様相を検討していく。

『国民之友』社説の「新日本の詩人」には、「題目」（題詠）や「三十一仮文字」という形式への非難において、萩野由之「小言」（『東洋学会雑誌』四号、一八八七年三月）以来活況を呈していた和歌改良論議との共通性が認められる。では「新日本の詩人」がそうした論議の中で持つ個性とはいかなるものなのか。蘇峰はこう主張する。

凡そ詩人の出るは、必ず一代の気運と関係を有する者なり、（中略）而して是等の詩人皆な一世思想の潮流の上に浮み出てたる者にして、其人々の歌ふ所は、皆な其時代の反射ならさるはなし、即ち英国清教徒革命にミルトンの出てたるか如き、仏国革命の風雲延いてバイロンを生したるか如き、皆な然りとす、未た知らず我か新日本の風雲は、果して斯くの如き詩人を生出するの力無きや否や、（傍線原文）

「新日本の詩人」は詩人の営みを「英国清教徒革命」「仏国革命」といった出来事と不可分のものとして把握する。詩の改良を訴える当時の論者たちの多くが詩の長短や格調といった形式面での論議に終始していたことを考慮すると、そのような詩人と政治の関係の描き出しに独自の主張があったと判断される。そして「革命」の参画者としての詩人像は和歌との対比によって示される。

和歌の如きハ、（中略）其格調声律に拘はるの疾ひも随分伝染し、且つ如何に雄大高尚の思想を歌はんとするも、僅々たる三十一仮文字の内に含蓄せざるを得ざるが為に、恰も太平洋の水を盆石に盛るに異ならず、如何なる魔術師と雖も、到底能くす可きに非す、故に其極々秀逸なる者が、僅かに花に鳴く鶯、水に栖む蛙の歌へる類にして、未た以て目に見へぬ鬼神をも驚かし、猛き武夫の心をも柔らくと云ふが如き者あるを見ず、鶯啼蛙鳴、随分耳に快からざるに非されども、要するに唯た是れ未た活ける生命の水たる事能はざるなり、

「花に鳴く鶯、水に栖む蛙」云々とある部分は、言うまでもなく紀貫之の『古今和歌集』（以下『古今集』）仮名序を踏まえている。[4] 仮名序では「花に鳴く鶯、水にすむ蛙の声」は尊重すべき詩題の例として言及されるが、蘇峰にとって同じものは「雄大高尚の思想」を容れない日本の詩の矮小さを示すものとして再解釈され、本来の意味内容は意図的にずらされる。ではこのように『古今集』仮名序を揶揄した主張はいかにして受容されたのか。

この当時、あるべき歌の姿を説いた一種の聖典として尊ばれたのが『古今集』仮名序に他ならない。歌壇の主流だった桂園派は『古今集』を詠歌の範としており、御歌所《おうたどころ》所長だった桂園派歌人の高崎正風は一八八三年一月六日の御講書始の際、『古今集』仮名序について「紀貫之が満腔の精神を揮ひやまと歌の神髄を説尽し置きました此序文に勝るものハございませぬ」と明治天皇に講じたという（香川景敏記『進講筆記』大口鯛二編、吉川半七、一八九三年五月、一丁ウ）。また民間桂園派の代表的論客であった池袋清風も「和歌の略史」（『郵便報知新聞』一八八八年八月二三～二八日）で、「古今集に至て和歌の中庸也基本也標準也」とし、「詠歌者は必之を熟読すべき也」と記していた。この二つの事例の背後には、「明治初期・中期の歌集が、古今集、ことにその序文に書かれた思想・文言に準拠して出版されていた」[5] という状況があった。このような『古今集』に対する歌人たちの一様な畏敬の念を考慮すると、「新日本の詩人」における仮名序の疎かな扱いが多分に横暴なものと映ったことは想像に難くない。[6]

事実、次号の『国民之友』投書欄には井上通泰の反論「新日本詩人の評」（二九号、一八八八年九月）が掲載される。井上は言う。

又和哥ノ美ハ誠ニ美ナレトモ其美甚少ニ甚薄ク甚軽シ云々トアレド何故少ク軽ク薄キヤヲ仰セラレザレバ漠トシテ御意ヲ伺フニ由ナシ小生ハ和哥ノ美ハ決シテ少ナカラス軽カラス薄カラスト信候

この文言からも蘇峰の主張が「和哥ノ美」の信奉者たちの強い反発を買うものであったことが理解される。では井上通泰とは誰なのか。この人物が森鷗外の友人で、「於母影」（『国民之友』五八号夏季附録、一八八九年八月、署名S. S. S.）の訳者の一人だったことはよく知られているが、同時に踏まえておきたいのは、井上がこの反論からまもなく池袋清風とともに民間桂園派の代表的論客として活躍していく人物だったことである。一八八九年より井上は桂園派歌人の著作を率先して紹介していくとともに、『しからみ草紙』上で桂園派歌人の事跡を調査、発掘する企画を始める。[7] その活動は大きな注目を呼んだらしく、のちに大谷望之「桂園派の流行」（『しからみ草紙』二九号、一八九二年二月）は、井上が池袋清風と並んで桂園派を「現今の流行」に至らしめた人物だったと記している。そして後述のように蘇峰が再度「新日本の詩人」を発表する際に論敵とした人物こそこの井上に他ならない。

付言しておくと、蘇峰に反論したのは井上だけではなかった。ここで紹介しておきたいのは、同じ『国民之友』第二九号の時事欄に載せられた無署名記事「我にはゆるせ敷嶋の道」である。[8] 内容から筆者は明らかに蘇峰と判断されるが、そこで蘇峰は「新日本の詩人」に対して「忽ち人丸赤人の流れを酌める方々よりして、種々の注意を下された」ことを明らかにしている。以後、蘇峰がこのような歌人たちを論敵として意識しつつ批評活動を行わねばならなかったことは重要だろう。蘇峰はこの時事欄の記事を次のように締めくくる。

若し吾人が云々したる所にして、世の歌仙達の機嫌を損するが如き事あらば、偏へに其容赦を願はざるを得ず、古歌に曰はすや、「人ことに一つのくせハあるもの丶我れにハ許せ敷島の道」と国民之友記者は正に曰ハんとす、「我にはゆるせ批評の道」と、

ここで明らかなのは、蘇峰の「批評の道」が「世の歌仙達」という論敵との関係から自覚されるに至ったことである。こうした両者の齟齬によって露呈したのは、詩がどこに所属するかという見解の違いだったと言える。先述のように蘇峰にとって詩の制作は、「英国清教徒革命」「仏国革命」といった出来事と不可分な営みとして位置づけられ、それゆえ「花に鳴く鶯、水にすむ蛙の声」に拘泥する日本の詩的伝統はあるべき詩の姿からの後退として否定される。一方、井上のような歌人から見れば、そのような詩の再定義は「和哥ノ美」あるいは『古今集』以来の詩的伝統への重大な背反として見逃せるものではなかった。ではこの応酬の後、蘇峰の「批評の道」はいかにして展開していくのか。

3　宮崎湖処子『帰省』

すでに述べたように蘇峰は『国民之友』社説の「新日本の詩人」の発表後になおも和歌批判を展開し、後述のようにそこで歌人に対する対抗姿勢をいっそう鮮明にしている。おそらく蘇峰にはそのようにせねばならなかった必然性があったはずである。ここで注目したいのは宮崎湖処子《こしょし》の文学活動である（図2-1）。湖処子は当初から蘇峰の先の詩人論に好意的に言及しており、[9]一八九〇年から民友社社員として蘇峰のもとで著作活動を始めていく。よ

図 2-1　1896 年頃の宮崎湖処子（左）と国木田独歩（右）。『新潮』9 巻 1 号（1908 年 7 月）より。

く知られている『帰省』（民友社、一八九〇年六月）はこの時期の湖処子の文学的模索を集約した成果だった。従来の研究で『帰省』は、主に遊学書生の増加、それに伴う故郷、田舎という主題の浮上などの社会的文脈との関わりから論じられてきた。[10]しかし本章は、そうした文脈からだけでは湖処子の試みが同時代に担った役割を説明しえないと考える。先に見た蘇峰の批評活動を視野に入れると、この時期の文学史の中で湖処子が担った別の役割が浮上するだろう。注目したいのは、その試みが「世の歌仙達」の詩歌とは異なる表現の確立を図り、蘇峰の先の主張に加勢すべく現れたことである。

まず『帰省』に作者自身（「我」）の複数の新体詩が掲げられることに注意したい。つまりその内容は、作者の郷里、福岡県三奈木地方の生活者たちの報告であると同時に、西洋的な詩（新体詩）を制作する一人の詩人の自己言及でもあった。特に注目したいのは、この詩人が『古今集』を仰ぐ歌人たちとは対蹠的な言語実践を行おうとしたことである。そのことをよく表すのは、三奈木地方の生活者たちに対するこの詩人の特徴的な構え方である。一例として「第五　郷党」で叔父の家を訪問するくだりを見ておく。「我」はそこで叔父の娘である寡婦の身の上話を聞いた後、次のようなやりとりを行う。

　我聞きて称讃に堪へず、寡婦に曰ふ、
「実に卿は生れ乍らの学者なり。隠れたる君子なり。世は皆な論語読みの論語知らず。（中略）卿の胸には論語あり」と。
渠は大に驚きて答へり、「妾は決して文字を知らず書をも読まず。妾は唯貧しき賤女《しづのめ》なり。斯る賞美を受くべからず。妾は唯苦にならざる程に貧に親しきを知るのみ」と。（七三〜七四頁）

『帰省』は、このように「我」という詩人の介在によって、「文字を知らず書をも読まず」という寡婦をあくまで敬意の対象（「卿の胸には論語あり」）として捉える視点を仮設する。三奈木地方の生活者に対するそのような丁重な扱いを他の多くの場面にも指摘できる。『帰省』を特徴づけるのは、生活上の困難を抱える郷里の者たちの声に敬意をもって耳を傾け、その声を集成していこうとする「我」の姿である。特に「第五　郷党」は多くの親類たちへの取材によって得た見聞の報告という趣を持ち、先の寡婦とのやりとりでは「結髪、機織《はた》、裁縫」を妹に教える苦労、無謀な事業に奔走する弟、また病父と暮らす零落した境遇は寡婦の声をそのまま引用する形（直接話法）で提示される。こうした声の媒介はすでに「一杯の水」（『国民新聞』一八九〇年六月一日）で試みられている。湖処子はそこで、「今や年時凶して物価高く、金銭得難ふして流民多し而も此悲運の行々増長するの憂あり」と現状に触れ、「聞ずや詩人は乞食者に代りて其乞願を左の如く陳したるを」と断わった上で、貧民の苦境を代弁した新体詩を載せている。『帰省』はそうした社会下層の者たちの声を集成し代弁する作業を、郷里の三奈木地方を舞台にしていっそう大掛かりに展開した試みだった。

このように「文字を知らず書をも読まず」という「田舎漢」（『帰省』七六頁）たちの声を社会化しようとした湖処子の試みが、『古今集』の支持者たる当時の歌人たちとの決定的な相違点だったことに注意したい。この時期、『古今集』の貴さを語る歌人たちは、「田舎漢」の対比項たる「貴族」（蘇峰「田舎漢」『国民之友』五二号社説欄、一八八九年六月）と親密な関係を持っていた。御歌所歌人の高崎正風が「〔島津久光従一位公の〕大勲位に叙せられ給ひしを賀て」

（一八八七年）といった詞書を持つ和歌を詠んでいるのはその一例である。[11]（高崎自身も勲功により一八八七年五月に男爵を与えられ、その栄誉を歌にしている。[12]）民間歌人たちも御歌所歌人たちの活動を歓迎していた。池袋清風は「和歌の略史」（前掲）で一八八八年の御歌所の設置を和歌史上特筆すべき事件として取り上げているし、井上通泰も高崎正風とその門弟の香川景敏と同じ宿を共にした体験を記した「をりにふれたる」（『国民之友』九六号藻塩草欄、一八九〇年一〇月）という記事を発表している。[13] 留意したいのは、このように「貴族」に好意的であろうとする歌人たちが「田舎漢」に対していかなる視線を向けたかである。

人は天然の景情に感じて和歌の道に入るもの甚だ鮮く、詠歌して始めて天然の雅味を識るは余が常に実験する所たり。山野の樵農夫常に天然の景色四季の変換を熟視するも雅味には無感覚なるを以て知るべし。故に一般の世俗中甚きは（中略）年々眼前に現れ朝暮接する所の四季の変換花鳥風月の憐もサツパリ夢で通り、唯昨日雨で今日は日が照り、夏は熱く冬には雪が降ると云ふ事を弁ふるのみ。（池袋清風「和歌概論」『東京日日新聞』一八八八年六月二九日〜七月八日）[14]

池袋清風が「山野の樵農夫」に言い及ぶ際に前景化されるのは、その尊重するに足らない内的な貧困さ（「雅味には無感覚」「四季の変換花鳥風月の憐もサツパリ夢で通り」）だった。ここから分かるのは、池袋のような歌人には「山野の樵農夫」の代弁の必要性など思いも寄らなかったことである。同じような意識が井上通泰にも抱かれていたことを窺わせるのは、「貴びと」の流浪とその不慮の死を歌った「秋の夜（長歌）」（『国民之友』一二〇号藻塩草欄、一八九一年六月）である。そこに確認されるのは、「貴びと」、つまり「雅味」「花鳥風月の憐」を知る者の経験こそが尊重されるべき歌の主題であるという見地だろう。そのことに留意するとき、三奈木地方の一介の寡婦に対峙する際に「卿の胸には論語あり」という視点を仮設してみようとする同じ時期の湖処子の詩的言語が何と対立的だったかが明らかとなる。すなわち、『帰省』が自負しつつ描き出したのは、三奈木地方の「田舎漢」たちの経験とともに、それを広く社会化することに意義を見出した、同時代の歌人とは大きく異なる詩人の姿自体でもあった。

そのような試みが蘇峰の文学評論と補完的な関係にあったことは明らかであろう。蘇峰自身、「天然と同化せよ！」（『国民新聞』一八九〇年四月一三日、署名大江逸、のちに『文学断片』収録）で「古今集を読まぬ賤《しづ》の山男《やまお》」を、仕事帰りの夕陽の風景に「粛然」と心を動かすような能動的な感性の所有者として登場させていた。そのような人物がいちはやく「帰省を読む」という長大な書評を『国民之友』社説欄（八八号、一八九〇年七月、のちに『文学断片』収録）に掲載することは自然の成り行きだった。そこで蘇峰は、「格調の為に圧迫せられ、偏固なる、鄙俚なる、浮靡なる、軽佻なる思想に束縛せられ」た「漢詩和歌」とは一線を画する「一種の無韻詩」として『帰省』の達成を祝福する。[15] すなわち、『帰省』の出現は、『古今集』を範として仰ぐのではない、以前の「新日本の詩人」の論旨に適う詩の獲得を意味していたと言える。

しかし湖処子が確認させたのはそれだけではなかったと考えられる。留意しておきたいのは、詩人としての湖処子の声名が高まるとともに、その作品への攻撃も激化していたことである。端的な一例は、一八九〇年八月、『読売新聞』に猿阿弥「湖処子の詩を拝見して」（一六日）、後猿阿弥「湖処子が新体詩を拝見して」（二〇～二一日）、湯島の世捨人「湖処子論」（二二日）という湖処子の詩の拙劣さを非難する記事が集中的に掲載されることである。そこには、「湖処子の歌実に拙なり（中略）実ハ足下の作をよみをへたることなし如何にとなれば一二句をよみて既に片腹いたくなれバなり」（湯島の世捨人）といった露骨な誹謗が記されていた。井上通泰も湖処子の詩を難じた者たちの一人だった。湖処子「山田美妙斎に答ふ」（『国民新聞』一八九〇年九月二六日）には、「此間井上通泰氏処子が詩を評して曰く意到れり語至らずと」という言及がある。むろんこれまでの詩的伝統を踏まえるとき、和歌、和文の専門的訓練を受けず、しばしば初歩的な文法的誤りさえ犯してしまう湖処子の表現があまりに蕪雑だったことは確かだろう。[16] 井上から見ればそのような文学表現を斥けることは、日本の貴い詩的伝統の保護のためにぜひとも必要だったろう。しかし蘇峰にとってその意味するものは異なっていたはずである。蘇峰から見て同じことは、同時代の三奈木地方の「田舎漢」たちの経験を社会化していく「詩人」の企てに何ら価値を見出そうとしない既存の文化状況の頑迷さを安易に肯定してしまう挙動と映ったはずである。

以上のように湖処子の創作活動は、既存の詩歌を打破しようとした有力な試みだったが、同時にそうした試みに対する同時代の一様な無理解と不寛容さを端的に浮かび上がらせる契機ともなっていた。おそらくそのことは詩の変革の必要をあらためて蘇峰に確認させるとともに、いっそうの和歌批判の推進を迫ったと想像される。実際、先述のように蘇峰が青年文学会第二回例会で「新日本の詩人」という以前の詩論と同じ題で講演し、井上通泰の名に触れながら過激な和歌批判を行うのはそれからまもなくのことだった。

4　講演「新日本の詩人」

次に示すのは、講演「新日本の詩人」の冒頭部分の一節である。(引用は『青年文学雑誌』一号に掲載された講演筆記による。)

曾て私が歌の事を論じましたらバ井上通泰君が私に書を与へて大ひに私の間違つた事や何かを御諭しになりました、(中略) それから井上通泰君に就ひて略ぼ徳川以来和歌の歴史といふものを聞きました兎に角些トは聞ひて居ります、その些ト聞ひて居る所に拠つて見れバ必ず私の是まで論じた所を確むるです、(中略) 乍併先づ私の方では今まで私が和歌に付て不感服な材料を得たです、それはドッチでも宜い、併し兎に角日本の歌人といふ御方は言葉や何かには余程骨を折り肝を絞られて居るといふ事は明白な事実であります、例へバ和歌に三木三鳥の伝ありといふ事、若くは「久方の」といふ言葉は皆伝免許を受けた人でなければバ、使ふ事は出来ぬといふ事、最早和歌の世界といふものは言葉でチャンと極つて居る、言葉で極つて居るからして言葉の外に出る観念といふものはその中に入ることを許さないやうになつて居るです、その証拠といふものはモーチャント歌には題が極つて居る、題外の歌といふものは殆ど作る事が出来ないやうになつて居る、その筈です、

以前の「新日本の詩人」に対する井上通泰の反論の後、蘇峰は井上から「徳川以来和歌の歴史」を学んだという。そこで得た和歌の知識は、今度は井上の意図とは無関係に自身の文脈の中で利用される。この記事で古今伝授（「三木三鳥の伝」云々）は、『古今集』以来の詩的伝統の貴さへの敬意のために触れられるのではなく、「題外の歌といふものは殆ど作る事が出来ない」という規制を維持し続けた歌人たちの頑迷さの証左として把握し直される。講演「新日本の詩人」は冒頭でこのように井上とは対立的な批評的立場を明言し、その上で歌人たちによって歌われ損ねた豊穣な「詩の材料」を強調する。すなわち、「神代の口碑」、「神仙談、フェーリー、テル」、「田舎」の「お婆さんお爺さん」への取材によって得られる「口碑」、「流行唄」、「田舎に住つて此旧日本の生活をして居る所の農夫の有様」といった材料である。ここで「詩の材料」への感度という観点が設定されることで従来の詩歌の負の側面が明確に指摘される。重要なのは、このように和歌を批判的に吟味しようとする視野の中でそれに対比されるべき西洋詩の革新性が具体的に自覚されることである。例えばそこで「誰が作つたとも知れない」ような「俚歌」を少し直して「薔薇歌」という「絶調」を制作したゲーテの創作方法の自在さが言及されるし、別のところではワーズワスの意欲的な姿勢が強調される。

ウオルツウオルスが言つた句に「道傍に咲ひて居る所のアノ無名艸でも自分が涙を流すよりマダ深き所の意味がその中に籠つて居る」といふ詩かある、若しウオルツウオルスや何かの心事《こゝろもち》になつて見れば日本の詩人ハ本統に難有迷惑する程景色に富んで居るです、別にソノ飛流直下三千丈とか何とか大きい瀧を見なけれバ詩か作れぬの、何のといふものでハないのである、

蘇峰が指摘するのは、「道傍に咲ひて居る所のアノ無名艸」にさえ意味を見出そうとする貪欲さにおいて、西洋詩が日本の詩的伝統との間に無視しえない違いを持つということである。このような西洋詩と従来の詩的伝統との対比に蘇峰の目論見がよく表れている。この記事は単に西洋文化の紹介なのではなく、それを比較対象として用いつつ日本の詩的伝統を検証し直す試みであり、この視野の中で「和哥ノ美」（井上通泰）を支えてきた詩的伝統が決して所与のものではなく、「道傍に咲ひて居る所のアノ無名艸」にさえも「自分が涙を流すよりマダ深き所の意味」があるという視点を一向に想定しようともしなかった、多分に信用ならない価値体系として提示し直される。

蘇峰が日本の詩的伝統に強く反発していたことを別の発言からも確認できる。例えば「偉大なる思想」（『国民之友』一四三号藻塩草欄、一八九二年一月、署名大江逸、のちに『文学断片』収録）では、「徂徠曰く題詠と云ふ事いできて、和歌は衰へたりと。是実に的破の警語と云ふ可し」と主張しているし、「観察」（『国民之友』一八六号社説欄、一八九三年四月、のちに『静思余録』（民友社、一八九三年五月）収録）では、「無名の野花のみ、田夫之を刈り、牧童之を踏む、唯だウオズウオスは此の中に造化の微妙を見る」と記しつつ、新たな観察の作法を提案する。特に「平民の詩人」（『国民新聞』一八九二年一〇月二三日、無署名、のちに『文学断片』収録）は短い記事ながらも蘇峰の批評営為がいかなる知見を築き上げたかを要約的に示している。この記事はアメリカの詩人J・G・ホイッティアーの死を追悼したものであり、「奴隷解散の為め」に献身し、「同胞の屈辱を悲み、其の無理非道なる圧政を憤」りつつ行われた「平民の詩

人」たるホイッティアーの表現を称えている。注目されるのは、それと対立する営みとしてあらためて日本の詩的伝統が想起されることである。（以下の引用文の［ ］内にはワーズワスの原詩の本文を示す。）

吾人は実に我邦の文学者、特に詩人に向て、其の深省猛警を促す所なきを得ず。彼等が歌ふ所、何ぞ必らずしも白雲名月ならん、何ぞ必らずしも紅豆緑鬢《りょくびん》ならん、何ぞ必ずしも金章紫綬ならん。彼等は眼前に好個の活題目あるを知らざる耶。歌人亦た然り、俳家亦た然り。花、薄、恋、郭公の外、四季各題の外、彼等は眼前に真個の活題目あるを知らざる耶。活題目とは何ぞや、ウオルズウオルス云はずや、
"Love had he found in huts where poor men live[lie]"
賤が伏屋に、彼は愛を見出しぬ。

ここで日本の詩的伝統は、「無理非道なる圧政」への対抗に協力していく西洋詩に対置されるものとして描き出される。蘇峰がそこで行うのは、日本の詩の担い手たちが平民たちの経験に対していかに迂遠な文化しか築き上げなかったかという確認である。ここには詩（文学）の働きに関して同時代の歌人たちからいっそう明確に差異化された認識が認められるだろう。すなわち、詩は「同胞の屈辱」を歌い上げることで「無理非道」なる社会の変革にも寄与しうる反面、そのような平民たちの経験を非「題目」として排斥することで、「白雲名月」「紅豆緑鬢」「金章紫綬」「花、薄、恋、郭公」しか「題目」と見ないような、平民たちにとって非道な社会の構築にも寄与してしまうという、『古今集』を指標と仰ぐ見地からは生まれようのない認識である。詩的言語の担い手はここで平民たちの窮状（「圧政」）とは無関係な存在ではなく、その状況に介入か放任かの政治的態度をとる者として、平民たちに対する責任（応答）の主体として再定義される。従来の歌人たちによって政治とは別物と目されてきた詩歌が正しく一個の政治的営為として存在し、経世（「圧政」への対抗）と密接に関わるということ、そのような視点を意識

的に打ち立て、従来の歌人たちの営みを忌憚なく相対化してみせた点にこそ、『古今集』の貴さがなおも疑われようとしない時代における蘇峰の発言の挑発性があったと言える。

こうした蘇峰の言論活動を視野に入れるとき、なぜ国木田独歩のような政治青年が突如として詩を語り始めていくかをより明確に理解できるだろう。ここで再び独歩の「田家文学とは何ぞ」に触れておこう。興味深いのは、蘇峰の「平民の詩人」の直後に発表されたこの記事が、湖処子の「田家文学」の方向性を端的に擁護した数少ない言明の一つであると同時に、そこで独歩が蘇峰「平民の詩人」で引用されたのと同じワーズワスの詩の一節を引用しつつ[17]、次のように記していることである。

渠の詩眼は何者に向て注がれしか。渠の詩あり曰く、
"Love had he found in huts where poor men lie,
His daily teacher[s] had been woods and riees[rills],
The silence rhat[that] is in rhe[the] starry sky,
The sleep thar[that] is among rhe[the] lonely hills;"
則ちウォルズウォルスに取りては帝位、戦争、地獄、天堂よりも賤が伏屋、谷の小がわ、森、或は岳陵の方、意味深かゝりしなり、渠の最上の傑作と言はれたる、彼のミカヱルは則ち老牧者の小話に過ぎず、ソリタリー、リーパーは則ちいなか娘の麦刈のみ。

ここで「賤が伏屋」「老牧者の小話」「いなか娘の麦刈」といった社会下層の経験を歌うことが「帝位、戦争」といった出来事よりも意味深いと考えるワーズワスの見解が敬意とともに記される。そこにあるのは蘇峰と同様の視点だろう。つまり平民たちの経験を歌うという営みが「帝位、戦争」と同等の重要度を持ち、それが確かに経世の

重要な部分を構成していると捉える視点である。独歩が蘇峰の言論活動を当初から逐一意識していたことは、当時の日記や書簡での言及や「民友記者徳富猪一郎氏」（『青年文学』一二号、一八九二年一〇月）に明らかである。そして「田家文学とは何ぞ」は、当時二一歳だったこの青年が蘇峰の詩論で提出された視点を進んで継承していくことに自らの役割を見出しつつあったことを示している。ここに確認されるのは、これまで文学の部外者であった者が一連の蘇峰の発言を契機として文学に意義を発見していく過程である。

5　経世の再設定

以上の検討を踏まえると、「蘇峰の和歌の理解は極めて浅薄粗雑」であったという指摘（笹淵友一）にはいささかの留保が必要となるだろう。この時期の蘇峰の批評は、和歌を正当に理解し損ねた所産というよりも、理解それ自体の組み替え、または別の理解の提出と言うべきであり、蘇峰は和歌に関する知識を戦略的に用いながら詩に関する独自の主張を確立する。この過程で歌人たちによって所与のものと目されてきた『古今集』以来の「和哥ノ美」（井上通泰）を、「活題目」の発見を阻む厄介な制約として、また平民たちの窮状の要因として把握する視点を打ち出すとともに、「道傍に咲ひて居る所のアノ無名艸」にさえ意味を見出そうとする、ワーズワスをはじめとする西洋詩人たちの表現の革新性をあらためて発見した。一連の動向は、詩が『古今集』以来の詩的伝統とは別の形で存在しうることを繰り返し確認したと言える。のちに与謝野鉄幹、正岡子規の『古今集』批判が現れるように[18]、明治期韻文史の展開は『古今集』を無条件に称揚してきた状況を相対化しつつ進行するが、鉄幹や子規よりもはるかに早い時期にこうした作業を自覚的に行った事例を、たとえ欧化主義的な伝統否定という性急な形をとるにせよ、蘇峰の言論活動に見出せることは注目に値する。

蘇峰の詩人論の持つ歴史的意義を別の角度から言い表すならば、それは従来の経世を設定し直す企てだった。冒頭で述べたように蘇峰は『国民之友』『国民新聞』に文学評論を積極的に掲載し、文学を擁護しただけではなく、そこで詩に関する一連の問題提起を行った。この言論活動に認められるのは、詩歌という営みさえもが確かに経世の重要部分を構成しているという、経世の範囲に関する新たな自覚だったと見ることができる。すなわち、詩歌の担い手たちが「賤が伏屋」を「活題目」として発見する意欲を一向に見せようとしない従来の状況を、平民たちにとって「無理非道」なる社会を帰結させる重大な要因として考えていこうとする問題意識のことである。蘇峰はこのように「帝位、戦争」といった直接的な政治的営為とは別のところで働く政治的効果に着目し、それを起点に経世の見直しを推進した。「誰か云ふ詩歌は無用なりと、安ぞ知らん無用の要あることを」(「好伴侶としての文学」『国民之友』九三号社説欄、一八九〇年九月、のちに『文学断片』収録)という蘇峰の主張は、こうした経世の自覚と連動したものだったはずである。

このように文学を経世の重要な構成部分として把握していく蘇峰の活動が、「政治経済」ばかりが「偏重」された言論の中で大きな刺激をもたらしたことは、宮崎湖処子や北村透谷や国木田独歩の事例のみならず、例えば岩野泡鳴の、「雑文家であつて、僕に文学を吹き込んで呉れたのは、蘇峰氏と矧川《しんせん》氏〔志賀重昂〕と、それに高田半峰とである」(「僕の十代の眼に映じた諸人物」『中学世界』一三巻一六号、一九一〇年一二月)という回想からも裏づけられる。[19] [20]以上から分かるのは、確かに蘇峰の批評の先駆性は長く保たれたわけではなかったものの、[21]その試みが紅露逍鷗の動向のすぐ傍らで新たな文学観や方法意識を確立していく重要な拠点となっていたことである。

注

（1）他にも次のような評がある。「現今の新聞紙中文学上の報道評論に懇なるもの此の新聞を除かば恐らく他に見ることを得ざるべし」（鄭澳生「明治文学」『早稲田文学』三七号、一八九三年四月）。

（2）蘇峰の文章について例えば以下の評がある。「揚発する所ろ一種の長詩となる、吟誦して転たゝ口頭に春風を生ずるを覚ゆ」（城山山樵「近体文章」『女学雑誌』一八七号、一八八九年一一月）、「徳富蘇峰の将来之日本を以て世に出づるや、彼れは世界の将来が生産的に傾くべきを論ずる其著述に於て、杜甫の詩を引証し、伽羅千代萩の文句を引証し、其「コーテーション」の意外なる所に出づるを以て世を驚かしめたりき」（山路愛山「明治文学史」『国民新聞』一八九三年三月一日〜六月一一日）。

（3）例えば小泉苳三はその編著『明治大正短歌資料大成』第一巻（立命館出版部、一九四〇年六月）の解説で『国民之友』社説の「新日本の詩人」に触れているが、それを「歌人ならざる人々の考へたところ」の一つと位置づけるにすぎない（八〜九頁）。また、この分野の古典的研究である同じ著者の『近代短歌史　明治篇』（白楊社、一九五五年六月）に蘇峰への言及は見当たらない。

（4）すでに『新日本古典文学大系明治編26』（岩波書店、二〇〇二年一二月）の注釈（吉田正信）に指摘がある。

（5）小林幸夫「明治初期・中期における古今集の復活」（浅田徹・藤平泉編『古今集新古今集の方法』笠間書院、二〇〇四年一〇月）二八一頁。

（6）そのことは、柳園主人「新日本の詩人の論をよむ」（『女学雑誌』一二四号、一八八八年八月）が「新日本の詩人」のこの一節を引用しつつ、「記者が未古代の和歌の深奥なる堂に上らずして、外面より評するを惜むのみ」と論難していることからも明らかである。

（7）「小沢蘆庵ノ伝」（一号、一八八九年一〇月）より始まる。なお井上の弟の松岡（柳田）国男の「桂園叢話（第八）」（一三号、一八九一年八月、冒頭に「井上通泰ぬしの見聞記による」とある）には「池袋清風大人物語」という断りが付された部分があり、井上の活動が池袋清風の協力を得ていたことが分かる。

（8）この記事が時事欄という目立たない場所に載せられたせいか、この時期の蘇峰の著作目録として今のところ最も詳しい『民友社思想文学叢書』六巻（三一書房、一九八四年一〇月）所収の年表、また管見の限り蘇峰の先行研究に言及がなく、注意を促しておきたい。

（9）宮崎湖処子『国民之友及日本人』（集成社、一八八八年一二月）には「今や其消難き勢力の、時々「インスピレーション」「新日本の詩人」の如き好文章となり（下略）」（七三頁）、「是には「インスピレーション」「新日本の詩人」の如き新文章あり」（八三頁）とある。

（10）前田愛「明治二三年の桃源郷《ユートピア》」（『へるめす』三号、一九九五年六月）等。

(11) 北里闌『高崎正風先生伝記』(一九五九年八月、非売品) 四六六頁。
(12) 北里『高崎正風先生伝記』四六三頁。高崎正風が「皇太子冊立唱歌」(一八八九年) に付した署名は「御歌所所長宮中顧問官従四位勲三等 男爵 藤原朝臣正風」というものであった(『高崎正風先生伝記』四七八頁)。
(13) 付言しておくと、同志社を舞台とした当初からの池袋清風たちの活動は御歌所の「批評を乞」つつ行われていた(湯浅吉郎〔半月〕「同志社初期の文学」『同志社文学』一九二九年一月)。のちに井上通泰は池袋清風が編集した歌集『浅瀬の波』第二編(上下巻、一八九四年四月)に、池袋清風の「師友」(下巻末尾の人名目録より) として参加している。またこの歌集が、扉に「大勲位山階宮晃親王御題字/御歌所所長高崎正風大人序歌 谷勤大人序文/権掌侍税所敦子刀自序歌」とあるように、当時の華族、御歌所との友好関係を基盤としつつ編まれたことに留意したい。
(14) 小泉苳三編著『明治大正短歌資料大成』一巻(立命館出版部、一九四〇年六月) 一九五頁。
(15) 宮崎湖処子の創作活動が同時代の詩をめぐる論議と密接に関与するものとして現れたことは次の評からも裏づけられる。「詩論噪がしき時節柄に和文家連中の譏をも御忌憚なく幾多の御作を挙げられしは御熱心のほど誰しも敬服致すべしと存じ候」(内田魯庵「『帰省』を読で」『国民新聞』一八九〇年七月一〇日、署名不知庵)。
(16) 宮崎湖処子はこうした非難が契機となり、「歌人松浦辰男氏を訪ふ」(『国民新聞』一八九一年三月二五日) 発表後まもなくのことと推測されるが、桂園派歌人松浦辰男に師事し和歌を学ぶ。そのことからも当時の湖処子の文学活動の困難さ、または「和哥ノ美」という規制の強固さが窺われる。
(17) 蘇峰と独歩の記事が同じワーズワスの詩の一節を引用していること、またこの詩の出典は秦行正「文学者独歩の出発」(『福岡大学人文論叢』二六巻二号、一九九四年九月) で指摘されている。すでに知られているが、『民友社思想文学叢書』別巻(三一書房、一九八五年五月) には蘇峰が貸出しを行った本の記録(「手帖 四」) があり、そこに「Wordsworth 九月六日 国木田哲夫」(四〇頁、前後の内容から一八九二年のことと判断される) とあることからも、西洋詩を介した蘇峰と独歩の親密な交流が窺われる。
(18) 与謝野鉄幹「亡国の音」(『二六新報』一八九四年五月一〇~一八日)、正岡子規「歌よみに与ふる書」(『日本』一八九八年二月一二日~三月四日)。
(19)『蘇峰自伝』(中央公論社、一九三五年九月) に『国民新聞』刊行の頃について次のような回想がある。「予は新聞の問題は決して政治、経済に限るものではない。文学、宗教、美術、凡有る社会問題、凡有る人事問題、悉く新聞紙面の種として取扱ふべきものであるから、政治経済に偏重する必要の無き事を認めてゐた」(二五九頁)。こうした「政治経済に偏重する」従来の言論や経世のあり方に対する批判的意識は、蘇峰「文学の教を読む――文学者としての福沢諭吉君」(『国民之友』八〇号社説欄、一八九〇年四月、無署名、のちに『人物管見』〔民友社、一八九二年五月〕収録）の次のような一節によく表れている。「日本文学の福沢君の負ふ所に至りては、世人或は之を認めたる者あり、然れどもその多数は、曾て之に頓着せざるもの丶如し、其の然る所以のもの何ぞや、世人が只福沢を経世家――福沢君の常に自ら好んで称する――として之を見、未た文学者として之れを見るもの鮮きに由るのみ、されど経世家とて、必ずしも文学者ならざるに非ず、文学者とて、必すしも経世家たらざるに非ず、否、文は道を載るの器なり、経世家が天下を導くに於て、欠く可からざるの利器なり」。

(20)『岩野泡鳴全集』一五巻（臨川書店、一九九七年二月）二五六頁。

(21) 日清戦争へと至る過程で蘇峰が文学の役割を限定づけつつ「経世家風の尺度」を端的に前景化していく経緯については本書第5章で扱う。なお本章は蘇峰の再評価の試みであるとともに、政治と文学の協調という観点を打ち出した一八八〇年代末以降の民友社同人たちの動向が、日清戦争へと至る過程でどのように貧困化し、双方の協調性を喪失していくかという問題を明確化する作業の一環でもあった。その意味で本章は特に第5章と補完的な関係にある。

第3章　明治中期、排斥される馬琴
――松原岩五郎の事例

1　はじめに

明治期の曲亭馬琴批判に関しては、坪内逍遥『小説神髄』（全九冊、松月堂、一八八五年九月〜一八八六年四月）の写実的理念と結びつけて理解するのが通例である。しかし『小説神髄』は馬琴批判を推進した主な言説の一つではあっても、そのすべてではない。留意したいのは、『小説神髄』以後に馬琴批判の文脈が持続的にあり、そこで馬琴の排斥がいっそう喫緊の課題として確認されていくことである。その文脈でとりわけ重要な働きをなしたのが、当時新世代の批評家として活動していた内田魯庵だろう。よく知られているように魯庵は、一八八〇年代末から過激な馬琴批判を繰り返し主張している。注目したいのは、それが井原西鶴の再評価と連動していたことである。

西鶴が好色の二字を冠《かむ》らせし一代男一代女の類は一派の感情的論者より見れば必らず卑猥と罵らんが是れ社会の実相を写せし警世的文字ならざるはなく、殊に立案の妙なるは往々今日のリアル派の著作に譲らざるもの多く。淡島寒月君は今の世の西鶴通なるが西鶴の著は大悟したる大禅智識の文字なりと曾て余に語られし、深く味へば西鶴は奇警なる眼光をもて霊妙なる筆を弄びしにあらざるなからんか。彼の馬琴が張文成と比較して西鶴を罵りしは着眼極めて低くして未だ共に元禄文学の美を語るに足らざるなり。（魯庵「日本小説の三大家」『小文学』一～二号、一八八九年一一月、署名不知庵主人）

馬琴批判と併せて行われる西鶴の賞賛が一八八〇年代末からの元禄文学流行を背景としていることは、引用文中の淡島寒月への言及からも明らかである。周知のようにこの時期、淡島寒月による西鶴の小説の発掘を一つの契機として元禄文学を再評価する気運が生まれ、尾崎紅葉を代表とする硯友社や幸田露伴などの小説家たちが西鶴に影響を受けた小説を制作する。しかし魯庵に対する「実作者集団からのコミットメントがほとんどといってよいくらい見られ」ず、実作者たちが「あたかも理論と実践が分業体制にあるかのごとく、ひたすらな作品生産に励むのみであった」という経緯についてはすでに指摘されている。(1)

むろんその再確認を行いたいのではない。同じく『小説神髄』以後の馬琴批判および元禄文学流行に注目するにせよ、本章が行いたいのは、従来の検討範囲をずらしてみるという作業、つまり紅葉や露伴といった実作者たちの外側に目を向けてみるという作業である。本章の主な関心は、魯庵を強く意識していた松原岩五郎の著作活動にある。(2)そもそも明治期の代表的ルポルタージュ、『最暗黒之東京』（民友社、一八九三年一一月、表紙の署名は乾坤一布衣、奥付の署名は松原岩五郎）の作者として知られている松原の名を馬琴批判の文脈で持ち出すことは一見唐突に見えるかもしれない。現に松原に関する従来の検討は、同類の貧民窟探訪記事の文脈の中で行われており、馬琴批判、元禄文学流行との関わりが注目されたことはなかった。しかしこれから検討するように、初期の松原の試みを通して見えてくるのは、その文学営為の方向性が馬琴批判の動向と不可分な形で確立していくことである。本章はこの松原の事例を一つの起点として、『小説神髄』以後、馬琴批判がどのように展開したかを考える。

この検討を通して、徳富蘇峰の周囲で起きていた明治中期の文学変革の一端を明らかにしたい。松原は、蘇峰宛の書簡で「将来の日本、新日本の青年〔いずれも徳富蘇峰の著作〕などの為に頭脳を支配されたる一人に候」（差出日は一八九〇年一〇月二五日〔推定〕、伊藤隆ほか編『近代日本史料選書7-1　徳富蘇峰関係文書』山川出版社、一九八二年一〇月、二〇六頁）と記していたように、蘇峰に感化された青年たちの一人だった。そのような人物の文学的表現が社会問題、労働問題に独特の貢献を行う様相をここで見ていく。

2　内田魯庵と松原岩五郎

では松原岩五郎（図3-1）はどのように当時の馬琴批判に関与していたのか。

留意しておきたいのは、一八八〇年代末からの元禄文学流行が、必ずしも当時の言論全体に西鶴に対する好意的評価を定着させたわけではなかったことである。例えば三上参次・高津鍬三郎『日本文学史』（落合直文補、上下巻、金港堂、一八九〇年一一月）は西鶴の小説に「何れも猥雑卑陋」（下巻四六一頁）という評価を下しており、そもそも元禄文学流行自体も、その部外者たちの価値観に照らせば「壊堕萎靡救ふべからざ」る事態（西村天囚「当代文人の軽薄」『大阪公論』三五〇号、一八九〇年三月）に他ならなかった。[3] 後年の『校正西鶴全集』（上下巻、尾崎紅葉・渡部乙羽校訂、博文館、一八九四年五～六月）の発禁処分は、西鶴に対するこの時代の蔑視的な扱いを如実に示している。

一方、西鶴とは対照的な地位を獲得していたのが馬琴である。先の『日本文学史』が「教育ある人士と雖も、また馬琴の文章のために、或は泣き、或は笑ひ、或は切歯扼腕せざるもの少からざるべし」（下巻四九八頁）と馬琴を賞賛し、『南総里見八犬伝』その他から六例もの文章を抄出するという歓待ぶりを見ても、馬琴がいかに支持されていたかが分かる。なお『日本文学史』は、西鶴の文章が「淫靡猥陋」であるために「此書に掲載する能は」ずと述べている（下巻四三〇～四三一頁）。この時期、「教育ある人士」たちが馬琴を愛読していたことは『国民之友』掲載の「書目十種」（四八～四九号、一八八九年四～五月）からも裏づけられる。記事の内容は「日本諸名家六十余名之嗜好書目及其書翰」（四八号目次欄）を特集したものであり、例えば依田学海、福地桜痴、浮田和民、水野遵（内閣法制局書記官）、関直彦（日報社社長）、杉浦重剛（政教社同人、文部省参事官）、三浦守治（帝国大学医科大学教授）といった名だたる「教育ある人士」たちが馬琴の作品を愛読書として挙げていた。西鶴を挙げているのは尾崎紅葉、饗庭篁村の二名のみである。

　このような「教育ある人士」の動向を踏まえるとき、先に見た、「彼の馬琴が張文成と比較して西鶴を罵りしは着眼極めて低くして未だ共に元禄文学の美を語るに足らざるなり」（「日本小説の三大家」）という魯庵の主張が何を意図していたかが理解される。すなわち、それは馬琴批判であるとともに、その著作が最上の文学的価値を有すると考える同時代の学者や知識人たちの文学観に対する反駁だった。つまり魯庵の批評が相手取っているのは、知識人たちが自身の愛読書として馬琴の著書を挙げる一方で、西鶴の達成した「社会の実相」の報告が、その「卑猥」さゆえに安易に見過ごされる事態に他ならなかった（「日本小説の三大家」）。こうした魯庵の認識を、「例へば馬琴の如きは軽俗の文字を作りしならねど（中略）西鶴京伝の情致あるに及はす、是れ章句に牽制せらるゝが故なり」（「詩文の感応」『国民之友』五五号、一八八九年七月、署名不知菴主人）という発言にも確認できるだろう。

図 **3-1**　松原岩五郎（『新小説』2 年 2 巻，1897 年 2 月）

　しかし同じく西鶴および元禄文学を愛好した硯友社の小説家たちに

は、魯庵に見られるような同時代の知識人に対する反駁の姿勢が乏しく、その結果、こうした実作者たちが魯庵の批評営為との間に活発な協調関係を持つに至らなかったことは前節でも指摘した通りである。松原岩五郎が重要なのはこのような文脈においてである。本章が注目したいのは、この時期にすでに魯庵と「莫逆の友」（松原「都の花素人評判」『女学雑誌』一四二号、署名乾坤一布衣、一八八八年一二月）の関係にあり、「今後の文学界に向つて万丈の光配を吐き来るならん」（「今年の文学界」『国民新聞』一八九〇年九月一五～一七日、署名乾坤一布衣）と魯庵に対する期待を述べていた松原が、同じように西鶴への敬意を語りつつ馬琴の支持者たる知識人たちに対する反駁を始めていくことである。つまり魯庵を中心的な発言者とする『小説神髄』以後の馬琴批判がいかなる文脈を形成していくかを理解するには、松原の言論活動を視野に入れることが不可欠となる。

次に示すのは、松原が西鶴に関するまとまった言及を行った「庖厨三十種」（『国会』一八九二年七月二四日～八月一三日、署名大盃満引生）(4) からの一節である。

> 西鶴の文反古。永代蔵。織留。胸算用。ハ紛れもなき雑報種にして筆端霊あり墨汁涙あり簡潔にして乱れず真摯にして方外ならず。思想信仰生活と密接して鑿々《さくく》民性を貫き出したる技倆ハ今日傑出の小説家、露伴紅葉の輩と雖も企て及ぶところにあらず。二百年前暗黒の世の中、無学文盲、放蕩無頼の一市民にして而も文に対するの注意ハ斯のごとく厚かりし。（七月二七日）

同様の西鶴の評価は、「アヂソン子スペクテートア、西鶴に胸算用。浅墓な人世と、狼狽《うろたへ》た市民と。孰れか孰れ世態の内幕を笑ふ《ママ》たるものなるべし」（「古本屋の一日」『国会』一八九二年四月二〇～二九日、引用は二〇日の部分、署名二十三階堂）など、この時期の多くの発言に見られる。こうした言明から、西鶴の小説が庶民たちの「世態の内幕」の精密な報告を達成しえた稀有な試みとして松原に見出されていたことが理解される。だからこそ馬琴に一方的な賞賛が繰り出され、西鶴に侮蔑しか与えられない事態はこの小説家にとって首肯しえないことであった。松原に言わせれば、「天和貞亨のいにしへ」に「一概に淫靡腐爛の好色文字」と見られ、ついには「天保の末世に至つて尚時の有力作者曲亭馬琴をして、無学文盲眼に一丁字なきの漢と叫ばしめた」（「庖厨三十種」七月二九日）という徳川期以来の西鶴の受容は「誤解」の所産に他ならなかった。ここで松原が、西鶴を批判する馬琴に関しては、「唯少しく読書の記憶に長《たけ》た天保年間の一器量人なるよし」（「庖厨三十種」七月二八日）と冷淡に触れていたことも付言しておきたい。

以上から魯庵と松原の協調性は明らかだろう。そのことは、松原が魯庵の翻訳『小説罪と罰』（巻之一～二、ドストエーフスキイ原作、内田老鶴圃、一八九二年一一月～一八九三年二月）出版の予告を行っており(5)（「近来我国是を伝へて邦語に訳し」云々、「ドストエフスキーの罪書」『国会』一八九二年五月二七日、署名二十三階《ママ》）、のちに単行本『最暗黒之東京』を魯庵に贈呈していること(6)、一方、魯庵がこうした松原の試みを好意的に言及していたこと(7)からも裏づけられる。松原が魯庵の批評営為と協調しつつ批判するのは、学者や知識人たちが西鶴の小説を「野卑猥褻」という理由のために侮蔑し、その「人情」の精緻な報告に対して何ら敬意を持たない事態だった。すなわち、従来の学者や知識人たちが「野卑猥褻」か否かという観点から西鶴を軽蔑しつつ、馬琴こそを尊い文学者として位置づけることを当然視するとき、この馬琴批判者は、人民たちの現実を描き出す手腕（「鑿々民性を貫き出したる技倆」）という新たな観点を設定し、「野卑猥褻」たる西鶴の小説こそを貴い言語実践として擁護することを企てた。この時期、松原が幾度となく説明と確認を試みるのは、西鶴が達成しえたような「世態の内幕」の稀有な報告が何ら学者や知識人たちの啓蒙的、思弁的な叙述を脅かさないという問題だった。

3　市談の開拓者

以上から理解されるのは、松原岩五郎が自身の書記行為の方向性を馬琴批判の動向の中で模索していたことである。ではこのような問題意識がいかにして貧民窟ルポルタージュの制作へと連鎖していくのか。

従来注目されていないことだが、松原は元禄文学流行との関連が指摘される小説家の一人として知られており、その点で尾崎紅葉や幸田露伴と変わらなかった。この期間の代表作として『好色二人息子』(春陽堂、一八九〇年一二月、署名廿三階堂主人)、『長者鑑』(吉岡書籍店、一八九一年六月、署名二十三階堂主人)といった小説が発表されているが、内容面、文体面ともに西鶴の影響が濃厚であり、同時代の文壇でも、「兎に角、元禄文学を好む人なるべし」(無署名「好色二人息子」『日本評論』二三号、一八九一年二月)、「「長者鑑」に到つては着想の頗る西鶴が「胸算用」又「永代蔵」に類せるを覚ふ」(R. S. T.「長者鑑」『国民之友』一二五号、一八九一年七月)と元禄文学との関連が指摘されていた。

しかしこうした小説は他の実作者たちと異なる目論見のもとで制作されていたと考えられる。今触れておきたいのは徳川期、明治期の庶民たちの生活に取材した小説集『好色二人息子』である。とりわけ底辺層の貧窮の様子を戯作的調子を排しつつ細部にわたって取り上げようとする「丸鑑」「新丸鑑」という二つの収録作品は、のちの貧民窟ルポルタージュを予告するものと言える。注目されるのは、松原がこの執筆の経緯を次のように先の徳富蘇峰宛の書簡で説明していることである。

小生もと日本小作人の生涯に就而感ずる事あり、是が為一とつ文字をなさんとの素願にて候。(中略) 昨年冬二葉亭四迷先生に面会し話したるに、いかさま思当る事無之候得ば何分都会の景況に暗き身の上なれば志しあつて其運び就かず。其後幸田露伴子に逢ふて話し大に賛成を得たれども同じく異様なものなれば世上の評判も如何やと差控、段々工風をして此度露伴の尽力にて好色二人男《ママ》と申小説、春陽堂より発兌仕候。是は決して好色ものには無之、されども艶あるものに無之ば当世の評判なきゆえと本屋の圧制旁々斯くは名付候。表と中とは雲泥の相違に候。（『近代日本史料選書7-1　徳富蘇峰関係文書』前掲、二〇六頁）

『好色二人息子』は元々「日本小作人の生涯」に関する著作であったが、出版の目途が立たないまま「世上の評判も如何やと差控」え、「艶あるものに無之ば当世の評判」がないという春陽堂の意向のために「好色」という文字を冠した小説として、本人の意図に反する形で刊行されたという。松原は「日本小作人の生涯」を表現するにあたり、同時代の小説読者の期待を考慮しつつ、幾重にも妥協せねばならなかった。

そのことが尾崎紅葉の事例とすぐれて対照的であることに注意したい。松原は「艶あるもの」を期待する小説読者と協調していこうとする春陽堂の姿勢を「圧制」と見ていたが、一方、元禄文学流行期の代表的小説家だった紅葉は『此ぬし』（一八九〇年九月）以降ほぼ全ての小説を春陽堂から刊行しており、まもなく自身の著作出版の権利を春陽堂に委ねたという(8)。そのことは、紅葉の小説が「艶あるもの」を重視する春陽堂の方針に齟齬なく符合する商品として登場したことを示している。そして紅葉が「艶あるもの」の典型とも言える『三人妻』（『読売新聞』一八九二年三月六日～一一月四日、同年一二月に春陽堂から単行本化）を連載していたのとちょうど同じ時期に、松原は「庖厨三十種」で「寄席の人情ばなしを聴くも同様にして文学的の価値なしと言はざるべからず」（八月一三日）と強硬な紅葉批判を展開していた。松原は言う。

紅葉なるもの殿堂の一隅に酔臥して天和貞亨の夢のどかに。丸袖を着て華胥《くわしょ》に遊び折柳の女を相手に、方様粋様いゝとしいゝぞよ。うれしいゝぞよ。去りとてハ悲しをかし片腹いたし。などいふ蛮語を学びてよく鶴の声色をさへづり。力山の抜くの勇なしと雖も艶言人をたらすに妙智力を得たり。（中略）紅葉一派なるもの出で来つて世ハ其花の一時の咲きほこりに欺かれて亦遠き西鶴を吟味するの遑《いとま》なきまゝに畢《をは》る。即ち元禄文学の流行なり。可惜《あたら》二万堂〔西鶴を指す〕ハ絵絹に韜《つゝ》まれぬ。（七月二九日、傍点原文）

この言明が、前節で見た、西鶴が「野卑猥褻」という理由で侮蔑されている事態を相手取ろうとする姿勢と連動していることは明らかだろう。松原が紅葉に激しい攻撃を浴びせたのは、「艶あるもの」を無反省に打ち出そうとするその小説が、西鶴の小説を「野卑猥褻」と貶める当時の知識人たちの価値体系と特に葛藤もなく併存してしまうからである。

こうした「元禄文学の流行」との距離のとり方を視野に入れるとき、その直後から発表されていく松原の貧民窟探訪記事が何を試みていたかはいっそう明確となる。その探訪記事は、「芝浦の朝煙（最暗黒の東京）」（『国民新聞』一八九二年一一月一一日～一八九三年一月一四日、署名二十三階堂）以降、徳富蘇峰が創刊した『国民新聞』に断続的に発表されていく。(9) この試みが注目される理由として、当然ながら桜田大我『貧天地饑寒窟探撿記』（日本新聞社、一八九三年六月）(10) とともに、当時深刻化していた都市貧民窟の窮状の貴重な報告であった点を挙げることができる。しかし同時に、以上に見てきたように、一向に西鶴の小説に重大な意義を見ようとしない者たちの価値体系との抗争としてその試みが顕在化していたことに留意したい。(11) その探訪記事が繰り返し西鶴への敬意を語っていることはあらためて注意を要する。

西鶴が晩年。家政の経済を説くところ、今現に通用するこそ慧《かしこ》けれ。（「芝浦の朝煙（最暗黒の東京）」一月二六日の部分より引用）

文筆を以て名を成せし者の内にても特に商人の事情を知り、商界の秘密を悉《つく》し市談の開拓者商買の代言人として顕はれたるは貞亨の西鶴に若《こと》くなし（「東京雑俎」『国民新聞』一八九三年三月一日〜四月二三日、署名二十三階堂、三月一二日の部分より引用）

つまりそこで意図されているのは、「世態」「人情」の稀有な報告を行った西鶴の試みをあらためて継承することであり、さらに、その試みを「一概に淫靡腐爛の好色文字」と誤解する学者や知識人たちに反駁するという二重の作業なのである。(12)

松原のルポルタージュはこのように西鶴への敬意を表明する一方で馬琴にも触れているが、その扱いは西鶴とは異なっている。「芝浦の朝煙（最暗黒の東京）」で貧民窟の芸人の生活が描かれる部分（「其一　職業」一一月一二日）には、「彼等が収入の莫大なると興行に奮《はづ》みあるとを以て、時に往々艶話の繋がるあり、綺譚椿説旅《たび》行の身に纏繞ひて憂喜交ぐ曲亭流の小説をなす」とある。ここで知識人たちの愛読書たる「曲亭流の小説」は、芸人の「艶話」という野卑な出来事の比喩として言及されるにすぎない。そのことからも、ここでの主眼が「曲亭流の小説」の権威を疑うこと、「野卑猥褻」か否かという評価から自由な視野の中で下層民たちの社会的現実を再確認する作業にあったことが理解される。つまり松原のルポルタージュは、馬琴が最上の文学者として尊敬される事態に対する強い疑念とともに胚胎した試みなのである。そして松原は、小説の制作と異なり、労働問題、社会問題という領域への介入を試みる分、より直接的にその論者たる学者や知識人との間に緊張関係を設定し、またそれゆえ自己の表現にいっそう戦略的たろうと努めたと考えられる。松原の探訪記事の特異な表現は、この点を視野に入れてあらためて検討される必要があるだろう。

4　貧民窟探訪記事

次に示すのは松原岩五郎の探訪記事「東京最暗黒の生活」（『国民新聞』一八九三年八月九〜二三日、署名乾坤一布衣）の一節である。

乞ふ諸君決して笑ふなかれ、生活は実に神聖なり、貧は実に壮重の事実なり。苟《いやしく》も人間生活上の事実とあらば、其れが鹿鳴館の仮装舞踏会《フハンシーボール》と貧民社会の庖厨騒《だいどこさわ》ぎとに軽重のあるべき筈なし、（中略）読者試みに想像せよ、彼等の家、彼等の什器は古来未だ曾て如何なる人にも画《えが》かれず、亦如何なる書にも記載せられざるなり。世には数多の博覧会、美術会、共進会あり、然れども彼等の家、彼等の什器の実画はいまだ描き出されざるなり。世には数多の画工名匠ありて、お姫様の弾琴、華族の宴会、花禽、山水の数多く画かるゝに拘はらず、絶えて彼等の家具什器は画れたる事なく、世には数多の文人作家ありて、才人の入浴、佳人の結婚、或は楠某の忠戦の事など仰々しく記載さるゝに拘らず、いまだ曾て彼等の生活的実境は記述《かきのこ》されたる事あらざるなり。（中略）予の見聞は空前に新奇ならざるを得ざりき、予は実に貧家の事物の為めに予が耳目を洗礼《バプタイズム》したり、（八月二二日）

引用文は貧民窟で用いられる食器を紹介する一節である。文中の「乞ふ諸君決して笑ふなかれ」、「読者試みに想像せよ」という読者への呼びかけは、松原の表現が備えている緊張感をよく表すだろう。すなわち、この記事はまずは読みの態度から規定せねばならない言説、庶民的社会の報告に対してとられてきた従来の享受姿勢に対する反駁から始めねばならない言説だった。そのことは、「生活は実に神聖なり」、「予は実に貧家の事物の為めに予が耳目を洗礼《バプタイズム》したり」と、報告者たる「予」自身の見解を積極的に語ろうとすることと関わるだろう。この記事が意識的に報告内容への態度や解釈を規定しようとするのは、「笑ふ」ための小話程度に思われてしまう「貧民社会の庖厨騒《だいどこさわ》ぎ」を語り直し、それを「壮重の事実」として根本的に捉え直そうとする意欲のためなのである。

従来の「貧民社会の庖厨騒《だいどこさわ》ぎ」の語り方に対するこうした松原の意識的な姿勢を極端な形で示すのは、「探験実記東京の最下層」（『国民新聞』一八九三年六月一日～七月五日、署名乾坤一布衣）で五回にわたって記される謙吉という車夫の記事である。その内容は、快活な人柄のために国会議員のお抱え車夫となることもあった謙吉が、賭博、飲酒、淫蕩という「三拍子揃つた道楽」のために家財を失い、妻とも離縁し、その様子に同情を寄せるオノチヤンという零落した官吏の娘を再び妻とするも、結局オノチヤンを見捨て、オノチヤンは二人の子を持つ寡婦として取り残されるというものである（六月三〇日～七月五日）。一連の記述はいかにも小説的である。しかしこれは通常の小説として提供されたのではない。松原は冒頭で意図を次のように説明する。

> 最近の『コンテンポラリレビウ』は労働者の状態を概括して説を立て。若し彼等にして肆《ほしいまゝ》なる嗜慾《飲酒及び賭博》だに省《つゝし》まば清潔なる住居も得らるべく、適当なる娯楽も満足さるべくして着々下層の生活を改良し得らるべきに彼等の風俗及び習慣に於て斯く謹厳なる能はざるが為めに年々数多の薄命者を出すものなりとて精密なる統計表を作つて吾人に報道せり。其論寔《まこと》に感ずべきの至りなり。然れども其恣《ほしい》まゝに発達せる一個人の嗜慾が本来如何なる習慣に依つて働らきつゝあるかの内情を示さざるは甚だ以て遺憾なりとす、（六月三〇日）

松原は、「精密なる統計表」を載せた『コンテンポラリレビウ』の論説[13]だけでは「恣《ほしい》まゝに発達せる一個人の嗜慾が本来如何なる習慣に依つて働らきつゝあるかの内情」を理解できないと主張する。そしてこの緒言の後に記されたのが先の謙吉の顚末だった。すなわち、この小説風の記述は、当時「種々有益なる論文少なからず」（無署名「コンテムポラリーレブユー」『六合雑誌』一一二号、一八九〇年四月）と知識人たちに目されていた『コンテンポラリレビウ』の記事が論評し損ねた現実の再提出なのであり、『コンテンポラリレビウ』に対置されるべきもう一つの社会批評として発信されたものだった。この言明は、同時代の知識人たちによって西鶴の小説が安易に「野卑猥褻」なものと退けられるような状況に対する松原の違和感の強さをよく示すものだろう。小説とは同時代の啓蒙的論評の無理解さを確認しつつ、それとは異なる現実を再度提出する場であるという、小説の機能についての当時としては際立って積極的な自覚がここに認められる。

そのような自覚を、松原の探訪記事がときに放縦とも言える文体的混淆を示すことにも指摘できる。次に示すのは同じ「探験実記東京の最下層」内の「(十三) 老耄車夫」の一節である（図3-2）。

彼六十にして車を挽き六十八にして尚労役に従事する者。実に養育院亦は救貧院に入るべく適当なる鰥夫《くわんふ》の境界を見れば転《うた》た大都会の無慈悲を嘆かざるを得ず。彼等の或る者は（中略）貧なる羅宇屋煙管《らうやきせる》と同居し亦は屑屋、下駄の歯入。飴菓子売などと合厨して、（中略）頽廃堂《あばらすだう》に住居《すまい》し。根板《ねた》は頽《くづ》れ、天井は霤滴《るてき》に湿り、壁紙瀋《かべかみしみ》を流して壁虎《やもり》の足跡を印したる暗黒室に蟄居して眼光《まなこ》を燦つかせ。溜息を吐《つ》き。

『ハア、つまらねえ〳〵世の中はもう厭《あき》たちうに不思議はあるめえ。もう苦労するほどの物アねえそ。苦労したちて一人前《ひとりまへ》喰《く》ふほど稼げねえだ。店賃はガミ〳〵言はれる、内の者には面倒がられる。車屋ぢや善顔して貸さない、こりや最う頸でも縊れよう。野郎め。屋根代ガミ〳〵言つて見ろい。てめえの檐《のき》の下へつゝ蹲《しやが》んで犢鼻褌《ふんどし》括り付てやるぞ。車屋の因業婆アめ、若しおれの車ァ没収《あけ》でも仕やがると台所から這い蹲んで斃《くた》ばツてやるぞ。篦棒《べらぼう》めイ六十八老爺《おやぢ》イ知らねえかア。』（六月二四日）

図 3-2　老車夫の生活を報じる松原岩五郎「探験実記東京の最下層」（『国民新聞』1893 年 6 月 24 日）

一体に松原の記事は、民友社同人たちの論説によく見られるのと同じく、「西洋流」（無署名「最暗黒の東京」『庚寅新誌』九二号、一八九三年一二月）の表現と漢文脈の語彙を多用した硬質な文体で記されているが、そのような文体で記される社会福祉制度（「養育院亦は救貧院」）の未整備の指摘は、引用文のように「てめえの檐《のき》の下へつゝ蹲《しやが》んで犢鼻褌《ふんどし》括り付てやるぞ」という、本来的に所属を異にする、最も卑俗な水準にある声（言文一致体）の隣りに併置される。この記事では論説体の記述と野卑な車夫の放言は相互に根拠づけ合うものとして同一の紙面に配される。この文体面での著しい混淆の例は、同じ記事内の車夫同士の喧嘩を写しとる部分（「（十二）営業の困難、同類の搏噬」六月二一日）をはじめとして随所に見られる。すなわち、松原にとって車夫たちの野卑な声は「労働者の状態」を把握するための重要な報告対象であり、ここで行われるのは、「労働者の状態」を対象化しながらもついに車夫たちの野卑な声と併存することのない学者や知識人たちの観念的言説からの意識的な差異化に他ならない。

松原の探訪記事は、読者の態度を規定し直し、啓蒙的論評に小説的記事を対置し、車夫の声と論説を別物とする見方に抵抗する。そこで「貧民社会の庖厨騒《だいどこさわ》ぎ」は「笑ふ」ための小話としてではなく、「壮重の事実」として、つまり本来的に位相を異にすると考えられてきた学者や知識人たちの思弁的論説と密接に関与するものとして語り直されていく。松原はここで日本の近代化の現状を、貧民たちの過酷な貧窮と一体のものとして徹底的に細部から確認していく。この試みが同じく「労働者の状態」を対象化した他の知識人たちの言説からはっきりと区別されるべき達成だったことは、当時の複数の論評雑誌の評からも裏づけられる。(14) 一八九三年の日本の「階級、及び労働問題」の動向について回顧した記事「社会的観察」(『国民新聞』一八九四年一月一日、無署名)は松原の試みの意義を次のように説明する。

> 日本の社会問題は「研究」の中に在り、学者の書斎に在り、未だ野に呼ばれ、衢《ちまた》に叫ばるゝ実地問題とならざる也。されば「社会経綸《ママ》策」(15)など曰へる出版物も多くは翻訳に過ぎざる也。独り松原岩五郎氏の「最暗黒の東京」は、眼を実地に向けたり、下等社会の真相を観察したり、思ふに後来社会問題の導火たるべきものは此等の書にあらん乎。其一二月間に三版を重ねたるの事実は如何によく此問題の急劇に近づき来れるを証するよ。

「日本の社会問題」を考えるためには、学者の「研究」ではなく、松原の報道こそが参照されるべきであるとこの記事は主張する。この反響が教えてくれるのは、松原に比して同じ時期の学者や知識人たちの「研究」が、当の論究対象たる「貧民社会の庖厨騒《だいどこさわ》ぎ」に対していかに迂遠な営みだったかである。

5　明治中期の馬琴批判

松原岩五郎は「探験実記東京の最下層」の例言でこう記している。

彼等〔貧民たち〕の運命を代表するに足るべき人間の行跡は随次世話的の記述を以て首尾を聯接《れんせつ》し。（中略）其社会に行はるゝ鄙俗なる言語、奇異なる事実はすべて有りの儘に記載して少しも修飾を加へず、一読以て其情態を髣髴せしめば足れりとの主意なれば、大方の諸賢冀《こひねがは》くは其定規《ていき》を以て咎むるなからんことを。（六月一日）

文中の「大方の諸賢冀《こひねがは》くは其定規《ていき》を以て咎むるなからんことを」という読者への要求は、松原の探訪記事が何を意図していたかを示している。すなわち、「世話的の記述」という方法を用いたり、「鄙俗なる言語、奇異なる事実」を「髣髴せしめ」ることがすぐさま賤しい所業として見過ごされてしまう不自由な言論秩序への対抗である。言い換えれば、その試みは貧民窟の「鄙俗なる言語、奇異なる事実」の報告であるとともに、そのような猥雑な世界との関わりを疎んじる学者や知識人たちの価値体系との抗争として浮上していた。すでに見たように松原は同時代の馬琴批判に参加しつつ自身の言語実践の方向性を見出していく。ここに確認できるのは、そのような馬琴批判と連動しての、「世態」「人情」に関する問題意識の深化が、これまで学者や知識人たちが当然としてきた文化的規範への先鋭な疑義を生み出していったことである。

むろん内田魯庵と松原の事例だけではない。馬琴批判の文脈が従来の文化的規範との摩擦を引き起こしていく同様の事例として補足しておきたいのは、松原に活躍の舞台を提供した民友社同人たちの手になる史論の動向である。意外なことかもしれないが、民友社同人の山路愛山は文壇の馬琴批判と協調する主張をこの時期に展開していた。「山東京山」（『国民新聞』一八九二年一〇月三〇日）では、「馬琴の文」と対比しつつ、「平民の言葉を其儘に写すものゝ如」き山東京山の小説を評価しているし、「「心中天の網島」を読む」（『国民新聞』一八九三年五月二五日）では、「彼れ〔近松門左衛門〕は馬琴の如く書中に生活する者に非ず、彼れは見たる所を書く者なり、彼れが写せる社会は実際の社会なり、活動する社会なり、彼れの写せる人物は血肉を具するの人物也」と、馬琴と対比的に近松の写実性を賞賛する。このように平民たちの生の意義深い記録として文学という営みを再発見していく延長上に、西鶴の小説を一つの史料として参照するという、同時代の史学的通念から大きく逸脱する歴史叙述が試みられる。[16] 文学をそのように再評価する視点を、同じく民友社同人の塚越停春の史論にも指摘できる。この動向で幾度となく行われるのは、馬琴が最上の文学者であるという見方が定説として堅持されている状況、別言すれば、従来の知的活動が野卑な「平民の言葉」と密接な関係を結んでこなかったことが問題とされないような状況の再検討なのである。こうした在野史論の展開が馬琴批判という同時代的主題を内包していたことは注目に値する。馬琴の排斥はこのように史論の協力をも得ながら推し進められていたと考えられる。

以上の検討を踏まえれば、明治中期の馬琴批判は、坪内逍遥『小説神髄』を重視するだけではなく、それ以後に馬琴批判を継承し、発展させる者たちの試みを視野に入れて理解し直される必要があるのではないか。同じ写実主義の提言にせよ、『小説神髄』が文学を知識人たちの思弁的言語とは別個の、またはその下位の営み（「大人《たいじん》学士を楽ましむる美術」上巻三〇丁ウ、「大人学士の玩具」上巻三四丁オ）として定義していたとき、後続の馬琴批判者たちは知識人たちの思弁的言語に拮抗すべき、もう一つの現実確認の手段としてより積極的な形で文学を再定義していく。ここに窺われるのは、『小説神髄』以後、馬琴が最上の文学者として尊敬される事態が、当初の『小説神髄』よりも先鋭な形で疑われ始めていたという光景だろう。むろんこの時期の馬琴批判の持続性は、それだけ明治期における馬琴の存在の大きさを物語っている。以上の経過が教えてくれるのは、徳川期以来の馬琴と西鶴の間の序列的な位置づけを当然とする見方が明治中期にいかに強固に維持されていたかであろう。そしてこの見方を疑わないままに、知識人や論説家たちの活動が、当の論究対象であるはずの猥雑な庶民的社会に対する有効な研究と批評を一向に実施しようとしない問題こそ、馬琴批判者たちが発見し批判したものだった。特に松原の探訪記事はそのような作業を徹底して推進した試みとして評価できるというのが本章の見解である。[17]「教育ある人士」たちが馬琴への敬慕の念を口々に語った従来の状況とは異なり、馬琴に比して「野卑猥褻」たる西鶴こそが意義深いと考えることが常態的であるような、徳川期とは確かに異なる明治期固有の空間が整備されていくのは、まさにこうした経緯においてであった[18]。

注

（1）平田由美「反動と流行」（『人文学報』六七号、一九九〇年一二月）一八二頁。その他、明治期の西鶴、元禄文学受容に関して、瀧田貞治「西鶴の批判並に影響の今昔」（『西鶴研究』第一冊、一九四二年六月）、岡保生「西鶴と明治二十年代の文学」（『国文学』一〇巻六号、一九六五年五月）等の検討がある。

（2）ただし松原岩五郎が一八九〇年前後の数年間幸田露伴と親しかったことはいくつかの資料から確認される。

（3）同種の評価は無署名「狂文学」（『天則』四編一〇号、一八九二年五月）にもある。

（4）『国会』掲載の松原岩五郎の記事の書誌情報については、『民友社思想文学叢書』五巻（三一書房、一九八四年五月）の山田博光編「松原岩五郎　年譜」を参照した。ただし山田は『国会』紙上の大盃満引生による記事が松原のものである根拠を記しておらず、その点を補足しておきたい。その最も端的な根拠は、二十三階堂という署名（この署名が松原であることは例えば『好色二人息子』を自己の著作として語る先述の徳富蘇峰宛書簡からも明らかである）の記事と大盃満引生という署名の記事の内容上の連続性である。すなわち、一八九二年の『国会』小説欄に二十三階堂の署名で「古本屋の一日」（四月二〇～二九日）、「骨董店の一日」（五月一四～二一日）が掲載され、その後、同じ欄に大盃満引生の署名で「教会の一日」（七月一〇～一二日）、「飛脚屋の一日」（七月一三～一六日）が掲載されており、読者は題名の連続性から二十三階堂（松原岩五郎）と大盃満引生が同一人物であると容易に推定できるようになっている。この推定の傍証となるのが、「庖厨三十種」で繰り返される西鶴称揚（後述）が後述の松原の貧民窟探訪記事での西鶴称揚（後述）と対応していることである。さらに、「アヂソン子スペクテートア、西鶴に胸算用。（中略）孰れか孰れ世態の内幕を笑ふたるものなるべし」（「古本屋の一日」四月二〇日）という一節と、「近くアヂソンのスペクテートアを覗いて其概念を養ふも可なり。（中略）世間の内幕に眼を注げバ」（「庖厨三十種」七月二七日、署名大盃満引生）という一節の語彙上、主張上の類似も傍証として挙げることができる。以上から大盃満引生が松原であると判断できる。

(5)『小説罪と罰』翻訳が、「ドストエーフスキイの着想更に曲亭亜流と異なれるものあるを見む」（巻之二「例言」）という言明から分かるように、馬琴批判としての意味を有していたことにも留意したい。

(6)「午後、松原岩五郎来。自著「最暗黒之東京」を贈らる」（内田魯庵「日記」一八九四年一月二二日、『内田魯庵全集』別巻、ゆまに書房、一九八七年一二月、三九四頁）。

(7)のちに内田魯庵は『好色二人息子』『最暗黒之東京』『征清余録』（民友社、一八九六年二月）を積極的に評価しつつ、「二十三階堂よ、其険怪詭変の技倆を逞ふして天下第一の難解書『二人息子』を以て博し得たる明治文学の奇物たる名に負く勿れ」と呼びかけている（「時文偶評」『毎日新聞』一八九六年一月三〇日～二月一五日）。

(8)山崎安雄『春陽堂物語』（春陽堂、一九六九年五月）三三頁。

(9)『国民新聞』掲載の貧民窟探訪記事から抄出し、かつ新たに加筆した部分を合わせたのが単行本『最暗黒之東京』である。単行本初出部分、『国民新聞』初出部分とその配置に関しては『民友社思想文学叢書』五巻の山田博光「解題」で整理されている。

(10)初出は「貧天地」（『日本』一八九〇年八月二九日～九月二一日）、「饑寒窟」（同紙、一八九〇年一〇月七日～一一月八日）。

(11)桜田大我と松原岩五郎を同じ視野で扱った研究として山田博光「明治における貧民ルポルタージュの系譜」（『日本文学』一二巻一号、一九六三年一月）、塚越和夫「近代の記録と文学」（日本文学協会編『日本文学講座7』大修館書店、一九八九年五月）等がある。対して本章は、同じ貧民窟ルポルタージュでも松原の試みがより同時代の知識人たちの文化的規範への対抗姿勢を見せている点に注目し、その意味を考察する。

(12)他にも「二百年の往昔《むかし》、江戸、大阪の貧街に於て此の種の融通の行はれし事は井原氏西鶴の諸書にも見えたり」（単行本『最暗黒之東京』初出部分、六九～七〇頁）等。

(13)松原の言及した記事は以下のものと推定される。E. R. L. Gould「The Social Condition of Labour」（『Contemporary Review』一八九三年一月）。

(14)注目されるのは、『庚寅新誌』『天則』のような評論雑誌が手厚い評を掲載していることである。『庚寅新誌』の評については本文で触れた。『天則』には以下の言及がある。無署名「貧民探撿」（六編五号、一八九三年一一月）、非々子投「最暗黒之東京」（同号）、哲学館生徒徹石寒生「惨憺境探撿記」（六編六号、一八九三年一二月）。また「最暗黒之東京」（『日本』一八九三年一一月二四日）等の言及もある。

(15)薬師寺政次郎、望月彰『社会的経綸策』（東京文海堂、一八九三年七月）を指す。

(16)ここでは「日本の歴史に於ける人権発達の痕迹」（『国民之友』三三〇～三三二号、一八九七年一月）、「現代金権史」（『商工世界太平洋』六巻五～二六号、一九〇七年三～一二月）を念頭に置いている。

(17) 松原の試みがいかにして継承されていくかについては立花雄一『明治下層記録文学』（ちくま学芸文庫、二〇〇二年五月、単行本初出一九八一年）に詳しい。なおそこで取り上げられている田岡嶺雲のような人物が「西鶴」（『青年文』一巻五号、一八九五年六月、無署名、のちに『嶺雲揺曳』〔新声社、一八九九年三月〕収録）という、西鶴の蔑視的扱いに抗議した記事を残していることを付言しておく。また中島国彦による『最暗黒之東京』の注釈（『新日本古典文学大系明治編30』岩波書店、二〇〇九年三月）は、原田東風（道寛）『貧民窟』（大学館、一九〇二年一〇月）が『最暗黒之東京』を下敷きにしていたこと（二七八頁）などを明らかにしている。

(18) のちに松原は「近今の創作界」（『国民新聞』一八九七年九月一～一五日、署名岫雲）で次のように記している。「春のや〔坪内逍遥〕出でゝ馬琴を倒し、美妙、二葉亭、嵯峨のや出でゝ「凡人小説」を書き、露伴、紅葉出でゝ西鶴を持ちあげ、以て明治文壇に於ける「凡人小説」の基礎を確定しぬ。／由来馬琴は豪傑を担ぎ出したる目の上の瘀瘤なりし、西鶴は素と「凡人小説」を書き始めたる開山元祖なりし、瘀瘤を排斥して開山元祖を歓迎したる明治文壇の手際はえらかりし、偶ゝ一種の識者あり、曰く西鶴何者ぞ彼れ元禄の一俗夫のみ、俗悪醜陋の文学を弄して痴男痴女の狂態を描くに過ぎず、是を学ぶの群小作家憐むべし、文品地に落ち、筆硯淤泥に染めりと、然れども滔々たる「凡人小説」昌行の大勢は是等の苦言を省みるの遑なく、曰く公等碌々畢竟小説の事を解せずと」（一〇日）。引用文の「瘀瘤を排斥して開山元祖を歓迎したる明治文壇の手際はえらかりし」という特徴的な史的見取り図は、馬琴と西鶴の従来的な位置づけの転換が松原にとっていかに喫緊の課題として意識されていたかを教えてくれる。

第4章　平民主義の興隆と文学
——国木田独歩『武蔵野』論

1　はじめに

一八九〇年代は、新しい世代の実作者たちによる紀行文の相次ぐ発表、また西洋文学に刺激を受けた書き手たちの創作活動の活性化を背景にして、外界の景物をいかに描くかという問題が先鋭な形で考察された時期に当たる。ではこの動向は、従来の観察と記録のあり方をいかにして反省し、またいかなる視点を付け加えたのか。本章はそのことを国木田独歩の作品集『武蔵野』（民友社、一九〇一年三月）に着目しつつ考察する。

後述のように独歩には新たな観察、記録の方法への関心が持続的に見られ、その表現は同時代の紀行文から逸脱する要素を多く備えている。例えば『武蔵野』の冒頭に収録された表題作「武蔵野」（『国民之友』三六五～三六六号、一八九八年一～二月）が提示しようとするのは、「武蔵野に散歩する人は、道に迷ふことを苦にしてはならない。どの路でも足の向く方へゆけば必ず其処《そこ》に見るべく、聞くべく、感ずべき獲物がある」（『武蔵野』二一頁、以下『武蔵野』収録作品の引用は同書による）という言明に見られるように、規定の名所旧跡から自覚的に逸脱しようとする、無軌道そのものと言うべき散策だったが[1]、一方、独歩とも親しかった田山花袋が書く紀行文はこうした散策のあり方にあまり協調性を示しておらず、むしろ名所旧跡を訪ねる感興こそを進んで語ろうとしていた(2)。

ではこのような独歩の表現は何によってもたらされたのか。本章が考慮したいのは、花袋をはじめとした同時代の紀行文家たちの活動のすぐ傍らで展開していた別の文脈への独歩の参与である。実はこの時期、いかにして外界の景物を観察、記録するかという問題が、実作者のみならず、経世論や社会問題を論じることを本業とする者たちによって考察され、実作者たちに幾多の提案や注文が行われるという特異な展開があった。ここで念頭に置いているのは民友社同人をはじめとする平民主義の論者たちの発言である。一八九〇年代は実作を本業としない者たちまでもが従来の観察、記録の方法を不服とした時期だった。その背後にあったのは、外界の観察、記録のあり方を論じることが、文学上の問題に留まらず、経世論、社会問題に密接に関わるという独自の洞察である。民友社同人の一人として活動した独歩も当然この動きと無関係ではなかった。この一八九〇年代特有の状況を視野に入れることで、従来の観察、記録のあり方が否定され、刷新されていく様相はより詳細に浮かび上がるはずである(3)。

2 「忘れえぬ人々」の旅

まず独歩の作品がいかなる観察、記録のあり方を打ち出していたかを具体的に見ておこう。以下に取り上げるのは、作品集『武蔵野』(図4-1)の収録作品の一つ、「忘れえぬ人々」(『国民之友』三六八号、一八九八年四月)である。この作品は、無名の文学者の大津が宿屋で出会った画家の秋山に「忘れ得ぬ人々」という題の自作の原稿を語り聞かせる光景を描いたものである。大津は、「親とか子とか又は朋友知己其ほか自分の世話になつた教師先輩」といった人とは別に、「恩愛の契《ちぎり》もなければ義理もない、ほんの赤の他人」ながらも「終に忘れて了ふことの出来な

図 4-1　国木田独歩『武蔵野』の表紙（民友社，1901 年 3 月）

い人」がいると語る（二四五頁）。注目したいのは、阿蘇山への旅行中にその「ほんの赤の他人」の一人と出会った部分である。まず大津は次のように阿蘇山の風景を語る。

円錘形に聳えて高く群峰《ぐんぽう》を抜く九重嶺の裾野《すその》の高原数里の枯草が一面に夕陽を帯び、空気が水のやうに澄むでゐるので人馬の行くのも見えさうである。天地寥廓《れうくわく》、而も足もとでは凄じい響をして白煙濛々と立騰《たちのぼ》り真直ぐに空を衝き急に折れて高嶽《たかたけ》を掠め天の一方に消えて了う。壮といはんか美といはんか惨といはん歟、僕等は黙然《だまつ》たまゝ一言も出さないで暫時《しばら》く石像のやうに立て居た。

（二五〇～二五一頁）

引用文から理解されるのは、確かに「忘れえぬ人々」が山岳の壮麗さを語ることに興味を認めていることであり、この点で同時代の紀行文と同じ志向が共有されていると言ってよい。しかし「忘れえぬ人々」が先の場面に続いて次の一節を加えることに注意したい。

『暫くすると朗々《ほがらか》な澄むだ声で流して歩るく馬子唄《まごうた》が空車《からぐるま》の音につれて漸々と近づいて来た。僕は噴煙を眺めたまゝで耳を傾けて、此声の近づくのを待つともなしに待つてゐた。

『人影が見えたと思ふと「宮地やよいところじや阿蘇山ふもと」といふ俗謡《うた》を長く引いて丁度僕等が立てゐる橋の少し手前まで流して来た其俗謡《うた》の意《こゝろ》と悲壮な声とが甚麼《どんな》に僕の情《こゝろ》を動かしたらう。二十四五かと思われる屈強な壮漢《わかもの》が手綱を牽いて僕等の方を見向きもしないで通つてゆくのを僕はぢつと睇視《みつ》めてゐた。夕月の光を背にしてゐたから其横顔も明毫《はつきり》とは知れなかつたが其逞しげな体軀《からだ》の黒い輪郭が今も僕の目の底に残つてゐる。

『僕は壮漢《わかもの》の後影《うしろかげ》をぢつと見送つて、そして阿蘇の噴煙を見あげた。「忘れ得ぬ人々」の一人は則ち此壮漢《わかもの》である。（二五四～二五五頁）

引用文では山岳の風景に対して本来なら副次的であるはずの若い馬子が、同じ視野の中で阿蘇山の噴煙と併置され、「忘れ得ぬ人々」の一人として、つまり大津にとって切実で第一義的な注意の対象として見出される。この作品は偶発的に立ち現れた下層の生活者たちとの出会いこそを何よりも印象深い体験として語ろうとする。別のところでは、瀬戸内海を進む汽船から見かけた、ある淋しい島の磯で何かをしきりに拾っては籠か桶かに入れている男、あるいは四国の三津浜の港にいた、背の低い肥えた琵琶僧、さらに、「北海道歌志内の鉱夫、大連湾頭の青年漁夫、番匠川の瘤ある舟子」（二五八頁）が「忘れ得ぬ人々」として挙げられる。ここに見られるのは、未知の生活者たちの姿を過剰なまでに前景化させることによって、名高い山岳のみを中心化させる従来的な注意の作法を自覚的に拒絶しようとする観察であり、そこに「忘れえぬ人々」の固有の主張があったと考えられる。

この方法意識が同時代の紀行文からいかに乖離していたかは、例えば遅塚麗水「不二の高根」（『国民之友』一九九号、一八九三年八月）との比較によって明らかとなる。のちに『日本名勝記』（上下巻、博文館、一八九八年八月）に収められた「不二の高根」は、以後の紀行文作者としての麗水の声名を決定づけた作品である。次に示すのは日の出の折の富士山を描いたくだり、当時「光彩陸離として、出色の文字たるを失はなかつた」（山の人「紀行文家の文章」『文章世界』六巻一一号、一九一一年八月）とされる部分である。

暁ならざるに短夢回へり来たれば主人は既に炉に踞して飯を炊ぐ、余や既に万古の雪に嗽ぎて心下に一塵事なし、静座して以て日出を待つ、
既にして石室の主人麾きて曰く日将に出でんとすと、起ちて扉辺の平石に踞して之を看る、（中略）須臾にして溟中渾沌のところ依稀として五彩の龍文を作し次第に鮮明を加えて光芒陸離、遂に混して猩血の色をなす、うちに物ありて浮べり雙黄の卵子の如し、忽ち合して熔銅の色をなす、石室の人曰く是れ太陽なりと、熔銅の色は再び変じて爛銀の色をなし環らすに紫金を以てし終に白熾鉄の色をなす、忽ち大鎚の一下に逢ふが如く百千道の金箭直ちに天を射り溟中猩血の色逆だち起ちて之を追ひ、太陽乃ち躍如として升る、天地茲に清明なり
（五三頁）

「不二の高根」が西洋流の精緻な描き方と形容の豊富さという点で従来の紀行文にはなかった新しさを持つことは複数の評によって確認される。(4) しかし同時に、先の「忘れえぬ人々」の観察を考慮するとき、この作品がいかなる自己規制を抱え込んでいたかも明らかだろう。この一節に見られるのは、「静座して以て日出を待つ」という構え方が象徴的に表すように、何が注視の対象かに関する予期がこの観察者に存在することである。引用文を特徴づけるのは、前もって注視の対象として定められた日の出の折の富士山に対する禁欲的とも言える構え方であり、自身の予期を脅かす外界の景物との出会いを求めようとする姿勢は希薄である。そのことは、富士山の壮麗な光景に依拠しつつ旅の感銘を語ってきた従来の文学表現に対して麗水がさしたる違和感を持たなかったことを示すだろう。むろんこの点は麗水に限ったことではない。麗水にやや遅れて紀行文家として活躍していく大町桂月は、その観察に違和感を持つどころか、「紀行文で啓発されたのは、遅塚麗水の『不二の高根』『松島遊記』で、これを読んだ時には、紀行文もこんなに面白く書けるものかと敬服した」（「余が文章に裨益せし書籍」『文章世界』一巻一号、一九〇

六年三月）と進んで賛美しており、当時の紀行文家の間で同じ意識が共有されていたことが窺われる。

そのことを踏まえると、「忘れえぬ人々」の表現が何と対立的だったかが明確となるだろう。「忘れえぬ人々」が打ち出そうとするのは、名高い山岳の光景こそに旅の中心的な感銘があると見なす「不二の高根」のような観察法への不服従に他ならない。その点は「忘れえぬ人々」の特徴的な結末とも関わっている。そこでは新たな人物が「忘れ得ぬ人々」として加えられる。

其後二年経過《たつ》つた《ママ》。

（中略）大津は独り机に向つて瞑想に沈むでゐた。机の上には二年前秋山に示した原稿と同じの『忘れ得ぬ人々』が置いてあつて、其最後に書き加へてあつたのは『亀屋の主人』であつた。

『秋山』では無かつた。（二六〇〜二六一頁）

大津が「忘れ得ぬ人々」として書き加えるのは、親しく語り合った秋山ではなく、逆説的にも数語だけ事務的に交わしたにすぎない亀屋の主人だった。従来この印象的な結末部分について、「眼の前にいる他者」への大津の「冷淡」さを指摘し、それを「周囲の外的なものに無関心」な姿勢として捉える見解がある。(5) しかしこの結末を「無関心」という評言で処理できるだろうか。「不二の高根」のような同時代の紀行文の表現を視野に入れるとき、それとは別の含意が浮かび上がるだろう。結末で示唆されるのは、旅行中の風景でもなく、また同種類の青年との親しい語らいでもなく、本来旅の中で「ほんの赤の他人」として処理してよいはずの一介の宿屋の主人の姿にこそ最たる旅の感銘が見出されるという、同時代の紀行文とは一線を画した旅の感興である。(6) そこに認められるのは「無関心」ではなく、従来の関心を再設定していこうとする志向だろう。「忘れえぬ人々」は一方で阿蘇山のような名高い山岳の壮麗さに関心を示すものの、他方でその壮麗さとは無縁な、従来の旅行者たちによって見過ごされてきた若い馬子や亀屋の主人たちの姿を第一義的な観察、記録の対象として見出し、阿蘇山のような景物の特権化を拒む特異な観察法を内包している。この作品に確認されるのは、名高い山岳を排他的かつ禁欲的に鑑賞する注意の作法に対するこの書き手の強い不服に他ならない。

3　平民主義と観察

この特異な観察方法を独歩にもたらしたのは何か。独歩の方法への拘りは、よく言及される「武蔵野」の次の一節とも関わるだろう。

元来日本人はこれまで楢の類《たぐひ》の落葉林の美を余り知らなかつた様である。林といへば重に松林のみが日本の文学美術の上に認められて居て、歌にも楢林の奥で時雨を聞くといふ様なことは見当らない。(八頁)

この一節のすぐ後に独歩は「日本の文学美術」とは異なる観察法に基づくツルゲーネフの自然描写(二葉亭四迷訳「あいびき」『国民之友』二五～二七号、一八八八年七～八月)を紹介し、またそれに倣いつつ行った自身の観察を提示する。独歩は相互に異なる「文学美術」を対照させ、「日本の文学美術」の自明性を剝奪しつつ、自身の観察方法をすぐれて意識的に選びとろうとする。ここに見られる文学、美術自体への自己言及や先の「忘れえぬ人々」の表現が示すのは、この書き手がいかに従来的な文学、美術の限界に自覚的であろうとしていたかだろう。この自覚を何が支えていたのか。当時この書き手の活動を方向づけた何らかの動向が存在したはずである。

注目したいのは、遅塚麗水を筆頭とした紀行文家たちとは別の視点から観察、記録のあり方を考えようとした動向である。従来ほとんど論じられていないが、当時、経世論や社会問題を論じることを本業とする複数の者たちが、いかにして外界の景物を観察、記録するかという文学的な問題を持続的に論議するという、おそらく歴史的にもきわめて希有な光景が見られた。ここで念頭に置いているのは徳富蘇峰の周辺にいた者たちの言説である。一例として民友社同人の一人、人見一太郎の発言を取り上げたい。人見は明治維新以降の政治的展開を論じた『第二之維新』(民友社、一八九三年二月)や、条約改正問題、内地雑居問題を論じた『国民的大問題』(民友社、一八九三年七月)を著し、硬派の言論人として活動していた人物である。次に示すのはこのような人物によって書かれた「警文学者」(『国民新聞』一八九三年四月三〇日~九月三日、署名的面生、鬼的面)[7]の一節、「遅塚麗水君に与ふ」という見出しが付された部分である。

世態人情君に於ては行雲流水也、君は只自然の美を愛するのみ、即ち山水の癖の為めに人間を忘却し去るなり、旅行は、人情を知る最良の機会なり、然れども、君の旅行は、白衣の行者か只だ大山を指して旅行するが如く、君は只山川、草木を目的として、旅行する也、人情の観察は寧ろ度外に置くなり、君今にして此傾向を改めずんば、君は跛詩人たらん、不具文学者たらん、君が旅行を好むは、君の修行上最も幸なり、君の旅行宜く行者の如くして行かんより、探偵の如くして行け、田舎道に立てる一茶店にも亦絶大絶妙の詩其中に宿らん、(八月一三日)

「旅行は、人情を知る最良の機会なり」「人情の観察は寧ろ度外に置くなり」という言明からは、記録者たちの遠方への移動が、これまで「観察」される機会を逸してきた者たちとの貴重な接触の契機として人見に把握されていたことが理解される。それゆえ人見は、「田舎道に立てる一茶店」を記録しなくともよい景物とする麗水の「観察」に激しく反発する。

以上に見た人見の麗水批判は、紀行文の表現をめぐる文学的問題と経世論、社会問題が決して別のものではなく、その間に何らかの密接な関連が意識されていたことを窺わせるだろう。そのことを明らかにするには、平民主義という一八八〇年代後半以降の知識人たちの議題と文学との関係を踏まえねばならない。いかにして藩閥内閣のいわゆる「貴族的」政治を打破し、「平民的」な社会を築いていくかをめぐる、民友社同人たちによって主導された平民主義の論議は、徳富蘇峰の一連の文学評論に典型的に見られるように、平民たちの日常的経験と深く関与してきた文学という営みの再評価と連動していた。特に本章の文脈で注目されるのは、この展開の中で外界の景物をいかにして観察、記録するかという問いが先鋭な形で浮上していたことである。その事態を端的に示すのが蘇峰「観察」(『国民之友』一八六号、一八九三年四月、のちに『静思余録』〔民友社、一八九三年五月〕収録)である。

外物をその儘に写すは、写真なり。人間は観察者なり、観察は写真にあらす。若し雲烟一抹に看過せば、人は写真器械にて足れり、神知霊覚は凸凹硝子板に値ひせさる可し。(中略)道傍の賤女子を見て、社会の罪を知る、果然彼の眼は硝子板にあらす、果然彼は写真器械にあらす。

この一節からも、平民を囲繞する社会的矛盾をめぐる政治上の論議と「観察」をめぐる文学上の論議がいかに密接に関連していたかが確認される。ここに見られるのは、「道傍の賤女子」の窮状を念頭に置いて、つまり「社会の罪」の対象化に資する形で「観察」の方法を意識的に規定していこうとする視点である。この言明が、「山水の癖の為めに人間を忘却し去る」遅塚麗水の観察に強く反発した人見一太郎の発言と通底していることは明らかだろう。「観察」とはこれまで見なくともよかった何かを可視化し直す営為として、つまり従来的な眼の用い方、注意の作法を変革していく営為として、平民主義の視野からあらためて意識化されるべき観点だった。

当時いかなる観察、記録が必要かという問いが平民主義の論者によって持続的に吟味されていたことは他の事例からも裏づけられる。例えば「平民的短歌の発達」(『国民之友』一六七〜一六九号、一八九二年九月〜一〇月)をはじめとした山路愛山の言説の中で幾度も論じられるのは、いかにして平民たちの日常的経験を有効に記録するかであり、この視野の中で過去の紀行文は単なる文学作品ではなく、「農民の状況」を復元するための貴重な史料として把握し直される(「歴史の話」『国民新聞』一八九四年四月二九日、五月一日)。

特にこの文脈で目を引くのは平田久の存在である。他の民友社同人と同じく、平田は当時の政治問題、社会問題について多くの発言を残した硬派の言論人だったが、このような人物が『国民之友』に一二回にわたって「国民的詩人」(『国民之友』二二五〜二三六号、一八九四年五〜九月)という当時としては際立って精密なロバート・バーンズ論を掲載していたことは特筆される。そして平田が論じようとするのもこのイギリスの詩人がいかにして外界を観察、記録したかであり、その記事では「蘇格蘭士農夫の生涯」を詩に記録していく「バーンズの眼」(傍線原文)が称揚される。また民友社同人たちによって協同で執筆された文学者、歴史家の評伝叢書『拾弐文豪』(全一二巻、号外五冊、一八九三年七月〜一九〇三年一月)が新たな記録の模範を提供していく作業の一環として生まれたことに留意したい。他にも民友社同人たちと同じように平民主義を標榜した植村正久主宰の雑誌『日本評論』は、下層生活者たちの経験を念頭に置きつつ西洋詩人たちの「観察」を熱心に論じていた(8)。

以上のようにこの時期、「観察」という文学上の議題と経世論や社会問題が同じ論者によって幾度も考察されるという特異な状勢があった。「観察」とは単に実作者たちの表現上の問題ではなく、誰の経験を重視しつつ社会を構築していくかという問題、平民たちの困窮(「社会の罪」)に密接に関わる、すぐれて政治的な問題として浮上していた。この論者たちが平民たちの文学上の地位の低さ、つまり記録に携わる者たちが平民たちを第一義的な注意の対象として「観察」しないことを喫緊の議題として取り上げるのは、その記録者たちの身振りを、平民たちの経験が取り上げるに値しないものであるという特定の見方の普及にいそしむ、正しく政治的な行動として意識するからだった。この論者たちにとって従来の「観察」は、平民たちに対して無感動で、排他的な空間の構築に加担し、平民主義の実現を阻むという点で、下層民たちの劣悪な労働条件や米価の高騰といった当時の政治的問題とさして区別すべきものではなかったと言える。見方を換えて言えば、ここで「文学美術」の担い手たちは、誰の経験を重視しつつ社会を築き上げていくかという経世上の問題の部外者ではなく、むしろそこに確かに参与し、影響力を持つ当事者として見出されていた。

人見一太郎が遅塚麗水の紀行文を批判せねばならなかったのはこの文脈においてだった。そして独歩が麗水の紀行文とは大きく異なる観察を試みようとしていたのも、そこで提出された視点を踏まえるからであったと考えられる。

4　『武蔵野』の記録者

国木田独歩が民友社同人の一人、松原岩五郎の貧民窟探訪記事を論じた「二十三階堂主人に与ふ」（『青年文学』一五号、一八九三年一月）にはこう記されている。

> 足下ハ則ち彼れ大我居士の如く、自ら身を窶して貧民のむれに入り以て観察したるに非ず、只だ之れ見聞録たるに過ぎず、而も此の看察を此の文章とあり《〔せ〕》。若し夫れ一歩を進めて大我に効《〔なら〕》ひ、親しく下谷万年町、浅草馬道、四ツ谷鮫橋の如き怪窟を探ぐらば、或ハ我が冷淡、偏頗なる社会の注意をして少しく暗惨の方面に向けしむるに益なることを信じ、吾が平民文学の為めに、ひたすら希望して措かざる也。

これは松原が初めて執筆した貧民窟探訪記事「芝浦の朝烟（最暗黒の東京）」（『国民新聞』一八九二年一一月一一日～一八九三年一月一四日、署名二十三階堂）を評したものである。前章で見たようにこれ以後、松原は民友社同人たちの理解と協力のもと、いっそう徹底した貧民窟の報告を提供していく。注目されるのは、独歩がその試みにいちはやく着目し、その「観察」の不徹底さと、それゆえに温存されてしまう「我が冷淡、偏頗なる社会の注意」を問題視していたことである。ここに確認されるのは先に見た平民主義の論者たちと同じ視点だろう。すなわち、「観察」の問題が平民たちの苦境と関わることを意識しつつ、「観察」の方法をあらためて構築し直していこうとする視点のことである。

そして先に見た平民主義の論者たちの動向は、「我が冷淡、偏頗なる社会の注意」を相手取ろうとする独歩の問題意識をたえず保証し、新たな観察の必要性を繰り返し鼓吹したはずである。独歩が民友社（国民新聞社）刊行の『国民之友』『国民新聞』や植村正久が発刊した『日本評論』を愛読していたこと、また民友社同人たちや植村との親密な交流は、独歩の当時の日記から明らかである。付言しておくと、先述の平田久「国民的詩人」はトマス・カーライルの「Burns」（一八二八年）に大幅に依拠して書かれているが、独歩も同じ記事の抄訳（「バルンスの失敗」『国民之友』三二四号、一八九六年九月）を発表している。この些細な例からも平民主義の論者たちとの協調性が理解される。

独歩の模索がいかにして推し進められたかは、大分県佐伯滞在時（一八九三年九月～一八九四年八月）の日記（『欺かざるの記』）の多くの記述から窺われるが、本章の文脈で特に触れておきたいのは、独歩が『武蔵野』収録作品を書く前に発表した紀行文「豊後の国佐伯」（『国民新聞』一八九五年五月一〇日～六月一九日、署名三十六灘外史）である。注目されるのは、早くもここでのちの小説に通底する特徴が認められることである。

試みに市街の河岸《かし》に至り見んか、終日茲《こゝ》に小舟群がりつどい、色黒き舟子。赤き襟つけたる村女。柿を盛りたる籠を携ふる老婆。鱶《ふか》の児を縄にて縛り、之れを竹杖にて担ひたる男。『城下』の名医の診察を受けんとて、妻に介抱せられつゝ舟より上ぼり来る色青き若者。薪炭を山の如く積みたる舟より、鼻歌唄ひ乍ら一束々々運びつゝある男。どみ声あげて同村の者を呼びかくる赤顔の農夫。孫女を連れたる翁などの已がじゝざわめくを見る也（五月一二日）

別の部分では、紀州という名の乞食が「破れ傘を腋に抱き、腐りたる草履《ざうり》を垢に黒き足にはき、痩せて枯木の如き手に振りて、何とも知れざる物を口に運びつゝ行く」姿を描き、「天地孤独とは彼れの事ならめと思ひやりし時は、涙なきを得ざりき」（五月一〇日）と記している。当時の紀行文の禁欲的な観察を考慮するとき、病院に向かう若者や街頭の乞食にさえ注意を向けようとするこの観察者の多感さは際立っている。独歩が当初から紀行文の表現に意識的だったことは、佐伯時代の独歩に兄事していた富永徳磨の、「けふ嘗て作りたる大入島紀行文を師〔独歩〕へ出したるに師は曰へりこは実に時世後れなりこの内には充分の風韻あれと惜むらくは写実に乏しと」（「一小涯・一生涯（富永日記）」一八九四年三月三日）[9]という言及からも窺われる。留意しておきたいのは、このような観察が後年の独歩の表現に直結していくことである。佐伯の村人たちの日常の姿にいちいち心奪われるという感性のあり方は、たまたま見かけた「ほんの赤の他人」を「忘れ得ぬ」存在として見出していく「忘れえぬ人々」を予告するものであるし、『武蔵野』に収められた「源おぢ」（『文藝倶楽部』三巻一一編、一八九七年八月、原題「源叔父」）では、まさに先の紀行文で記された紀州という乞食が小説の主要登場人物として登場する。そしてこの模索は書くという行為をめぐる固有の自覚に連なっていく。注目されるのは、先の「豊後の国佐伯」と同じ頃に書かれた「列伝」（『国民新聞』一八九五年六月一五日）の次の一節である。

英雄豪傑は花々しき伝記を有す、羨ましき伝記を有す、然り英雄豪傑も伝記を有す、されど伝記を有するもの豈《あ》に独り英雄豪傑のみならんや。

人間の過去は上帝の現在なり。人間は忘却の墓に消へ行く、されど彼は遂に宇宙不磨のページより消滅し能はざるなり。（中略）

嗚呼人たれか伝記なからんや。三歳の緑児《みどりご》と雖も其の手に鋼鉄の筆を握る。時々刻々、一挙一動、一言一句、『永遠』の冊子に自からの伝記を書くなり。野夫、樵夫、盲人、悪盗、君子、大人、白人、黒人、悉く此の冊子を否む能はず。

（中略）

一握の灰は短命五才にして逝きし小児の伝記を語り、一介の苔むす石は八十の翁が哀楽浮沈の一生を説く、嗚呼伝記を有するもの豈独り英雄豪傑のみならんや。

この記事の末尾には、今後「英雄豪傑」ならぬ凡人たちの「列伝」を記していくという予告がある。「列伝」はこの第一回の記事のみで未完に終わったが、この記事は独歩が書くという行為をいかなる事態を考慮しながら位置づけていたかをよく教えてくれる。独歩は『『永遠』の冊子」を仮構し、多様な人間たちを同等の記録対象として歓待する場を設けようとする。その背後には、「野夫、樵夫、盲人、悪盗、君子、大人、白人、黒人、悉く此の冊子を否む能はず」とあるように、何らかの形で記録対象を人為的に選別すること自体への反発があった(10)。独歩によって強く意識されているのは、過去の記録者たちの関心の偏狭さと、それゆえに吟味され損ねてしまう平民たちの経験の膨大さであり、書くという行為はこうした現実への介入として把握されていた。

以上に見た「豊後の国佐伯」「列伝」という二つの記事が、先の「我が冷淡、偏頗なる社会の注意」を相手取ろうとする問題意識と関連することは明らかであろう。一連の記事から見えてくるのは、独歩がいかなる役割を「文学美術」（「武蔵野」）に見出したかである。すなわち、現在の「我が冷淡、偏頗なる社会の注意」とは別の注意に基づく観察、記録を確保し、同時代の現実をあらためて吟味する機会を設けることこそが独歩の考える「文学美術」の役割だった。独歩が当初から従来的な「注意」を問題視していたことは、「吾が天職は人々が一増深き注意、感情を以て此の自然と此の人生とを見んことの為めに尽すに在り」という佐伯時代の『欺かざるの記』の記述（一八九三年一一月四日）[11]からも明らかである。言い換えれば、この書き手にとって文学や美術とは単に外界を記録する作業ではなく、平民たちの経験を考慮しつつ狭量な「社会の注意」に介入していく運動、つまり「道傍の賤女子」（徳富蘇峰「観察」）にも独自の貢献を行う営為だったと言える。このように同時代の紀行文とは一線を画する文学の社会的機能の自覚が、「観察」をめぐる先の平民主義の論者たちの論議と軌を一にしていることは言を俟たない。

むろん違いも無視できない。確かに独歩の表現には松原岩五郎の貧民窟探訪記事に見られる、平民たちの抱える政治的、経済的問題に直接介入していこうとする姿勢は希薄である。[12]しかし松原の試みが困窮する弱者を救済する告発的な知識人という立場で、つまり社会問題への介入の一環として実施されたことに注意したい。言い換えれば、社会問題として対象化するに足る困窮がなければ、松原にとって平民たちが観察の対象となる必要はなくなる。そのことを考慮すると、独歩の表現が社会問題の有無とは無関係に、つまりより日常的で無償の交流の場の中で平民たちを観察の対象として発見したことに留意すべきだろう。この視点ゆえに独歩の作品は、松原の貧民窟探訪記事の観点から見れば報告に値しない、平穏そのものといってよい平民たちの日常までもが意義深い観察対象として歓待される場となる（例えば『武蔵野』に収められた「郊外」〔『太陽』六巻一二号、一九〇〇年一〇月〕）。また、特に蘇峰に見られるような、国家の発展、膨張への貢献度という観点によって平民への関心を限定していく傾向とは一線を画していたことを付言しておきたい。[13]いずれにせよその試みは、いかにして平民主義的な社会を実現していくかという一八九〇年代の知識人たちの中心的課題に対する独歩なりの回答だったと言える。

以上のように『武蔵野』に見られる特異な表現は、平民主義の興隆、またそこで明確化されていく「我が冷淡、偏頗なる社会の注意」への対抗意識という一八九〇年代の固有の文脈と結びついていた。この文脈への参与は、当然同時代の紀行文とは異なる観察、記録方法への関心を独歩の中に呼び起こした。『武蔵野』の収録作品が「日本の文学美術」の自明性を疑い、あるいは旅先の「ほんの赤の他人」たちの姿をも「忘れ得」ない対象として注視するという、同時代の紀行文とは大きく異なるふるまいを見せるのはそのためだった。またこの姿勢は、作品集『武蔵野』が外界の景物だけではなく、その記録者たちの制作方法や内面を報告することに強い関心を見せることと関連するだろう。「わかれ」(『文藝俱楽部』四巻一三編、一八九八年一〇月)では「文学と画」によって世に立とうとする青年が描かれるし、「郊外」では戸外で「写生」に励む画家が登場する。特に「小春」(『中学世界』三巻一六号、一九〇〇年一二月)では「手帳《ノートブック》と鉛筆とを携て散歩に出掛けたスコットをば嘲りしヲーズヲルス」(三三八頁)の姿勢や若い画家志望者との画法をめぐる談議が描かれ、作者の方法的関心が特に露骨に表れている。この点を踏まえると、作品集『武蔵野』には従来とは異なる観察を実践する記録者自体の報告の試みという側面があったと言える。そしてこの記録者たちの活動は平民主義者たちの文脈に連なっていた。初期の独歩の辿った軌跡から分かるのは、これまで功利主義的という評価のもとで顧みられることが少なかった一八九〇年代の平民主義者たちの動向が「日本の文学美術」の刷新のための豊饒な模索の場だったことである。

5　独歩と平民主義

周知のように後年の『独歩集』（近時画報社、一九〇五年七月）と『運命』（左久良書房、一九〇六年三月）の刊行を契機として、国木田独歩の作品は画期的な達成として見出されていく。ただ与えられた当時の評価こそ異なるが（『武蔵野』収録作品は発表時ほとんど評価されていない）、『独歩集』『運命』の作品群が以上に見た初期の模索と無関係であったわけではない。そのことを窺わせるのは、例えば「酒中日記」（『文藝界』一巻一〇号、一九〇二年一一月、のちに『運命』収録）である。内容は、幾多の不幸に見舞われた小学校教師大河が先立たれた妻を追うように川で溺死するに至る経緯であり、読者にはその小学校教師の日記の文面が直接示される。注目したいのはこの作品の結末部分に登場する記者の多感さである。記者はこの日記が郷里の旧友によって秘蔵されたものであることを説明し、次のように補足する。

記者思ふに不幸なる大河の日記に依りて大河の総《すべて》を知ること能はず、何となれば日記は則ち大河自身が書き、而して其日記には彼が馬島に於ける生活を多く誌《しる》さざればなり。故に余輩は彼を知るに於て、彼の日記を通して彼の過去を知るは勿論、馬島に於ける彼が日常をも推測せざる可らず。（中略）

酒中日記とは大河自から題したるなり。題して酒中日記といふ既に悲惨なり、況《いは》んや実際彼の筆を採る必ず酔後に於てせるをや。此日記を読むに当て特に記憶すべきは実に又この事実なり。

お政《まさ》は児を負ふて彼に先《さきだ》ち、お露は彼に残されて児を負ふ。何《いず》れか不幸、何《いずれ》か悲惨。（『文藝界』五八頁）

記者は小学校教師の記録を読者に媒介するだけではない。同時に、そこに記録され損ねた「過去」を「推測」する必要を説き、さらに日記中に記され損ねたお政とお露の「悲惨」さにわざわざ注意を喚起しようとする。この記者の多感さが初期の諸作品に通底することは多言を要しない。特に過去を復元することの困難さに対する思慮深さは先の「列伝」を思い起こさせる。ここで意識されているのは、留意すべき平民たちの経験が一向に「社会の注意」を引かず、それゆえこの悲惨さを看取し、ときに記録され損ねた者たちの人生を「推測」していく多感な「注意」が必要とされるという現実であり、こうした現実への一貫した関心とその明確化への意欲こそが当初からのこの書き手の表現を規定していたと言える。

のちに独歩は「自然を写す文章」(『新声』一五編五号、一九〇六年一一月)で、「一ッ考へて見なければならぬ事は、あまりに文章に上手な人、つまり多くの紀行文を読み多くの漢字を使用し得る人の弊として、文章に役せられて、却て自然を傷けて了うやうな事があるかも知れぬといふ事だ」と述べている。注意したいのは、あくまであるべき文章を修辞的な卓越性や過去の紀行文の習熟度とは無関係のものとして考えるこの視点が、一八九〇年代に特定の者たちによって意識的に形成されていくことである。一八九〇年代は、それこそ「文章に上手」な遅塚麗水の紀行文が支持を集める一方で、平民主義の論者たちがそれとは異なる観察のあり方を世に問い、議論を重ねた時代でもあった。(14) 独歩の先の文章観はこの平民主義の文脈との協調性をよく示す一例だろう。

先述のように人見一太郎は、「世態人情君に於ては行雲流水也、(中略)人情の観察は寧ろ度外に置くなり」と麗水を攻撃した。この背後には「世態人情」に関する固有の視点があった。平民主義の論者たちが行ったのは、「世態人情」をいかに描くかという文学上の問題を、経世論や社会問題と連動する議題として再定義すること、言い換えれば、平民の経験を考慮しつつ、いかにして社会を再構築するかという問題に接続させることであり、この動向は、同時代の政治的問題から進んで距離をとろうとした硯友社小説家たちとは大きく異なる実践が生まれていく契機となった。

そこでは観察、記録のあり方を、独歩の先の言明にあるように、修辞的な卓越性や過去の紀行文の習熟度という観点からではなく、平民主義の実現を阻む「我が冷淡、偏頗なる社会の注意」に対していかに有効な介入となりうるかという新たな観点から評価し直していく論議が続けられており、初期の独歩の作品はこの視点を継承しつつ制作されていた。そこで持続的に行われるのは、過去の「日本の文学美術」、またその注意の作法に追従する現時の「日本の文学美術」が、同時代の現実の確認のためにもはや切実なものではありえないという現状の吟味と点検だった。留意しておきたいのは、まずこの文脈の中で名立たる山岳を前にして「静座して以て日出を待つ」ことに徹するような観察法が失墜し、「道傍の賤女子」(徳富蘇峰「観察」)の姿をも第一義的な注意の対象として抱え込みつつ同時代の現実を記録する新たな観察と記録が台頭していくことである。独歩の作品集『武蔵野』はこのような「日本の文学美術」の状況を体現する作例だった。

注

(1)「武蔵野」における「散歩というにはあまりに放埒で激しい歩行への志向」について、持田叙子「青年、歩行、紀行文」(『花袋研究学会々誌』一八号、二〇〇〇年三月)に具体的な指摘がある。

(2)両者の差異は散策の具体的なありように表れている。「武蔵野」の小金井での散歩を記すくだりで掛茶屋の婆さんは、「夏の郊外の散歩のどんなに面白いか」と考える散策者を「愚か」にしか見ない者として、つまり小金井が桜の名所として価値を持つとしか考えない固陋な人間として提出される。田山花袋の紀行文「月瀬紀遊」(『南船北馬』博文館、一八九九年九月)でも同じように茶店を営む人物が登場するが、しかしこの老爺は土地の歴史的由緒を解説し、「遊山舟」に乗るべきことを助言する親切な案内者として散策者に貢献する。なお両者の差異については本章注(6)も参照のこと。

(3)次章でも触れるが、民友社同人と独歩の関係は未だ不十分にしか検証されていない。独歩の初期作品の表現を平民主義との関係から検討した、本章の関心と密接に関わる先行研究として北野昭彦『宮崎湖処子国木田独歩の詩と小説』(和泉書院、一九九九三年六月）第七、八章がある。しかし徳富蘇峰以外の民友社同人への目配りが乏しく、また平民主義者たちの動向が外部のいかなる動向と葛藤しつつ生起したかに関心が向けられていない。本章はこうした問題点を踏まえ、より包括的な形で平民主義の動向との関係を再検討する。

（4）例えば以下。「新聞に雑誌に紀行文のあらはるゝもの多けれど、未だ麗水の紀行の如く詩趣を得たるものを見ず。其富士山紀行、松島紀行の如き、これ有数の紀行美文也。彼れは華麗なる漢文に、精緻なる洋文の趣を加へ、山を描き、水を写し、頗る神韻縹渺たるものあり」（無署名「紀行」『少年文集』二巻九号、一八九六年九月）。

（5）柄谷行人『日本近代文学の起源』（講談社文芸文庫、一九八八年六月、単行本初出は一九八〇年）二九頁。この指摘は複数の論で踏襲されており、例えば藤森清「風景の影」（『名古屋大学国語国文学』七八号、一九九六年七月）はこの指摘を援用しつつ、作品集『武蔵野』の表現が「「小民」を風景としてみること」で他者性を懐柔すると指摘する。今日の眼から見てそこに限界があることは当然であるが、「「小民」を風景としてみる」こと自体に固有の意義を見出そうとした同時代の文脈、またむしろ「風景」から「小民」を過剰に前景化させようとする独歩の表現（例えば阿蘇山麓の馬子の表現）にも留意すべきではないか。その点と関連するが、藤森の論は独歩の表現をピクチャレスク美学の所産として扱い、西洋の風景画に関する知見を無媒介に当てはめる。しかし本章では、たとえピクチャレスク美学を借用するにせよ、それを日本の文脈に都合がいいように見出し、活用しようとした明治期の事情（とりわけ後述の平民主義の動向）を考慮しつつ、独歩の表現が持つ歴史的意味を考察したい。

（6）「忘れえぬ人々」と同時代の紀行文との関係に着目した数少ない先行研究として関肇「記憶を語る言葉」（『光華女子大学研究紀要』三五号、一九九七年一二月）がある。関は花袋の紀行文との比較から外界（他者）との間に「深い結びつきを探る方向に進んでいく」独歩の表現の特質を指摘する（四四頁）。

（7）この筆名が人見を指す根拠は山田博光「解題」（『民友社思想文学叢書』五巻、三一書房、一九八四年五月）三九四頁で指摘されている。

（8）例えば「農民の有様を観察」しつつ詩作したロバート・バーンズを評する雲井春香「畎畝の詩人ロベルト、ボルンズ」（一八九〇年一一月）、「真写の精細と理想の幽高とを兼ねて、自然界を観察」した「平民主義の人」ウィリアム・ワーズワスを論じる無署名「自然界の予言者ウオルズウオルス」（五四〜五五号、一八九三年八〜九月）。

（9）『国木田独歩全集』一〇巻（学習研究社、一九六七年九月）四六三頁。

（10）なお「列伝」には「プルタークは歴山大帝一個の伝記を吾人に与へぬ。されど上帝の簿冊には数万の鉄騎個々の列伝ありて今存す」（傍線木村）という部分があるが、この部分は徳富蘇峰「無名の英雄」（『基督教新聞』二〇四号、一八八七年六月）の、「さればよし彼等は浮世の歴史には其の名を留めずとも、鰥人寡婦が暗室に於て、流す所の涙痕の滴数さへ数へ尽して漏すことなき、上帝の記録には必らず特筆大書されたるや、疑ふ可くもあらず」（傍点木村）という箇所を参考にした可能性がある。独歩はこの記事を収めた蘇峰の『静思余録』を「文章を習はん為め」に読んでいる（『欺かざるの記』一八九三年九月一二日、『国木田独歩全集』六巻、学習研究社、一九六四年九月、二七九頁）。付言すると、独歩の遺稿「凡人の伝」（執筆時期不祥）は明らかにこの「列伝」の習作であると推定される。

（11）『国木田独歩全集』六巻（学習研究社、一九六四年九月）三二九頁。

（12）ただ独歩は創作活動の傍らで同時代の政治問題に強い関心を示していた。そのことは特に新保邦寛「〈小民史〉の行方・〈社会〉への眼差」（『独歩と藤村』有精堂出版、一九九六年二月）に詳しい。

（13）その点を次章で検討する。

（14）ただ遅塚麗水と国木田独歩、人見一太郎は相互に無関係であったわけではない。上記三名はともに青年文学会（一八九〇年一〇月〜一八九三年五月）の同人として活動していた時期があった。

第5章　民友社史論と国木田独歩
――「人民の歴史」の脈絡

1　はじめに

前章では初期の国木田独歩の特異な表現が、徳富蘇峰によって主張された平民主義という理念と関わっていたことを見てきた。ここではさらに独歩の表現と蘇峰や民友社との関係を追跡する。新たに取り上げたいのは、一八九〇年代前半から相次いで発表されていく民友社同人の史論である。周知のようにこの時期、史論の流行が言論界の話題となっていた。当時の時評からこの点に触れている言及を拾い上げてみよう。

げにや史伝、人物評の近頃の文学界に行はるゝはおほかたの諸雑誌が史伝史論などいふ欄を設けたるにても知られたり（無署名「史伝、人物評」『早稲田文学』二六号文界彙報欄、一八九二年一〇月）

前年来の歴史熱は、此年〔一八九二年〕に至りて、大に騰上し、新聞も、雑誌も、小説も、歴史的趣味を加へざれば評判好からざるに至れり、（無署名「文学界の概況」『国民新聞』一八九三年一月五日）

この動向の中で主導的な役割を担ったのが民友社同人たちである。竹越三叉『新日本史』（上中巻、民友社、一八九一年七月〜一八九二年八月、下巻未刊）や徳富蘇峰『吉田松陰』（民友社、一八九三年一二月）といった著作、また『国民之友』第一六七号（一八九二年九月）から設置された「史論」欄、文学者や歴史家の評伝叢書『拾弐文豪』（全一二巻、号外五冊、一八九三年七月〜一九〇三年一月）の刊行など、民友社の言論活動の中で史論（人物論、伝記）は大きな位置を占め、幅広い注目を集めた。

すでに指摘があるように、民友社の史論は、重野安繹を中心とする官学系の史学、田口卯吉『日本開化小史』（全六冊、一八七七年九月〜一八八二年一〇月、出版人田口卯吉）を典型とする「文明史」とは多くの点で異なる歴史叙述のあり方を提示していた。[1] 本章の文脈でとりわけ重要なのは、民友社の史論における「人民」の重視という姿勢が、文学の再発見というべき事態と不可分だったことである。民友社同人たちは、従来の歴史叙述を批判していく過程で、「人民」を記録し代弁してきた真摯な営みとして小説や詩歌を再評価する視点を打ち出し、同時期の硯友社小説の遊戯的調子とは一線を画する形で文学の役割を再考していく。換言すれば、この時期の文学は、従来の歴史叙述の問い直しという文脈との接点を持つことで、新たな同時代的課題を確認し直す重要な機会を持つに至った。

初期の独歩が関わるのはそのような文脈である。以下に見るように、当時まだ無名であったこの青年が民友社の史論の熱心な支持者だったことはその多くの発言によって裏づけられる。そして独歩はこの史論との接触の中で自らの文学表現を試みていく重要な契機を見出していたと考えられる。従来、独歩と民友社同人の言論活動との関連は幾度か指摘されているが、民友社の史論との関係、特にその展開に違和感を抱いていく経緯はほとんど取り上げられていない。[2] 本章はこの様相に着目することで、当時の文学が史論の動向と提携または葛藤しながら新たな視点を獲得していく過程を浮かび上がらせたい。この作業を通して、前章に引き続き、蘇峰や民友社同人たちの周辺でどのように新たな文学観や方法意識が育成されていったかを明らかにする。

2　人民の歴史

次に示すのは、国木田独歩の先行研究で繰り返し引用される有名な一節である。

多くの歴史は虚栄の歴史なり、バニティーの記録なり。人類真の歴史は山林海浜の小民に問へ、哲学史と文学史と政権史と文明史の外に小民史を加へよ、人類の歴史始めて全からん。

多くの歴史は歴史家の歴史なり、(人間心霊、ヒユマニティーの叫声を記録せよ)、学者の歴史なり、政治家の歴史なり、彼等頭裡の楼閣のみ。(『欺かざるの記』一八九三年三月二一日、六巻七一頁)[3]

これを引いたのは、従来の研究に倣って「小民」への関心の深さを確認したいからではなく、「小民史を加へよ」という言明が同時代のいかなる展開と協調していたかを検討したいからである。引用文には既存の歴史叙述を、「小民」という構成員の経験を記入していない不完全な記述として批判する観点がある。この観点は民友社同人たちの史論や文学評論によって持続的に吟味されていた。次に示すのは山路愛山「近世物質的の進歩」(『国民之友』一七〇～一七五号史論欄、一八九二年一〇～一二月)の一節である。

惜ひかな我日本に存在する歴史は皇室と貴族の歴史にして人民の歴史にあらざりしかば此等の事件(木綿と絹の競争)は忽諸に附せられしと雖も、若し日本人民の状態を画かくことが日本歴史家の務ならば此等の事情は必らず詳細に記述せざるべからざるものたるに非ずや。(一七〇号三五頁)

愛山は「皇室と貴族の歴史」と「人民の歴史」を対比しつつ、後者を書くことを「日本歴史家の務」とする。こうした問題意識の先例としては、民友社社主の徳富蘇峰の「無名の英雄」（『基督教新聞』二〇四号、一八八七年六月、のちに『静思余録』〔民友社、一八九三年五月〕収録）を挙げることができる。蘇峰はそこで「帝王、宰相、大将、弁士、学者、美術家、事業家等」についてのみ書き立てる「彼の軽情なる歴史家」を批判しつつ、農夫、職工、労役者といった「無名の英雄」たちを「特筆大書」する記録の必要を提言する。先の愛山の言明がこれと同じ関心を共有していることは明らかであろう。現にこの記事は愛山の目にも触れていたと考えられる[4]。蘇峰と愛山はともに従来の「軽情なる歴史家」が「人民」を除外してきたこと、その記録行為が重大な欠落を抱えていることを批判する。この観点は民友社の史論で幾度も強調されており、そのことから窺われるのは、「小民史を加へよ」という先の独歩の主張が民友社同人たちによる歴史叙述の問い直しという、同じ時期の硯友社小説家たちの文学営為とは大きく異なる動向を背景とすることである。

史論に対する独歩の関心は、『国民之友』『国民新聞』など民友社の刊行物はもちろんのこと、田口卯吉の刊行した『史海』を愛読していたり、その史論に関するインタビュー記事（「田口卯吉氏を訪ふ——（条約改正、史話）」『自由』一八九三年三月二八日、署名鉄斧生）を発表していること、あるいは、人物論流行の「本家」として蘇峰を位置づけつつ、その『人物管見』（民友社、一八九二年五月）の「卓絶」さに言及していたこと（「民友記者徳富猪一郎氏」『青年文学』一二号、一八九二年一〇月、署名鉄斧生）からも裏づけられる。一方で独歩は「小民史を加へよ」と記したのと同じ日の日記で、「昨夜吾は断然文学を以て世に立たんことを決心せり」（六巻七〇頁）と記し、西洋文学者や詩人に言及しているように、文学に強い魅力を感じていた。では史論と文学という異なる領域への関心が併存する独歩の意識のあり方は、この時期のいかなる状況と関わっているのか。

注目したいのは、従来型の歴史叙述の問い直しの動向が、史論と文学の協働という展開を生み出したことである。これまでの歴史が重大な欠落を抱えた所産であるという意識の高まりは、「人民」たちの声への関心と表裏をなしていた。文学はこの文脈で「人民」たちの声を拾い上げる役割を担ってきた営みとして再発見された。先の愛山「近世物質的の進歩」の次のようなくだりを見てみたい。

> 不幸にして我詩人は彼等〔三家村裏の英雄たち〕の為めに歌はず、我文人は彼等の生涯を書かざりしが故に、彼等は唯口碑の中に活くるのみなれども、其伝記は蓋し吾人を感発せしむるものならざるを得ず。（一七五号三一頁）

引用文は、過去の詩人、文人たちが人民たちの「口碑」（声）と何ら関係を結んでいない事態に「不幸」を見ている。しかし詩人、文人への批判は、見方を変えれば文学への期待の裏返しである。例えば愛山「平民的短歌の発達」（『国民之友』一六七～一六九号史論欄、一八九二年九～一〇月）は、松尾芭蕉の「平民的」俳諧を、文学が人民たちの日常と密接な交渉を持った事例として回顧し、再評価する。このような文学への期待を、山東京山の小説を「平民の言葉を其儘に写すもの丶如し」と賞賛する「山東京山」（『国民新聞』一八九二年一〇月三〇日）や、「只社会の表面をのみ記」すにすぎない「世の歴史」と対比的に為永春水の人情本（「最暗黒《ダーケスト》江戸の記事」と表現される）を評価する「文学と歴史（廿五年七月廿七日麻布青年会に於て）」（『護教』六二号、一八九二年九月）からもはっきりと確認できる。[3] そのことから窺われるように、従来の歴史叙述を不服とする意識の高まりは、史料となり損ねた「人民」の声への関心と密接に結びついていた。言い換えれば、その史論が提示するのは、「人民」の声（「口碑」）を視野に入れない従来型の歴史叙述の真正性への疑義なのである。すでに史料化された言説（文字）だけに基づく実証作業は、文字化されなかった声を排除する点でつねに誤謬を犯しているのではないかというのが民友社の史論が主眼とする問題提起だった。

この頃から独歩とも親しかった蘇峰がしばしば文学を論じ、そこで「人民」の声（「口碑」）との付き合い方を取り上げたのも同じような文学への期待のためだったと考えられる。例えば「新日本の詩人」（『青年文学雑誌』一号、一八九一年三月、のちに『文学断片』〔民友社、一八九四年三月〕収録）では「口碑」を「立派な詩の材料」とし、詩人に「成可く田舎を歴巡つて御覧なされ」と要請しているし、「文学者の新題目」（『国民新聞』一八九二年六月四日、のちに『文学断片』収録）では「怪談、口碑、俚語、俗謡」という題材に注意を促している。こうした蘇峰の提言に呼応する展開を見せたのが民友社同人の宮崎湖処子である。湖処子の『帰省』（民友社、一八九〇年六月）、「村落小記」（『国民新聞』一八九一年六月二四日～七月三〇日）にも「口碑」の消失への危惧が語られており[6]、そのように史料となり損ねた声との交流を志向するからこそ、「秋郊」（『国民之友』一三五～一三八号、一八九一年一一～一二月）の中で地方の茶店にいる一介の老女は「此近郷の歴史家及ひ伝記家」として見出される。このことから分かるように、湖処子の作品は民友社の史論と連携する営みとして生み出されていた。独歩が湖処子の文学活動を熱心に追っていたことは「田家文学とは何ぞ」（『青年文学』一三号、一八九二年一一月、署名鉄斧生）に明らかである。

以上を踏まえると、独歩によって文学と史論（「小民史」）という異なる領域への関心が併せ持たれていることが同時代のいかなる動向と関わるかが理解される。すなわち、民友社同人たちが展開していた文学と史論の協働という一八九〇年代前半の展開が背後にあり、先の独歩の「小民史を加へよ」という言明は、そのような展開に加勢することに独歩が自らの役割を見出していたことの証左なのである。さらに重要なのは、この従来型の歴史の問い直しという動向が、記憶、記録に関わる新たな問題意識を獲得していく契機となったことである。民友社同人たちは、「人民」への関心を欠いた従来の歴史叙述を相手取りつつ、これまで歴史化され損ねてきた出来事との付き合い方について幾度も考察を重ねていた。この脈絡で、史料化されてきた範囲の恣意性、また史料（文字）依存的な実証の真正性が問われ、史料となる機会を逸してきた「人民」という論点が明確化された。独歩の初期作品が記憶、記録のあり方をめぐってきわめて意識的にふるまうことは後述するが、留意しておきたいのは、それが以上の

民友社同人たちの企てによって牽引されていたことである。(7)

3　経世家風の尺度

しかし同時に留意せねばならないのは、国木田独歩がその後の民友社の史論の展開と無葛藤に歩調を合わせたわけではなかったことである。独歩は確かに民友社の影響圏内から出発するが、特に一八九三年後半以降、かつて敬意の対象であった徳富蘇峰の言論活動を批判対象として意識していくとともに、民友社の史論の辿る軌跡から進んで離反していこうとする。この事態は何を意味するのか。

一八九三年八月一九日の『欺かざるの記』には次のような蘇峰への批判がある。

思ふに彼のテーン一流の人々〔徳富蘇峰を念頭に置く〕には「歴史」則ち過去が余りに明白に想像せられ居るなる可し。過去の人物も出来事も彼等には連続せる一連の鎖として見ゆるなる可し。（中略）彼の歴史を重じ進化説に重きを置く人々はやゝもすれば物質思想に陥りて一個人の個々の生命が、「時間」をはなれて繋がる可き高遠幽深なる関係を感想する能はざるなり。（六巻二三三〜二三四頁、傍線原文、以下同）

「「歴史」則ち過去が余りに明白に想像せられ居る」」、「進化説に重きを置く」という部分から分かるように、この時期の独歩は、蘇峰の言論活動における「進化説」の重視、またそのために不断に何かが「想像」され損ね、不十分な「「歴史」則ち過去」しか提示されなくなることを問題視していた。そのような蘇峰の姿勢を示す一例として「日本文明の淵源」（『国民新聞』一八九三年六月四日）を見ておきたい。この記事で蘇峰は「我邦文明の歴史を知らざる」西洋の観察者を批判しつつ、「我邦の進歩」が「一大不可思議」なのではなく、「吾人が先祖」たちによって着実に準備されてきたことを指摘した上で、「その子孫たる吾人が今日は《ママ》於て吾妻橋の鉄橋を架し、琵琶湖の疎水工事をなし、七宝無線の花瓶を作り、大村永敏の銅像を鋳るが如きは、更らに怪しむに足る可きものなし」と述べる。このように「先祖」と「子孫」の間の連続性を強調する言明は、先の独歩の指摘にあった、「過去の人物も出来事も彼等には連続せる一連の鎖として見ゆるなる可し」という評言とよく符合する。むろんここには確かに歴史の構成要素として「人民」を重視する視点がある。しかし蘇峰にとって「人民」は、あくまで「我邦の進歩」という限定的な視野から顧みられるべき対象であった。

そして「進化説」を重視する視野の中で「過去」への拘りはときに積極的に棚上げされる。例えば同時代の不健全な潮流を批判する蘇峰「社会に於ける思想の三潮流」（『国民之友』一八八号社説欄、一八九三年四月、無署名、のちに『経世小策』下巻〔民友社、一八九六年七月〕収録）に、「過去をして過去を葬らしめよ、（中略）今日は活動の時なり、清談空言の日にあらず」とあるように、「過去」への拘りは「葬らしめ」るべきものとされる。蘇峰のこのような姿勢を理解するには、一八九三年が条約改正問題とそれに伴う内政の紛糾によって政治的緊張が高まった時期であることを考慮せねばならない。現に「社会に於ける思想の三潮流」には条約改正問題への言及があるし、その結論部分では「経国済世の業」の重要性が強調される。しかし独歩がそのような蘇峰の姿勢に賛同しえなかったことは、次のような日記の一節から明らかだろう。

> 氏〔蘇峰〕は経世家風の尺度を以て凡ての後進を導かんとす。氏の前に立つては人間は只だ社会の忠実なる一員として立てば足る也。（中略）時計の如く綿密なる経綸家なり。商估の如くぬけめなき打算家なり。（『欺かざるの記』一八九三年八月二九日、六巻二五三頁）

この批判は、先に見た「「歴史」則ち過去が余りに明白に想像せられ居る」事態への批判と同じ時期に記されたものであり、その点から独歩が「経世家風の尺度」とは異なる形での「「歴史」則ち過去」との付き合い方を模索していたことが理解される。

ただ「経世家風の尺度」の重視は、以上の蘇峰の言説のみに確認されるのではなく、当初からの民友社の言論活動に見受けられたものであった。留意しておきたいのは、山路愛山の史論で「人民」が重視されるべき理由が、先述の史論の題名に窺われる通り（「平民的短歌の発達」「近世物質的の進歩」傍点木村）、「発達」「進歩」という観点にあったことである。「近世物質的の進歩」には次のようにある。

其名を青史に列せざる三家村裏の英雄も亦実に我物質的進歩に大造なくんばあらず。彼等は私財を捨てゝ開墾に従事し、他国の物産を移植し、灌漑の為めに水路を通じ、凶年の為めに穀物を蓄へ、池を穿ちて水源を養ひ、更に余力あれば文庫を作りて子弟を教ふ。（一七五号三〇頁）

引用文に確認されるのは、徳川期の平民が農業、経済、教育の領域での「物質的進歩」に寄与した要因として留意されるべきであるという判断である。そのことを踏まえれば、愛山の史論も「経世家風の尺度」の重視という点で先の蘇峰の発言と異なるわけではなかったことが分かる。(8)

一八九三年前後は、条約改正問題に端を発した政治的緊張の高まりの中で民友社の言論活動が「経世家風の尺度」を端的な形で露呈させていく時期だった。そのことは、先に見た記事以外にも『国民之友』に三ヶ月にわたって連載された社説「条約改正論」（一八三〜一九三号、一八九三年三〜六月、無署名）(9)、また蘇峰「尊皇新論」（『国民之友』一九二号社説欄、一八九三年六月、無署名、のちに『経世小策』下巻収録）や『吉田松陰』等に明らかである。そして『欺かざるの記』での蘇峰への一連の批判は、そのように「経世家風の尺度」が前景化されていく情勢の中で独歩があらためて自身の理想とする文学のあり方を反省する契機を持ったことを示すだろう。

この経緯に確認されるのは、史料となる機会を逸してきた「人民」という、当初民友社同人たちによって問題提起された論点が独歩によって独自に再解釈されていることである。独歩による「進化説」への批判から窺われるのは、「進化」に何ら貢献しえなかった者も歴史の構成主体として見出されるべきであるという史的見地であり、そこには「「歴史」則ち過去」の「想像」し難さに拘ろうとする、蘇峰流の「経世家風の尺度」とは異なる姿勢が認められる。独歩が蘇峰との距離を確認するのは、このように「歴史」の構成部分（記憶、記録の対象）がどの範囲なのかという観点においてであった。

後年、独歩は「徳川文学の感化」「紅露（尾崎紅葉、幸田露伴）二氏の影響」とは無縁な自らの文学上の「本源」がウィリアム・ワーズワスにあったと述べている（「不可思議なる大自然」『早稲田文学』二七号、一九〇八年二月）。注目したいのは、終生続くワーズワスに対する敬意の念が、以上のように「経世家風の尺度」との葛藤が生じていく文脈と深く関わることである。一八九三年八月二二日の『欺かざるの記』に、「徳富猪一郎とウオーズウオースとを比較して見よ、／徳富の安んずる処、果してウオーズウオースの安んずる処なるか。徳富の安んずる処はウオ氏の安じ能はざる処なり」（六巻二四〇頁）とあるように、ワーズワスは何よりも蘇峰に対比されるべき存在として浮上していた。別の日の記事でも蘇峰とワーズワスを比較しつつ、蘇峰が社会の「健全なる運転」のみを重視する姿勢を批判する。[10]そのことは、ワーズワスの詩的言語が「進化説」を重視する蘇峰とは対蹠的な記憶、記録の試みとして独歩に発見されたことを示している。独歩の文学表現はこのように蘇峰流の歴史観との距離を意識する過程で構想されていた。この位置関係の自覚こそ、独歩の文学的出発を把握する上で重要だろう。そのことを踏まえると、「源おぢ」[11]（『文藝倶楽部』三巻一一編、一八九七年八月、のちに『武蔵野』（民友社、一九〇一年三月）収録）、「武蔵野」[12]（『国民之友』三六五〜三六六号、一八九八年一〜二月、のちに『武蔵野』収録）といった初期作品は、「経世家風の尺度」が孕む問題、つまり「『歴史』則ち過去が余りに明白に想像せられ居る」という事態を主題化した作品として浮上するだろう。

4　「武蔵野」「源おぢ」「忘れえぬ人々」

国木田独歩の初期作品の表現を検討する上で目に留めておきたいのは、先に見た徳富蘇峰批判の後に書かれた次のような日記の一節である。

> 夜。観察の為め、独り散歩す。（中略）此のさびしき市街！　ウオーヅウオースが村落を見たる同情を以て観せしめよ。意味深き物語りなからめや。（中略）うす暗き燈障子にうつりたる家、戸しまりて人げ空しき家、軒破れてかたむける家、笑ふ声のもるゝ家、かのかじや。かのをけや。かのこつじき。彼の小供等。彼の理髪所。彼の井戸、豈に意味深き物語りなしとせんや。記憶せよ。皆な天地間に存し、此自然の中に起る事実なり。高き処より見下ろせ。豈に深趣ある物語りなしとせんや。（『欺かざるの記』一八九三年一一月四日、六巻三二八〜三二九頁、傍点原文）

独歩がこれを書いた場所は大分県佐伯、一八九三年九月から約一年間、独歩が私立学校鶴谷学館の教師として赴任した場所である。前節での検討を踏まえるならば、この記述が「ウオーヅウオースが村落を見たる同情を以て観せしめよ」という一節とともに提示されることは重要だろう。ここで実践されるのは「経世家風の尺度」とは異なる視点からの「観察」なのである。そこでは、「うす暗き燈障子にうつりたる家、戸しまりて人げ空しき家、軒破れてかたむける家、笑ふ声のもるゝ家、かのかじや。かのをけや。かのこつじき。彼の小供等。彼の理髪所。彼の井戸」のそれぞれに固有の「物語」が認定され、記憶の対象として発見される（「記憶せよ」）。この記憶の試みが、農業、経済、教育の領域での「物質的進歩」に資するか否かという評価によって人民たちの経験を抽象化する「経世家風」の視線から自由なのは明らかだろう。

興味深いのは、これまで注目されていないが、(13) 独歩がまさにこの観察を「武蔵野」に置き直したと考えられることである。「武蔵野」の末尾では「町外れ」が「田舎の人にも都会の人にも感興を起こさしむるやうな物語、小さな物語、而も哀れの深い物語、或は抱腹するやうな物語が二つ三つ其処らの軒先に隠れて居さう」な場であると述べられ（『武蔵野』四一頁）、すぐ後ろに次のような観察が記される。

見給へ、其処《そこ》に小さな料理屋がある。泣くのとも笑ふのとも分らぬ声を振立てゝわめく女の影法師が障子に映て居る。外は夕闇がこめて、煙の臭とも土の臭ともわかち難き香りが淀んで居る。

（中略）

見給へ、鍛冶工《かぢや》の前に二頭の駄馬が立て居る其黒い影の横の方で二三人の男が何事をか密《ひ》そ〳〵と話し合て居るのを。鉄蹄《てつてい》の真赤になつたのが鉄砧《かなしき》の上に置かれ、火花が夕闇を破て往来の中程まで飛んだ。話して居た人々がどつと何事をか笑つた。（中略）

（三行略）

日が暮れると直《す》ぐ寝て仕了う家《うち》があるかと思ふと夜《よ》の二時ごろまで店の障子に火影《ほかげ》を映して居る家がある。理髪所《とこや》の裏が百姓家《や》で、牛のうなる声が往来まで聞こえる、酒屋の隣家《となり》が納豆売の老爺の住家で、毎朝早く納豆々々と嗄声《しはがれごゑ》で呼で都の方へ向て出かける。（四二～四三頁、傍点原文）

理髪所、鍛冶工、障子に映る影といった生活者たちの日常的な場への注視、そこで漏れてくる声に耳を傾け、意義深い記憶、記録の材料（「物語」）を発掘しようとする姿勢、これらの細部が先の日記の一節と対応するのは一読して明らかだろう。そのことから理解されるのは、「武蔵野」が蘇峰流の史的見地とは異なる「記憶」の実践としての意味を持つことである。こうした「記憶」への意識的な姿勢は、「武蔵野」が既知の歴史的理解に逐一反駁の姿勢を見せることと関わるだろう。「三」の章では「楢の類の落葉林の美」に何らの注意を向けてこなかった「日本の文学美術」の担い手たちの視野の狭隘さが問われるし、小金井での散歩を記すくだりでは、そこを桜の名所としてのみ記憶していることが再考され、小金井の「夏の美」を考慮することが提言される。こうした「武蔵野」の細部は、「歴史的の原」という武蔵野の定義が退けられることと対応している。「七」の章では、「武蔵野は俗にいふ関八州の平野でもない。また道灌が傘の代りに山吹の花を貫つたといふ歴史的の原でもない」（傍点木村）と、「朋友」の手紙を引用する形で既知の歴史的連想に依拠する理解が排され、それとは無縁な「町外れ」を視野に入れた、「自分で限界を定めた」武蔵野こそが重視される（三二一〜三二三頁）。こうした「武蔵野」の記述が表すのは、独歩が従来の歴史や記憶行為をいかに疑わしいものとして発見したかだろう。

　そのような問題意識は、同じく佐伯時代の見聞と関わり、ワーズワスとの影響関係も指摘される[14]「源おぢ」にも通底すると考えられる。「源おぢ」は、源叔父という佐伯の老船頭が紀州という孤児を引き取ろうとするものの、その孤児と何ら親しい関係を築けないまま縊死することを描いた作品である。まず船頭という、近代的な交通の発展過程で無用となる人間を取材しようとする点に、[15]「物質的進歩」（愛山）の重視とは異なる視点を確認できる。ここでさらに注目したいのは、この老船頭の出来事を単独で語るのではなく、その出来事を記憶しえなかった外部の者と関連づけつつ提示するという特徴的な構成である。「上」の章では「一人の年若き教師」が友人に書き送った手紙の文面を紹介する形で源叔父のことが述べられるが、その章の末尾、源叔父の悲劇を語り始めるすぐ前には次の一節が置かれる。

年若き教師の、詩読む心にて記憶のページ翻へしつゝある間に、翁が上には更に悲しき事起りつ、既に此世の人ならざりしなり。斯くて教師の詩は其最後の一節を欠きたり。（『武蔵野』一四三頁）

この作品は源叔父が縊死する過程を、都から来た「一人の年若き教師」の「記憶のページ」から脱落した出来事として意味づける。作品の結末部分でも、源叔父の死を知らないまま「源叔父今も尚一人淋《さみ》しく磯辺に暮し妻子の事思ひて泣つゝありと偏《ひとへ》に哀れが」（一六八～一六九頁）る教師の姿が言及され、源叔父の身に起きた出来事が若い教師の「記憶のページ」に記入され損ねたことが再び強調される。従来「源おぢ」のこうした特徴的な構成について、先の引用文に「詩読む心」とあることから「作者の詩への訣別の意図」が読み取られてきた。[16] しかし前節での検討を踏まえるならば、それが「「歴史」則ち過去が余りに明白に想像せられ居る」という問題を念頭に置いていることは明らかだろう。老船頭の身に起きた「悲しき事」を記憶し損ねた若い教師の視野が言及されるのは、この作品が「「歴史」則ち過去」の「想像」しがたさに拘ろうとするからに他ならない。換言すれば、「源おぢ」はある船頭の人生に悲劇を見出しただけではなく、その人生が何ら外部の「記憶のページ」に記録され、吟味される機会を持たない不遇さ自体にもう一つの悲劇を確認する作品なのである。

「源おぢ」「武蔵野」では、単に地方や町外れの「物語」が描写されるだけではない。同時に、そのような「物語」を記憶する姿勢を見せようともしない同時代の記憶の体制そのものが顕在化され、問いの対象となる。そのことを考慮すると、「忘れえぬ人々」（『国民之友』三六八号、一八九八年四月、のちに『武蔵野』収録）の独特の表現をいっそう深く理解できるだろう。そこでは、「恩愛の契もなければ義理もない、ほんの赤の他人」を、「親とか子とか又は朋友知巳〔己〕其ほか自分の世話になつた教師先輩の如き」者よりも「忘れえぬ」対象として「スケッチ」し反芻するという特異な記憶のあり方が描かれる（『武蔵野』二四五頁）。すなわち、「恩愛」「義理」や血縁を介した共同性の範囲内に留まる記憶を不自然なものと見る視点が打ち出されており、「経世家風の尺度」から見ればまさに放縦な「記憶」が描出されている。この表現の背後にあるのは、「ほんの赤の他人」としてしか扱われない者たちを「忘れ」ないための方策をどのように立てていくかという問題意識に他ならない。

独歩の初期作品ではこのように「経世家風の尺度」とは異なる記憶のあり方が繰り返し吟味される。そのことが表すのは、「『歴史』則ち過去が余りに明白に想像せられ居る」事態を相手取ろうとする意識において独歩がいかに緊張していたかであろう。前節で見た民友社の史論の書き手たちとは異なり、「人民」たちは「我が物質的進歩に大造」したという理由で記憶、記録されるのではない。民友社の史論が「経世家風の尺度」の限界内で「人民」の記憶に努めるとき、独歩の試みはその制約への挑戦となり、それとは異なる記憶の推進こそを自己の役割として発見する。そこで試みられるのは、「経世家風の尺度」によって忘れられ、歴史の外部に排斥されていく出来事との関係を再度形成しての「人民の歴史」の再記述だった。

5　独歩の出発

民友社は、先述のように「経世家風の尺度」を重視する姿勢を強めていく過程で、当初対立していたはずの場所と結びついていく。蘇峰は「一代の風雲と文学の題目」（『国民之友』二三〇号社説欄、一八九四年六月、無署名）[17]で、「今や我邦は膨脹の時代に入れり、国民的精神此に在り、国民的統一此に在り、自主的外政此に在り、条約改正此に在り、朝鮮政略此に在り、移民移住此に在り」と現状の諸課題に言及しつつ、文学がその中で「解剖者たり、説明者たり、註釈者たり、活描者たるの本職」を持つと主張する。こうした展望の持ち主がその数年後に『熾仁親王行実』（全一五冊、宮内省出版、一八九八年七月、非売品）のような宮内省編纂の著述に寄稿していることは驚くに当たらない。蘇峰はその第一五冊別録で藩閥政府の要人の一人だった有栖川宮熾仁親王を次のように回顧する。

大日本統一の創始に於て官軍の総督は誰そ（中略）大日本膨張の破天荒たる征清軍の参謀総長は誰そ有栖川大将宮の歴史は即日本の歴史也大将宮の勲業は必しも麟閣に画くを俟たす赫々として国史の上に大光彩を放てり（下巻一九丁オ〜ウ）

「有栖川大将宮の歴史」を無媒介に「日本の歴史」と重ね合わせ、明治期の「大日本膨張」を祝福するこの言明が示唆するのは、蘇峰流の「経世家風の尺度」が、当初の仮想敵だった藩閥内閣の主導する日本の近代化の展開にさしたる疑問を持たなかったことだろう[18]。

明治中期の文学動向の中で国木田独歩の事例が興味深いのは、そのような言論の動向を意識しつつ文学言語の役割が自覚されるからである。独歩は自身の日記で先の蘇峰「一代の風雲と文学の題目」を「到底民友子流の言語に過ぎず」と批判していた（『欺かざるの記』一八九四年六月二六日、七巻一五四頁）。そして独歩の初期作品がこの「民友子流の言語」とは異なる形での「記憶」を幾度も実践していたことは前節で検討した通りである。それは、かつて民友社同人たちによって提言され、同時に限界づけられていく「人民の歴史」という企てを独自に継承する試みと言える。独歩が文学言語の担い手として自己確立する重要な契機は、そのように民友社の史論の文脈を意識し、かつ批判していく過程にあったと言える。

ただこうした独歩の試みは同時代の人々に必ずしも理解しやすいものではなかったらしく、独歩はその出発期から不遇に苦しまねばならなかった。もとより硯友社中心の文壇に背を向けていた独歩の文学活動は、当初の共感の対象だった民友社の史論の文脈からも逸脱し、後年に自然主義者たちによって見出されるまで時代の大勢から孤立した場で継続される。しかしそのような不遇さは、この作家の妥協を知らない創造性を示すものと見ることもできるだろう。以上に見てきた初期の独歩の模索に窺われるのは、この時期、文学が「経世家」たちの動向を意識しつつ、しかしそこに従属するのではない独自の記憶、記録を実践する領域として発見されつつあったことである。「源おぢ」「武蔵野」「忘れえぬ人々」などの独歩の初期作品が制作されるのは、そのように「民友子流の言語」においてて自明視される「経世家風の尺度」の制約を見据えつつ、新たな記憶、記録の方法を確保していく過程においてであった。

注

(1) 民友社の史学史上の位置づけについては以下が詳しい。家永三郎「日本近代史学の成立」(『日本の近代史学』日本評論新社、一九五七年一〇月)、永原慶二ほか編『日本の歴史家』(日本評論社、一九七六年五月)等。

(2) 民友社同人と初期の独歩の関係を検討した主な研究として、例えば徳富蘇峰の特定の文学評論との共通性を指摘する北野昭彦『宮崎湖処子国木田独歩の詩と小説』(和泉書院、一九九三年六月)第八章、民友社の全体的な傾向を踏まえての独歩の小説の位置づけを行う猪狩友一「民友社の〈詩想〉」(野山嘉正編『詩う作家たち』至文堂、一九九七年四月)がある。ただ上記の研究は独歩の文学言語の方向性が民友社の史論から逸脱していく経緯について検討していない。なお本章でのちに注目する独歩と蘇峰の関わりは、芦谷信和「国木田独歩」(平林一ほか編『民友社文学の研究』三一書房、一九八五年五月)で部分的に紹介されている。

(3) 「源おぢ」「武蔵野」「忘れえぬ人々」「不可思議なる大自然」以外の独歩の言説の引用は『国木田独歩全集』(全一〇巻、学習研究社、一九六四年七月〜一九六七年九月)による。引用の際、本文中の( )内に巻数、頁数を記す。

(4) 山路愛山は「回顧廿五年・懐旧一則」(『国民新聞』一九一五年二月一九〜二四日)で『基督教新聞』(愛山は「耶蘇教新聞」と誤記)掲載の徳富蘇峰の文章に「たまらない程愉快を感」じていたと述べている(『民友社思想文学叢書』三巻、三一書房、一九八五年二月、三一七頁)。

(5)「平民」は、「人民」と同じく、貴族や重要な地位にある人間に対比される概念として用いられている。

(6)「渠〔主人公の祖母〕に係る昔時の口碑も漸く消ゆきぬ」(『帰省』再版、一八九〇年七月、五三頁、初版では「石碑」)、「口碑は世と共に古び（下略）」(「村落小記」)。

(7) こうした民友社の言論活動は、巨視的に見れば、例えば若尾祐司「一九世紀中葉ドイツにおける民俗・郷土研究の出立」（若尾祐司ほか編『記録と記憶の比較文化史』名古屋大学出版会、二〇〇五年一月）で詳述される西洋の民俗学、民衆文化研究の発展とも連動したものだったと言える。なお独歩「武蔵野」で引用される友からの書簡の一つは、作中では明示されていないが、柳田国男からのものだった（芦谷信和『近代文学注釈叢書11』有精堂出版、一九九一年四月、四五頁）。この点は正宗白鳥、柳田国男「三代文学談」（『文学界』七巻一一号、一九五三年一一月）でも言及されている（『正宗白鳥全集』一八巻、福武書店、一九八五年一一月、四三八頁）。そのことは、この頃の民友社とのちの柳田の民俗学の問題意識の関連ないし類似を示唆するものとして興味深い。

(8) 独歩は「人物批判」（遺稿、執筆時期不詳）で山路愛山について「宗教的高遠幽玄の感情を有せず」「策士なり」と評している。これは、同記事での「宗教的直覚は殆んどなし」「大策士なり」という徳富蘇峰への評言と対応しており（九巻一五八～一五九頁）、その点からも独歩にとって蘇峰と愛山が同じような人物と映っていたと考えられる。

(9) この無署名の社説はのちに人見一太郎『国民的大問題』（民友社、一八九三年七月）に収録されており、人見の手になることが分かる。

(10)「氏〔蘇峰〕は遂にウオーズウオース、若しくはカーライル風の人物に非ずしてテーン流に少しくマコーレー風の活火を加味したる者乎。社会人身の根底に猛火の洗礼をほどこす人に非ずして社会の器関をして健全なる運転を遂げしめん為めの油さし也」（『欺かざるの記』一八九三年八月二九日、六巻二五四頁）。

(11) 原題「源叔父」。『武蔵野』収録の際に改題。

(12) 原題「今の武蔵野」。『武蔵野』収録の際に改題。

(13) 管見によれば『日本近代文学大系10』（角川書店、一九七〇年六月）、『新日本古典文学大系明治編28』（岩波書店、二〇〇六年一月）等の「武蔵野」注釈や先行論文で指摘されていない。

(14)『日本近代文学大系10』（前掲）の「源おぢ」注釈（山田博光）等を参照。

(15) この点について以下で指摘されている。『日本近代文学大系10』の「源おぢ」注釈（山田博光）七五頁、出原隆俊「「源叔父」の方法」（『語文』五五輯、一九九〇年一一月）五三～五四頁。

(16) 亀井雅司「国木田独歩の出発」（『光華女子大学研究紀要』二三号、一九八五年一二月）四頁。

(17) 当記事は無署名で蘇峰の単行本にも未収録だが、記事の冒頭に「民友氏曰く」とあり、蘇峰執筆のものと判断した。

(18) 周知のように日清戦争前後から山路愛山は皇室中心主義的な考え方を示し始め(「皇室の尊栄」『国民之友』二三八号、一八九四年一〇月、無署名だが愛山筆であることは岡利郎「解題」〔『民友社思想文学叢書』二巻、一九八三年一一月〕四四一頁で指摘されている)、数年後には帝国主義を標榜する。しかしそのような限定的な視野からとはいえ、愛山がなおも当初の「人民の歴史」を模索しようとしていたことは後年の「日本人民史」(一九一七年の死まで数年間執筆、未定稿、詳細は山路平四郎「解題」〔山路愛山『基督教評論・日本人民史』岩波文庫、一九六六年三月〕に詳しい)に明らかである。本章の文脈とは別に、この点は「人民の歴史」の軌跡を把握する上で留意されるべきである。

第6章　人生を思索する精神
――一八九〇年代の内村鑑三

1　はじめに

キリスト教は、本書が追跡する政治から文学へという明治期の思想の流れの中でとりわけ大きな役割を担っていた。第1章で見たように、徳富蘇峰が一八八〇年代後半の政治小説の流行に対抗しつつ感想録や文学評論を発表した際の重要な思想的基盤となっていたのがキリスト教だった。そのことは、明治中期においてキリスト教が、政治小説やそれが依拠する自由民権運動期の認識とは異なる視点を提供してくれる思想として存在したことを示している。そして一八九〇年代の内村鑑三の著作活動もこうした蘇峰の試みと密接に関わる形で現れた。

現に阿部次郎は、「私の世界主義的な考へ方」が蘇峰と内村の文章を通して培われたという回想を残しており(「明治文学の回顧」『改造』八巻一三号、一九二六年一二月、六〇頁)、正宗白鳥も「文藝雑感」(『改造』二〇巻一二号、一九三八年一二月)で、「私が少年期から青年期にかけて、崇拝と云つてもいゝほどに敬意を寄せてゐた偉人は、徳富内村両先生であつた[1]」と述べている。次に示すのも同じ記事の一節である。

内村氏の初期の作品の『基督信徒の慰め』『求安録』アメリカ放浪時代の経験録〔後述の「流竄《りゅうざん》録」〕、翻訳と自作の詩集『愛吟』などは、私の愛誦措かざりしものであつて、基督教文学としては、他の誰れの作品にも勝つてゐた。明治文学史家がこれ等のものを見のがしてゐるのは間違ひである。明治文学史なども、文学史の常套に捉はれ、小説詩歌戯曲評論の形に嵌まらないものは取り入れてゐないのを、私はいつも飽き足らず思つてゐる。（一五二頁）

『基督信徒のなぐさめ』（警醒社、一八九三年二月）、『求安録』（警醒社、一八九三年八月）、「流竄録」（『国民之友』二三三〜二五一号、全五回、一八九四年八月〜一八九五年四月）などの内村の言説は、白鳥が接した「明治文学史」の重要な一部分であり、生涯忘れがたい印象を残すものだった。内村の表現の独創性は後述するいくつかの同時代評からも裏づけられる。ただ内村の著作群は今なお「明治文学史家」たちの間でほとんど注目されていない。白鳥が言う、「明治文学史なども、文学史の常套に捉はれ、小説詩歌戯曲評論の形に嵌まらないものは取り入れてゐない」という問題は依然として解消されていないと言える。[2] 本論は、内村の表現がどのように「明治文学史」と接点を持ち、またどのように「基督教文学」としての独自性を備えていたかを検討することで、先の白鳥の言明に対する筆者なりの応答を行いたい。

2　基督教文学時代

正宗白鳥が内村鑑三を知ったのは、徳富蘇峰が創刊した雑誌『国民之友』に内村の記事が載ったためだった。[3] 内

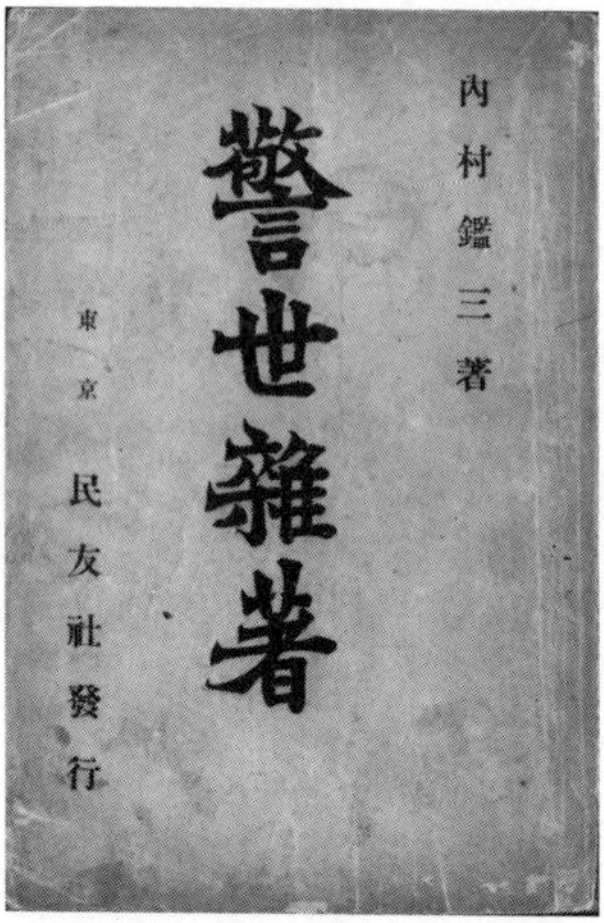

図 6-1　民友社との親密な関係を物語る内村鑑三『警世雑著』（民友社，1896 年 12 月）。「流竄録」もここに収められる。

村は一八九四年六月に『国民之友』に初めて寄稿し（「露国美術家ニコライ、ガイ」二二九号）、これ以後、一八九六年八月まで頻繁に同誌に寄稿することによって個性的な発言者として広くその名が知られるようになる。さらに内村の英文著作『Japan and Japanese』（一八九四年一一月）と、『国民之友』に載った内村の記事を集めた『警世雑著』（一八九六年一二月）は民友社から刊行された（図6-1）。そのことは、内村の言説が蘇峰および民友社の活動と共鳴する部分を多分に備えていたことを示している。

現に蘇峰は「思い出」（鈴木俊郎編『回想の内村鑑三』岩波書店、一九五六年三月）で、「内村さんは天才だと思った。大したものだと思った。心ひそかに尊敬していた」（四頁）と述べている。内村は一八九七年の蘇峰の「変節」（第7章参照）を契機として蘇峰を批判するようになるが[4]、それでも内村の中で蘇峰は長く恩人として記憶されていた。先の蘇峰「思い出」によると、後年、ある会合で内村と蘇峰が会ったとき、内村は聴衆に向けて、「私を天下の文壇に紹介したのはここに腰掛けていられる徳富君である。私もずいぶん悪口を云ったが、今から考えると感謝の情に堪えぬ」と述べ、蘇峰と握手したという（六頁）。

言うまでもなく内村と蘇峰に共通するのはキリスト教という新思想の喧伝者としての役割である。当時の代表的なキリスト教文学者だった宮崎湖処子はのちの回想で、明治中期に「基督教文学時代」があったと述べている（「基督教会の文章家（月旦）」『文章世界』二巻三号、一九〇七年三月）[5]。現にこの時期に、従来からあった『六合雑誌』（一八八〇年一〇月創刊）や『基督教新聞』（一八八三年八月創刊）などに加え、『女学雑誌』（一八八五年七月創刊）、『国民之友』

（一八八七年二月創刊）、『日本評論』（一八九〇年三月創刊）などのキリスト教系雑誌が新たに刊行され、これらの雑誌に載った植村正久、巌本善治、蘇峰、山路愛山、竹越三叉などのキリスト教知識人の言説が言論界を賑わせることになった。(6) 国木田独歩、島崎藤村、岩野泡鳴などの知識層の青年が相次いでキリスト教を信奉するのもこの頃のことである。

後年の『太陽』の特集「明治史第七編　文藝史」（一五巻三号、一九〇九年二月、無署名）は、明治時代にキリスト教こそが「国家とか、或は民族とか、或は人種とか言ふ区別以外に、人生を思索する精神」を養い、「物質界以外の理想的世界、文学的世界、詩的世界の存在」を浮かび上がらせたと述べている（二八〜二九頁）。これは当時キリスト教が備えていた新奇性を適切に要約したものと言える。植村や蘇峰などの著作活動で繰り返し喧伝されたのも、ここで指摘されたようなキリスト教の魅力だった。「能《ふか》く当時の文学界宗教界を感動した」（湖処子「基督教会の文章家」五五頁）という植村の『真理一斑』（警醒社、一八八四年一〇月）には次のような一節がある。

読者試ミニ思ヘ我何《いず》レノ所ヨリカ来レル我何ノ為ニシテカ存スル我何レノ所ニカ行ク此ノ三問題ハ人類トシテ吾人ノ講究セザルヲ得ザルモノナリ之カ答解ヲ得ザル以上ハ吾人ノ心片時モ安キコトヲ得ス設令《たとえ》（中略）開化ノ歴史及ヒ単ヨリ複ニ移ル人世ノ進歩ヲ推シ繹《たず》ネ進化変遷ノ順序及ヒ其将来ヲ知悉スルコトアルモ吾人ハ特ニ此等ヲ以テ心ニ安ンズルコト能ハス此ノ天地ニオイテ我ハ如何ナル地位ヲ占メ如何ナル方向ヲ取ルベキモノナルヤト云フ問題ノ愈切迫ナルヲ覚ユルナリ（八頁）

植村が高らかに語る「我」への懐疑が、第Ⅱ部で見る一九〇〇年代の藤村操の自殺や国木田独歩の文業を予告するものであることは言うまでもない。ここに先の『太陽』の記事が言う、「国家とか、或は民族とか、或は人種とか言ふ区別以外に、人生を思索する精神」の端的な実例を見出すことができる。そのような性格ゆえにキリスト教は、政治意識の加熱によって特徴づけられる自由民権運動期の価値観を飽き足らなく思う者たちにとってとりわけ魅力的な思想として浮かび上がっていた。そのことをよく窺わせるのが、蘇峰「自由貿易、及基督教」（『六合雑誌』七三号、一八八七年一月）の次の一節である。

彼ノ基督教ニ於テハ其ノ眼中希臘人モナク、羅馬人モナク、猶太人モナク、異邦人モナシ、何トナレハ其ノ注意スル所ハ人種ニアラスシテ人類ニアリ、人種ニヨリテ区別セラレタル政治上ノ区域ニアラスシテ、人類ノ一般普通ニ尊奉セサル可ラサル人情ニアレハナリ、蓋シ天国ヲ此ノ世ニ来スハ基督教徒ノ熱心スル所ナリ、天国トハ他ナシ只タ愛ノ規法ヲ以テ、万人相交ル愛ノ帝国是レナリ、而シテ愛ノ帝国ハ決シテ一日モ戦争ノ帝国ト相并立スルコト能ハサルモノナリ、（八〜九頁）

ここでキリスト教は、「人類」という概念を浮かび上がらせることで、「希臘人」「羅馬人」といった「政治上ノ区域」を解体する発想を提供する思想として見出されている。「自由貿易、及基督教」に確認できるのは、そのようなキリスト教的な理念や価値観を伝播することが「戦争」のない国際的な秩序（「愛ノ帝国」）の実現に繋がるという思考であり、キリスト教に対する蘇峰の期待の大きさがことに窺われる。この記事の発表後まもなく創刊された『国民之友』で蘇峰が繰り返しキリスト教やその信者たちを論じたのもこうした意識と結びついていた。蘇峰は、例えば「福沢諭吉君と新島襄君」（『国民之友』一七号、一八八八年三月、無署名、のちに『人物管見』〔民友社、一八九二年五月〕収録）で、「物質的知識の教育は、福沢君に依つて代表せられ、精神的道徳の教育は、新島君に依つて代表せらる」（九頁、傍点原文）という展望を示した上で、「精神的道徳の文明を移し来るハ、実に今日の急務にして、吾人ハ新島君の事業の一日も速かに其感化を天下に及ほさんことを願ふ」（一三頁）と記していた。物質に対して精神を、そして福沢に対して同志社英学校創設者の新島を擁護しようとするこの言明は、当時のキリスト教知識人の抱く社会改良の青写真を要約的に示したものと言える。同じ頃に『国民之友』に発表された蘇峰の数々の感想録もそのような主張を補うべく書かれている。第1章で見たように蘇峰は、「インスピレーション」(『国民之友』二二号、一八八八年五月、無署名、のちに『静思余録』〔民友社、一八九三年五月〕収録)や「田舎漢」(『国民之友』五二号、一八八九年六月、無署名、のちに『静思余録』収録)などを発表し、そこでルター、ウェスレー、クロムウェルたちの孤高の精神や「上帝」への景仰心を称えた。

以上から分かるのは、明治中期においてキリスト教が、知識人たちの関心の組み替えを促す一種の教育装置として機能したことである。植村が「我」への懐疑を記し、蘇峰がギリシア人やローマ人といった「政治上ノ区域」を解消するものとして「人類」というキリスト教的な概念を喧伝したように、キリスト教は、政治への関心(「国家とか、或は民族とか、或は人種とか」)に満たされた知識人たちの頭脳の中に、それとは異質なものへの関心を育成していく思想として浮かび上がっていた。むろんこうした論者たちが知識人を脱政治化させることを意図していたわけではない。先に蘇峰が「自由貿易、及基督教」で「戦争ノ帝国」をなくすことへの意欲を語り、あるいは「愛の特質を説て我邦の小説家に望む」(『国民之友』六二~六三号、一八八九年九月、無署名、のちに『文学断片』〔民友社、一八九四年三月〕収録)でパウロの教えなどを紹介しながら人民たちへの憐憫(「愛」)の必要を訴えていたように、キリスト教は自由民権運動の担い手たちに不足していた発想を補うことによって社会改良の担い手たちの認識を刷新するものとして意識されていた。(7)

それゆえ社会改良や経世と結びつかない形でキリスト教を受容する者たちは蘇峰のような論者にとって憂慮すべきことだった。蘇峰は早くも「心理的老翁」(『国民之友』一一八号、一八九一年五月、無署名、のちに『青年と教育』〔民友社、一八九二年九月〕収録)で、キリスト教徒の青年男女が「往々一種の厭世者流と為」(二頁)り、「人生何物ぞ、生何物ぞ、死何物ぞ」(七頁)といった問題に沈潜する傾向を難じていたが、こうした路線を自覚的に選びとっていく者たちが現れる。それが『文学界』（一八九三年一月創刊）のもとに集まった北村透谷などの一派だった。周知のように蘇峰は、『文学界』の活動を受けて「社会に於ける思想の三潮流」（『国民之友』一八八号、一八九三年四月、無署名、のちに『経世小策』下巻〔民友社、一八九六年七月〕収録）を発表し、「社会の外に立つ」透谷たちの態度を、「頗る基督教の本意と背馳した」（六頁）ものとして批判した。このとき植村正久も蘇峰に近い立場を表明しており（「高踏とは何ぞや」『評論』五号、一八九三年六月）[8]、おそらくそうした植村の態度を意識してだろう、『文学界』誌上で植村（『日本評論』）の見解は「民友派の事業論とは殆んど一致せり」とされ、「共に思想進歩の声に非ずして、旧思想の漂泛せる反響と云ふべし」と攻撃されていた（長帆「やぶにらみ」『文学界』二一号、一八九四年九月、三〇頁）[9]。以上のことは、キリスト教がその思想的な新しさゆえに従来とは異なる社会改良（政治）の青写真を示してくれる基盤となる一方で、そのような社会改良への意欲自体をも相対化してしまうという両義的な働きを備えたものだったことを物語っている。

ここでの関心は、『文学界』派とは異なり、なおも社会改良や経世への熱意を失うことなく活躍したキリスト教知識人たちの動向にある。内村がこうした系列に属する人物だったことは、「白痴院」で看護人として働いた体験を記した「流竄録」（前掲）の次の一節から分かる。

> 人は曰ふ今は国民的精神の発揚すべき時なりと、天下の志士は国威振張の策を講じつゝあり、而して彼等は富の増加、兵備の整頓を以て彼等の目的を達せんとしつゝあり、余輩は彼等の企図を喜ぶ、然れども慈善亦国権たる事を彼等は忘却すべからざるなり、（中略）議場の舌戦之を永遠まで打続くるとも国民の和合は来らざるなり。何故に世に貧者と弱者と痴者の多きや？

社会が之を救助するに依て相憐推察の情を発揚し、肉慾的の喧争を去り、君子的の共同団結に進み、以て人類全体が其理想の佳境に進まんが為めなり。（二三三号二六頁、圏点原文、以下同）

内村は、「天下の志士」の「国威振張の策」、「富の増加、兵備の整頓」、「議場の舌戦」などの話題に人々の注意が集まる中で、「貧者と弱者と痴者」への憐憫の必要を訴え、「人類」の和睦への意欲を語る。この言明が、「人類」という概念や人民への憐憫の必要を訴えつつ新しい社会改良の推進を目指した蘇峰の姿勢と重なることは明らかだろう。この時期、内村が、『文学界』派とは対照的に、蘇峰および民友社と親密な関係を結んでいたのはこうした認識と関係していたはずである。そして先に見た阿部次郎や正宗白鳥の受容が示すように、内村の著作は蘇峰と同じく青年たちに対する強い訴求力を備えていた。では内村の著作はいかなる表現を打ち出し、またそれは当時のキリスト教知識人たちの動向とどのように関わっていたのか。

3　悲哀と涙

以下、徳富蘇峰などのキリスト教知識人たちの言説を視野に入れながら、『基督信徒のなくさめ』をはじめとする内村鑑三の表現を具体的に見ていこう。

まず当時のキリスト教が備えていた新奇性を、自由民権運動期の思考原理と比較しつつ確認しておく。先述のように蘇峰は、「愛の特質を説て我邦の小説家に望む」でパウロの教えなどに依りながら非英雄たる人民たちへの憐憫の必要を訴えていた。こうした主張をいっそう鮮明な形で表現したのが『基督教新聞』に発表された「無名の英雄」（二〇四号、一八八七年六月）である。そこで蘇峰は、かつて無自覚に「英雄に心酔」していたことへの反省を述べつつ、「爾《なん》ぢ社会の事業ハ即ち英雄の事業なりと速了するを止よめ《ママ》」と記し、「社会の裏面に隠れたる農夫、職工、労役者、商人、兵卒、小学教師、老翁、寡婦、孤児、等数ず限りもなき無名の英雄」に対する「愛」の必要を訴えている。言うまでもなくこれらの主張は、博愛、つまり人類への分け隔てのない慈しみの情というキリスト教的な概念を背景としている。

　このような視点の獲得が、政治小説やそれが依拠する自由民権運動期の認識に対する批判的な態度をもたらすことは必然的と言える。政治小説の書き手（自由民権運動の担い手）にとって中心的な関心は「自由」「民権」といった政治的理念の実現であり、この認識は、政治的闘争の中で大きな貢献をなしうる英雄的存在を興味の中心に据えるという姿勢と不可分に結びついている。こうした姿勢が、興味の対象を何らかの形で序列化、局所化する発想自体を拒絶する先の「愛」というキリスト教的な概念と相容れないことは明瞭である。蘇峰が特に政治小説に顕著に表れる英雄崇拝の傾向を批判し、その叙述の中で不可視化されてしまう非英雄たちへの厚い関心と憐憫の必要を訴えたのは、[10] キリスト教に依拠する以上当然と言わねばならない。こうした認識が他のキリスト教知識人たちにも共有されていたことは、同志社社長の小崎弘道の発言から裏づけられる。小崎は、「天命の存ずる《ママ》は只英雄豪傑の生涯のみ然るに非ず、吾人普通一般人民の生涯にも亦然らざるを得ず」（「人生の価値」『国民新聞』一八九〇年二月二日）と蘇峰と同様の見解を述べる一方で、「民権自由なる語」を「新日本を建設するの警語と為すに足らざるなり」（「新日本と基督教」『基督教新聞』四九四号、一八九三年一月）と主張していた。

　そのことを視野に入れつつ内村の『求安録』の次の一節を見てみよう。

一ナポレオンが帝冠を戴き仏国が暫時《しばし》の栄光に誇らんが為めにハ二百万の生霊ハ戦場の露と消へ億万の寡婦《やもめ》と

孤児《みなしご》ハ飢餓に叫べり、（一一八頁）

英雄的存在よりも「寡婦《やもめ》と孤児《みなしご》」に関心を持とうとする内村の言明が、先の蘇峰や小崎の認識と重なることは明らかだろう。そしてこうした視点を抱えつつ生み出された初期の内村の代表的な成果が『基督信徒のなくさめ』である。章は六つに分かれ、「愛するものゝ失せし時」「国人に捨てられし時」「基督教会に捨てられし時」「事業に失敗せし時」「貧に迫りし時」「不治の病に罹りし時」という章が配されている。内村はこのそれぞれの文脈に即しつつ、「記者と共に（中略）悲哀に沈む人霊と同情推察の交換を為」（「自序」）していこうとする。このように社会的弱者や悲境に沈む者たちに深く寄り添おうとする表現が、先の「愛」（博愛）というキリスト教的な概念と結びついていることは言うまでもない。つまり『基督信徒のなくさめ』は、蘇峰や小崎たちが雑誌や新聞の中で述べた主張を、一冊の著書の内容へと拡大することを図ったものとして理解できる。

さらに指摘しておきたいのは、この文脈の中で政治小説が描き出すのとは大きく異なる知識人（社会改良家）像が前景化していくことである。この知識人像の顕著な特色は、政治小説が忌み嫌う女性的な（「女々しき」）感性のあり方こそに意義を見出そうとする点にある。『基督信徒のなくさめ』において注目されるのは、とりわけ女性の経験や感情に好意的であろうとする姿勢であり、例えば第一章では、「家なく路頭に迷ふ老婦」、「貧に迫《せ》められて身を恥辱の中に沈むる可憐の少女」、「早く父母に別れ憂苦頼るべきなき児女」たちを救わねばならないという内村自身の決意が記される（一九頁）。さらに重要なのは、別のところで内村が「国人に捨てられし時」の寂しさを次のような比喩で表現することである。

今や此頼みに頼みし国人に捨てられて、余は皈《かへ》るに故山なく、需《もと》むるに朋友なきに至れり、（中略）余の位置は可憐の婦女子がその頼みに頼みし良人《をっと》に貞操《みさお》を立てむが為め頻りに良人を頌揚《ほめあげ》たる後或る差少の誤解より此最

> 愛の良人に離縁されし時の如く、天《あめ》の下にハ身を隠すに家なく、他人に顔を会《あは》し得ず、孤独寂しさ言ハん方なきに至れり。(二七～二八頁、傍点原文)

注目されるのは、内村が夫に棄てられた「可憐の婦女子」に進んで同一化しつつ自身の「悲哀」を語ろうとすることである。ここに女性的な感性のあり方(と当時考えられたもの)に対する内村の肯定的な態度をはっきりと確認できる。このように女性の「悲哀」に厚い関心を寄せ、またそれに仮託しつつ自己の「悲哀」を語ろうとする内村の表現が政治小説との著しい相違点となることは、末広鉄腸『政治小説雪中梅』(全二冊、博文堂、一八八六年八～一一月)を視野に入れることで明らかとなる。

『政治小説雪中梅』の上編第六回には、「慷慨ノ壮士ニシテ婦女ノ情ヲ起ス」という頭評が付された部分がある。ここは投獄された際の主人公の国野の内面を三頁にわたって写しとった箇所である(一一二～一一四頁)。この場面で国野はしきりに「悲哀の情」を催し、政治家となる志を立てるも不注意ゆえに盗賊博徒と起臥を同うする身となったと嘆き、「三四年以上の重禁錮」を課せられることを危惧し、早く両親の命に従って国に帰っていればこうした不運に遭わなかったと思い、国許の両親を思ってひそかに「涙」を流す。もし内村の『基督信徒のなぐさめ』に最も似た表現を『政治小説雪中梅』から探すならば、この場面がそれに該当するだろう。

しかし『政治小説雪中梅』はこうした主人公の「悲哀」つまり「婦女ノ情」を決して肯定的に意味づけようとはしない。続く場面では国野が、のちに婚約する女性から送られた、「霜雪のおもきにたへて男々しくも／はるをばまつの猶たてるかな」(傍点木村)という和歌に鼓舞され、「昔しより英雄豪傑の事業を大成せしハ皆艱難辛苦の結果だと云ふことハ是れまで内外の書を読んで能く知て居ながら一時女々しき心を起せしハ我れ乍ら不覚千万なり」(一一五～一一六頁)と決意を新たにし、先のような「婦女ノ情」を打ち消す姿が描き出される。すなわち、『政治小説雪中梅』

のような政治小説の見地から言えば、これまでの我が身を内省し、「悲哀」に沈み、涙することなどは、「女々しき心」の発露、つまり政治活動の障害として排除されるべきものだった。

そのことを視野に入れると、内村の表現がそれとは一線を画する性差意識を備えていたことが分かる。すなわち、『政治小説雪中梅』が強く拒絶しようとした「悲哀の情」（「女々しき心」）こそは『基督信徒のなぐさめ』が深く付き合おうとしたものだった。むろん政治小説に似た認識が内村に全くなかったとは言えない。『基督信徒のなぐさめ』のある箇所では、「基督教ハ情性を過敏ならしむるが故に悲哀を感ぜしむる亦従て強し」という警戒とともに、「悲哀」を抑制することの必要も述べられていたし（二〇頁）、『後世への最大遺物』（便利堂書店、一八九七年七月）で『源氏物語』は「我々を女らしく意気地なしにさせた」（四九頁）と指弾されている。しかし『基督信徒のなぐさめ』では婦女たちの「悲哀」に深く付き合うこと自体はむしろ奨励されているし、何よりもここでは内村と読者が「悲哀」、つまり「女々しき心」を共有し合うことが執筆の目的として設定されていた。そのことを考慮すると、単純に政治活動（社会改良）の障害として「悲哀」を意味づける『政治小説雪中梅』を、決して内村の表現と同一視することはできないはずである。

以上の姿勢は、内村の言説で敬意の対象となる人物が繰り返し「涙」という語とともに描かれることと結びついている。例えば『How I Became a Christian』（警醒社、一八九五年五月）で武士だった内村の父親がキリスト教徒になった姿に触れる際には、「The eyes that were all masculine and soldierly were now wet with tears」（五八頁、拙訳は以下の通り、「実に男性的で武士らしかった目は今や涙に濡れていた」）という描写が配されるし、「流竄録」では内村が深い尊敬を捧げるアマースト大学校長は、「涙の中に浸され」た眼の持ち主として言及される（後述）。『政治小説雪中梅』で「涙」があるべき主体像からの逸脱を象徴するものだったことは先に見た通りである。そして内村の言説は、まさにこうした男らしさ（「masculine and soldierly」）の減退こそに好意的な意味づけを与えようとする。ここに政治小説やそれが依拠する自由民権運動の担い手たちの価値観とは明らかに異なる認識を認めることができる。

そのような内村の認識は、前節に触れた「流竄録」の言明と密接に結びついているだろう。そこで内村は、「国威振張の策を講じ」る「天下の志士」たちや「議場の舌戦」ばかりが注目される状況（これらは政治小説の内容を連想させる）を批判しつつ、「貧者と弱者と痴者」への「相憐推察の情を発揚」する必要を訴えていた。こうした社会改良の見取り図が、『基督信徒のなくさめ』などで示される、婦女の「悲哀」に深く関心を寄せ、「涙」に濡れた人間こそに敬意を示そうとする女性的な（と考えられた）感性のあり方と結びついているのは言うまでもない。つまり『基督信徒のなくさめ』などの内村の言説は、まさに「貧者と弱者と痴者」への「相憐推察の情」を備えた知識人（社会改良家）の具体例を示し、喧伝しようとした試みと言える。以上のことは、明治中期においてキリスト教という新思想を備えることが、政治小説（自由民権運動の担い手）が内包するのとは異なる知識人（社会改良家）像の獲得に繋がっていたことを教えてくれる。またこうした模索が、第1章で見た、政治小説とは異なる視点や価値観を浮上させようとした蘇峰の評論や感想録と共闘関係にあったことは言うまでもない。

さらに指摘しておきたいのは、以上のような内村の模索に「明治文学史」（正宗白鳥「文藝雑感」）との接点を確認できるということである。坪内逍遥や蘇峰の政治小説批判[11]が示すように、一八八〇年代後半からの文学界では、いかにして政治小説とは異なる文学観や表現を獲得していくかが重要な課題となっていた。この文脈の中で二葉亭四迷『浮雲』（一八八七年六月～一八八九年八月、第一、二篇は金港堂より刊行、第三篇は『都の花』掲載）の内海文三や森鷗外「舞姫」（『国民之友』六九号、一八九〇年一月）の太田豊太郎が体現するように、決して「慷慨ノ壮士」（『政治小説雪中梅』）とは呼べない、著しく男性性を減退させた人間の姿を入念に描き出す模索が進められた。この展開が、先のような「慷慨ノ壮士」とは対極的な感性のあり方を浮上させようとする内村の模索に通じるものであることは言うまでもない。内村の試みは、政治小説とは異なる表現の追求が狭義の文学（詩や小説）の外側でも推進されていたことを教えてくれる。

以上の考察から内村の表現が、「慷慨ノ壮士」流の価値観に不満を持つ同時代のキリスト教知識人や新進の小説家たちの試みと協調しつつ現れたことが理解されるだろう。内村の試みと同時代の思潮との接点はそれだけに留まらない。注目されるのは、内村が『基督信徒のなぐさめ』で自身の不敬事件を踏まえつつ「国人に捨てられし時」の「悲哀」を語っていたように、その言説の多くがたえず自己の感情と経験を人々に公開する形で叙述を進めようとする点である。こうした試みは、一方ではこれまでのキリスト教知識人たちの言説のあり方を刷新するとともに、他方では同時代の硯友社文学とは異なる文学の姿を先駆的に示すという意義を持っていたと考えられる。以下、この点を見ていこう。

4　「流竄録」の博愛

たえず自己の経験を告白しつつ叙述を進めようとする点に内村鑑三の表現の際立った個性が見出されていたことは読者たちの評によって裏づけられる。例えば『基督信徒のなぐさめ』への評では、「宛然著者近年の精神上の伝記」である点が「本書の値ある処」とされた（無署名「基督信徒のなぐさめ」『六合雑誌』一四七号、一八九三年三月、五八頁）。さらに『求安録』は、「信仰上の自伝」（無署名「求安録」『六合雑誌』一五三号、一八九三年九月、四八頁）、「氏が実験録」（無署名「求安録」『福音新報』一二九号、一八九三年九月）と評されていた。こうした表現とは具体的にいかなるものなのか。

まず着目したいのは『求安録』の「内心の分離」という章である。この章で繰り返されるのは内村の激しい自己批判である。そこで内村は、「余ハ虚言を吐くを以て意に介せざりき、余は他人の失策を見て喜び、他を倒しても自己《おのれ》の成功を願へり」(四頁)と述べ、別のところでは、「凡そ婦《をんな》を見て色情を起す者ハ中心《こゝろのうち》すでに姦淫したる也」(一一頁)という聖書の言葉を示した上で、「余ハ(中略)姦淫を犯すものなり」(一三頁)とさえ語る。強調しておきたいのは、そうした峻烈とも言える自己批判を、植村正久『真理一斑』や徳富蘇峰の記事群には決して見出せないことである。

このように「余」の体験と感情の告白を通して説得力を高めていく筆法を縦横に活かす形で書かれたのが「流竄録」である。まず「流竄録」の「新英洲学校生涯」という章に着目したい。ここでは「縷衣を纏ひし一貧生」たる内村が、日本にいた頃から著書を通して感銘を受けていたアマースト大学校長のシーリー氏と初めて対面する場面が描かれる。

予は応接間に導かれたり、暫くにして一紳士の入り来るあり、彼を見挙ぐれば齢已に耳順に近き老君子、軀幹大なるも別に威光あるにもなく、鼻高くして碧眼の一対深く眼腔内に潜むあり、眼光人を射るにあらずして眼球は推察涙の中に浸され、予は一見して彼は学者にあらずして人類の友なる事を悟れり、彼の温暖なる握手は言ふべからざるの真情を漂流の異邦人に伝へ、瞬間にして予は一種異様の安逸を感じ、予をして彼を師と仰がんよりは友として交はらんとするの念を起さしめたり、彼は凡て柔和にして凡て謙遜なりき、基督教的の君子とは予は此時始めて肉眼を以て見るを得たり、(二四〇号一三頁)

その上で内村は、「彼の頭脳は大なりと雖ども彼の心臓の高且つ大なるに及ばず、彼に一面するは百巻の基督教証拠論を読むに優りて功験あり」(同一三〜一四頁)とこの対面から得た印象を強調する。ここでアマースト大学の校長に対する「予」の信頼は、その学識や業績(「頭脳」)ではなく、何よりもこの紳士の、「眼球は推察涙の中に浸され」という風采や、握手を通して「予」にもたらされた感激（「言ふべからざるの真情」「一種異様の安逸」）こそを根拠とする形で表明される。こうした表現と密接に結びついているのが、内村の著作に対するある読者の次のような感想である。「理屈ハ最早飽キハテリ真ニ愛読ス真ニ同感ニ不堪候」（『基督教新聞』五〇八号〔一八九三年四月〕掲載の広告「基督信徒のなぐさめ」で引用される読者の礼状）（図6-2）。先の「流竄録」の一節は、まさに「理屈」とは異なる形で、つまりあくまで「予」の眼が捉え、「予」の肉体が接しえたものを細部にわたって描き出す文学的な筆法で自己の言葉に説得力を持たせていこうとする内村の方法意識をよく物語っている。

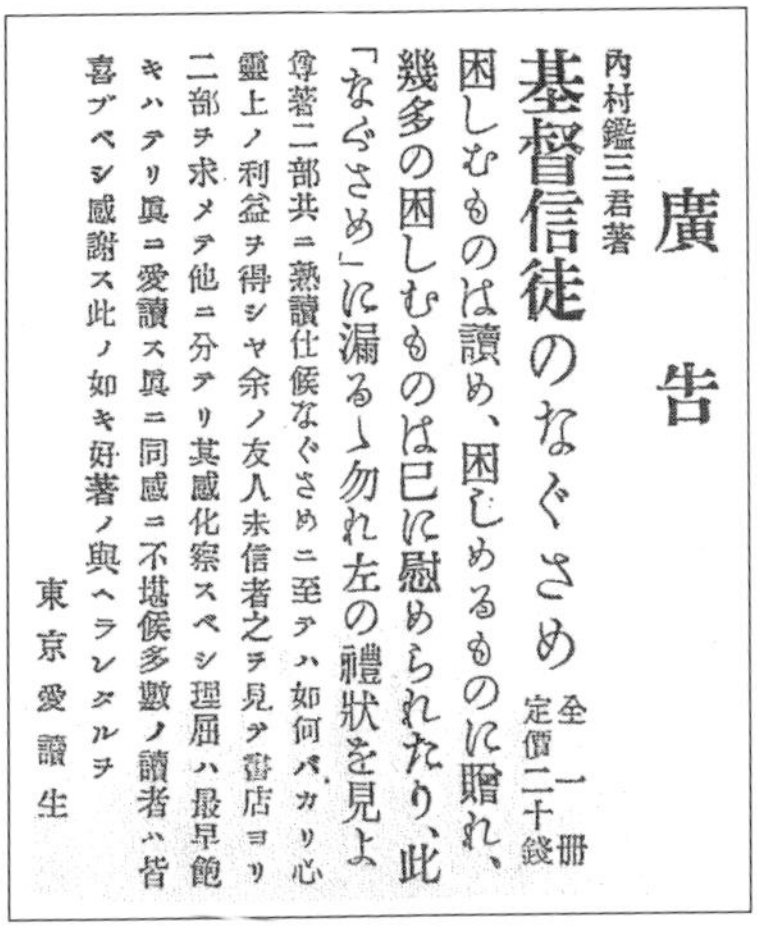
廣告

内村鑑三君著

基督信徒のなぐさめ　全一冊　定價二十錢

困しむものは讀め、困じめるものに贈れ、幾多の困しむものは已に慰められたり、此「なぐさめ」に漏るゝ勿れ左の禮狀を見よ

尊著二部共ニ熟讀仕候なぐさめニ至テハ如何バカリ心靈上ノ利益ヲ得シヤ余ノ友人未信者之ヲ見テ書店ヨリ二部ヲ求メテ他ニ分テリ其感化察スベシ理屈ハ最早飽キハテリ眞ニ愛讀ス眞ニ同感ニ不堪候多數ノ讀者ハ皆喜ブベシ感謝ス此ノ如キ好著ノ與ヘランダルヲ

東京愛讀生

図6-2　広告「基督信徒のなぐさめ」（『基督教新聞』508号，1893年4月）

こうした表現に「基督教文学」としての際立った特色があることは、植村正久の米国滞在記「紐育《ニウヨルク》通信」（『基督教新聞』二五二〜二六一号、一八八八年五〜七月）を考慮することで明らかとなる。「紐育通信」でも植村が以前から著書を通して尊敬していた米国のキリスト教徒と初めて出会う場面がある。しかし植村はこの人物の当日の発言の内容を詳しく説明するものの、その人物を目の前にした印象については、「其の風采は淡素儼粛にして愛すべく又敬すべし」という簡素な言葉を記すに留まる（二五三号）。ここに確認できるのは、アマースト大学校長の学識（内村の言う「頭脳」の部分）よりも、その人物を前にして「予」の眼や「予」の肉体が感知しえたもの（「心臓」の部分）こそを細部にわたって描き出そうとする内村の多感な筆致との著しい対照である。そのような内村の表現の特異性を意識してだろう、山路愛山は植村と内村を比較しつつ次のような違いを指摘していた。

文体を以て言へは植村君の告白は「誰れ曰く」なり、彼れは自ら決するより多く「引証」をして決せしむるなり。内村君の告白は「余は信ず」なり。彼れは総ての「引証」を奴隷とするなり。（「内村鑑三君の地理学考」『国民之友』二二七号、一八九四年五月、三六頁）

内村が植村とは大きく異なる筆法を用いていたことは、「流竄録」第一回目（二三三号）の「白痴の教育」と題された記事からも確認される。これは、ペンシルバニア州立の「白痴院」で八ヶ月にわたり看護人として働いた体験を記したものである。ここで内村は、単に米国の「白痴院」の様子を紹介するだけではなく、自身の視点に則して「白痴院」での出来事を追体験することを読者に求めていく。まず目を引くのは、内村が「白痴院」で親しく接した五名の入院者を紹介する際に、逐一その名前、年齢、外貌、挿話などの情報を書き込むことである。例えばヲスカー某という一八、九歳の聾唖者を紹介する際には、「女子の衣服より留め針を盗み来りて手の甲を刺し以て出血するを見て楽しむ」という奇癖を補足し、ルーシーという「十六七歳肥満の女子」を述べる際には、「気分定かなる時は彼女は洗濯室に於ける有用なる助手なり」と言い添える（一六〜一七頁）。こうした細部に満ちた叙述のために読者は内村のいた「白痴院」の世界に深く関与せざるをえなくなる。そして次のような「余」の激しい詠嘆が読者と「余」の関係をいっそう緊密なものにする。

読者よ、一個の大和男子、殊に生来余り外国人と快からざる日本青年が直に化して米国白痴院看護人と成りしを想像せよ、彼は朝夕是等下劣の米国人の糞尿の世話迄命ぜられたりと察せよ、彼は舌も碌々廻らざる彼国社会の廃棄物に「ジャプ」を以て呼ばれしと知れ、而して彼は院則に依りて、軟弱なる同胞に対する義務に依て、彼の宗教其物に依て、抵抗を全く禁止されしを想ひ見よ、余は自身も白痴にあらざる乎を疑ひたり、余は狂気せしが故に酔興にも如此き業を選みしかと疑へり。（二〇頁）

内村は熱烈な口調で「読者よ」「察せよ」「知れ」「想ひ見よ」と直接読者に呼びかけながら、「白痴院」で被る屈辱、入院者への憤りまでも語り、「自身も白痴にあらざる乎を疑ひたり」と記す。しかしこうした「余」の姿が次の段階で変化することが、ダニーという入院者をめぐる出来事を通じて描かれる。ある日、内村は、ダニーによって級内の秩序が乱されたために、「窃かに彼を近郊の林中に引出し人知れずして鞭杖を彼に加へん」とまで思うが、キリスト信徒の本性に立ち返り、その日の混雑の責を我が身に引き受け、「一回の断食」を決行する。動揺した他の入院者たちはこの件を話し合い、「白痴院」の院長に状況を報告し、ダニーには下の級への配属と一回の絶食という処分が下る。内村はこの「犠牲的行為」によって入院者たちの信頼を獲得し、「ジャプ」と呼ばれなくなり、入院者たちの統御を「全く自由」にすることができるようになる。さらにこれをきっかけにして「ダニーと余との関係は爾来実に親密なるものとな」り、内村は、「嗚呼白痴ならざる世間幾万の学生にして師を思ふに切なる彼の如きもの幾千かある」とダニーを称えるまでになる（二二〇～二二一頁）。ここで内村は、国籍や年齢や身体的条件の違いを超えた相互理解（「愛」）が実現しうることを自己の体験によって着実に証明していると言える。

むろん博愛の貴さを訴える記事自体は珍しくはない。蘇峰は「愛の特質を説て我邦の小説家に望む」でパウロの言葉を参照しつつ博愛（「愛」）の貴さを論じていたし、植村も先の「紐育通信」で、「汚穢なる品行」に染まった婦人たちへの伝道活動の様子を報じていた（二六〇～二六一号）。しかし両記事で博愛の実践は、あくまでパウロやニューヨークの活動家たちの言葉や実践に仮託する形で、つまり論述主体自身の体験から切り離されたものとして提示される。[12] 一方、内村の「流竄録」で同じものは、「ジャプ」という呼び名に憤り、ときに入院者に「鞭杖」を「加へん」などと思うような卑近で聖人らしからぬ意識と感性を備えた論述主体自身の体験を読者が辿り直すという形で提示される。そうした手続きを経るゆえに「博愛」の実践がもたらす苦難と歓喜はいっそうの迫真性と説得力をもって読者に体感されると言える。白鳥が「流竄録」について、「あの頃の海外紀行文のうちでは、最も印象鮮明のものであるやうに心に留つてゐる。お座なりでない。事物の真を見てゐる」(『内村鑑三』前掲、二三一頁)という感銘を語っていたことは、そのような内村の言説の効力をよく裏づけるだろう。このようにあくまで「誰れ曰く」ではなく、「余は信ず」という形の叙述によって固有の説得力を獲得していく点に、これまでのキリスト教知識人たちの言説には見出しがたい内村の表現の特質と魅力を認めることができる。

5　内村と明治文学史

内村鑑三が自身の表現に対して多分に意識的だったことは、『求安録』の次の一節によって分かる。「人の意志を動かすものハ乾燥冷淡なる学理にあらずして新鮮温暖なる感情なり、教場的の教訓にあらずして愛情的の感化なり」(九一頁)。前節に見てきた内村の表現と他のキリスト教知識人の言説の違いを踏まえると、この言明は内村の表現自体への自己解説として浮かび上がる。まさに「乾燥冷淡なる学理」ではなく、「新鮮温暖なる感情」によってキリスト教徒としての経験と思想を表現しようとした点に内村の言説の特質があった。その点は、『How I Became a Christian』が刊行された際の反応からも明らかである。このときある読者は、「近頃我国の基督教文学として著はるゝ者」が、「神学争論に非ざれば、理想に過ぎ実情に遠き、社会論国家論等なり」と述べた上で、『How I Became a Christian』を「我国基督教文学に加はりたる最良の寄贈品」として称揚した(大島正健「『如何にして余は基督信徒となりしや』」『基督教新聞』六二五号、一八九五年七月)。この評が示すように、「乾燥冷淡なる学理」が覆うこれまでの潮流に対抗しつつ、率先して「新鮮温暖なる感情」を言語化し、「我国基督教文学」のあり方を更新した点に内村の功績を認めることができる。

むろんそれはキリスト教界隈の文脈だけに関わるのではない。留意しておきたいのは、内村が『基督信徒のなぐさめ』『求安録』「流竄録」などを書いたのが、硯友社文学を否定する形で新たな表現を模索する動きが活発化し始める時期と重なることである。[13] その中で内村によって示されたのは、キリスト教という新思想と出会い、その担い手として成長していく様子を自ら観察、記録しつつ自己と向き合う姿だった。書くという行為は、ここで人生に対する真摯な研究として浮上している。それが、国木田独歩のような人物が理想と考えた、「人生の研究の結果の報告」(「我は如何にして小説家となりしか」『新古文林』三巻一号、一九〇七年一月、七一頁) という文学のあり方と通底することは言うまでもない。現にこの時期、独歩は内村の著書に深く親しんでおり、一時は「流竄録」などの内村の言説に動かされて真剣に渡米を考えたほどだった。[14] 独歩が同じ時期に硯友社文学にほとんど興味を示さず、のちに「紅葉山人」(佐藤儀助編『現代百人豪』第一編、一九〇二年四月) で詳細な尾崎紅葉批判を行うことはよく知られている。そのことは、内村の表現が同時代の硯友社文学とは異なる文学的な表現を先駆的に打ち出したものとして現れたことを示唆している。

付言しておくと、紅葉が嫌悪を示した「人生観」という「ひどく大業」な語[15]こそは、この時期に内村が好んで使おうとしたものだった。例えば内村は『月曜講演』(警醒社、一八九八年三月) で、「ダンテは如何なる人生観を有したりしか」(五九頁)、「是よりゲーテの人生観を論評すべし」(六七頁) などと記している。独歩も『欺かざるの記』でこの語を多用しており、[16] のちに「牛肉と馬鈴薯」(『小天地』二巻三号、一九〇一年一一月) という、まさに「人生観」の表白と吟味だけで成り立つような作品を発表する。[17]

硯友社批判という文脈と内村との関連は別の事例からも裏づけられる。「硯友社及其作家」(『国民之友』二七七号、一八九六年一月、署名八面楼主人) で硯友社を批判した宮崎湖処子も内村の文業に深い敬意を抱いていた書き手の一人だった。当時湖処子は、「天才は凡ての方面に於て天才なり。著者内村氏、文に於て既に然り、詩に於ても今亦然り」と内村を称え（「鑑三内村氏の『愛吟』」『国民之友』三六一号、一八九七年九月、署名八面楼主人、一二二頁）、先の「基督教会の文章家」でも「予に最も感動を与へたる氏の文」として『求安録』の一節を紹介していた。さらに、正宗白鳥が硯友社に「反感」を持つきっかけとなったのも内村の著書との出会いだった[18]。内村の言説がその表現力ゆえに文学作品の一種としても受容されていたことは、中学校時代に「内村鑑三、樋口一葉、森鷗外、島崎藤村などの名」に「特別の親しみ」を感じていたという阿部次郎の回想からも分かる（「明治文学の回顧」六〇頁）。以上のことを踏まえれば、内村が書いたものが、たとえ「小説詩歌戯曲評論の形に嵌まらない」ものだったにせよ、確かに白鳥が言うように「明治文学史」の一部分を構成していたことが分かる。

ただ一九〇〇年代以後、内村の執筆活動は文学界の動きとはほとんど接点を持つことなく継続されるようになる。その要因として、倦むことなく反復される内村の慷慨調の言明がしだいに新鮮さを失っていったという事情などとともに[19]、社会や国家への献身こそを自己の使命と考える経世家風の意識を挙げることができるだろう。例えば内村は『後世への最大遺物』で、「〔文学は〕此社会、此国を改良しよう、此世界の敵、悪魔を平げ様と云ふ戦争をするのであります」（五〇頁）と述べている。こうした意識こそは一九〇〇年代以降の高山樗牛や自然主義運動の展開の中で打破すべき対象として設定されたものだった[20]。第Ⅱ部でこの動向を詳しく見ていこう。

注

（1）『正宗白鳥全集』二五巻（福武書店、一九八四年六月）一五一頁。

（2）野山嘉正「内村鑑三の「文学」」（『国文学論集』一三集、一九七五年三月）のように文学研究の視点から内村の著作を検討した例がないわけではない。ただそこでは隣接する同時代の表現動向とどのように関係していたかという点にほとんど関心が向けられておらず、内村の独創性が充分に明確にならないという問題があると思われる。なお『愛吟』については亀井俊介「内村鑑三訳詩集『愛吟』について」(『文学』五〇巻一号、一九八二年一月)で詳細に検討されている。

(3) 白鳥『内村鑑三』(細川書店、一九四九年七月、『正宗白鳥全集』二五巻、二二一頁)を参照。

(4) 内村は一九二四年のいわゆる「対米問題」をめぐって『国民新聞』に寄稿するまで蘇峰と長く交わりを絶った(松沢弘陽「解題」『内村鑑三全集』三巻、岩波書店、一九八二年一二月、二八六頁)。

(5) 湖処子は、聖書出版や『国民之友』発刊によってキリスト教知識人の活躍が顕著になった状況を「基督教文学時代」と呼び、一八九八年に『国民之友』が終刊し、「基督教文学は遂に文壇の主権を失」ったと述べている(五五〜五六頁)。

(6) こうした潮流と関連ないし対立しつつ明治中期(一八八〇年代後半)から仏教雑誌が隆盛を見ることは上坂倉次「明治仏教雑誌発達史」(『宗教研究』一二巻六号、一九三五年一一月)で指摘されている。

(7) むろん自由民権運動とキリスト教が全く無関係だったわけではない。その点はこの二つの動向に密接に関与していた蘇峰の伝記的事実からも裏づけられる。なお筑峰生「過去三十年宗教上の回顧」(『福音新報』一三二〜一四〇号、一八九八年一〜三月)は、「政治熱其の絶頂に達したる時」(一八八〇年代初め)についてこう述べている。「基督教徒此間に立つて僅かに神の前には万人同等なりと説きて民間党に自由民権説の根拠を与ふると、欧州立憲政に欠く可らざる楽〔薬〕剤なりと説いて進歩主義の政客に何となく基督教を慕はしむる事の外、何等の応援も援助も来らず」(一三六号)。この証言から、キリスト教が自由民権運動と一定の接点を持ちつつも、それと異なる認識を内包する思想として現れたことが分かる。

(8) 植村は「高踏とは何ぞや」で、「余等は愛山先生とゝもに之〔高踏派〕を撲滅せんと心懸くるものなり」(八頁)と述べている。むろん一方では、「政治以上の政治、目前の時事に超越せる高等的政談」(九頁)が必要であるとするなど、高踏派に一定の理解を示しているが、そこであくまで「政談」という語を用いようとする点に『文学界』派との距離を認めることができる。

(9) 長帆は西田勝「解説」(『文学界復刻版別冊』一九六三年一〇月、編集、発行者は日本近代文学研究所)によると平田禿木(一五頁)。

(10) 第1章でその点を「愛の特質を説て我邦の小説家に望む」に則して検討した。

(11) 逍遥『一読三歎当世書生気質』九号(晩青堂、一八八五年一〇月)の自序、蘇峰「近来流行の政治小説を評す」(『国民之友』六号、一八八七年七月、無署名、のちに『文学断片』〔民友社、一八九四年三月〕収録)など。

(12) 植村の記事ではせいぜい「フロレンス、ナイト、ミツシヨン」の連夜奨励会での発言が写しとられるにすぎない。なお『基督教新聞』には無署名「博愛偉績ウイルリヤム、ウイルバーフォースの伝」(二一五〜二三一号、一八八七年九〜一二月)、故ヂエームス、ビー、リツチヤーズ述「白痴の教育」(四五二号、一八九二年三月)、無署名「女傑マアスデン嬢の博愛事業」(四八〇〜四八二号、一八九二年一〇月)などの関連記事がある。ただこれらの記事で博愛の実践の様子は、「自ら監獄を訪ひ或ハ病院を廻りて親切に病る人又たハ囚徒を慰め訓《おし》えて」（「博愛偉績ウイルリヤム、ウイルバーフォースの伝」二二三号）などのように細部を欠いた概括的な表現で綴られており、決して「流竄録」に見られるのと同等の生彩な筆致を見出すことはできない。

(13) 当時の硯友社批判の代表的なものとして内田魯庵「小説界の新潮流（殊に泉鏡花子を評す）」（『国民之友』二六二～二六三号、一八九五年九月）がある。

(14) 独歩『欺かざるの記』一八九五年一月二二日、一八九六年五月二日の記述を参照。この頃独歩は内村と親交を結んでおり、『欺かざるの記』一八九五年五月二二日の記事には、「How I Became A Christian を読みつゝあり、著者は内村鑑三なるべし。感ずる処少なからず」（『国木田独歩全集』七巻、学習研究社、一九六五年六月、二九六頁）と記している。

(15) 「人生観が何《ど》うしたの、世界観が斯うしたのと、ひどく大業なことを云ツてたツてしやうがない。其れで又小説が出来るもんぢやないんだ」（尾崎紅葉「作家苦心談」『新著月刊』三号、一八九七年六月、二二四頁）。

(16) 「吾未だ嘗て人生観と世界観とを忘れず」（一八九四年一月一八日、『国木田独歩全集』六巻、学習研究社、一九六四年九月、三八二頁）等。

(17) 作中にも、「何かの話の具合で我々の人生観を話すことになつてね」（三頁）とある。

(18) 「元来私は内村鑑三氏などの著書から感化を受けてゐて、紅葉をはじめ硯友社の作物にはむしろ反感をもつてゐたし」（白鳥「予がよみうり抄記者たりし頃」『読売新聞』一九一八年九月四～五日、『正宗白鳥全集』二六巻、福武書店、一九八六年三月、二七七頁）。

(19) 白鳥は内村の「片々たる慷慨録の連続」に「うんざり」し、内村の雑誌『東京独立雑誌』の刊行（一八九八年六月）の頃から「急速に内村に対する敬慕の感が衰へ」たと述べている（『内村鑑三』二三四頁）。

(20) 内村にとって自然主義運動が何ら共感に値しなかったことは次の言明から分かる。「自然の自然を描くは美なり、人の自然を写すは醜なり、余輩は自然の自然主義を唱ふ、人の自然主義を唱へず、人は神に反きて其自然性を失ひたる者なればなり」（「自然主義」『聖書之研究』一一巻四号、一九〇八年四月、無署名、一頁、のちに『所感十年』〔聖書研究社、一九一二年二月〕収録）。

第II部　文学の卓越化

第7章　告白体の高山樗牛

1　はじめに

　第I部では、徳富蘇峰や民友社同人たちを中心とする一八八〇年代後半から一八九〇年代の動向の中で、文学が政治の代替となりうるほどに意義ある営みとして位置づけられるとともに、平民主義、社会問題、歴史叙述の変革、キリスト教的な理念などの文脈と接点を持つ真摯な試みとして浮かび上がっていったことを確認した。以上の検討を通して、かつての政治小説とは異なり、直接的に政治家や政治闘争を描かない文学的表現さえもが知識人たちの切実な関心の対象となるという明治中期の展開の新しさが明らかとなった。

　むろんそれ以前に文学の振興に寄与した動きがなかったわけではない。特に一八八〇年代に流行した政治小説はこの展開の中で見逃せない貢献を行っていた。重要なのは、『新日本』（全二冊、集成社書店・博文堂書舗、一八八六年一二月～一八八七年三月）という政治小説を書いた尾崎行雄が、「私はあの戯作者肌といふやつが甚だ嫌いです」（「文学局外観」『早稲田文学』七年五号、一八九八年二月、一二九頁）と述べていたように、この文脈で反戯作的な意識の持ち主たちが小説の創作に手を染め、またその表現が新たな小説読者を開拓したことである。例えば江見水蔭は、杉浦重剛が開いた称好塾にいた、軟派の小説を読まない塾生たちが政治小説には親しんでいたことを証言している（『自己中心明治文壇史』博文館、一九二七年一〇月、二九頁）。（むろん戯作者たちも旧態依然のままだったわけではない。）[1]ただし政治小説は、直接的に政治家、政治的主張、政治闘争を描くために真摯で高尚な表現と見なされていた。一方、蘇峰とその周辺の動向では、直接的に政治家や政治闘争を扱わない文学的表現（例えば宮崎湖処子、松原岩五郎、国木田独歩の表現）さえもが政治との交流や連携を繰り広げる営みとして浮上しており、そこに民友社を中心とする一八八〇年代後半から一八九〇年代の動向の新しさがある。

第Ⅱ部では検討範囲を一九〇〇年代に移し、引き続き文学が思想界の中で存在感を高めていく様子を辿っていく。一九〇〇年代の動きは単純に以前の動きと連続的だったわけではない。ここで文学はいっそう自己主張を先鋭化させ、政治に対する優位を主張するに至る。すなわち、忠君愛国といった美徳や保守派論客や教育家の価値観に敵対し、国家（経世）にとって有害でしかないと見られた本能、性欲、煩悶、厭世などを率先して肯定していく。その中で生じるのが、序章でも述べた文学（新思想）と保守派論客、教育家、統治権力（旧思想）の間の対立である。第Ⅱ部ではこの対立が日露戦争後に自然主義運動の隆盛へと連なっていく動向を考える。

まずこうした一九〇〇年代の状況の新しさを、第Ⅰ部の内容との関連上、国木田独歩の事例をもとにして確認しておこう。すでに見てきたように初期の独歩の表現は、徳富蘇峰の影響圏の中で生み出され、特に平民主義という政治的理念と密接に関わっていた。作品集『武蔵野』（民友社、一九〇一年三月）の表現が、当時の社会問題の対象でもあった平民たちの経験に際立って厚い関心を向けていたのはそのためだった。のちにもこの種の作品は書かれ続けるが、一方で、とりわけ一九〇〇年代からはこうした社会的関心から切り離された表現が前景化していく。[2]その代表例が「牛肉と馬鈴薯」（『小天地』二巻三号、一九〇一年一一月）や「悪魔」（『文藝界』一巻一七号、一九〇三年五月）である。これらの作品は当初反響を呼ばなかったが、後年の自然主義運動の興隆に伴って画期的な達成として発見される。

ここでは「牛肉と馬鈴薯」を瞥見しておく。内容は、岡本という名の酩酊した男が「俗物党」を前にして奇妙な人生観を披露するというものであり、のちに独歩は自身の「煩悶」を描いたと述べている（「我は如何にして小説家となりしか」『新古文林』三巻一号、一九〇七年一月）。特に次の部分は、一九〇〇年代の表現と思想の動向を象徴しているだろう。

僕の知人に斯《か》う言つた人があります。吾とは何ぞや《Nhot am I ?》《ママ》なんていふ馬鹿な問を発して白から苦《くるしむ》ものがあるが到底知れないことは如何にしても知れるもんでない、と斯う言つて嘲笑を洩らした人があります。世間並からいふと其通りです、然し此問は必ずしも其答を求むるが為めに発した問ではない。実に此天地に於ける此我てふものゝ如何にも不思議なることを痛感して自然に発したる心霊の叫である。此問其物が心霊の真面目なる声である。これを嘲るのは其心霊の麻痺《まひ》を白状するのである。（『小天地』二八頁）

作中では明示されないが、ここで「吾とは何ぞや」をめぐる主人公の煩悶に「嘲笑を洩らした」のは蘇峰である。そのことは独歩の死後に残された原稿「天地の大事実」（一八九六年八〜九月執筆、『独歩遺文』日高有倫堂、一九一一年一〇月）によって裏づけられる。(3)「牛肉と馬鈴薯」が肯定しようとするのは、蘇峰のような経世家が「嘲笑」する「吾とは何ぞや」という問題への沈潜だった。（同時に、そのような問題への関心が失われること、つまり「俗物」化への危惧も主題化されている。）

こうした経世家風の意識への拒絶感は、主人公の人生観が、「忠君愛国」（一二頁）という美徳と敵対するものとして提示されることと結びついている。さらに、「ビスマルクとカプ《マ》ールとグラッドストンと豊太閤見たやうな人間をつきまぜて一《ひとつ》鋼鉄のやうな政府を形《つく》り、思切つた政治をやつて見たい」（一三頁）という政治への情熱も二次的な欲求として斥けられる。特に主人公の人生観の表白が、酩酊した状態で、「半ば演説体」（独歩『病牀録』真山青果編輯、一九〇八年七月、新潮社、一一四頁）によって行われ、同席する男たちの哄笑の中で頓挫することは示唆的である。それはかつての政治小説の主人公たちの雄壮な演説ぶりとの著しい違いをなしており、まさに政治小説の戯画と言うべき光景が描かれる。[4]

こうした表現が、作者の経歴への自己言及という意味を持つことにも注意しよう。かつて独歩は演説の練習に励み、聴衆の前で演説を披露したことを日記に記しており（「明治廿四年日記」一八九一年七月三一日、『欺かざるの記』一八九五年六月二五日）、「牛肉と馬鈴薯」の岡本の演説でも触れられるグラッドストンの演説集に親しみ（「我は如何にして小説家となりしか」）、議会でのグラッドストンの活躍への景慕の念を語り（「『議会』文学」『青年文学』一五号、一八九三年一月、署名鉄斧生）、その演説を報じる海外の雑誌記事を『国民之友』に紹介していた（「老偉人の片影」三六二号、一八九七年一〇月、署名鉄斧生）。このように「牛肉と馬鈴薯」は政治青年としての作者自身の経歴を幾重にも反映しており、その意味でここで行われたのは、政治的人間だったかつての自己への決別だったと言える。

このように「牛肉と馬鈴薯」では、「吾とは何ぞや」をめぐる思索への沈潜が肯定される一方で、経世家の発言や政治への情熱は斥けられ、演説という政治的な言語形式も揶揄的に用いられていた。ここに、政治（公）への関心に対する文学的問題（私）への関心の優遇という方針をはっきりと確認できるだろう。第II部で詳しく追っていくように、こうした意識や情念こそは、一九〇〇年代の思想と表現の中で頻出する主題だった。

図 7-1　『太陽』9 巻 2 号（1903 年 2 月）に掲げられた高山樗牛の遺影。樗牛は 1902 年 12 月に結核で死去。

以上の動向を考えるために、まず本章は一九〇〇年代初めの高山樗牛《ちょぎゅう》（図7-1）の評論群を取り上げる。これまで樗牛「美的生活を論ず」（『太陽』七巻九号、一九〇一年八月）を契機とした言論界の騒々しい状況は幾度か注目されてきたが[5]、本章の関心はそこにはない。ここで目を向けたいのは、この頃に進行していた青年の代表者の交代劇である。かつて青年たちの渇仰の対象だった蘇峰は、独歩「牛肉と馬鈴薯」からも窺われるように、青年たちにとってむしろ敵対的な人物として浮かび上がっていた。一方、この動きと連動する形で青年たちの共感の対象となるのが樗牛だった。本章はこの展開を辿ることで、一九〇〇年代に文学が新たな自己主張を打ち出していく様相を明らかにする。なお「牛肉と馬鈴薯」などの独歩の作品はしばらく注目されなかったが、日露戦争後に画期的な表現として発見される。独歩の再評価は第8章で考察の対象となる。

2 「美的生活を論ず」

自然主義文学の代表作だった正宗白鳥「何処へ」（『早稲田文学』二六～二九号、一九〇八年一～四月）の主人公は、『樗牛全集』（全五巻、博文館、一九〇四年一月～一九〇六年四月）を本棚に所蔵する青年として描かれている。この設定に親近感を覚えた青年は多くいたはずである。『樗牛全集』は多くの青年読者を獲得しており、繰り返し樗牛への愛着を語った近松秋江は次のような証言を残している。

此《こ》な間《ひだ》も、二三の友人と連れだつて散歩の節、早稲田大学前のある書肆で、番頭の言ふのを聞くと、樗牛全集くらゐよく売れる本はないさうである。九月学校が開ける時期になつて学生が段々戻つてくるにつれて、樗牛

全集の一冊が売れない日は一日もないさうである。（「文壇無駄話」『読売新聞』一九〇九年九月二六日）

樗牛が青年たちに慕われる大きなきっかけとなったのは、雑誌『太陽』に特に一九〇一、二年に発表された評論群だった。これらは発表時に長谷川天渓や坪内逍遥など多くの論者たちの発言を呼び寄せただけではない。『樗牛全集』刊行による樗牛再読の動きもあり、数年を経た日露戦争後にも島村抱月をはじめ多くの者たちが樗牛の提起した問題を論じた。[6] 抱月は「梁川、樗牛、時勢、新自我」（『早稲田文学』二四号、一九〇七年一一月）で、「彼（樗牛）は畢竟我が邦に於けるスツールム、ウント、ドラングの驍将であつた」とも述べているが、それは必ずしも誇張でない。文学と思想の前線は、樗牛の死（一九〇二年一二月）から数年を経た日露戦争後に至るまで一貫して樗牛とともにあったと言える。

こうした樗牛の批評の意義を考えるために、まず「美的生活を論ず」に着目する。周知のようにここで樗牛は「理性と道徳」を斥けつつ「本能の満足」を徹底して追求する「美的生活」を推奨する。樗牛の問題意識をよく表す部分として目を留めたいのは、楠木正成（楠公）と菅原道真（菅公）の扱い方である。

楠公の湊川に討死せる時、何ぞ至善の観念あらむ、何ぞ其の心事に目的と手段との別あらむ、唯君王一旦の知遇に感激して微臣百年の身命を抛ちしのみ。是の如くにして死せるは公にとりて至高の満足なりし也。而して是の満足を語り得むものは倫理学説にあらずして公自らの心事ならむのみ。菅公の配居に御衣を拝せし時、何ぞ至善の観念あらむ。何ぞ君恩を感謝するを以て臣下の義務なりと思はむや。畢竟公の本心は唯是の如くにして満足せられ得べかりしのみ、拘々たる理義如何ぞ公が是の本心を説明し得べき。（中略）彼等の忠や義や、到底道学先生の窺知を許さゞるものある也。喩へば鳥の鳴くが如く、水の流るゝが如けむ、心なくしておのづから其の美を済せる也。（三三～三四頁）

樗牛がここで述べるのは一種の逆説である。通例ならば文中の楠木正成と菅原道真の足跡は、「至善の観念」「倫理学説」を示すにふさわしい事例となるはずである。しかし樗牛は、それを「至善の観念」「倫理学説」という文脈から切り離し、個人的な「満足」を盲目的に追求した企てとして再解釈した上で「美的生活」の実践例に組み入れる。この主張は後続の部分でさらに奔放な形をとる。樗牛は「美的生活」の事例として、「金銭其物を以て人生の目的と信じたる」守銭奴、「相擁して莞爾として」心中を遂げる男女、「食を路傍に乞」い、「故郷を追放せられ」、「帝王の怒に触れて市に腰斬せられ」てまで天職を全うしようとする「詩人美術家」を挙げる（三七〜三八頁）。すなわち、楠木正成と菅原道真は、本来ならばその対極的な地点に位置づけられる守銭奴や心中する男女などの逸脱者たちと同じ範疇に括られる。この主張が意図しているのは、従来の価値観からの差別化に他ならない。その価値観とは、楠木正成や菅原道真の中に「至善の観念」「倫理学説」を見出す「道学先生」の価値観のことである。

この主張と比較してみたいのは、同じ時期の徳富蘇峰の次の発言である。

> 試みに学校の講堂に入りて見よ、楠木正成湊川の討死の如き適例は、屢々応用せられて、我が児童及少年の愛国心、若くは勤王心を鼓吹しつゝあり。元寇の歴史の如きも、今や愛国教育の活ける手本となりつゝあり。吾人は之に対して苦情なし。但だ遺憾なるは、此れと与に日常、普通、市民的義務の遂行に関する教養の欠乏是れのみ。（「日曜講壇　平常の場合に於ける愛国心」『国民新聞』一九〇〇年一〇月二八日）

こう述べた上で蘇峰は、題名の通り「平常の場合に於ける愛国心」の重要性を説いている。ここで楠木正成は、「愛国教育の活ける手本」を説くための参照対象として述べられている。（むろん楠木は必ずしも無条件に肯定されていないが。）つまり蘇峰から見れば、楠木正成の足跡は、守銭奴や心中する男女や反抗的な詩人美術家とは厳密に区別されるべき事柄だった。この点から蘇峰と樗牛の違いは明らかだろう。樗牛は楠木正成の事跡を、国民の備えるべき倫理を論じる題材としてではなく、盲目的に「本能」に突き動かされた「美的生活」の一事例として再発見する。樗牛によって行われるのは、楠木正成と守銭奴が同列に並ぶという、蘇峰の発想から生まれようのない視野の設定だった。[7] むろん「美的生活を論ず」が蘇峰批判をしていたと言いたいわけではない。ただこの評論が蘇峰をも含めた当時の保守派論客たちに異を唱えようとしていたことは確実だろう。実際、後述のように樗牛の読者たちは樗牛の主張に蘇峰と対立する主張を読み取っていた。そのことは、一九〇〇年前後に急進思想の交代劇が進行していたことを如実に物語っている。

この両者の見解の比較から浮かび上がるのは、蘇峰の言説の保守性である。現にこの時期、新思想の担い手たちは蘇峰を繰り返し否定的に語っていた。先に見た独歩「牛肉と馬鈴薯」での蘇峰批判はその一例であり、また正宗白鳥は「この人も空想の夢から醒めて、現実的利益に赴くやうになつた」(「僕の今昔」『読売新聞』一九〇六年一月四日)と蘇峰への失望を語り、別のところでは蘇峰の記事(後述の「日曜講壇　地方の青年に答ふる書」)を、現在の青年とは「根本に頭脳を異にし」た発言として批判していた(「宗教問題」『読売新聞』一九〇六年五月一〜二日)。そしてこのように蘇峰の失墜が露わになっていく過程は、樗牛が青年たちの注目を集めていく過程と重なっている。白鳥は、必ずしも樗牛に全面的に肯定的だったわけではなかったが、「美的生活を論ず」を「平板道徳に盲従し得ざる青年悲痛の声」として好意的に述べているし(「青年と宗教」『読売新聞』一九〇五年一二月一三日)、より端的には近松秋江の次のような発言がある。

恰も高山樗牛が盛に時世論(其の主義よりも其の方式其の方式よりも其の感操が面白い)を遣だした頃から民友社は青年の心を失つた。私は『明治の小説』に依つて高山にホレそめ、それと同時に民友社に飽きが来た。(「故高山樗牛に対する吾が初恋」『中央公論』二二年五号、一九〇七年五月)

ここから蘇峰の失墜と連動する形で樗牛への注目が高まっていたことを確認できる。[8]ただ青年たちが語る蘇峰への失望の大きさは、かつて蘇峰のもとに集まっていた青年たちの信頼の大きさを物語ってもいる。『牛肉と馬鈴薯』が書かれるはるか以前に、独歩が蘇峰を「精神的開国」の推進者として称えていたことはすでに見てきた通りである（「民友記者徳富猪一郎氏」『青年文学』一二号、一八九二年一〇月、署名鉄斧生）。そしてこうした蘇峰の地位に入れ替わるようにして登場したのが樗牛だった。以下、この両者の軌跡を照らし合わせることで、一九〇〇年代初めに起きていた思想界の地殻変動の様子を浮かび上がらせたい。

3　徳富蘇峰の失墜

徳富蘇峰と高山樗牛が明治中期の思想界の中で同じような位置を占めていたことは、樗牛の死のすぐ後に書かれた中島孤島（早稲田派の評論家）の樗牛評からも裏づけられる。

然り、一代青年の代表者として、はた其の指導者として、彼れ〔樗牛〕の熱情と、彼れの才筆とハ、最も適当なるものにあらざりし乎。（中略）彼れハ実に蘇峰が曾て『国民之友』に於て然りしが如く、透谷が『文学界』に於て然りしが如き意味に於て、一代青年の代表者はた指導者なりき。（「癸卯文学（二種の人物）」『読売新聞』一九〇三年二月一日）

孤島は蘇峰と樗牛をともに「青年の代表者」という区分に括る。同様の指摘は近松秋江「無題録」（『早稲田文学』一五号、一九〇七年三月）にも見られる。

文明批評家は常に一代の青年が渇仰の中心となる。福沢翁は明治の初年に於て彼等が輿望を一身に集めたり。徳富氏は『国民の友』全盛時代に於て、高山氏は三十四五年に於て。是れ文明批評家とは青年時代《ヤング、ゼ子レーション》の先駆なればなり。

このように蘇峰と樗牛は、活躍の時期こそ異なるが、ともに「一代の青年が渇仰の中心」となった発言者と見られていた。言い換えれば、樗牛によって行われたのは、かつて蘇峰が担っていた「青年の代表者」という役割の継承と見ることができる。(9) しかしそれは単純な反復ではない。樗牛は、「青年の代表者」としての蘇峰の役割の失効がはっきりと浮かび上がる日清戦争後の思想状況を視野に入れ、あらためて「青年の代表者」という役割を再構成したと考えられる。ではこの「青年の代表者」はどのように蘇峰と違うのか。

周知のように蘇峰に「青年の代表者」という地位をもたらしたのは、藩閥内閣の「貴族」的な政治体制を批判した平民主義という主張であり、この主張を説いた『将来之日本』（経済雑誌社、一八八六年一〇月）は大きな反響を巻き起こした。続いて蘇峰は、「明治ノ青年」への煽動的な呼びかけを記した『新日本之青年』（集成社書店、一八八七年四月）を世に問い、自ら刊行した『国民之友』（一八八七年二月創刊）と『国民新聞』（一八九〇年二月創刊）で無数の時文を発表した。これらの発言群に青年たちが大きな魅力を感じていたことは、「あの時分私と略ぼ同じ年頃の青年には、あの清新な詩的な蘇峰氏の時文に深い感興を呼び起された経験のあるものが恐らく少くはなからう」という近松秋江の回想（「吾が幼時の読書」『趣味』一巻六号、一九〇六年一一月）からも確認される。また第1章で見たように正宗白鳥も蘇峰の『静思余録』（民友社、一八九三年五月）を「綴ぢ目のほぐれるほどに日常読耽」るような青年だった（「白鳥随筆――蘇峰と蘆花」『中央公論』四三年七号、一九二八年七月）。

しかしその後、蘇峰は変貌する。一八九七年八月、蘇峰は内務省勅任参事官に就任し（図7-2）、平民主義とい

図 7-2　内務省参事官になった頃の徳富蘇峰（『太陽』3 巻 19 号，1897 年 9 月）

う信条に背く「変節」（『万朝報』八面鋒欄、一八九七年九月二日）として数々の非難を呼ぶ。さらに、売り上げが落ちた『国民之友』の廃刊（一八九八年八月）は、「青年の代表者」としての蘇峰の地位の失墜をいっそう強く印象づけた。それとともに蘇峰を支持した青年たちもしだいに蘇峰を疎遠な存在として見なしていくことは、先の独歩、白鳥、秋江の発言の通りである。樗牛も蘇峰の「変節」を惜しんだ一人だった。蘇峰の「変節」の際には、「あゝ彼は今や藩閥政府の高等官二等となり了りぬ」（「徳富蘇峰」『太陽』三巻一九号、一八九七年九月、無署名）[10] と嘆き、『国民之友』廃刊の際にも「吾人実に之を悲む也。而して殊に事是に至りたる所以を悼惜す」（「『国民の友』を惜む」『太陽』四巻一八号、一八九八年九月、無署名）と述べていた。

言うまでもなく蘇峰の「変節」の大きな要因の一つは日清戦争だった。というのも、当初の批判対象だった藩閥政府の指揮した戦争こそが輝かしい勝利を生み、日本の国際的地位を一挙に向上させたからである。ここで一九〇〇年一月一日、『国民新聞』に掲載された蘇峰「述懐」（署名国民新聞記者）を見ておこう。[11] これは『国民新聞』の歴史を二面にわたって回顧した長大な記事であり、蘇峰はそこで自身の転身に触れている。

> 此の戦〔日清戦争〕こそ、日本国民が、国民的運動を為すべき転機なりと思ふたのである。即ち是れ迄は、藩閥対非藩閥の関係なりしものが、日本対清国の関係に転変したと認めたのである。平生第二の維新を、口癖の様に唱へたが、正に此の時こそ、此の時機に到着したものと信じたのである。

引用文にあるように蘇峰にとって日清戦争が「藩閥対非藩閥」という構図を解消する主たる契機であり、それとともに浮上したのが「日本対清国」という構図だった。この一節は、日清戦争を契機とした、急進思想（「非藩閥」）を担うことへの関心の喪失をよく物語っている。[12] そのことは当然ながら蘇峰の発言を変容させる。例えば次の言説は、この路線変更がいかなる態度をもたらしたかを典型的に示している。

然るに如何なる幸福ぞや、我が国民は、斯る上流社会の上に、更らに万民の仰望する　帝室あり。而して　帝室の恩沢の、政治の上に於て、国民に光被せらるゝのみならず、亦た社会風教の標準となり、国民に向て、人倫の大道を、訓化し給ふとは。吾人四千余万の国民が、昨年に於て、皇太子の御結婚を賀し奉りたる時に於ても、本年に於て、親王御降誕を祝し奉るの時に於ても、其の胸中に湧くは、第一　帝室の愈よ隆昌ならんことにあり。（「日曜講壇　帝室と社会の風教」『国民新聞』一九〇一年五月五日）

引用文を特徴づけるのは、「国民」という語への執着ぶりである。蘇峰はこの短い一節に「国民」という語を四回も記し、その上で、「其の胸中に湧くは、第一　帝室の愈よ隆昌ならんことにあり」と、「四千余万」の「国民」の内面の代弁者としてふるまおうとする。そうした言明は、先の「述懐」にも「此の戦こそ、日本国民が、国民的運動を為すべき転機なりと思ふたのである」という一節があるように、特に日清戦争以後の蘇峰の発言群に無数に見出される。ここに「変節」後の蘇峰の発話態度がよく表れている。[13]「四千余万の国民」が同一の内面を備えているという前提が虚構にすぎないことは自明である。その代弁者たることに固執する蘇峰のふるまいが示すのは、「四千余万の国民」の内部に横たわる数々の分断への無関心に他ならない。もはやここには、「貴族」と「平民」の間の調停しがたい分断に拘ろうとした『将来之日本』の頃の緊張感は見られない。一連の経過から理解されるのは、日清戦争前後の時勢の変化と、それに伴う「藩閥対非藩閥」という構図の放棄が、「青年の代表者」とされた人物をいかに退屈な言論人に変えてしまったかだろう。

ただ別の観点から見ると、これまで見てきた蘇峰の言論活動は、「変節」を挿むとはいえ、一貫してある同一の価値観の上に成り立っていたと言える。それは、政治に携わることを最も貴い知識人の役割と考える価値観、つまり政治至上主義である。この点に限って言えば、蘇峰の態度は、「藩閥」か「非藩閥」かを問わず、初期の頃から一貫していた。実際、蘇峰は「変節」後に国民新聞社（民友社）の歴史を回想した記事の中で、「経国済世は吾人の目的也。故に止むなくして主張の為めに営業を犠牲にしたることあれども、営業の為めに主張を犠牲としたることなし」（「有恒の実例」『国民新聞』一九〇〇年一二月二三日）とこれまでの一貫性を自負していた。こうした政治（「経国済世」）の貴さへの揺るぎない信頼は、「誰れか詩人の本領は、経国の大業、不朽の盛事にあらずと云ふや」（「文人」『国民之友』二七九号、一八九六年一月、無署名、のちに蘇峰『文学漫筆』（民友社、一八九八年一〇月）収録）という発言にもよく表れている。蘇峰にとって文学は、あくまで「経国の大業」という目的に資する範囲内で容認される営みだった。

樗牛の試みは、蘇峰の言論活動の前提となっていたこの政治至上主義こそを否定すべき対象として見出していた。そのことは「美的生活を論ず」によって明白である。先述のようにそこでは、守銭奴、心中する男女、王に背く詩人美術家という、「経国済世」から最も程遠いような者たちが称揚され、さらに楠木正成のような忠臣さえも盲目的に自己の欲求の「満足」を追求した一種の個人主義者として再提出される。同様のことは、「美的生活を論ず」の末尾に置かれる、「人性本然の要求の満足せられたるところ、其処には乞食の生活にも帝王の羨むべき楽地ありて存する也」（三九頁）という一節にも当てはまる。「美的生活を論ず」で肯定されるのは、自己の欲望（「人性本然の要求」）に徹した生き方を実践したか否かだけに価値が置かれる行動原理であり、この視野の中で「乞食」と「帝王」の序列関係も意味を失う。それが蘇峰の自明とする「経国済世」の絶対視からいかに隔たっているかは言うまでもない。

以上のことを視野に入れると、「美的生活を論ず」の前後に樗牛によって書かれた、思想界、文学界への論評と、友を宛先にした告白体の記述を織り交ぜた奇妙な評論が「美的生活を論ず」と連動する言説だったことが見えてくる。すなわち、同じくこれらの評論も、蘇峰の言論活動の前提となっていた政治至上主義を拒絶しようとする意識と密接に結びついている。次にこの点を見ていこう。

4 姉崎嘲風宛の書簡

「美的生活を論ず」の前後に高山樗牛は、友人の姉崎嘲風に宛てた書簡という体裁を持つ次の三編の評論を『太陽』に発表する。

「姉崎嘲風に与ふる書」(七巻七号文藝時評欄、一九〇一年六月)
「消息一通――(姉崎嘲風に寄する書)」(七巻一四号文藝時評欄、一九〇一年一二月)
「感慨一束――(姉崎嘲風に与ふる書)」(八巻一一号評論欄、一九〇二年九月)

これらの記事でも思想界、文学界の話題が論じられるが、ときにこの本来の任務は放棄され、樗牛自身の心境の告白に誌面が費やされる。特に本章の関心にとって重要なのは次のような記述である。

筆執れば人に狂なりど《ママ》呼ばれ、物言へば君は健かなりやと問はる。(中略)新になる光明を提ふれば、人は見て悪蛇の眼ぞと誡めり。吾が手は久しうしてバイロンが詩集に触れぬ。あゝ〳〵マンフレッドやサルダナパラスに再び青年の慰藉を仰がむとは吾が想ひ設けざる所なりき。君よ、憐れと見給はずや。吾れは又ニイチエの思想に先天の契合あるを覚えぬるは如何にぞや。人は吾れに向て言へり、汝は先に日本主義を唱へたるに非ずや、文学美術をさへ国家的歴史的の立場より論評せむと企てしに非ずや、今や則ち如何の状ぞと。哀しい哉吾れは答ふべき言葉を知らず、唯自ら省みて、心のまゝにして自ら欺かざりしを喜ぶのみ。（中略）良しや世を挙げて偽と罵らむも吾れに於て引くべき一分の責あるを覚えず。所詮は矛盾の人身を受けて此の末法の世に人となりぬ。（中略）あゝ多くは言はじ、君よ這般の煩悶を如何とか見給ふぞ。見上ぐれば窓前の山樹一分の紅を染めぬ、春秋席あり、日月昼夜を度る。人心何ぞ独り是の如く常なきや。なかくに申すも愚かの限と存じ候。

（「消息一通」四六頁）

文中で樗牛の注意は思想界、文学界から離れ、記事を書く自己に向かう。樗牛がここで強調するのは、政治への関心の喪失である。樗牛は、「久しうしてバイロンが詩集に触れぬ」と文学への愛着の復活を綴る一方で、周囲から「汝は先に日本主義を唱へたるに非ずや、文学美術をさへ国家的歴史的の立場より論評せむと企てしに非ずや」と難じられる状況に触れている。

周知のように樗牛は、木村鷹太郎や井上哲次郎とともに日本主義という一種の排外的な民族主義の主張者として一八九七年から一九〇〇年頃にかけて活躍し、自ら述べるように「文学美術をさへ国家的歴史的の立場より論評」した硬派の言論人だった。「消息一通」は、そのような人間が現在では「バイロンが詩集」に慰藉を求め、自らを「矛盾の人」と呼ぶような内向的人間へと変貌したことを告げる。ここで公然と行われるのは、政治的な人間だった自己の否定であり、文学（「バイロンが詩集」）こそを政治の上位に置く価値観を得た人間としての自己の再構築である。そして文中の「見上ぐれば窓前の山樹一分の紅を染めぬ」云々という美文調の表現がこの変貌を強調している。

この内容は、当然ながら書簡体という形式と密接に結びついている。先の引用文に「君よ這般の煩悶を如何とか見給ふぞ」とあったように、樗牛によって重視されるのは、「君」という二人称で呼びかけながら自己を告白していく、私的かつ排他的な連帯を志向する表現である。そもそもこのように評者自身の「煩悶」を描く沈痛な告白体の記述が、本来ならば文学界、思想界の論説を記すべき「文藝時評」欄に掲載されることは異様な印象を与えるだろう。樗牛自身がそのことに自覚的だったことは、記事の冒頭に、「この書は素私信なれども聊か思ふ旨ありて茲に掲ぐ。中に公刊の文字としては相応はしからぬ所あり読者の寛恕を希ふ」（四三頁）とあることからも分かる。この記述に窺われるのは、「文学美術をさへ国家的歴史的の立場より論評」する政治色の強い記事よりも、本来ならば不特定多数への公開にそぐわない文学的な表現こそに信頼を置こうとする姿勢である。

「消息一通」での政治への関心の放棄、そして私的で文学的な言葉への信頼が、先に見た、守銭奴や心中する男女や盲目的に天職を全うする詩人美術家という脱政治的な存在を称える「美的生活を論ず」の主張と補完し合う関係にあることは明らかだろう。樗牛によって重視されるのは、このように決して「経国済世」に寄与しそうにない表現や行動原理だった。こうした主張と結びついているのが、次のような「青年文学者」への扇動的な呼びかけである。


然れども予は初めより今の多くの作家を以て予の言に警醒せられ得べきものと思はざりき、而かも能はざるを知りて尚ほこの侃諤を敢てせしものは、後に来るべき多望なる青年文学者の為に聊か先轍の戒を遺さむが為なりき。足下よ、去るものをして速に去らしめよ、新教育と新文明と新理想の間に保育せられたる青年文学者の場に上るに非れば、文壇の事殆ど絶望のみ。（「姉崎嘲風に与ふる書」五〇頁）

ここから分かるのは、当時の樗牛の関心が、「青年文学者」たちへの排他的な呼びかけによって成る、ある思想的な連帯を生み出すことにあったことである。こうした姿勢を考慮すると、たとえ随所に沈痛で内向的な言葉が見られたとしても、単純に樗牛の晩年の評論群を闘争の断念という形で片づけることはできない。つまり樗牛によって行われるのは、徳富蘇峰のような論者と異なり、「皇太子の御結婚」に高揚する「四千余万の国民」という連帯のあり方ではなく、むしろこの連帯の分断こそを志向する、局所的で周縁的な連帯を社会の中に確保しようとする企てだった。そこで行われるのは、「国民」という粗大な語をもって人々の経験を統括し、意味づける蘇峰をはじめとした知識人たちの価値体系への対抗に他ならない。すなわち、蘇峰のような保守派論客に「青年文学者」たちを対置する新たな闘争の構図がここで設定されたと言える。現に樗牛は、「美的生活を論ず」での幾多の挑発的な言辞の他に、「消息一通」では「良しや世を挙げて偽と罵らむも吾れに於て引くべき一分の責あるを覚えず」と述べていたし、「姉崎嘲風に与ふる書」では批評における「主観」の重要性を訴えつつ「多数主義、人気取主義」を批判していたように（四七頁）、随所で闘争的な姿勢を見せている。

別の角度から言えば、樗牛の試みの意義は、公と私をめぐる従来的な見方を変革する視野を提供したことにある。注意したいのは、樗牛が率先して用いた私的な言葉（告白体）の地位がいかにして規定されるかである。先に「消息一通」で見たように、樗牛にとってこの私的な言説とは、政治を語る言説に比して意義深いものとして選びとられている。ここで政治は二義的な営みとして扱われるにすぎず、当時の知識人たちにとって強固な前提となっていた公（政治）と私（文学）の序列関係は意図的に無視される。言い換えれば、極東問題や大和民族の膨張といった、かつて自身も心を砕いた政治上の出来事（「経国済世」）をもはや自己の精神活動とは無関係のものと見なすという新たな思想的立場がここに表明されている。

このような認識が、蘇峰の自明とする政治至上主義からは生まれようのないことは言うまでもない。当時の青年たちは、こうした樗牛の発言に魅力を感じ始めていた。例えば青年投稿雑誌『文庫』に掲載された無署名「論評」（二〇巻五号、一九〇二年七月）は、樗牛の晩年の文章について、「情炎えて声慄へる、希有なる詩人の出現」（四四〇頁）云々と賞賛を送り、一方で、先述の「日曜講壇　帝室と社会の風教」を収録した蘇峰『第二日曜講壇』（民友社、一九〇二年六月）を次のように評していた。

蘇峰の『第二日曜講談《ママ》』出でぬ。（中略）しかも要する所、一篇悉く常識より来り、諄々たる郷先生の言、宛として故福沢先生を憶ひ起さずはあらず、しかもたゞ平易たゞ婉転、絶えて樗牛の多恨なく、嶺雲の奇峭なき所、つひに血湧ける青年をして、巻を了ふるに堪えしむる能はじ。（四四〇頁）

このように樗牛と蘇峰を対照的な存在として位置づけるような見方が一九〇〇年代初めに定着しつつあったことは、先述の正宗白鳥や近松秋江の発言からも明らかである。樗牛自身も同じ頃の蘇峰の発言を、「日曜講壇なども一寸思ひ付きの好い所はあるが、圏点沢山の割合には平板無味の文字が多い」（「雑談」『太陽』八巻一四号、一九〇二年一一月）と批判していた。そうした状況から晩年の樗牛の評論がいかなる歴史的な意義を備えていたかが分かるだろう。先に見た通り、日清戦争後の思想界において露わになっていくのは、「青年の代表者」としての蘇峰の地位の失墜であり、それと連鎖する形で現れたのが樗牛の批評活動だった。そこで示されたのは、一連の蘇峰の言動を深く条件づけていた政治至上主義を放棄しつつ生じる表現や行動原理であり、その中で「経国済世」を貶める意思表明さえも正当な見解として尊重していこうとする批評的見取り図が提出された。当時の青年たちはこのような樗牛の発言に強い魅力を覚え、樗牛を「青年の代表者」として意識し始める。晩年の樗牛の批評の意義は、このように「青年の代表者」という役割を再構築し、あらためて新旧思想の対立を設定し直した点にあったと言える。

5　樗牛から自然主義へ

むろんかつての「青年の代表者」にとって高山樗牛の発言は理解を超えていた。後年、徳富蘇峰は青年たちの樗牛熱を次のように罵倒している。

小生の所見を、忌憚なく申せば、美的生活とは、豚的生活に候。豚が汚泥の中に、溷集する生活の情態に候。即ち美的生活とは、醜的生活の事に候。国家の事を、馬鹿にしたる話は、今更ら珍らしからず候。竹林の七賢人抔と申す連中は、千六百年前、既に二十世紀青年の理想を、実行致し候。固より此れが為めに、晋は五胡に蹂躙せられ候。（「日曜講壇　地方の青年に答ふる書」『国民新聞』一九〇六年二月一八日〜三月一八日、引用は三月一一日の部分）

決して政治の価値を疑わなかった蘇峰から見れば、「美的生活を論ず」などの樗牛の評論が「国家の事を、馬鹿にしたる」妄言と映ったことは無理もない。しかし先に見た通り、そのような政治至上主義に倦怠を覚えた者たちが少なからずいたことも確かである。そして一九〇〇年代の表現と思想の前線は、樗牛とその支持者たちによって築かれていく。先に見た、蘇峰への違和感を語り、政治への情熱も二次的なものとして斥けようとする国木田独歩の作品もこうした動向に連なる形で生み出されていた。さらに重要なのは、友を宛先にしつつ自身の内面を開示する告白体の表現や苛烈な「道学先生」批判によって樗牛の継承者と言うべき役割を担った綱島梁川、またこの試みと共闘しつつ起こる自然主義運動である（第8章参照）。その指導的批評家だった島村抱月は、樗牛と梁川の延長上に自然主義運動を位置づけており（「梁川、樗牛、時勢、新自我」前掲）、また樗牛とも通底する次のような文学観を表明している。

文藝は性として半途半熟を許さぬ、常に全力的でなくては大なるものは出ない。斯う考へて見ると多数の後れたものと少数の進んだものと、即ち社会道徳と文藝との衝突は、万人悉く同程度の知識感情に達した黄金時代の外、永久に断絶すべからざるものである。（「自然主義の価値」『早稲田文学』三〇号、一九〇八年五月、二八頁）

ここで述べられる「少数」派の連帯が、「青年文学者」たちによる局所的な連帯を築き上げようとした先の樗牛の発言（「姉崎嘲風に与ふる書」）と対応していることは明らかだろう。すなわち、自然主義運動によって企てられたのは、これまでの思想動向を強く規定していた政治至上主義に浸蝕されない「少数」派の連帯という、樗牛によって提示された青写真を、新世代の「青年文学者」たちを呼び込みながら具体化してみせる大掛かりな実験だったと見ることができる。自然主義運動の隆盛期に抱月は繰り返し樗牛への敬意の念を語っているが、それはこのような樗牛との思想的紐帯のためだったはずである。

ただし晩年の樗牛の評論が政治への態度のとり方に拘泥したことを考えれば、たとえ文学の擁護者という顔を持つとはいえ、樗牛は晩年に至るまでなおも政治的人間であることをやめなかったとも言える。樗牛の模索を成り立たせていたのは、このように政治（「国家的歴史的の立場」）と文学（「バイロンの詩集」）をともに切実な関心の対象として引き受けていこうとする意識であり、それゆえ自己を「矛盾の人」（「消息一通」前掲）として規定せねばならなかった。しかしまさにこの意識ゆえに、明治期の知識人たちの政治至上主義を相対化しつつ文学の役割を構想する新たな批評的見取り図が胚胎しえたと言える。

もちろん樗牛以前に同じような試みがなかったわけではない。特に一八九〇年代の北村透谷の模索は樗牛の試みを予告するものと言える。[14] 両者はともに政治と文学に強い執着を見せつつ、政治の上位に文学を置く批評的見取り図を構想し、さらに、蘇峰（民友社）と対立的な路線を選びとったという共通点を持っている。(15) ただその際、透谷は西行や芭蕉の脱俗的な詩句に託して文学の貴さを語っており（「人生に相渉るとは何の謂ぞ」前掲）、その主張は、「禅僧の如き山人《ヘルミット》の如き、世のすね者の如き」（山路愛山「凡神的唯心的傾向に就て」『国民新聞』一八九三年四月一六、一九日）と難じられていた。そのことを視野に入れると、樗牛の批評が透谷とは異なる語彙と修辞をもって主張を組み立てていたことが分かる。先の「美的生活を論ず」では「本能」の解放が唱えられ、「帝王の怒に触れて市に腰斬せられ」る詩人美術家が共感の対象となり、「人生の至楽は畢竟性慾の満足に存する」（三四～三五頁）という主張までも記されていた。一九〇〇年代初めの時点で文学の自己主張がこれほどに攻撃的な性格を備え始めたことは注目に値する。樗牛の評論が透谷以上に広範な反響を巻き起こし、一九〇〇年代の表現と思想の前線に大きな刺激となった理由もそのような性格のためだったと言える。以後の文学の担い手たちは、こうした地ならしを経ることで、「経国済世は吾人の目的也」（蘇峰「有恒の実例」）という明治の知識層の価値観に対していっそう挑戦的な形で文学という営みを整備していくことになる。

注

（1）自由民権運動期の戯作者たちの政治的表現を調査した近年の成果として松原真『自由民権運動と戯作者』（和泉書院、二〇一三年一二月）がある。

（2）こうした要素が作品集『武蔵野』に全くなかったわけではない。例えば「忘れえぬ人々」の終盤の部分には、「僕は絶えず人生の問題に苦しむでゐながら又た自己将来の大望に圧せられて自分で苦しんでゐる」（二五九頁）云々とある。「牛肉と馬鈴薯」などの作品は、こうした「忘れえぬ人々」の付随的な題材だった煩悶ないし人生問題が中心的な題材として見出されていく形で生み出されたと言える。

(3)『日本近代文学大系10』(角川書店、一九七〇年六月)の注釈(山田博光)による(四五三頁)。

(4)岡本の演説は、「椅子を起つた」(二二頁)とあるように、同席する者たちの前で起立した形で行われ、「諸君」や「ヒヤ〳〵」という演説で常用される言葉も作中に書き込まれており、演説を戯画化する意識が強く働いていたと見られる。こうした演説体の使用をめぐってツルゲーネフの影響を推測する見解(山田博光「「牛肉と馬鈴薯」研究ノート」『国木田独歩論考』創世記、一九七八年九月、一五〇頁以下)もあるが、これまでの独歩の軌跡が演説という政治的な表現形式と密接に関わっていた事情も重要だろう。

(5)笹淵友一『浪漫主義文学の誕生』(明治書院、一九五八年一月)一九八~二一〇頁等。ただし本章は、こうした一九〇〇年代初めの光景だけではなく、一八九〇年代の思想動向との関係を視野に入れ、より長期的な視野から樗牛の試みを把握したい。なお管見によれば、蘇峰と樗牛を比較する検討はこれまで見当たらない。

(6)以下に詳しい。林原純生「美的生活論、自然主義、私小説」(『日本文学』二七巻六号、一九七八年六月)、同「〈純粋自然主義の最後〉の意味するもの」(田中実ほか編『〈新しい作品論〉へ、〈新しい教材論〉へ　評論編4』右文書院、二〇〇三年二月)。

(7)菅原道真に関して補足しておく。菅公一千年祭の挙行(一九〇二年)が近づきつつあった当時、菅原道真顕彰の動きが盛んになっており、井上哲次郎『菅公小伝』(富山房、一九〇〇年七月)、大隈重信『菅公談』(東京専門学校出版部、一九〇〇年一〇月、樗牛の跋も収録)等の史論が相次いで刊行された。のちに蘇峰も「菅公一千年祭は、種々の点に於て、我が国民を益することと存候」と菅原道真顕彰の意義を説いている(「東京だより」『国民新聞』一九〇二年三月二一日、署名門外漢)。樗牛自身も『菅公伝』(同文館、一九〇〇年四月)を刊行し、菅原道真顕彰に努めた一人だった。この著書は、菅原道真とバーンズ、バイロンなどの西洋詩人との類似を指摘し、「天才を以て狂したる幾多の藝術家」(五九頁)の一事例として位置づける点で、井上哲次郎たちの史論と一括りにできない側面を持っている。

(8)ただ秋江は同時にこうも述べていた。「民友社はそが仕立てた……いや橋渡しをした時勢の中からピョコリと高山樗牛を生んだ。高山樗牛を作つたのは高山樗牛自身である。併しながら彼れをして彼れを作らしめた時勢を開拓した有力者は井上哲次郎博士ではない、民友社であつた」。このように蘇峰(民友社)の影響力は甚大であり、蘇峰がいかなる時勢を開拓したかという問題は、今後もあらためて考察を要するだろう。

(9)この点について内田魯庵は次のように回想している。「天下の青年は翕然として其風を仰ぎ、徳富君ならずんば此腐敗せる社会、此迷へる青年を奈何せんとまで渇仰してゐた。高山君や綱島君が青年の崇拝を買つたと云つても当時の徳富君の声望には到底及びもつかぬ。故長谷川二葉亭の如き傲岸の人でさへ徳富君には傾倒してゐた」(「二十年前の国民新聞及其当時の文壇」『国民新聞』一九一〇年二月一一日)。ここでの「声望」の規模の違いは、蘇峰が文学方面だけではなく、政治方面でも支持された点によるだろう。

(10) 樗牛はしばしば無署名の記事を『太陽』に発表している。以下、本章は『樗牛全集』（前掲）、『増補縮刷　樗牛全集』（全六巻、博文館、一九一四年六月～一九一六年九月）に収録されたものを樗牛の記事と判断し、言及する。

(11) この記事が蘇峰によって書かれたことは蘇峰「国民新聞壱万号」（『国民新聞』一九一九年一二月六～八日）で述べられている。

(12) 蘇峰の「変節」の背景には、思想上の変化とともに、国民新聞社の経営悪化という事情もあった。この点については有山輝雄『徳富蘇峰と国民新聞』（吉川弘文館、一九九二年五月）第三章に詳しい。

(13) 付言しておきたいのは「国民」という語の使用法の変化である。『将来之日本』で「国民」は、「国民ナルモノハ実ニ茅屋ノ中ニ住スル者ニ存シ」（二一六頁）云々とあるように、色濃い在野性、政府への対抗的性格を帯びていたが、「日曜講壇　帝室と社会の風教」の頃の言説では「国民」にそうした要素は脱落している。

(14) 透谷と樗牛の試みの類似性は、先の中島孤島「癸卯文学《二種の人物》」の記述からも明らかだろう。孤島は「癸卯文学《センチメンタリズム》」（『読売新聞』一九〇三年六月一四日）でもこう記している。「彼等〔透谷と樗牛〕の思想ハ誠に世の健全なるものを距《さ》ること遠し、されど彼等が情熱の声ハ、よく世の人の胸より胸に、夫の生命の響を伝ふるものなしとする乎」。付言しておくと、正宗白鳥「何処へ」の主人公が本棚に『樗牛全集』とともに所有しているのが『透谷全集』（文武堂発兌、博文館発売、一九〇二年一〇月）だった（二六号二三頁）。

(15) かつて樗牛は民友社についてこう述べていた。「吾等の見る所にては民友社の文学は遂に功利的たるを免れず、彼等は社会人道に裨益する所ある限に於て文学の価値と意義を容すものあり」（「新聞紙の文学に就きて」『太陽』二巻二号、一八九六年一月、無署名）。この言明からも透谷の民友社（山路愛山）批判（「人生に相渉るとは何の謂ぞ」『文学界』二号、一八九二年二月）との共通性を確認できる。

第8章　藤村操、文部省訓令、自然主義

1　はじめに

引き続き一九〇〇年代の表現と思想の展開を考えたい。前章では高山樗牛の批評活動が自然主義運動を準備していく重要な文脈だったこと、またかつて「青年の代表者」（中島孤島「癸卯文学《二種の人物》」『読売新聞』一九〇三年二月一日）だった徳富蘇峰が青年たちに敵対する論者となっていくことを見てきた。本章では新たな文脈を取り上げることで、自然主義運動へと至る明治後期の思想の流れをさらに明らかにしていく。新旧思想の抗争がここでも焦点となる。

自然主義運動は旧思想、旧道徳の破壊を目指した企てだった。

旧道徳打破保守思想の破壊は新文学の生命であつて、その抱負は文部省の方針等と全く正反対である。去年発布された訓令にある如き量見で、文藝を審査されて溜るものか。[1]（XYZ「随感録」『読売新聞』一九〇七年一二月八日、文部次官沢柳政太郎による文藝院設立の提議を受けた発言）

自然派的論文は小説壇と共に、一大勢力を示して、旧道徳、旧思想を破壊するに努力したり。而して其の猛進は、たしかに旧道徳、旧文藝、旧思想に束縛せられたる人心、又は学理一偏の範囲に跼蹐したる思想を解放したる功績を遺せり。（無署名「明治四十年史」の「第五章　文藝界」、『太陽』一四巻三号、一九〇八年二月、二四七頁）

これらの発言からも、自然主義運動が「文部省の方針等」に代表される旧思想、旧道徳の動向への強い対抗意識を持ちながら現れたことが分かる。そのことは、「文部省の方針」とその周辺の動向（保守派論客や教育家）が当時の言論界に有していた影響力の大きさを示唆している。つまりこの動向は、先の引用が語るように、それに対抗する勢力として文壇をまとめ上げるほどに抑圧的な存在だったと言える。このように自然主義運動は、「文部省の方針」を中心とする動向に対置されるべき実践として浮上しており、それゆえこの文学運動がいかなる同時代的な意義と魅力を持っていたかは、文部省とその周辺の動向の復元なくして見えてこないはずである。しかし従来の研究は、「文部省の方針」との敵対関係を視野に入れた文学状況の吟味にほとんど関心を見せておらず(2)、本章はあらためてこの状況を検討していく。

具体的には、藤村操の投身自殺が論議を巻き起こす一九〇三年から、先のXYZ「随感録」が触れている文部省訓令（「去年発布された訓令」）が出された一九〇六年頃までの動向に着目し、この動向と自然主義運動の交差について考察する。注目したいのは、この過程で保守派論客や教育家たちによる青年と文学への攻撃が、統治権力（文部省）とも親密な関係を築く形で激しさを増していき、一方、文壇人たちがそのような動きに対抗しつつ新しい文学史的展開を生み出すことである。自然主義運動を強力に方向づけていたのは、このように文学に強い敵意を見せる非文学領域の発言群の勢力拡大だったと考えられる。なぜ自然主義運動が「旧道徳打破保守思想の破壊」を標榜する企てとならねばならなかったかは、この状況の追跡によって見えてくるはずである。

2　一九〇三年の動向

第一線の書き手の顔ぶれが大きく変わった自然主義運動の展開を把握する上で、一つの重要な考察対象として浮上するのが国木田独歩である。独歩の評価はこの目まぐるしい展開の中でとりわけ大きく変化した。独歩の小説はそれまでほとんど注目されていなかったが、一九〇一年から一九〇四年までに書かれた旧作を集めた二冊の作品集、『独歩集』(近事画報社、一九〇五年七月)と『運命』(左久良書房、一九〇六年三月)が刊行され、自然主義の代表的成果として急速に評価を高める。一九〇八年六月の独歩の死は、「自然派の驍将国木田独歩逝く」(『読売新聞』六月二五日)という見出しとともに報じられ(図8-1)、『新声』『新潮』『趣味』『新小説』『中央公論』といった諸雑誌も相次いで追悼特集(七~八月)を組んだ(図8-2)。尾崎紅葉の死(一九〇三年一〇月)の際にも見られなかったほどの独歩の追憶談の盛況ぶりについては、「実に日本に文学史あつて以来空前の大景気と言つて好い」という近松秋江の言及がある(「文壇無駄話」『読売新聞』一九〇八年八月九日)。

図 8-1　諸紙の中で独歩の死を最も大々的に報じた『読売新聞』の 1908 年 6 月 25 日の紙面(「自然派の驍将国木田独歩逝く」)

独歩が日露戦争後に突如注目される展開にはある必然性が伴っていたと考えられる。むろん数年間書き継がれてきた短編群が二冊の作品集にまとめられたことは、独歩への注目を促す一つのきっかけを与えただろう。しかしそれだけではなく、独歩の小説を第一義的な達成として浮かび上がらせていく評価法の出現という観点を考慮せねばならない。ここで触れておきたいのは沼波瓊音《ぬなみけいおん》「独歩論」（『中央公論』二一年五号、一九〇六年五月）である。これは二段組み一〇頁もの分量で独歩への共感を綴った記事であり、長らく不遇だった独歩がこれほどに熱烈な賛辞の対象となったのは初めてだろう。(3) そこには次のような一節がある。

　余は独歩集を読んだ。運命を読んだ、熟読した。再読した。三読した。或篇の如きは四度も繰返して読んだの

図 8-2　『新声』『新潮』『趣味』『新小説』『中央公論』の独歩追悼特集（1908 年 7-8 月）

である。為に余は大なる満足を得た。満足とばかりでは言ひ足らぬ。実に有難く感じた。信徒が其信ずる所の神仏の前に礼拝して涙に咽ぶのと同じだと思はれる感がむら〳〵と湧き出でた。（九四頁）

ここから分かるのは、一九〇六年五月の時点で、「信徒が其信ずる所の神仏の前に礼拝して涙に咽ぶのと同じだ」と言わせるまでに独歩への注目を促していく力学が働き始めていたことである。そしてこのような認識はある自殺した青年への関心と密接に結びついていた。「独歩論」の次の部分に目を留めたい。

独歩子は天、星、といふやうな狭い定まった対象ので無く、全宇宙の不思議なるを知り、耐へられぬまで知つて居る人である。不可解を叫んで五体を鞺々《とうとう》たる華厳の瀑に砕いてしまつた藤村操はこの人であつた、しかし彼が宇宙不可解の煩悶を死によつて癒し得ると信じたのは浅薄だ、又其の煩悶に負けてしまつたのは小さい弱い。わが独歩子は死と生の間に其処に大なる差違あるを認めて居ないのである。（九六頁）

注目すべきは、瓊音の視野の中で藤村操と独歩の作品の関連が強く意識されていることである。周知のように藤村操は、一九〇三年五月に華厳の滝で投身自殺を遂げた第一高等学校の学生である。ここで瓊音が、三年前に自殺した一高生と関連づけつつ独歩を論じていることは一見唐突な感を与えるかもしれないが、当時の言論動向を追っていけば、それがむしろある共通認識に依拠していることが見えてくる。実は一九〇六年、つまり、独歩『運命』や島崎藤村『破戒』（上田屋、緑蔭叢書第一篇、一九〇六年三月）が刊行され、自然主義運動が始まったと目される年に、藤村操は自殺した一九〇三年の頃と同じく、保守派論客や教育家たちの執拗な攻撃対象として再び浮上しており、当時の文壇人たちは、まさにこうした藤村操の攻撃者たちに敵対しつつ新しい視野の構築に努めていた。先の瓊音の発言もこの動向の一翼を担うものだったと考えられる。では藤村操の自殺と自然主義運動はどのように結びついているのか。従来この点はあまり注目されていないが、(4) 自然主義運動の成立を辿る上で不可欠な論点となるというのが本章の考えである。

この検討にあたり、まず藤村操の自殺が一種の思想的事件として現れたことに注目したい。この自殺が反響を呼んだ理由として、華厳の滝という観光名所で身を投げた特異さ、藤村操が那珂通世《なかみちよ》という高名な学者の甥だったという話題性とともに、従来の借金や男女関係といった卑近な事情ゆえの自殺からの徹底した差別化という点を挙げることができる。(5) 藤村操は「巌頭之感」と題した一五〇字程度の遺書の中でその奇異な死の動機を語っている。

ホレーシヨの哲学竟に何等のオーソリチーを価するものぞ。万有の真相ハ唯一言《げん》にして悉す。曰く「不可解。」我この恨を懐て煩悶終に死を決す。既に巌頭に立つに及んで、胸中何等の不安あるなし。始めて知る大なる悲観ハ大なる楽観に一致するを。(無署名「那珂博士の甥華厳の瀑に死す」『万朝報』一九〇三年五月二六日)

藤村操の自殺は、「ホレーシヨの哲学」云々とあるような哲学的問題への関心と、「この恨を懐て煩悶終に死を決す」という厭世的な内面を結びつけつつ死の動機を提示した点に、一般的な自殺とは大きく異なる性格を持っていた。本章の関心にとって重要なのは、この自殺が思想界の反応を二分するような問題提起を孕んでいたことである。

藤村操を指弾した側の反応として徳富蘇峰の発言を見ておこう。蘇峰は藤村操および同類の厭世的青年への攻撃にとりわけ熱意を見せた論客であり、藤村操の自殺が報道された際には、「我国の青年、動《やゝ》もすれば厭世的に流れつゝあるは決して国家の祥雲と云ふ可らず。特に真面目なる青年に、此の徴候多きは、最も吾人の深憂とする所ろ也」(「東京だより」『国民新聞』一九〇三年五月二八日、署名門外漢)(6) と批判していたし、日露戦争での広瀬武夫中佐の英雄的な戦死が伝えられた際にはあらためて藤村操を想起する。

死は一也、或は国家の為めに、身命を献げたる広瀬式の死あり。或は人生問題に頓着して、華厳瀑に飛び込みたる藤村式の死あり。吾人は何人に向ても、死を彊《し》ゆる能はず。人は各々其の欲する所を行ふ可きのみ。されど今日の活動世界に於ては、若し吾人にして、死に処せざる可らざるあらば、吾人は前者を以て、我が青年の矜式とせんことを熱心祈望せざるを得ず候。（「東京だより」『国民新聞』一九〇四年四月六日、署名門外漢）

この引用文は、藤村操の自殺がいかなる思想的な問題提起となっていたかを教えてくれる。蘇峰が述べるように藤村操の自殺は、「国家の為めに、身命を献げたる広瀬式の死」の対極に置くべき愚行と映っていた。それとともに重要なのは、蘇峰が先の非難の中で、「特に真面目なる青年に、此の徴候多きは、最も吾人の深憂とする所ろ也」と、藤村操の「真面目」さに触れていることである。先述のように藤村操の自殺の特異さは、哲学的問題に煩悶するほどに高度な知性と結びついていた点にあり、そして蘇峰を非難に駆り立てたのは、まさにこの高度な知性が何ら公の領域（「国家の為め」）と結びつこうとしない事態だった。言い換えれば、藤村操の自殺は、公の領域とは無縁な問題こそを命を賭するほどに貴いものとして見出した、新しい世代の不穏な内面を鮮烈に印象づける出来事だった。

それゆえ藤村操の自殺は、蘇峰のみならず、保守派論客たちから口々に攻撃されねばならなかった。例えば坪内逍遥（当時早稲田中学校校長）は「自殺是非」（『太陽』九巻九号、一九〇三年八月）で「人生問

図 8-3 「藤村操氏」（『東洋画報』1 巻 5 号，1903 年 7 月）。右側は，木の幹を削って書かれた「巌頭之感」，左側は華厳の滝。当時の『東洋画報』編集長は国木田独歩だった。

題」に基づく自殺（明らかに藤村操を念頭に置いたものだろう）の反社会性を非難していたし、加藤弘之は「青年と哲学」（『成功』二巻五号、一九〇三年八月）で年少者に対して「哲学は決して之を学ぶ可きで無い」とまで提言した。当時の新聞の論説を見ても、先の蘇峰の記事に見えるような批判が一般的であり、特に注目されるのは、「教育の任に当るものは能く〳〵其原因を研究して矯正の工風肝要なる可し」（無署名「学生の自殺に就て」『時事新報』一九〇三年六月一五日）という発言のように、教育家たちを、藤村操をはじめとする厭世的青年一群を監視、矯正する使命を負う存在として社会の中に位置づけていく動きである。この動きは、一九〇六年頃からいっそう激化する青年批判（後述）に直結していく文脈として重要だろう。

しかし当時の文学青年たちの言葉に目を向けるとき、藤村操をめぐるもう一つの光景が見えてくる。例えば早稲田派の若い批評家だった中島孤島は、北村透谷や高山樗牛について、「彼等ハ潜める一代の〔感か〕情を代表して、叫びぬ、而して逝きぬ。（中略）是れ光栄ある使命に非ずや」と称えつつ、「若し夫れ近事藤村某の如きに至つてハ、また等しく此思潮に漂へるもの」（「癸卯文学《センチメンタリズム》」『読売新聞』一九〇三年六月一四日）と記していたし、藤村操と同じく一高生だった魚住折蘆は、「君〔藤村操〕をして時代の煩悶を代表せしめし明治の日本は思想の過渡期に当りて実に高貴なる犠牲を求めぬ。之を思ひ嘆じては惜むの情にたへず、惜んでは尊敬の情ます〳〵加はるを覚ゆ」（「藤村操君の死を悼みて」『新人』四巻七号、一九〇三年七月）と述べていた。このように藤村操への敬慕の念を語る発言群が示すのは、知識層の青年たちが、公への忠誠心という徳目を疑いなき前提としつつあるべき生き方や人間像を一元的に意味づけていく先行世代の価値観に強い閉塞感を感じ始めていたことだろう。藤村操の「煩悶」は、まさにそのような価値観を懐疑の対象として見出した新しい内面を体現していた。

以上から分かるのは、藤村操の自殺がある分断をはっきりと浮上させる契機となったことである。その分断とは、藤村操に象徴されるように、公（国家）への忠誠心という徳目に向かおうとしない内面を絶対化して憚らない青年たちと、この徳目を防衛するべく青年たちへの警戒を強める保守派論客や教育家たちの間に走る分断のことである。この過程で互いに決して調停しえない価値観を持つことを確認した両者は、これ以後いっそう先鋭な自己主張をともに繰り出していく。自然主義運動の成立は、こうした藤村操の自殺によって顕在化した状況と緊密に結びついた出来事だったと考えられる。次に自然主義興隆の年とされる一九〇六年の動向を見ていこう。

3　一九〇六年の動向

先述のように日露戦争を経た一九〇六年頃の言論動向において重要なのは、再び藤村操を筆頭とする厭世的青年たちが激しい非難に晒されていくことである。この展開をもたらした背景の一つとして重要なのは、第9章で詳しく見るように「煩悶」「人生問題」に沈潜する青年たちを熱烈に擁護した綱島梁川『病間録』（金尾文淵堂、一九〇五年一〇月）が、「見神の実験」という一種奇矯な記述も一因となる形で、保守派論客たちの激しい反発を招くという展開である。さらに、藤村操の自殺以後に相次いでいた青年たちの厭世自殺も新たな局面を迎える。

特に話題を呼んだのは、私立山陽高等女学校（岡山市）の学生、松岡千代の服毒自殺（一九〇六年一月）である。これは「女の藤村操とも云ふべき厭世観の結果」とされ、遺書には、「大なる悲観ハ大なる楽観に一致すと、実に然り、我ハ今決せんとするに及びて胸中何等の不安あることなし、（中略）我をして徒らに藤村操を学ぶものとなす勿れ」と多分に藤村操の遺書を意識した内容が書かれていた（無署名「女の藤村操」『読売新聞』一九〇六年一月二九日）。[7] この自殺が当時の教育家を深く憂慮させたことは、松岡のいた女学校が「哲学に関する書籍を繙くことを禁」じる処置をとったことからも分かる（無署名「思想問題」『教育学術界』一二巻六号、一九〇六年三月）。こうした女学生の動向は、例えば「煩悶の苦痛に陥ゐつて居る」傾向が「今や男生にのみ止まらずして、女生に迄及んだといふことは特に著しい事実である」という松本文三郎（京都帝国大学教授）の発言（「青年の煩悶」『東洋哲学』一三編三号、一九〇六年四月）にも見られるように、青年男女の厭世的傾向のさらなる拡大を人々に強く印象づけた。

この女学生の自殺とともに反響を呼んだのが、『読売新聞』に掲げられた一記者「女学生の書置と村上博士」（一九〇六年四月二三～二六日）である。これは、ある女学生が自殺の決意を仏教学者の村上専精《せんしょう》に書き送った書簡と村上の返答を示したものであり、この女学生の書簡にも、「生存ハ何故に無意義なるか、曰く人生の目的不可解なればなり」など、藤村操の遺書を想起させる煩悶が綴られていた。その他、厭世自殺は各新聞でしばしば報じられており、特に浅間山と阿蘇山に青年が身を投げた事件は、従来の厭世自殺に対して「兎も角新機軸を出した」（後藤宙外「苦熱閑談」『新小説』一一年八巻、一九〇六年八月）ものとして話題となる。[8] こうした動きと連動する形で、徳富蘇峰による厭世的青年（藤村操）批判の集大成とも言うべき「日曜講壇　地方の青年に答ふる書」（『国民新聞』一九〇六年二月一八日～三月一八日、第11章で取り上げる）をはじめ、青年の煩悶や厭世的傾向に対して数多の非難や啓蒙的な助言が繰り出された。

こうした一九〇六年頃の光景は、先に見た一九〇三年の言論動向のより大掛かりな形での反復と言えるが、従来にはなかった展開も生み出していた。それが教育行政の直接的な介入である。一九〇六年三月に文部大臣に就任した牧野伸顕は、四月二八日に内務省で開かれた地方長官会議で一場の訓示演説を行い、翌日、各新聞はこの内容を一斉に報じる。この演説は日露戦争後の教育の指針を示したものであり、そこには、「空理に走りて哲学めきたる事に心を傾け早く已に悲観的の人生観を為すものあり此の如きは健全なる精神気力を秩序的に発達したる青年の業にあらず」（無署名「牧野文相の訓示」『国民新聞』一九〇六年四月二九日）という青年への非難が語られていた。これが藤村操の流れを汲む厭世的青年たちを意識したものだったことは言を俟たない。

さらに一九〇六年六月九日刊行の『官報』に牧野の署名が付された文部省訓令第一号が掲載され（図8-4）、翌日再び各新聞はこれを一斉に報じる。この内容は明らかに先の訓示演説の延長上にあり、牧野はここでも青年たちが「空想ニ煩悶」することを指弾し、次のような主張を展開する。

社会一部ノ風潮漸ク軽薄ニ流レムトスルノ兆アルニ際シ青年子女ニ対スル誘惑ハ日ニ益々多キヲ加ヘムトス就中《なかんずく》近時発刊ノ文書図画ヲ見ルニ或ハ危激ノ言論ヲ掲ケ或ハ厭世ノ思想ヲ説キ或ハ陋劣ノ情態ヲ描キ教育上有害ニシテ断シテ取ルヘカラサルモノ尠シトセス故ニ学生生徒ノ閲読スル図書ハ其ノ内容ヲ精査シ有益ト認ムルモノハ之ヲ勧奨スルト共ニ苟モ不良ノ結果ヲ生スヘキ虞《おそれ》アルモノハ学校ノ内外ヲ問ハス厳ニ之ヲ禁遏《きんあつ》スルノ方法ヲ取ラサルヘカラス

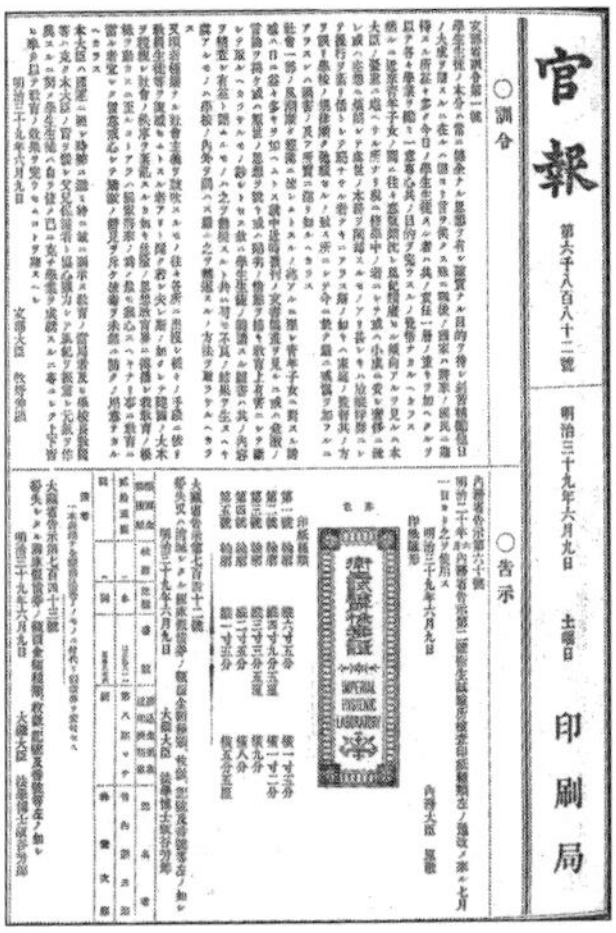
官報　第六千八百八十二號　明治三十九年六月九日　土曜日　印刷局

○訓令

○告示

図 **8-4**　「文部省訓令第一号」を載せた『官報』6882 号（1906 年 6 月 9 日）

ここで重要なのは、検閲の主管官庁だった内務省ではなく、文部大臣という立場にある人物が出版物の取り締まりに意欲を見せていること、またその際、危険思想（「危激ノ言論」）や猥褻性（「陋劣ノ情態」）とともに、「厭世ノ思想」の有無という従来見慣れない観点を導入していることである。この言明は、厭世的青年たちの動向、また後述のようにこの動向と提携する文学や言論が、権力にとって新しい脅威として、つまり監視と処罰の対象として浮上し始めていたことを物語るだろう。(9) 一連の動きは、厭世的青年をめぐるこれまでの展開を受け、統治権力がどの立場に加担するかを明言したものとして重要である。すなわち、藤村操のような青年が社会にとって有害であるという保守派論客や教育家たち

の主張は、ここで公的に保証されたと言える。(10)

文部省訓令には部分的に違和感を示す発言もいくつか見られたものの（特に図書取り締まりの部分に対して）、例えば「風紀振粛に関する訓令の如き、或は地方長官会議の際、演説せられたる要旨の如き、皆皇国の美風を、長《とこしな》へに伝へんとの趣意なれば、心ある人々、何《いづ》れも賛同の姿なり」（浦門学人「教育時事」『東京朝日新聞』一九〇六年六月一一日）という発言のように賛同の声が大勢を占めていた。特に教育雑誌は、「吾等は其の熱心なる態度を賛す」（無署名「文部大臣の訓令」『教育時論』七六二号、一九〇六年六月）、あるいは、「吾人は満腔の誠意を以て之を歓迎す」（無署名「訓令第一号」『教育学術界』一三巻五号、一九〇六年七月）と牧野文部大臣に手放しの賛辞を送った。また『新公論』の特集「如何にして衰世の悪傾向を防止すべき歟」（二一年七～九号、一九〇六年七～九月）や『早稲田文学』の特集「文相訓令に対する意見」（一〇号、一九〇六年一〇月）をはじめ、青年の厭世的傾向や文部省訓令をめぐって無数の発言群が言論界を満たした。

重要なのは、こうした藤村操や青年層の厭世的傾向への批判的世論の高まりが、文学の有害視と不可分に結びついていたことである。当時の教育家、井上哲次郎や元良勇次郎といった論客、あるいは新聞の論説が、青年たちを「失望」「空想懐疑病」「煩悶」「悲観」「自殺」へと導く要因としてこぞって挙げていたのが文学（小説）に他ならない。(11) すなわち、文学こそが青年層の風紀を乱し、藤村操のような厭世的青年を生み出すというのが青年の攻撃者たちの認識だった。文学の有害視という点では牧野文部大臣の見方も変わらない。牧野は、先の訓令とほぼ同時に『国民新聞』に掲載された談話記事（「牧野文相の談話」一九〇六年六月八日）で、「時としては一冊の小説青年の進路を過り一枚の絵端書学生を堕落の淵に導くことなしとせず」と述べていた。（一方、これとは別の部分で牧野は、相変わらず青年たちが「悲観に陥らむとすること」を嘆いている。）そして当時の教育家たちは、このような牧野の意向に沿う形で進んで文学を「禁遏スルノ方法」（文部省訓令）を講じたらしい。公憤生「文藝雑俎」（『文庫』三二巻四号、一九〇六年九月）には次のような証言がある。

文部大臣の訓令一度出でしより、小説を読むを厳禁したる中学校あり、女学校あり、甚だしきに至りては、小説を掲載せられたる所以を以て、『中学世界』をすら購読するを禁じ、之を犯したるものを発見するや、直ちに容捨なく退校を命したる校長も出づるに至れり。

○彼等は小説の内容の如何はしきを悪むにあらずして、単に小説の名を悪むなり。尊き文藝の世の俗悪の輩《ともがら》に辱かしめられたる日や久しい哉。（三二一頁）

むろん当時の文壇は、このような文学排撃の動きと無縁ではいられなかった。ここで自然主義の指導的批評家として活躍した島村抱月の発言を見ておきたい。抱月はかねてより「藤村操の後には青年の自殺者か相ついて出でた」ことについて、「予は其の底に髣髴として黒闇々たる大機械の動き行くを見るの情に禁えぬ」（「灯下の想ひ」『中央公論』二一年二号、一九〇六年二月）と記していたが、当然ながらこのように藤村操たちに強い興味を見せていた批評家にとって先の動向は許容しえないことだった。この時期、抱月は『東京日日新聞』で青年の攻撃者たちへの反駁を集中的に掲載している。「新精神的傾向と教育」（一九〇六年四月九月）では、「哲学的の遺書をして自殺したといふ女学生〔松岡千代のことだろう〕があれば、もう其の学校の生徒は哲学書類を読んではならぬことになるさうだ」と教育家たちを非難しており、「教育と精神的革新」（一九〇六年六月一一日）では先の牧野の『国民新聞』上の談話記事を取り上げつつ、青年層の動向をこう擁護する。

之を総括するに、青年学生が華美を喜び、高遠の理に趨《おもむ》き、男女の関係の自由を恣にする。是等の事実の奥には、我が精神的文明の廻転機といふ一大意義が潜んで居るのではないか。（中略）是れ、言はゞ精神界に於ける一種の革命運動である、必至不可避の大勢である。

牧野が非難した青年層の動向こそを「精神界に於ける一種の革命運動」として意味づけ直す抱月の言明に、当時の青年批判への強烈な対抗意識を確認できる。この記事を発表した一週間後、さらに抱月は「重て新精神と教育とを論ず」（同紙、一九〇六年六月一八日）を発表し、文部省訓令を非難する。

夫《か》の訓令箇条の中《うち》、我等が最も心元なく感じたのは、図書禁遏の件《くだり》である。有害無害の判断は一に当該教員なり校長なりの見識にあるとすれば、此の一令が齎らし得る惨毒は今から想像するに難く無い。警視庁なり内務省なりが一般社会に下す規令ならばまだしもであらう。文部大臣が学校や教育者に下す訓令として、図書禁遏などいふ苛棘の気、圧制の臭ある不快の語を用ひたのは、我等の遺憾とするところである。

自然主義運動の理論的支柱だった人物が、このように教育家や文部大臣を相手取る形で日露戦争後の批評活動を始めていたことは注目に値する。むろん反発は抱月に留まらない。同じ時期、例えば正宗白鳥は執拗に保守派論客や教育家への攻撃を繰り返しており、「宗教問題」（『読売新聞』一九〇六年五月一～二日）では藤村操から「岡山の自殺者〔松岡千代〕」、村上博士に書を送つた女子」へと至る一群の青年男女への共感を語りつつ、「哲学書を禁じたり、小説を禁じたり、青春の女子を牢獄のやうな寄宿舎に押込め、前世紀の道徳倫理でこれを律せんとする」教育家を非難していたし、「感想録」（『太陽』一二巻一三号、一九〇六年一〇月）では、「文相の訓令の迂愚なるは云ふを待たず、其の他の教育界政治界の重なる地位を占むる人々にも、文相以上に文藝を解するは、一もこれあらざるべし」と青年と文学の攻撃者たちを罵倒する。

これらの文壇人の発言群は、自然主義運動がいかなる歴史的背景を持っていたかをよく教えてくれる。周知のように抱月は、自然主義の指導的批評家として活躍するとともに、自然主義の牙城となる第二次『早稲田文学』(一九〇六年一月創刊)の主催者でもあり、白鳥は同じくこの運動の興隆に大きな役割を果たす『読売新聞』文藝欄の編集を務め、一九〇七年頃から実作者として急速に評価を高めていく。こうした人物が自然主義運動の興隆の年と目される一九〇六年に熱心に語ろうとしたのが、藤村操を筆頭とする厭世的青年たちへの共感と教育家や牧野文部大臣への反発だった。ここから分かるのは、自然主義運動で推進されたのが、まさに教育家や牧野文部大臣に指弾された青年たちの「教育上有害」(文部省訓令)な動向を、「精神界に於ける一種の革命運動」(抱月「教育と精神的革新」)として意味づけ直し、擁護するという作業だったことである。そのことを視野に入れるとき、国木田独歩が第一線の書き手として浮上していく文壇動向が、以上の状況と密接に結びついていたことが見えてくるだろう。

4　独歩の再評価

ここで一九〇六年頃の批評言説の動きを考慮したい。先に教育家や牧野文部大臣に対する文壇人たちの反発を見たが、注目したいのは、こうした時事問題への介入という形だけではなく、批評という営み、つまり文学作品の優劣や達成度の測定も、藤村操および厭世的青年たちへの擁護を推進する形で整備されていくことである。具体的にこの動きとは、「煩悶」への深い配慮こそを重視する評価法の出現を指している。

例えば高須梅渓「青年の煩悶と現代の小説」(『新潮』二巻一号、一九〇五年一月)には、「煩悶そのものについて同情の高熱を寄与する」ことを小説界に求める発言がある。当時の文壇の発言を見ていくと、こうした文学観が勢力を得ていく様子を確認できる。そのことを端的に示すのが正宗白鳥の発言群である。白鳥は尾崎紅葉を「人間の煩悶」を描きえなかった書き手として批判し（「随感随筆」『読売新聞』一九〇五年八月六日、署名剣菱）[12]、当時の劇界について「青年の煩悶」が舞台に現れないことを不服としていた（「平凡なる劇壇」『太陽』一二巻七号、一九〇六年五月）。夏目漱石の小説が当時の主流から逸脱したものとして扱われたのも、「煩悶」への態度と関わっていたと考えられる。白鳥は漱石の小説について、「煩悶や苦痛、人生の深い方面に接する」ことなく、「万事を可笑しく滑稽に見やうとする」と述べており（「大学派の文章家」『文章世界』一巻三号、一九〇六年五月）、この記事に倣ってか、田山花袋はほとんど白鳥と同じ口調で漱石の小説をこう評している。「紀季の不健全な煩悶とか、苦々しい黒い影とか、皮肉に意地の悪い描写とか、それに反抗して起つた復活の思想とか、そんなものは何処の頁を探しても見当らぬ」（「時評」『文章世界』一巻四号、一九〇六年六月、署名KT）[13]。以上のような「煩悶」という批評的観点の浮上を集約的な形で示すのが、小栗風葉『青春』での煩悶する青年への同感の欠如を口々に非難する島村抱月たちの「『青春』合評」（『早稲田文学』一六号、一九〇七年四月）だろう（第9章参照）。

このように「煩悶」への配慮を重視しようとする文学観の浮上こそは、一九〇六年頃に国木田独歩の再評価を慌ただしく促した原動力だったと考えられる。すなわち、紅葉や漱石とは対蹠的な存在、「煩悶」への深い配慮と同情を持つ表現を魅力的な形で提示しえた書き手として発見されたのが独歩に他ならない。そのことを何よりも裏づけるのが第2節で触れた沼波瓊音「独歩論」である。そこで瓊音は、先に引用したのとは別の部分で、「恋の煩悶から対宇宙の煩悶に飛び移り得た人を描いたのは、実に吾が独歩子を以て嚆矢とするのである」と独歩の描く「煩悶」を称えていた。さらに街頭の人「最近の作家批評家」（『新声』一四編六号～一五編一号、一九〇六年六～七月）は、独歩の小説の登場人物たちが「煩悶の極、必ずや刃を執りて咽喉を貫かず、直ちに奔りて水中に溺れず、厭世は一層深刻なる一方面に一転する」という特徴を指摘しつつ、「智の煩悶」を描く手腕を賞賛している。そしてこのように独歩を称えていく批評の力学と緊密に結びついていたのが、「煩悶終に死を決」（「巌頭之感」）した藤村操のような青年の擁護だった。そのことは、第2節で見たように瓊音「独歩論」が、独歩と藤村操への共感を同時に語っていたことからも明らかである。[14] 言い換えれば、一九〇六年頃に批評という営為は、単に作品の優劣や達成度の測定に留まらず、青年の煩悶や厭世的傾向を指弾した論者たちに対抗するための思想的な整備という意味合いを帯びていたと言える。[15]

独歩の作品と厭世的青年たちの動向との関わりを別の角度からも確認しよう。ここで目を留めたいのは、藤村操（一八八六年生まれ）への共感を語った同世代の青年たちの手記体の表現である。例えば松原至文（一八八四年生まれ）は、次のように自身の煩悶を綴った日記を『文庫』に公開していた。

◎八月二日。雨。

食甘からず。一団の暗影、ます〳〵わが心鏡を翳ざし鎖ざす。

幾度か思ひ、幾度か考へ、更に疑ひ、惑ひ、思ひかへし、考へ廻はせし藤村操君の死を又々思ふ。今は人の上ならず。暗黒！暗黒！オ、咫尺《しせき》にせまれる地獄の猛火！、『化して清涼の風となる』、抑《そもそ》も何の時ぞや。

（「独語日記」二四巻二号、一九〇三年九月、一三三頁）

これと同類の厭世的な内面を、同じく日記の公開という形式をとる魚住折蘆（一八八三年生まれ）の「羊の足跡（日誌抜抄）」（『新人』五巻一号、一九〇四年一月、署名蒼穹生）にも見出せる。

八月廿日。我は無神論者の如く叫べり、不可思議なる人生てふ謎語よと。徳、信仰、愛、あゝ我れ不思議に堪へず。我は良心の激動と信念の動揺とに、身呆乎として天地の間に介立せるを覚ゑて夢の如く叫べり、北村透谷の如く、人生の解釈に苦んで自殺を企つる者あるは決して不自然に非ずと、曩日の迷信時代は感情理性を抑

へ、今日は理性感情を抑ふ。（二五頁）

第2節で見たように折蘆は藤村操への熱烈な共感を語った青年の一人であり、この記事中でも「朝から死にたくて〳〵、藤村君の後が追ひたくて悲くてたまらない」（二七頁）と書いている。こうした記述を視野に入れると、藤村操への共感を語る文学青年たちの内面吐露が、独歩の二冊の作品集、『独歩集』『運命』と密接に結びついていたことが分かる。至文と折蘆が綴る自殺への親近感は、独歩「悪魔」（『運命』）の、「然らば何故に自殺せざるか。死は万事休する最後の平和に非ずや」（二〇九～二一〇頁）という一節を想起させるし、「不可思議なる人生てふ謎語よ」「あゝ我れ不思議に堪へず」という折蘆の感慨は、次のような独歩の表現と対応している。

然しこの問〔吾とは何ぞや〕は必ずしも其答を求むるが為めに発した問ではない。実に此天地に於ける此我てふものゝ如何にも不思議なることを痛感して自然に発したる心霊の叫である。（「牛肉と馬鈴薯」『独歩集』八五～八六頁）

我黙して山上に立つ時、忽然として我生存の不思議なるを感ず、此時に於て『歴史』なく『将来』なし、ただ見る、我が生命其者の此不思議なる宇宙に現存することを。（「悪魔」『運命』一九八頁）

折蘆や独歩たちの厭世的な気分と密接に結びついているのが、こうした世界の根源的な「不（可）思議」さへの驚嘆の念だった。以上のような独歩の表現と厭世的青年たちの手記の類似を踏まえると、当時の文壇で独歩を称えていく動きと藤村操のような厭世的青年を擁護していく動きが緊密に結びついていた理由があらためて理解されるだろう。しかしここで見えてくるのはそれだけではない。両者の表現を並べるとき、先のような共通性とともに、ある重要な違いがあったことが分かる。注目したいのは、青年の内面を表現する際に独歩が、至文や折蘆が用いた手記（日記）の引用とは大きく異なる方法を選択していたことである。

ここで念頭に置いているのは『独歩集』に収められた「牛肉と馬鈴薯」である。「牛肉と馬鈴薯」の評価は独歩の作品の中で特に高く、瓊音は、「独歩子の小説中余が絶代の作と信ずるのは、実に「牛肉と馬鈴薯」であつて、これに次ぐのが「悪魔」である」（「独歩論」）と語り、島村抱月も「同君の数多き作品中では最も傑れたものゝ一つであらうと思はれる」（「ローマンチシズムとナチュラリズムの対照」『早稲田学報』一六四号、一九〇八年一〇月）と述べている。この作品で描かれるのは、岡本の特異な人生観である。岡本は、「習慣《カストム》」に反抗しつつ「喫驚《びつくり》」する姿勢を保っていたいという、折蘆たちにも通底する一種の反世俗主義（またそれを保つことの困難）を語る。注目されるのは、その際に作者が岡本に、「俗物党」たちを前にして、作者自身の言葉で言えば、「半ば演説体」（『病牀録』真山青果編輯、一九〇八年七月、新潮社、一一四頁）でこの人生観を語らせたことである。[16] つまりここで選びとられるのは、至文や折蘆の独自調の内面吐露とはおよそ対極的な方法だった。その上で作者は次のような演説の頓挫を結末で描き出す。


『人に驚かして貰へばしやつくりが止るさうだが、何も平気で居て牛肉が喰へるのに好んで喫驚《びつくり》したいといふのも物数奇《ものづき》だねハヽヽヽ』と綿貫は其太い腹をかゝえた。

『イヤ僕〔岡本〕も喫驚したいと言ふけれど、矢張り単にそう言ふだけですよハヽヽヽ』

『唯だ言ふだけかアハヽヽヽ』

『唯だ言ふだけのことか、ヒヽヽヽ』

『さうか！　唯だお願ひ申して見る位なんですねハツヽヽヽ』

『矢張り道楽でさアハツハツヽヽツ』と岡本は一所に笑つたが、近藤は岡本の顔に言ふ可からざる苦痛の色を

見て取った。(『独歩集』八七〜八八頁、傍点原文)

このように岡本の人生観の表白が「俗物党」たちの無理解な哄笑の中で頓挫し、岡本が「言ふ可からざる苦痛の色」を見せるというのが結末である。ここで作者が行うのは、本来ならば手記に綴られるにふさわしい、つまり、不特定多数への公開にそぐわないはずの内容をあえて「俗物党」たちを前にした演説という形で提出することだった。それによって「牛肉と馬鈴薯」は、ある一青年の内部の「苦痛」だけではなく、この「苦痛」を顧慮しようとしない当時の社会空間の狭量さをも浮上させる。これと同じような表現を、「煩悶の児」たる一青年の信仰問題を扱う「悪魔」にも指摘できるだろう。「悪魔」でこの煩悶は手記の引用という形で提示され、その点では確かに先の至文や折蘆の記事と共通するが、しかしその手記は、青年の煩悶を共有しない円満な部外者たち(君子、尾間)の人生と対比しつつ示され、それによって煩悶する青年の社会的不遇がはっきりと示される。

このような点に独白調の内面吐露に終始する至文や折蘆たちの表現との違いを認めることができる。すなわち、独歩の小説で行われるのは、至文や折蘆たちが綴ったような煩悶を、それを好意的に迎えようとしない部外者たちをも作中に招き入れ、より劇的で緊迫した状況を構成しつつ確認することだったと言える。このように独歩の小説は、青年の煩悶だけではなく、それを無意義なものとして貶める側の価値体系をも深く考慮しようとしており、その上でなおもこの煩悶への共感を選びとる。それゆえ独歩の表現は、青年の煩悶に対するいっそう自覚的な擁護あるいは綿密な検証として当時の読者たちに迫りえたはずである。先の評者たちが煩悶を描く独歩の手腕の卓越性を語っていたのは、こうした表現上の特質と関わるだろう。[17] 以上のように独歩によって提示されたのは、青年の煩悶が言論界の争点となり、また文壇で重要な批評的観点となる日露戦争後の状況の中で切実なものとなりえた表現であり、そのためにこの小説家は、「信徒が其信ずる所の神仏の前に礼拝して涙に咽ぶのと同じだ」(瓊音「独歩論」)

という賛辞までも呈せられる人物として発見されたと考えられる。

5　自然主義運動の背景

これまで見てきたように、自然主義運動の興隆の背景として重要な意味を持っていたのが、日露戦争前後の保守派論客や教育家たちの動向だった。これらの者たちによって、藤村操をはじめとする厭世的青年たち、またこの展開と結びつくと見られた文学は一貫して批判に晒されており、この動きに連なる形で一九〇六年には文部省による一連の介入があり、教育家たちが文学を「禁遏スルノ方法」（文部省訓令）を次々と講じた。このような動向を見据えるからこそ、自然主義運動は「旧道徳打破保守思想の破壊」（XYZ「随感録」）に意義を見出す実践へと発展していったと考えられる。そしてこの動きと連動していたのが、青年の煩悶への配慮の深さを重視する文学観の出現である。従来不遇だった国木田独歩が第一線の書き手として見出されていく経緯も、この文学観と密接に関わっていた。

ここで追跡してきた一九〇六年頃までの展開は、以後の文学動向を把握する上でも示唆を与えてくれるだろう。文部省訓令が出された翌年に発表された田山花袋「蒲団」（『新小説』一二年九巻、一九〇七年九月）は、周知のように性欲に駆られる中年小説家の醜さをことさらに描き出すことで多大な反響を巻き起こし、自然主義の反社会的性格を新たな角度から強化するきっかけとなる。こうした一種異様な小説がなぜ一九〇七年という時点で現れたかは、やはり以上に見てきた、文学と社会的規範の鼓吹者たちの対立関係の形成と深く関わっていたと見るべきだろう。ここで花袋が、「厭世の情烈しくして自殺の念絶ゆる事」のないような西洋文学者たちへの共感を以前から語り

（「新潮」『太陽』七巻二号、一九〇一年二月）、文学に心酔する青年を好んで描いてきた小説家だったことを思い起こしたい。このような書き手にとって厭世的青年や文学が激しい非難に晒されていく動向は、当然ながら反感を呼び起こすものだったはずである。そして「蒲団」は、こうした日露戦争後の状況に対する花袋なりの応答として現れたと言える。実際、花袋は「蒲団」を発表した頃に自然主義を擁護しつつ、「社会道徳を奉ずる人々」を「唯、御気の毒」と攻撃していた（「文壇の近事」『文章世界』二巻一〇号、一九〇七年九月）。花袋が自然主義運動にいっそうの先鋭性を付与することに貢献したことは、「蒲団」が主たるきっかけとなって性欲描写論議が巻き起こることからも明らかである。[18]

さらに一九〇八年頃から文学作品の発禁処分が急増していく展開に、花袋が強く反発していたことも付言しておきたい。このとき花袋は、「此自然派問題に対して文部省が多少でも我々に向て非難を加へるなれば夫《それ》こそ打放《うちちや》つては置きません」（無署名「所謂自然派の痛棒」『毎日電報』一九〇八年二月九日）、あるいは、肉欲描写を「其筋の打撃や圧迫位では改める事は出来ません」（無署名「自然派の恋ざめ」『国民新聞』一九〇八年四月二七日）と述べていた。これらの発言が、先の島村抱月や正宗白鳥たちの牧野文部大臣批判と軌を一にすることは言を俟たない。のちの花袋の回想によると、「蒲団」発表時に官憲は、花袋の「生活行動一切を監視し、毎日払ひ捨てる紙くづの中まで探査の眼を光らせた」という（「その頃を語る【六十五】」『東京朝日新聞』一九二八年九月二一日）。このように当局の警戒を呼ぶ類の創作活動を花袋に促したのが日露戦争後の言論状況だった。[19]

文壇が待ち望んでいたのも「蒲団」のような非道徳的な小説だった。抱月は「『蒲団』合評」（『早稲田文学』二三号、一九〇七年一〇月、署名星月夜）で「蒲団」に熱烈な賛辞を献げるが、そこでの「道徳派から批難の声の上がるべきを」という発言が、先に見た一九〇六年の教育家や牧野文部大臣への反駁の延長上にあることは言を俟たない。同じく「蒲団」を「氏近来の佳作」（「『蒲団』合評」）と称えた正宗白鳥自身も、その「ニヒリスチック」な表現ゆえに「政治的虚無主義、無政府主義」と関連していると疑われ、警察の監視の対象となっていた。[20] 一連の展開に通底するのは、あくまで当時の青年と文学の攻撃者への対抗意識を基盤に据える文学観である。このような状況から見えてくるのは、日露戦争後において文学が、教育家や統治権力の理想とする主体像や価値観に率先して異を唱えていく領域として独自の存在感を誇示していくという光景である。この不遜さは、一九〇八年頃から文学作品への発禁処分が急増していくように、一面では文学にとって厄介な状況を招来する要因となるが、[21] まさにこの志向ゆえに当時の文学は、「旧道徳、旧文藝、旧思想に束縛せられたる人心」（無署名「明治四十年史」）にとって解放感に満ちた実践となることができた。本書で強調しておきたいのは、文学がこのような個性を発見していく重要な契機となったのが、藤村操の自殺から文部省訓令へと至る日露戦争前後の展開だったことである。

注

（1）XYZが正宗白鳥と見られることはすでに『正宗白鳥全集』三〇巻（福武書店、一九八六年一〇月）の「作品目録」で指摘されているが、「作品目録」編者はその推定根拠を何ら示していない。管見によれば白鳥の先行研究も同様である。この推定根拠について言い添えておくと、XYZ「随感録」（『読売新聞』一九〇七年一〇月六日）が「室中偶語　肉慾と文藝の調和」（小栗風葉、近松秋江等の合評、『新潮』八巻一号、一九〇八年一月）で白鳥の記事として言及されており（「正宗白鳥君が『読売』の随感録で嘗て言つたやうに」云々、五頁、白鳥の交友関係を考慮すれば秋江の発言か）、さらにXYZ「卓上食後」（『文庫』三六巻三号、一九〇八年二月）に「「読売」のXYZが正宗白鳥氏で」という指摘がある。この点からXYZが白鳥であることはほぼ確実と見てよいだろう。

（2）例えば吉田精一『自然主義の研究』（上下巻、東京堂出版、一九五五年一一月〜一九五八年一月）でも日露戦争後の藤村操批判や文部省訓令は注目されていない。

（3）日露戦争後の独歩の同時代評をめぐる検討として、飯田祐子「彼らの独歩」（『日本近代文学』五九集、一九九八年一〇月）、大東和重『文学の誕生』（講談社選書メチエ、二〇〇六年一二月）第二章がある。

（4）磯田光一「〝遊民〟的知識人の水脈」（『文学』五四巻八号、一九八六年八月）は藤村操の自殺の文学史上の重要性を指摘した点で貴重である。ただこの論は、藤村操の自殺と小栗風葉『青春』（『読売新聞』一九〇五年三月五日～一九〇六年一一月一二日）や夏目漱石の特定の小説との関連の指摘に留まっており、本章は、藤村操の自殺がそうした影響に留まらず、自然主義興隆期の文学界を強力に方向づけていたことを明らかにしたい。

（5）角田浩々歌客「哲学と人生（一青年の死と世論）」（『大阪朝日新聞』一九〇三年六月一日）等を参照。なお藤村操をめぐる一九〇三年の言論状況について高橋新太郎「「巌頭之感」の波紋」（『文学』五四巻八号、一九八六年八月）、平岩昭三『検証藤村操』（不二出版、二〇〇三年五月）に基礎的な調査がある。

（6）門外漢が蘇峰を指すことは「東京だより」（『国民新聞』一九〇一年一一月二二日、署名門外漢）の記述からも明らかであり、また当時周知の事実だった。

（7）その他、この自殺は無署名「高等女学校生徒の自殺」（『報知新聞』一九〇六年一月二九日）、無署名「岡山高等女学校生徒の自殺」（『万朝報』同日）等で報じられている。

（8）この自殺は、無署名「浅間ケ嶽噴火口に投身す」（『万朝報』一九〇四年四月七日）、無署名「阿蘇噴火口に投ず」（『国民新聞』一九〇六年五月一三日）等で報じられている。

（9）重要な関連資料として無署名「牧野文相の談」（『中央新聞』一九〇六年七月一三日）がある。ここでも牧野は、「近来学生にして厭世観を抱くもの〻輩出すること」を取り上げ、新聞にこう要望する。「厭世観や人生問題に就いて極端なる悲観説を懐くものに対しては余り同情を寄せる様な筆を執られぬ様に致したいものであります」。なお記事中の「十七八歳の青年」云々の記述は藤村操を意識したものと思われる。

（10）自殺（厭世）を誘発させるゆえに図書を取り締まるという文部省訓令の論理を現代において再生させたのが、地方自治体が制定した青少年健全（保護）育成条例である。例えば「東京都青少年の健全な育成に関する条例」には、「著しく自殺又は犯罪を誘発するおそれのあるもの」を「不健全」図書の指定対象として定めた部分がある。この指定事由の追加は、鶴見済『完全自殺マニュアル』（太田出版、一九九三年七月）を参照した自殺の多発を受けたものであり、表現および出版の自由を侵害するという出版界の抗議にもかかわらず、二〇〇一年三月に都議会で可決された（同年七月施行）。

（11）以下参照。無署名「青年の読物」（『教育時論』六八四号、一九〇四年四月）、大館中学校長小山忠雄「青年の特徴及教育上の注意」（『教育学術界』一二巻四～五号、一九〇六年一～二月）、井上哲次郎「自称予言者の言論を評す」（『教育時論』七五四～七五五号、一九〇六年三～四月）、元良勇次郎「現代青年の煩悶解決に就て」（『新人』七巻四号、一九〇六年四月）、無署名「宗教狂、煩悶病」（『万朝報』一九〇六年四月六～一二日）。

（12）剣菱が白鳥を指すことは、白鳥が「「独歩集」を読む」（『読売新聞』一九〇五年八月二月、署名剣菱）を『自然主義盛衰史』（六興出版部、一九四八年一一月）第二章で言及していることから確実である。

（13）KT（生）が花袋を指すことは、「新緑の村より」（『文章世界』五巻七号、一九一〇年五月、署名KT生）等が花袋「卓上語」（『花袋文話』博文館、一九一一年一二月）に収録されていることから明らかである。この点は『定本花袋全集』別巻（臨川書店、一九九五年九月）の「索引」一九頁で指摘されている。

（14）藤村操を擁護した白鳥が「「独歩集」を読む」（前掲）等で独歩への共感を繰り返し語っていたことも補足しておきたい。

（15）そのことは、のちに抱月による厭世自殺未遂者の手記の紹介（KF生「自殺手記」『早稲田文学』四〇号、一九〇九年三月）が文壇で反響を呼ぶ光景にもよく表れている。

（16）なお岡本の演説で引用される「Awake, poor troubled sleeper」云々は従来出典未詳だった。これはカーライル「The Diamond Necklace」（一八三七年）による。『近代文学注釈叢書11』（有精堂、一九九一年四月）は別の出典を指摘するが（一七八頁）、これは誤りである。

（17）瓊音「独歩論」が藤村操と独歩の結びつきを指摘する一方で、藤村操の煩悶の相対的な皮相さ（「其の煩悶に負けてしまつたのは小さい弱い」本章第2節参照）を述べていたのもこの点と関わるだろう。

（18）この論議については光石亜由美「〈性〉的現象としての文学」（『日本文学』四八巻六号、一九九九年六月）に詳しい。

（19）周知のように中村光夫『風俗小説論』（河出書房、一九五〇年六月）等による自然主義の非社会性への批判は、花袋を中心的な攻撃対象とする形で行われる。こうした批判は、花袋がことさらに性欲を描き、文部省や当局を批判し、当局によって危険人物と見られていた状況の中で多分に挑発的な態度をとっていたことを何ら考慮できておらず、修正を要する。

（20）白鳥「東京の五十年」（『新生』二巻一一号～三巻二号、一九四六年一一月～一九四七年三月、『正宗白鳥全集』二八巻、福武書店、一九八四年九月、二三四頁）。監視は一九一〇年（同記事の「明治天皇が岡山で行はれた陸軍の大演習に」云々より）から始まり、期間は「二年間ほど」（「回顧録」『世界』一二五～一三三号、一九五六年五月～一九五七年一月、『正宗白鳥全集』二九巻、福武書店、一九八四年三月、二〇一頁）だった。この点について中村星湖はこう述べている。「正宗君なんかも（中略）非常な危険人物と見られて、（中略）後を跟けられた、それは始終ぢやないですが、女郎屋まで尾行が附いて、それをまいて登楼したこともあるといふ、兎に角、〔自然主義は〕新思想ですから、政治的な意味があるやうに危険視されたのです」（「作家研究座談会（二）田山花袋研究」『新潮』三一年九号、一九三四年九月、八五頁）。

（21）本書第10章で触れる、文部省訓令に起因すると見られた『文藝倶楽部』（一二巻一一号、一九〇六年八月）発禁処分、また帝国教育会による小説の検閲強化を文部、内務両大臣に求める建議案の提出（一九〇七年一〇月）等の動きは、先の一九〇八年頃の状況を準備していくものとして重要だろう。藤村操（偽書）『煩悶記』（岩本無縫編、也奈義書房、一九〇七年六月）の発禁処分は、文部省訓令の「厭世ノ思想ヲ説キ」云々との繋がりを窺わせ、本章の文脈で注目される。なお花袋「蒲団」での、「文部省で干渉しない以前は、教場でさへなくば何を読んでも差支なかつた」（七頁）という神戸女学院をめぐる記述も文部省訓令と関わるか。

第9章　明治後期文壇における告白

——梁川熱から自然主義へ

1　はじめに

本章では明治後期の思想の流れを、告白という当時の文壇の中心的な論点から考えたい。一九〇〇年代末（特に一九〇九年）の文壇は、告白をめぐる発言の活発さによって特徴づけられる。当時の文学雑誌を見ていくと、「近頃告白や懺悔の文多きが如し」（同人「不同調」『新潮』一一巻四号、一九〇九年一〇月）といった言及はすぐに見つかる。このような状況をもたらす大きなきっかけとなったのが、自然主義の指導的批評家だった島村抱月の二つの記事、すなわち、「序に代へて人生観上の自然主義を論ず」（『近代文藝之研究』早稲田大学出版部、一九〇九年六月）と「懐疑と告白」（『早稲田文学』四六号、一九〇九年九月）だった。次のような証言がある。

『人生観上の自然主義を論ず』の一篇は、最も大胆に無理想無解決の告白をしたもので学者的論文と称された彼の従来の論文にかつて見ぬ権威を持つてゐた。

而して『早稲田文学』の九月号に載つた『懐疑と告白』は、更に一層自己批評を精細にしたものであつた。

爾来、懺悔、告白、懐疑等の文字が所在に用ゐられたり論じられたりするのを見ても其の影響の少くなかつたが分《ママ》るであらう。小宮豊隆が青果の『移転前後』と比較して論じたばかりではない。安位〔倍〕能成が『軽易なる懺悔』を書いて、抱月の懺悔が果して内心の要求から出た真実の懺悔であるか否かを疑つたばかりではない。文壇全体が一種真摯な色を帯びて、自己告白の意義を考へるやうになつたことは争ふべからざる事実である。（XYZ「現代文壇の鳥瞰図」『文章世界』四巻一四号、一九〇九年一一月、五〇頁）

抱月の「懐疑と告白」は、妻子を持つ社会人としての身、雑誌編集上の内情といった私的なことにまで踏み込みながら既存の人生観や理想に依存しえない心境を語り、「今日の自分等が真に人生問題を取り扱ひ得る程度は、懐疑と告白の外に無いと思ふ」と述べたものである。先の時評が指摘するように、これはかつての抱月の観念的な「学者的論文」とは大きく異なる相貌を呈しており、称賛、非難それぞれあったが、文壇の重大な提言として受けとられ、多くの論客たちの発言が連鎖していく。引用文に言及される小宮豊隆と安倍能成《よししげ》はいずれも抱月の告白の不徹底を責めたが、(1)一方で小宮豊隆は、「我々の感じてゐる処に直接関係を有する問題を取扱つてゐる」と認めており、安倍能成は自身の内的閲歴を披瀝した「自己の問題として見たる自然主義的思想」（『ホトトギス』一三巻四号、一九一〇年一月）によって、抱月「懐疑と告白」と関連づけられる形で「真の告白」という称賛を受けた（無署名「最近文藝概観」『帝国文学』一六巻二号、一九一〇年二月）(2)。

それ以外にも『新潮』第一一巻第四号は、巻頭に抱月の応答を求めた一〇頁にわたる匿名批評（無名氏「吾等奈何に活くべき」）と抱月からの返信（「島村抱月氏来書」）を同時に掲載しているし、抱月門下の片上天弦、相馬御風もこの頃に告白に関するいくつかの言及を残している。(3) 以上のことは告白をめぐる論議の広がりの一端にすぎないが、そこから窺われるのは、告白を実践し、またそれを聞き届け、検証することが意義を持つという認識が文壇の担い手たちの間で広く共有されている光景である。

明治後期の文壇を覆った感のある以上の告白の興隆はいかにしてもたらされたのか。一体に告白とは自身を拘束する社会規範に背きながら発せられ、先の『文章世界』の時評にも見られたように「大胆」という特殊な評価を得る表現となる。それゆえこの「大胆」な表現はつねに社会規範との折合いが悪く、現に告白の担い手たちは一貫して教育者や保守派論客たちの激しい攻撃の的となった。日露戦争後の数年間に起こるのは、そのような不穏な言葉の社会化と防衛が、個人的で単発的な実践としてではなく、文壇人たちの協力を結集する形で継続的に行われるという過去にも類例を見ない展開だった。

このような告白の隆盛が島崎藤村『破戒』(上田屋、緑蔭叢書第一篇、一九〇六年三月)や田山花袋「蒲団」(『新小説』一二年九巻、一九〇七年九月)といった過去の試みの蓄積の上にあることは容易に推測されるだろう。従来の研究でもこの二作品を告白の代表例として取り上げるのが通例である。しかし当時の資料を追跡していくと、そのような作品への目配りだけでは不十分であることが見えてくる。

強調しておきたいのは、「梁川熱」(特集「故綱島梁川君」の島村抱月の発言、『新小説』一二年一〇巻、一九〇七年一〇月)からの推移を追うことの重要性である。梁川熱は、評論家、倫理学者として知られていた綱島梁川の著書『病間録』(金尾文淵堂、一九〇五年一〇月)の刊行を契機として引き起こされ、後述のようにそこで一種の告白が注目を呼ぶ。この現象が当時の論客たちの強い関心の的となり、自然主義の担い手たちの問題意識を育成することは注目に値する。日露戦争後の告白の動向の広がりと経過を把握するには、『破戒』や「蒲団」といった作品の周囲を見るだけではなく、梁川熱を始点とする視野の設定が必要なのである。しかし従来の研究では梁川熱と自然主義の関連は充分に注意を向けられておらず、本章はあらためてこの点を考えたい(4)。周知のように自然主義運動期の告白は、いわゆる私小説とも併せてその取材範囲の狭さと非社会性への批判を生み出してきたが、以上の視野の設定はそのような理解の再点検に繋がるはずである。

2　『病間録』の反響

綱島梁川『病間録』は一九〇一年から一九〇五年までに発表された、宗教的な問題を扱った感想録三二編を集めたものである（図9-1、図9-2）。その反響がいかに大きかったかは、全部で四三編の同時代評を集成した『病間録批評集』（金尾種次郎編、金尾文淵堂、一九〇六年一〇月）によって明らかである。この反響の理由は、一種の宗教的高揚の中で神の存在を看取した体験を謹厳な筆致で記した収録記事「予が見神の実験」の内容上の大胆さにあったと一応は言える。しかしそれとともに重要なのは、誰を宛先にしてこの体験を語ったかという点である。同時期の教育家や保守派論客たちが『病間録』に数々の非難を浴びせた理由も『病間録』が想定する宛先と密接に関わっていた。この宛先は「予が見神の実験」の次の一節に示されている。

図9-1　綱島梁川『病間録』（金尾文淵堂，1905年10月）

> 予は今予みづからの見神の実験につきて語る所あらむとす。この事、予に於いては多少心苦しからざるに非ず。されど、予は今、世の常の自慮や、心配《づか》ひを一切打遣て、出来るだけ忠実に、明確に、予が見たる所を語らでは已み難き一つの使命を有するを感ず。（中略）世の、心洵に神に憬れて未だその声を聴かざるもの、人知れず心

の悩みに泣くもの、迷へるもの、煩へるもの、一言すればすべて人生問題に蹉き傷きて惨痛の涙を味へるもの、凡そ是等一味の友にわが見得せる所を如実《さながら》に分かち伝へんが為めに語らんとはするなり。（『病間録』三六六～三六七頁）

この記事は「世の常の自慮や、心配ひ」を排した私的な関係を設定しつつ、特定の宛先に語りかける。この告白の構えについてはのちに検討するが、その宛先とは、「迷へるもの、煩へるもの、一言すればすべて人生問題に蹉き傷きて惨痛の涙を味へるもの、凡そ是等一味の友」という者たちである。注目したいのは、この宛先が煩悶する青年という当時の論争的な議題と深く関わることである。『病間録』と煩悶者たちとの関係は複数の収録記事によって確認される。「煩悶の人に答ふる書」という記事に、「真面目なる煩悶の御態度に対しては、満身の同情をさゝげ申候」（二四五頁）とあるのはその一例であり、殊にこの文脈で重要なのは「人に与へて煩悶の意義を説く」という記事である。これは「煩悶」を指弾する文を寄越した者に反駁した返答をそのまま示したものであり、その例になく激しい口吻が注意を引く。

図 9-2　綱島梁川『回光録』（金尾文淵堂，1907 年 4 月）に掲げられた梁川の肖像（1906 年 12 月撮影）。梁川は 1896 年に肺病を患い，以後病と闘いながら筆を執った。1907 年 9 月に病死。

貴書に曰はく、煩悶の模傚〔倣〕流行は厭ふべし。曰はく、煩悶は今の青年の囈語也、道楽也、虚栄也。曰はく、煩悶は人をして小心過感ならしめ、堅忍力行の気力を殺ぐ、曰はく、煩悶は人をして主観的、個人的、利己的ならしめ、利他兼済の事功に冷淡ならしむ。曰はく、煩悶、到底人生の謎語を解くに足らず。曰はく煩悶或は已むべからざらんも、そは竟に悟に到る手段に過ぎず、之れを誇るは愚也。曰はく、煩悶はなるべく手軽に淡泊《あつさり》と済まして、直ちに目指す彼岸の安心をこそ冀《ねが》ふべきなれ。曰はく、煩悶は人の子を賊うて懐疑、厭世、自殺の淵に陥らしむ。（中略）煩悶の意義を知らずして漫りに之れを排し去らんとする、そも〳〵何の意《こゝろ》ぞや。予の不明、尚ほ君に教ふるの権利あり。乞ふ語らむ、乞ふ聴け。（二八七〜二八九頁）

そのように述べた上で梁川は、「悲哀之人、煩悶之人の有する一種崇高なる権能《ちから》」（二九三頁）を説く。注意したいのは、引用文に見られる「煩悶」指弾者の言葉が、とりわけ前章で見た藤村操の投身自殺（一九〇三年五月二二日）を契機として生み出されていく、青年への一連の非難を引用したものと言えることである。つまりここで行われるのは、一人の煩悶指弾者への反駁であるとともに、煩悶者たちの窮状が一方的に批判されていく日露戦争以前からの社会的状況への違和感の表明だったと言える。[5] 梁川は同様の違和感を繰り返し『病間録』で述べている。「人に与へて煩悶の意義を説く」という記事では「世の事功家、経世家なるものが、煩悶思索の生を一概に無用視し、不健全視」（三〇九頁）することへの危惧が語られるし、「道学論」という記事では、「世の所謂道学先生の形式主義、縄墨主義を排斥する」（二一一頁）必要が説かれる。そのような種々の主張によって『病間録』で青年たちの煩悶は徹底して肯定すべき対象として再定義される。日露戦争直後の時期に『病間録』を貴重な試みとして浮かび上がらせた大きな要因はこうした点にあったと考えられる。

むろん『病間録』は反発を免れるわけにはいかなかった。なかでも『病間録』批判に最も熱意を見せたのが東京帝国大学文科大学教授の井上哲次郎である。井上は次の記事群を一九〇六年三月から六月にかけて集中的に発表する。

「自称予言者の言論を評す」（『教育時論』七五四〜七五五号、一九〇六年三〜四月）

「現今の宗教的傾向」(『新声』一四編四号、一九〇六年四月)
「戦後に於ける我邦の宗教如何」(『哲学雑誌』二三〇〜二三一号、一九〇六年四〜五月)
「近時の宗教的傾向に就いて」(『太陽』一二巻七号、一九〇六年五月)
「青年の煩悶と宗教思想」(『東亜の光』一巻一号、一九〇六年五月)
「教育上より見たる現今の宗教問題」(『教育学術界』一三巻四号、一九〇六年六月)

これらの記事のおおよその論旨は共通しており、梁川への非難が主たる内容である。特に井上によって刊行された雑誌『東亜の光』の第一巻第一号は梁川および見神に関する特集号という趣を持っており、論説欄には井上の論文の他に二つの関連論文を掲載し、評論欄でも十数行の梁川批判を記している。(6) さらにその数ヶ月後には『名家論叢現今の宗教問題』(秋山悟庵編、弘道館、一九〇六年一〇月)が刊行される。これは、梁川を筆頭とする「自称予言者」(無署名「着語」等)と呼ばれた同時期の宗教家たちへの論評一九編を集めたものであり、序は井上の手になり、先の井上の記事の中から『太陽』『哲学雑誌』『教育時論』掲載の三編の記事が収められており、多分に井上の意向を重視した編集が行われたことが分かる。以上のことは『病間録』がいかに論争的な内容を備えていたかを物語っている。

では梁川への攻撃とはいかなるものなのか。『名家論叢現今の宗教問題』所収記事を瞥見しておこう。井上「戦後に於ける我邦の宗教如何」は、梁川の宗教体験を「幻覚、錯覚等」と意味づけ、「社会的事業」「国民教育」「世の中の政治、経済若くは人類社会の発達」に益することのない「一個人の道楽」としてそれを指弾する。他にも、「明治期の思想界の不見識没常識」とする意見(佐治実然、ユニテリアン教会長)、「実に病的」「高慢」と責める意見(赤司繁太郎、ユニヴァサリスト教会牧師)、特に梁川を名指していないが、「誇大妄想狂の患者であるか、或は大山師」の可能性を指摘する意見（桑木厳翼、京都帝国大学教授）、医学的な見地から「幻覚性妄想狂者」との類似を指摘する意見（門脇真枝、東京精神病院長）を確認できる。このように論客たちが梁川たちの動向に関心を示し、それを攻撃する理由は、煩悶する青年という争点と関わっている。そのことは、『名家論叢現今の宗教問題』が「一名青年煩悶の解決」（一頁）という別題を持つこと、さらに「世の青年の徒、多岐亡年、其適従する所を知らず、たゞ惆悵乎として煩悶し」云々（井上「現今の宗教問題序」）といった「煩悶」への危惧が随処に語られることからも明らかである。そしてこうした危惧の背後には、青年を国益に資する一種の資源とする視点がある。井上の前掲記事「戦後に於ける我邦の宗教如何」には次のような梁川への非難がある。

> さういふ見神などの考は世に拡げるといふと多少好い結果があるかも分らぬけれども、悪い結果もある、即ち迷信を伝播するさうして青年が之にかぶれると社会の経営といふことを怠つて唯部屋の内に籠つて神様に遭はふと思つて頻に冥想する、其間に日本は露西亜から取らるゝことになつたら実に馬鹿〳〵しいことである、（満場大笑）（『名家論叢現今の宗教問題』二二二〜二二三頁）

引用文からも、ここで青年が国運を左右する一種の資源として把握されていることが理解される。この観点は、煩悶する青年に「満洲でも朝鮮でも南洋でも米国でも」出かけて活路を見出すことを提案する元良勇次郎（東京帝国大学教授）や、日露戦争によって「強国の位置」に立つ日本の状況を指摘しつつ、「文明国民」としての自覚を求める門脇真枝の意見、あるいは、「殊に将来の国家を維持し民族が発展の中枢たる青年男女が」云々とある『名家論叢現今の宗教問題』末尾の「着語」（無署名）にも共通する。そのような主張は行政当局によって後押しされていた。前章で見たように一九〇六年六月九日、文部大臣牧野伸顕によって文部省訓令が発せられ、「空想ニ煩悶」する学生は矯正の対象として指弾される。これがきっかけとなって煩悶する青年に対する保守派論客や教育家たちの攻撃がいっそう活発となった。[7]

本章の文脈にとって以上の展開が重要なのは、それが告白という名で呼ばれる言説を際立って論争的な形で浮かび上がらせる契機となったからである。日露戦争後の告白を条件づけていたのは、このような煩悶の擁護者と「世の所謂道学先生」たちとの持続的な対立だった。次にこの様相を見ていこう。

3 『病間録』の告白

先述のように『病間録』は、「世の常の自慮や、心配ひ」を排した私的な関係を設置しつつ語りかけるという構成を持っている。それが「告白」と呼ぶにふさわしい言説であることは明らかだろう。『病間録』では「告白」という語は使われないが、のちに梁川はその収録記事を「告白」という語で呼んでいるし、[8]評者たちもしばしば「告白」という語を用いて『病間録』を論じている。[9]梁川自身が告白という構えに意識的だったことは、『病間録』でルソーの『告白』(梁川は『懺悔録』と表記)に触れつつ、「自家直截の感情の要求」(一一二頁)を重視しようとするルソーへの共感を語っていることからも確認される(「禅思録」)。ルソーへの傾倒は、自然主義との連続性を裏づけるものとしても興味深い。[10]

同時に注目されるのは、梁川の「告白」がそれとは別種の言説群を呼び寄せる契機となっていたことである。すなわち、それを国家の発展を阻むもの、風教に害あるものとし、強硬な攻撃を加える井上哲次郎たちの言説のことである。井上は先に触れた「戦後に於ける我邦の宗教如何」で次のように『病間録』を非難する。

綱島氏の書いた病間録を読んで見るとどうも、女々しいやうである、全体の調子は如何にも繊弱い女子の口調のやうに感ぜられる、それは其の人の性質に基いて居ることかも分らぬけれども、又病気の結果、さういふ所に至つたのではないかといふ疑が起る（『名家論叢現今の宗教問題』二〇三頁）

井上から見れば、告白体の『病間録』の表現は「繊弱い女子の口調」だった。この非難の背後には、国家の発展という観点から煩悶青年を指弾する先の言明から窺われるように、自身の意思が国家という、個人という単位を超えた、より上位の存在の意思を体現しているという前提がある。この立場の優位は、当然たえず葛藤を抱えつつ行われる告白とは対照的な発話、それに比してより円滑な、より広範囲への呼びかけを可能とするだろう。「戦後に於ける我邦の宗教如何」という記事が講演筆記、つまり不特定多数への呼びかけの文字化という、告白とは対蹠的な体裁を持つことは象徴的であり、井上の他の多くの発言も講演筆記という体裁を持っている。付言しておくと、その講演ぶりも好評だったらしく、例えば一九〇六年一一月四日の丁酉倫理研究会で諸家の意見にも「倦まず撓まず」に行われた井上の講演は、「男らしい」（無署名「本会記事」『丁酉倫理会倫理講演集』五一号、一九〇六年一二月）という、まさに『病間録』を「繊弱い女子の口調」と非難した人物にふさわしい評価を得ている。

そのことを視野に入れると、『病間録』の告白がいかなる制約下にあるかが明確となる。すなわち、この著作は特に井上の講演体の言説とは異なり、きわめて限定的な宛先にしか自身の言明が好意的に受容されないという負の予期を抱え込まねばならない言説だった。そのことは、幾度も「友」という特別な聞き手に語りかけるという宛先への拘りの強さと関わっている。先に「一味の友」に語りかける「予が見神の実験」の一節を見たが、同じ記事では「友に書き送れる書簡」の文面がそのまま引用され、読者は私信を読むことを許される「友」として招待される。『病間録』の「序」にも、「若しこの小著が、世の人生問題、安心問題等を解釈せんとする未見の友に、些かなりとも慰藉光明を与ふるを得ば、著者の光栄也」(二頁)とあるように、「友」としての態度規定が行われる。書簡体(「煩悶の人に答ふる書」)や「汝」という二人称(「苦痛と解脱」)の使用もこのような読者の取り込みの一環と言える。それによって『病間録』では、読者、特に煩悶する者、人生問題につまずく者との間に一対一で個別的に対面するような関係が設定される。

もちろんこの読者との親密な関係は虚構に他ならない。実際には『病間録』は特定の友に託されたのではなく、出版(活字化)され、不特定多数に発送された。出版、社会への公開という手続きは、「未見の友」たち(「序」前掲、傍点木村)、つまり経験的に接しうる範囲の外にいる者たちの知遇を一斉に得る契機となり、自身の告白がいっそう社会的影響力を備えることにも繋がる点で大きな意味を持つ。しかし一方で、出版という企ては、誤送という契機、つまり友ではない者たち、その内容に好意的ではない者たちにも発送され、危機を招く契機を不可避的に抱え込む選択でもあった。この点にこそ不特定多数への発送にさしたる危惧が要らない井上哲次郎の講演体記事との違いがある。結果として梁川熱という現象は、煩悶青年に徹底して好意的であろうとするその告白体の言葉を有力な形で社会化するとともに、それに対する苛烈な反発を一挙に浮上させた。

注目したいのは、以上に見てきた梁川熱、それに対する保守派論客たちの反発、その背景をなす煩悶青年の争点化という一連の動きが自然主義運動との直接的な接点となることである。そのことは島村抱月の辿った軌跡を考慮することによって鮮明となる。抱月は早くも一九〇五年末の時点で梁川『病間録』を「思索界に多大の興味を喚起すべき名著」(「如是文藝」『東京日日新聞』一九〇五年一〇月二九日~一一月一八日)と称えており、すでに自然主義の路線が決定しつつあった時期にも梁川への複数の言及を残している。例えば、「我が思想界の今の水平線は、文学に於いて所謂自然主義、宗教に於いて梁川一家の見神論、哲学に於いて人間本位のプラグマチズム、此等に新しい自我の展開、乃至其の工風を見るところに存する」といった言及(「梁川、樗牛、時勢、新自我」『早稲田文学』二四号、一九〇七年一一月、五頁）である。さらに冒頭に触れた「懐疑と告白」では高山樗牛とともに綱島梁川の思想を「私に力を与へる」ものとして特筆していた。

こうした言明が示唆するのは、梁川の活動の延長上にこの自然主義の指導的批評家の仕事が位置していたことである。そのことを裏づけるのは、梁川にも共通する「世の所謂道学先生」への反発である。例えば抱月「新精神的傾向と教育」（『東京日日新聞』一九〇六年四月九日）では、「滔々として押し寄せる青年社会の新潮勢」を阻もうとする「教育家連」への批判が見られるし、「教育と精神的革新」（同紙、一九〇六年六月一一日）では、文部大臣牧野伸顕の学生批判の談話に異議が唱えられる。抱月によって刊行された雑誌、第二次『早稲田文学』もそうした関心と無縁ではなかった。重要なのは、この雑誌が文学関係の動向だけではなく、宗教界、教育界の動向を逐一手厚く報道するなど、思想界全般を視野に入れた編集を行っており、その点で『新小説』などの当時の代表的な文学雑誌とは趣を異にしていたことである。とりわけ梁川熱をはじめとする宗教熱について、井上哲次郎を含めた諸家の意見を集めた二つの特集（特集「宗教問題」三号、一九〇六年三月、特集「宗教と理性」四号、一九〇六年四月）、さらに先述の文部省訓令への諸家の意見を集めた特集「文相訓令に対する意見」（一〇号、一九〇六年一〇月）は、梁川の活動との親近性を端的に物語っている。

以上のことを視野に入れると、梁川熱とそれに対する種々の反発の浮上に連なる形で興隆していく自然主義運動の一つの側面が明らかになってくるだろう。すなわち、『病間録』に見られる告白体の、「繊弱い女子の口調」と謗られるような言説を社会的にいっそう有力な表現として存立させる運動としての側面である。注目したいのは、自然主義運動の方向性が以上に見た対立関係を見据えつつ、梁川の側に共鳴していく形で、つまり井上哲次郎たちの発言群に敵対していく形で定まっていくことである。筆者の考えでは、そのような光景が特に小栗風葉への態度のとり方によく表れている。

4　自然主義と告白

注意を要するのは、現在でこそ小栗風葉の名はほとんど忘れられているものの、その長編小説『青春』（『読売新聞』一九〇五年三月五日〜一九〇六年一一月一二日、春陽堂から一九〇五年一〇月〜一九〇六年一一月に上中下の単行本を刊行）が多大な人気を博し、「「青春」の一篇は「破戒」などゝ並べて、むしろ新派に属すべき作品」（真多楼「反見偽者」『帝国文学』一三巻一号、一九〇七年一月）と、『破戒』と同列に置く称賛もあったことである。しかし自然主義の方針は、『青春』を否定する形で具体化していく。次に示すのは、『早稲田文学』に掲載された「『青春』合評」（一六号、一九〇七年四月）の発言である（傍点木村）。

作者は、自己の現はさんと欲した時代の弱点病弊に対する了解は之れを有しながら、自からその中に呼吸し、思ひ感ずるほどの同感同情の念に於て頗る欠けてゐた。作中の主人公欽哉に対して同感哀憐の情の多く起こり来らぬのも、畢竟作者自からの同感が足らぬ故である。作者は（中略）相感じ思ふところを表白せんとする主観的抒情的態度に出づることがない。（片上天弦）

所に依ては涙を禁じ得ぬものあるに拘らず読み了つて後主人公欽哉に対して聊も同情の念が起らずして一種不快な感じをのみ起さすのは此故ではあるまいか。（相馬御風）

〔『青春』の主人公に〕全篇を通じて深い同感といふ者を読者から買ひ得ぬ結果となつた。読むがまゝに、主人公をいやな男、卑劣な男、気取つた男とは思はせるが、不びんな男とは思はせぬ。（島村抱月）

島村抱月たちは主人公の関欽哉への「同感」「同情」の欠落を問題視する。これらの評価は、作品の技術的、修辞的な達成度という観点に目立った関心を見せず、それとは別の観点、つまり作者と主人公（ひいては読者）の間で内面、視点の共有が成立するか否かこそに重きを置いている。見ようによっては奇妙なこの評価は何を意味するのか。

留意したいのは、「同感」「同情」の欠落が問題となった関の扱いである。この人物は東京帝国大学文科大学の学生であり、「道徳」への「反抗」を唱え（単行本『青春』上九頁）、「我々現代青年の煩悶と動機は一つで」云々（上四四頁）と自身の「煩悶」を繰り返し主張する。こうした青年を長編小説の主人公とする構想は、「当代の最も複雑な思想の階級を代表的に描かんとした作者の労を多とする」（「『青春』合評」での抱月の発言）と評されたように確かに新しかった。しかし『青春』は、それとは対立的な人物を準備し、その立場にこそ肩入れする。この人物とは子爵北小路安比呂である。北小路は、京都大学大学院で社会主義の研究に従事しており、関の不健全さを幾度も指摘するべく作品に登場する。例えば夏之巻第三章では「好んで懐疑に煩悶する」（中七〇頁）関たちの不真面目さに触れつつ、次のように言う。

自分以外には社会も国家も無い、制度も習慣も有らゆる現代の社会組織を無視して——無視し得られるか何うか其れは疑はしいが、左《と》に右《か》く然《さ》ういふ事を公然唱へて、自我を重んじ自己に忠実なるべき筈の箇人《こじん》主義が、却て自我を欺き、自己を弄んで居るとしか我々には見えない。（中略）其の我儘勝手も関なぞに言はしたら、現代の形式的、模型的に反抗するのだと言ふだらうが、然し反抗する丈では困る、反抗して何《ど》う為やうと云ふのか？現代社会の不完全を一層甚しくするやうな態度で以て、漫然反抗や破壊を唱へるのは軽佻極まる！（中八六〜八七頁）

『青春』はこのように二種の言葉を対置する。一方は既存の道徳への反発を抱え持ち、「煩悶」を正当化する不健全な言葉（関）、他方はそれを「社会」「国家」への害悪として強硬な攻撃を行う健全な言葉（北小路）であり、この対立を長編小説の中心的な題材として取り上げたことは、確かに同時代的に貴重な試みだった。しかし『青春』は関の堕落と社会からの退場を描くことによって、北小路の健全な価値観の勝利を祝う形で完結する。ここでは煩悶する新世代の青年を攻撃する、すぐれて「道学先生」（『病間録』）流の後者の言葉こそが支持されており、それが抱月たちの消極的な評価を決定づけた大きな要因だったと考えられる。

そのことは、国木田独歩の作品が同じ時期に『青春』とは対照的な評価をもって迎えられることからも明らかである。自然主義の代表的達成として称えられた独歩の二冊の作品集『独歩集』（近事画報社、一九〇五年七月）と『運命』（左久良書房、一九〇六年三月）には、『青春』と同じように青年の「煩悶」が入念に描かれており[11]、その点が同時代評でも注目されていた[12]。そしてここでは「煩悶」を風教への害悪として難じる北小路の発するような言葉は排除される。抱月たちが支持したのは、このように『青春』に見られるのとは対蹠的な、つねに煩悶者の内面と体験に好意的たろうとする作品だった[13]。

こうした煩悶への姿勢を見ても、自然主義運動が綱島梁川の試みをいっそう有力なものにする作業としての意味を持つことは明らかだろう。そのことを別の観点からも指摘できる。梁川の『病間録』が一種の「告白」として顕在化していたことを前節で見たが、自然主義者たちによって擁護されたのもそれと多分に類縁的な告白体の言葉だった。先の独歩の『独歩集』『運命』収録作品を考慮するとき、この点は容易に理解されるだろう。例えば「酒中日記」と「悪魔」では私蔵されていた日記や手記の文面がそのまま読者に公開されるし、「運命論者」では青年紳士が酩酊しつつ秘密を打ち明けるという体裁がとられる。特に「牛肉と馬鈴薯」では「俗物党」たちを前にした演説の頓挫が描かれ、その言葉が不特定多数への語りかけに不向きであることが鮮烈に主題化される。自然主義の担い手たちによって重視されるのは、このように本来ならば社会化にそぐわない、またはそう意図されていない、私的で無防備な告白体の言葉だった。この志向が梁川の活動と協調的なものであることは言を俟たない。現に独歩は梁川の『病間録』収録記事に共感したことを梁川に書き送っており、その文面は『早稲田文学』で紹介されていた。[14] さらに相馬御風「病床に於ける梁川氏と独歩氏」（『新潮』九巻一号、一九〇八年七月）は、自然主義運動のさなかに相次いで病死した両者を同じ記事内に並べて追悼する。

なお『青春』にも告白体の言葉が見られないわけではない。特に秋之巻では関欽哉の「白状」「懺悔」が幾度か示される。ただその扱いは大きく異なり、『青春』は、「人に由つては、懺悔其物をさへ見えに為る事がある。欽哉は昔能く煩悶を説いては、自分の苦痛を訴へるのが好であつたが、今は懺悔を語つて、其の痛恨を人に聞かせやうと為る」（下一四九〜一五〇頁）と揶揄的に告白体の言葉を意味づけていた。

もちろん自然主義運動の方針が単純に梁川の試みと連続的であったわけではない。とりわけ重要なのは、田山花袋「蒲団」によって告白が性欲という主題との関係から浮かび上がり、道義的な規範との不和をいっそう深めることである。この展開は、梁川熱に見られたような超越的な世界への傾斜を一面で抑制し、より卑近で日常的な水準に自然主義運動を位置づけることに繋がっていく。島村抱月が梁川への敬意を語る一方で、その「専門臭」さ、または「仄〔灰〕色の現実」との関わりの薄さへの不満を述べていたのはこうした点と関わるだろう。[15] ただ同時に留意したいのは、抱月による、「今頃は道徳派から批難の声の上がるべきを」という「蒲団」への評言（「『蒲団』合評」『早稲田文学』二三号、一九〇七年一〇月、署名星月夜）からも分かるように、その告白があくまで「道徳派から批難の声」に敵対する表現として考えられたことである。そのことを考慮しても、たとえ告白の内実が異なるとはいえ、自然主義運動の経過が梁川熱との接点を持たないと言うことはできない。

抱月の言う「道徳派から批難の声」にも触れておくと、容易に想像されるように自然主義の展開は、梁川と同じような扱いを受けた。井上哲次郎は一九〇八年頃から繰り返し自然主義を青年に害をなすものとして非難しており、例えばそれを「淫猥なる志想」「淫猥なる行為」へと青年を導く要因として（『新公論』の特集「青年子女を有せる家庭への注意」、二三年六号、一九〇八年六月）、あるいは厭世自殺や出歯亀を社会にもたらす害として（「自然と道徳」『丁酉倫理会倫理講演集』七一、七四号、一九〇八年八、一一月）論じている。言うまでもなくこの攻撃は、同時期の教育家や保守派論客たちの無数の非難の一端でしかない。

　重要なのは、同じ時期に眼につき始める文壇人たちの強固な連帯感、排他的なまとまり方が、特にこうした告白の擁護と関わることである。告白、つまり私的領域に隠すことが望ましい言葉の公開は、つねに限られた者にしか好意的に聞き届けられないという負の予期と不可分である。当然そのような言葉への共感の表明を通して生み出されていくのは、それに応じた特殊な共同性、つまり決して社会の中で主流となりうる意思を体現しえず、それゆえつねに抗争的であることを強いられる共同性に他ならない。文壇人たちもその連帯の社会的な周縁性に意識的だった。島村抱月「自然主義と一般思想との関係」（『新潮』八巻五号、一九〇八年五月）に次のような一節がある。

> 即ち、社会が矛盾せる状態にあるのだ。少数の進んだ人と、多数の後れた人と、即ち、要するに文藝と社会との衝突は、社会が黄金時代になつて、万人の思想感情が同一程度に進むまで、到底調和される事なく、永久の矛盾、永久の衝突として続く。誠に己《〔已〕》むを得ないことゝ思ふ。（一三頁）

　この「少数」性と進歩性の自覚こそが文壇における強固な連帯への志向と結びついていた。ここで想起しておきたいのは、自然主義運動が島崎藤村、国木田独歩、田山花袋たちの諸作品だけによって展開したのではなく、それに執拗に言及していく膨大な批評言説や時評文と不可分であり、そのような言説群が文壇の共同性を維持、強化する言葉を生み出していくことである。先に見た「『青春』合評」での評言が特定の登場人物への「同感」「同情」の有無という観点を重視していたように、当時の批評言説や時評文は文学者、文学作品を介しての内面と視点の共有を繰り返し働きかける。[16] そしてこうした努力の蓄積は、ある予期の形成に繋がるだろう。つまり、文壇という限定的な場であるとはいえ、そこで告白という社会的に存在しづらい言葉が特別の注意をもって吟味されるという予期のことである。告白をめぐってそのような整備が図られていたことを端的に示すのは、片上天弦「新興文学の意義」(『太陽』一四巻四号、一九〇八年三月)の次のような一節である。

痛切なる哀傷の表白、自己胸懐の吐露は、近代欧洲の主要なる特色であると同時に、また今のわが新興文学に著るしき特兆である。痛苦哀傷を胸につゝんで、沈黙の生を守る、それにも甚深の悲哀がある。而も今人はその痛苦を忍び哀傷をつゝむに堪へぬ。これを弱しと責むるは、自からも亦た弱き人間の一員たるを思はぬものである。吾等が罪悪、吾等が悲哀は、単に個々人の悲哀や罪悪ではない。吾等と生を同じうする人間のすべてに通ずる普遍の悔恨悲哀である。最近の文学には、明らかに斯くの如き痛恨懺悔がある。悲哀の告白がある。已に胸懐を吐露して自己を告白する以上、その告白懺悔はもとより一点の虚偽を許さぬ、醇乎たる真実でなくてはならぬ。醜悪なるが故にこれを蔽ふといふ如きことは断じて不可、すべて赤裸々の真実を語らねばならぬ。(一〇〇〜一〇一頁)

注目されるのは、「吾等」という人称の用い方に見られるように、ここで文学の担い手たちは一括して告白の担い手、その主体として規定されることである。こうした言明を考慮すると、同時期の文壇が告白を生み出し、またそれを好意的に、「吾等と生を同じうする人間」の言葉として聞き届けることに主眼を置く領域として整備されつつあったことが理解される。当然この展開は告白の隆盛を準備する。本章の冒頭で述べたような状況、つまりこれまで告白の聞き手(評者)の側にあった島村抱月のような批評家さえもが告白を実践することが奇異なものとならず、さらにそこから次々と関連発言が連鎖していくという状況が到来するのは、こうした蓄積の上でのことだった。そのような展開によってもたらされる帰結として、自然主義運動はある種の狭さ、排他的な連帯に条件づけられるが、そこでこそ井上哲次郎のような論客によって「繊弱い女子の口調」と誹られる告白体の言葉は、意義深い生の報告として認められる。

5　自然主義の連帯

以上のように日露戦争後に告白という特殊な表現が浮上していく動向は、島崎藤村『破戒』や田山花袋「蒲団」といった作品の周囲だけではなく、それを含めたいっそう長期的で広範囲な推移、梁川熱を起点とするような推移の中で築き上げられていったと考えられる。この過程で繰り返し告白の意義が確認されるとともに、そのような表現を社会に存立させるための連帯が形成される。別の観点から言えば、この展開は井上哲次郎をはじめとする保守派論客や教育家たちの発言がその効力を発揮しえないような言論空間の確保を意味するだろう。山路愛山「日本の思想界に於ける帝国大学」(『太陽』一五巻六号、一九〇九年五月)には次のような指摘がある。

されど不幸にして博士〔井上哲次郎〕の議論は今や沈痛なる青年の感情と相触れざるに至れり。トルストイを読み、イブセンを読み、ニッチエを読み、現代文明の底に潜める悲惨を味ひたる青年の煩悶を救はんとせば、博士も亦しばらく彼等と共に同じ煩悶に沈まざるべからず。而も是れ博士に在りては殆んど不可能の事のみ。人の思想は其骨の如く柔軟なる膠質より、堅硬なる灰質に変ず。博士の思想も、現代の青年を解釈せんには余り

に灰質となりしが如し。斯くて日本青年の夢は復た博士の夢に非ず。（三七頁）

ここで指摘される井上の失墜は、のちの『文章世界』の特集「現代青年に与ふべき主義もしくば主張」（五巻一三号、一九一〇年一〇月）によって皮肉な形で証明される。これは井上、高田早苗（早稲田大学学長、法学博士）、鎌田栄吉（慶應義塾々長、貴族院議員）、沢柳政太郎（東京高等商業学校長、貴族院議員）たち四名に表題の意見を集めたものだったが、その例によって教条的な発言群は文壇で考慮に値しない愚論（「片腹痛い」「気の毒」）として迎えられた。[17]

こうした対立の構築を視野に入れると、自然主義に付されてきた閉鎖性または非社会性という評価には再考の余地が生まれる。伊藤整や中村光夫の批判にあるように、[18]確かに自然主義運動はある種の閉鎖性と不可分だった。しかしこの閉鎖性、文学者たちの排他的な連帯が単純に社会からの撤退を意味するのではなく、あくまで社会に一定の力を行使する形で、つまりある社会的なまとまり方に対置される形で生まれることに注意したい。

ここで言うある社会的なまとまり方とは、井上哲次郎の言説に執拗に描き出されるように、国家への献身に何よりも高い価値を見出すようなまとまり方のことである。先に見たように井上は梁川の著書を指弾する際に「日本は露西亜から取らるゝことになつたら実に馬鹿〳〵しい」と述べたが、そこで当然視されるのは、個々の社会の成員たちの切実な悩みや困難を、それとはあまりに遠い地点から、つまり国家の発展に資するか否かという個々人の制御を超えた水準から意味づける暴力性であり、自然主義者たちの連帯が貴重なのは、そこで片づけられる言葉を吟味し直す役割を担うからである。[19]言い換えれば、一連の推移は、決して国益に貢献しうるとすぐには言えない、社会に公開しづらい成員たちの言葉や経験に熟慮する場をいかにしてその国家の中に確保するかという今日もなお懸案の問題を幾度も浮上させる文脈だった。明治後期の思想動向の中でこの動きが興味深いのは、文壇という直接的な政治活動から距離を置いた場所が、たとえ今日から見て限界があるにせよ、あるいは進歩的知識人や文学青年群

(抱月の言う「少数の進んだ人」)の視点をことさらに中心化させる狭隘さを免れなかったにせよ、そのような国家と個人の関係をめぐる本質的な問いを浮上させ、検証する有力な領域として機能するからである。そのことを踏まえると、この文壇人たちの排他的なまとまり方が単に社会からの撤退を意味するとは言えないはずである。殊に一九〇八年頃から急増する文学作品の発禁処分は、当局側からの警戒感と関心の大きさを端的に示しており、同じ時期の複数の「告白」も処罰された。[20]

以上から明瞭となるのは、一連の動きが新たな文学表現の獲得の経過だったという意味合いだけではなく、そこが明治後期の社会の不自由さへの対応策だったという事実である。この展開の中で公開が望ましくないとされた思念や経験を明るみに出すことが一貫して鼓吹され、擁護され、共感の対象となり、「大胆」さという観点から評価されることが栄誉となる特異な文脈が築かれていった。この背後にあるのは、明治後期の社会がその構成員たちの意思や感情を不自然に隠蔽する空間として構築されているという自覚に他ならない。言い添えておきたいのは、そのような拘束感が直ちに共有される日露戦争後の社会的、言語的な不自由さが「大胆」な言葉への集合的な欲求と結びついていたことである。

注

(1) 言及されたのは小宮豊隆「『懐疑と告白』と『移転前後』」(『国民新聞』一九〇九年九月一〇～一二日)、安倍能成「軽易なる懺悔」(『国民新聞』一九〇九年一〇月二三日)。

(2) のちの文脈との関係から言い足すと、安倍能成の記事は綱島梁川からの強い影響を語っている。安倍は梁川に兄事していた。

(3) 片上天弦「文壇現在の思潮」(『ホトトギス』一三巻一号、一九〇九年一〇月)、相馬御風「四十二年文壇概観」(『新潮』一一巻六号、一九〇九年一二月)等。

（4）吉田精一『自然主義の研究』（上下巻、東京堂出版、一九五五年一一月～一九五八年一月）でも梁川に関しては概説的な解説が行われるにすぎない。本章の関心と密接に関わるのは岩佐壯四郎「自然主義前夜の抱月」（『国文学研究』七八集、一九八二年一〇月）である。同論は「〈道徳〉〈科学〉等の「知識」の説明を拒絶する超越的世界」を示した『病間録』を検討し、島村抱月の活動との関わりを指摘する。ただし一般的傾向として同じ動向を扱う先行研究には、文壇の動きを理解するために文壇人の発言しか見ないという問題、つまり文学を理解しようともしない文壇の部外者たち（例えば井上哲次郎）への目配りが不足しているという問題がある。同時期の文壇動向がそのような部外者たちの言動を強く意識しつつ推移していたことは種々の事例から明らかである。そのことを考慮すると、この展開を目して、文学の担い手とその部外者の間の、主に青年や文学の処遇、国家（社会）への帰属のあり方をめぐる、長期にわたる一種の協議とする視点も成り立つはずである。本章はこのように文壇の部外者たちの言動をも自然主義運動の構成要素とする立場から検討を行う。

（5）藤村操との関連から梁川を論じる一例として、後述の井上哲次郎「青年の煩悶と宗教思想」がある。

（6）松本文三郎「見神の幻覚」（論説欄）、福来友吉「幻覚的神」（同）、甫水「自称予言者」（評論欄）。

（7）例えば雑誌『新公論』は、特集「如何にして衰世の悪傾向を防止すべき歟」（二一年七～九号、一九〇六年七～九月）、特集「青年子女を有せる家庭への注意」（二三年五～九号、一九〇八年五～九月）等で青年層の不健全な思潮を話題にし、諸家の意見を集めている。

（8）「小生は一家の告白としてこそ「見神の実験」を天下に公にいたし候へ（後略）」（「病窓雑筆（二）」『新人』八巻八号、一九〇七年八月）。

（9）「宗教的告白として、明治思想史に特種の印象を与ふべきや疑ふ可からず」（無署名「病間□〔録〕」『帝国文学』一一巻一〇号、一九〇五年一〇月）、「若し綱島氏の告白に対して（後略）」（生方敏郎「綱島梁川論」『早稲田文学』五〇号、一九一〇年一月）等。なお宇佐美英太郎編『見神論評』（金尾文淵堂、一九〇七年四月）末尾には「九　告白」という章が設けられ、綱島梁川「見神の意義を明かにす」が収められている。

（10）松原至文「自己告白者の心事」（『新潮』一一巻五号、一九〇九年一一月）、片上天弦「ルソーの人物」（『早稲田文学』五二号、一九一〇年三月）等にルソーへの傾倒が見られる。

（11）端的には「要するに彼は煩悶の児《こ》である。自分も亦た彼に依て深い煩悶の淵に沈むことゝなつた」（「悪魔」『運命』一九二一～一九三頁）といった記述。

（12）『趣味』の特集「国木田独歩論」（二巻四号、一九〇七年四月）での、「出て来る人物」の多くが「煩悶して居るやうである」という指摘（鳥影没人）。他に「独歩の小説は煩悶、信仰、運命此の三つのものから成立つて居ると云つてもいゝ」（新声合評会

「国木田独歩」『新声』一六編五号、一九〇七年五月）等。

(13) 関連する検討として大東和重『文学の誕生』（講談社選書メチエ、二〇〇六年一二月）がある。同書は「自己表現」という観点の浮上ゆえに風葉と独歩が対照的な評価を得ることを跡づける（第二、四章）。『青春』受容に関して、真銅正宏『ベストセラーのゆくえ』第II部第六章（翰林書房、二〇〇〇年二月）、金子明雄「小栗風葉『青春』と明治三〇年代の小説受容の〈場〉」（金子明雄ほか編『ディスクールの帝国』新曜社、二〇〇〇年四月）の調査もある。

(14) 「精神問題に関して中桐、綱島両氏に与へたる書翰」（『早稲田文学』三五号、一九〇八年一〇月）。同号には独歩が梁川を敬愛していた逸話を紹介する記事「文藝小話」もある。他にも文壇内の発言ではないが、「余は此不真面目な世の中に飽迄自己を欺かず正直大胆に且熱心に自己を告白した両氏に対して謹んで敬慕の情を送る者である」（吾妻耕一「梁川と独歩」『六合雑誌』三三五号、一九〇八年一一月）という評価もある。

(15) 島村抱月「宗教の三文化と文藝」（『太陽』一五巻九号、一九〇九年六月）での「見神」について述べた箇所、および「懐疑と告白」。

(16) 前掲の相馬御風「病床に於ける梁川氏と独歩氏」の、「たゞ吾らは心を同じうする満天下の人々と、心ゆくまで哀泣の涙を共にしたいのである」といった例。詳述しないが、同種の働きかけは当時の批評、時評に多く見られる。先の「『青春』合評」など、合評形式の記事がこの時期に多く現れたことも、文学者たちの連帯感の醸成に寄与しただろう。

(17) それぞれ、後続の『文章世界』の特集「吾等青年の行くべき道」（五巻一五号、一九一〇年一一月）での相馬御風の発言、片上天弦「評論の評論」（『文章世界』同号）より。

(18) この時期の文壇を閉ざされた「ギルド」（七八頁）と見る伊藤整『小説の方法』（河出書房、一九四八年一二月、引用は二〇〇六年六月刊の岩波文庫による）、自然主義運動を「硯友社時代に持っていた社会性をさえ喪失」（一〇九頁）する過程として捉える中村光夫『風俗小説論』（河出書房、一九五〇年六月、引用は二〇一一年一一月刊の講談社文芸文庫による）等。他にも日本自然主義を「政治的・社会的視点を欠落した、閉塞的・内観的」（二一六頁）なものとする榎本隆司「自然主義の成立」（有精堂編集部編『時代別日本文学史事典　近代編』有精堂、一九九四年六月）がある。また松本三之介『近代日本の政治と人間』（創文社、一九六六年一月）は、「国家との緊張関係を喪失し、結果的には「既成の強権」に屈服した個人主義は、明治四〇年代のいわゆる自然主義文学の流行に代表されるものであ」ると述べている（三四頁）。こうした見解は、自然主義が社会主義と併置されつつ有害視された日露戦争後の状況（例えば「教育方針示達」〔『東京朝日新聞』一九〇八年九月三〇日〕、「警視庁の検閲方針」〔同紙、一九〇八年一〇月三〇日〕を参照）や、第8章で見た統治権力と自然主義の軋轢を考慮できておらず、適切とは言いがたい。この点に関連して自然主義の別の側面を教えるのが日比嘉高『〈自己表象〉の文学史』（翰林書房、二〇〇二年五月）

である。同書は「自己発展」を希求する青年層の動向を辿りつつ当時の「自己表象」の「新しさと衝撃性」を説く(第五章)。

(19)従来の研究には、調査範囲が限定されていたためと思われるが、国家(当局)への疑義という点で石川啄木「時代閉塞の現状」(一九一〇年八月頃)を特別扱いする傾向がある。しかし本書第11章でも見るようにこの時期、国家への疑義を持つ言説はその他にも多く存在している。

(20)なかでも本章の文脈で目を引くのは、『ホトトギス』一三巻一四号(一九一〇年九月)、『新思潮』一号(一九一〇年九月)の発禁処分である。この処分は、一宮滝子「をんな」、真賀温「紅い花」という収録作品にそれぞれ起因すると伝えられた。当時の説明に従えば、前者は「結婚を呪ひ、家庭を呪ひ、父母を呪つた一女子の告白」、後者は「一青年の破壊思想を告白した小説」であった(狒々男「寸鉄」『新小説』一五年一〇巻、一九一〇年一〇月)。

第10章　自然主義と教育界
——正宗白鳥「何処へ」を中心に

1　はじめに

日露戦争後の数年間に興隆する自然主義運動は、青年の内面を再現することにとりわけ熱意を見せた。例えばこの運動の担い手の一人だった片上天弦は言う。「一代の人心が、再び青年の心に還つて、その若き心を表白せんとするところに、必ず自然主義の文学は勃興する」（「未解決の人生と自然主義」『早稲田文学』二七号、一九〇八年二月）。このような青年の内面への関心は、告白をめぐる文壇の動きを見ても明らかである。前章は一九〇五、六年頃の綱島梁川熱から自然主義の隆盛へと至る過程で、告白という実践を促し、吟味する場として文壇が機能していくことを跡づけた。ここではそのように内面の開示に意義を見出していく動きを、新たな文脈を踏まえることでいっそう鮮明にしたい。対象とするのは正宗白鳥が生み出した表現である。

白鳥（一八七九年生まれ）は自然主義運動の興隆期に新しい世代の小説家として急速に評価を高める。白鳥が初の作品集『紅塵』（彩雲閣、一九〇七年九月）を刊行する頃には、すでに「著者今や独歩氏等と相駢んで文壇の一角を劃占して動かず」（無署名「新著梗概」『読売新聞』一九〇七年一〇月八日）と評価されており、第二作品集『何処へ』（易風

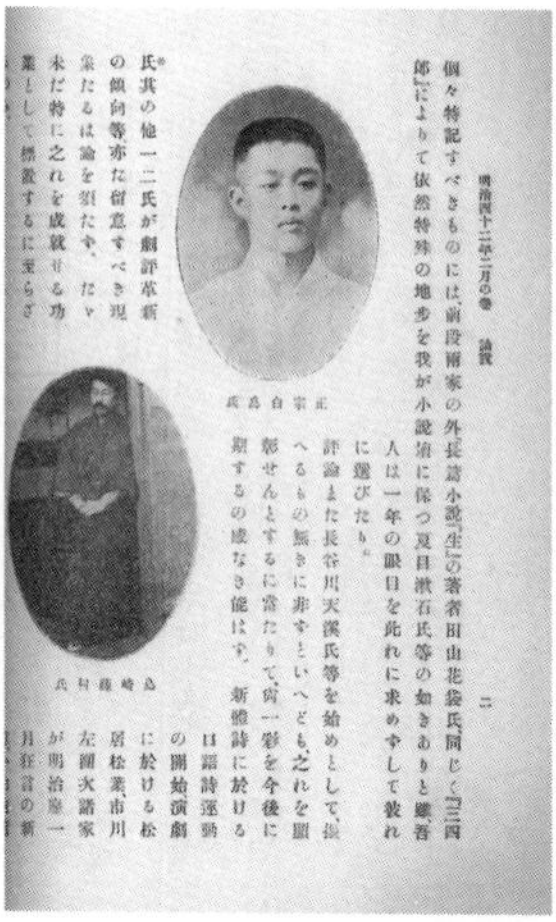

図 10-1　正宗白鳥と島崎藤村を称えた「推讃之辞」（『早稲田文学』39 号，1909 年 2 月）

社、一九〇八年一〇月）が刊行された際に早稲田文学記者「推讃之辞」（『早稲田文学』三九号、一九〇九年二月）が、この作品集を島崎藤村『春』（『東京朝日新聞』一九〇八年四月七日〜八月一九日）とともに称えたことはよく知られている（図10-1）。このような手厚い待遇は、白鳥の小説が当時の文学動向の先端にいた者たちの期待によく応える形で現れたことを物語っている。

注目したいのは、白鳥の小説が青年の内面の報告と吟味に意義を見出していく文壇の動きに加勢する形で書かれたことである。とりわけ白鳥の作品の中で反響を呼んだ「何処へ」（『早稲田文学』二六〜二九号、一九〇八年一〜四月）への評価を見ておこう。

健次（「何処へ」の主人公の青年）其の人は頗る硬い頭の人である。硬いだけに有ゆる事に酔ふことが出来ずして、人生の寂寞を感じ、厭世的思想を抱いたのである。これ実に今日の人間が胸中を代表したものではあるまいか。宗教の権威も、哲学も、其の他何事も、現実暴露のために光彩を失つた今日、苟しくも人生問題を真面目に研究せむとする人々が、悲哀を感じ、寂寞を感じ、茫々たる曠野に、日の光なき空を眺むるやうな状態は、健次の上に言ひ表はされて居るであらうと思ふ。（長谷川天渓「近時小説壇の傾向」『太陽』一四巻二号、一九〇八年二月、一五六〜一五七頁）

このように「何処へ」は、青年の内面（「今日の人間が胸中」）の再現に大きな魅力を持ち、後述のように白鳥自身も内面という主題にきわめて自覚的だった。何がこのような表現を促したのか。そのことを理解するためには、同じ時期のある時評で言及されている、「自然主義対道徳」（後述）という状況を考慮せねばならない。ここで「道徳」という言葉は、日露戦争以前から騒々しい情勢を作り上げていく教育家や教育行政の動向を意味する。注意したいのは、一見文学史の展開と縁遠いかに見えるこの動向の中で、青年たちの内面が持続的な攻撃の対象となり、その処遇をめぐって文壇人たちとの間で激しい対立を生み出すことである。同じ時期に白鳥が青年の内面という主題に拘りを見せ、その表現を更新していく経緯、またその試みが当時の文壇人たちに意義深い試みとして歓迎される経緯も、「道徳」の陣営との対立と密接に関わっていたと考えられる。本章は従来関心が向けられることが少ない「自然主義対道徳」という状況[1]に着目することで、なぜ自然主義興隆期の文学が青年の内面をめぐって緊迫した展開を生み出したかを明らかにしたい。

2 学生風紀問題

では正宗白鳥は「道徳」をめぐる動向にいかに関与していたのか。

初期の白鳥の発言を通時的に追っていくと、「道徳」という言葉が多様な文脈で繰り返し用いられていることが分かる。例えば「「梁川文集」を読む」（『読売新聞』一九〇五年七月三〇日、署名剣菱）では、宗教界や教育問題の有力な発言者だった綱島梁川の著書について「現世的の小道徳常識的人生観に満足」しない態度を称えており、「宗教問題」（同紙、一九〇六年五月一〜二日）では、「平凡道徳に満足して、其の埒外に出づるを恐るゝ教育家ハ、（中略）哲学書を禁じたり、小説を禁じたり、青春の女子を牢獄のやうな寄宿舎に押込め、前世紀の道徳倫理でこれを律せんとする」と当時の教育家を非難する。

こうした言明は、冒頭でも触れたように、当時の教育家や教育行政をめぐる動向と対応している。白鳥がこの動向に注意を向けていた理由は、学生風紀問題と呼ばれた議題の浮上と関わっている。これは、青年男女の「風紀」「風教」の乱れ、つまり堕落、煩悶、自殺、個人主義的傾向などの原因や処方箋をめぐって持続的に論議された、一九〇〇年代の言論界の一大争点だった。例えば自然主義の喧伝者として活躍する長谷川天渓は次のように述べている。

四五年此の方、学生風紀問題の絶えたることなし。殊に近頃に至りては、呼び声囂々として聾せむばかり也。不良学生、堕落女学生等を取締るべし、卑猥なる書籍を読ましむること勿れ、小説購読を禁ぜよ、曰はく何々と。（「狗尾続貂」『太陽』一二巻一一号、一九〇六年八月、一五九頁）

この発言からも学生風紀問題が一九〇〇年代の言論界の中で持続的な論議の対象だったことが分かる。同時に注意したいのは、学生の風紀を乱す主な原因として小説が名指されていたことである。つまり文学も学生風紀問題の主な構成部分だった。例えば文部次官の沢柳政太郎は、「今日の小説が青年男女に及ぼす悪結果」が大なるものであると述べ（「倫理上二三の実際問題」『丁酉倫理会倫理講演集』二八、一九〇五年一月）、東京帝国大学文科大学教授の井上哲次郎は、近来の「神経的の小説」に耽るために青年たちが「神経的」「病的」となり、煩悶すると語り（「青年の煩悶と宗教思想」『東亜の光』一巻一号、一九〇六年五月）、早稲田大学講師の坪内逍遥（当時はむしろ教育家として活躍していた）は、「凡人本位の小説」などが自分本位の煩悶の「ジャスティフィケーションの道具に使はれる」と主張した（特集「文相訓令に対する意見」での発言、『早稲田文学』一〇号、一九〇六年一〇月）。このように政府の要人、井上哲次郎や坪内逍遥といった保守派論客は文学への反感をはっきりと語っており、当時の教育家たちも口々に小説を攻撃した。

『小説』も（中略）大体の着想が頗る卑俗で、而も風儀上教育上如何はしい者が多い、（女子高等師範学校教授、下田次郎の談話、無署名「女学生の読物」『教育時論』七七六号、一九〇六年一一月）

（前略）盲目的な本能満足主義、此れから生ぜられる文学（中略）は趣味を養ふでもなく、美を楽むでもなく、無功有害で最も禁歇防止に勉めなければならぬ所であることは今更言ふ迄もない、（私立東洋大学講師、中島徳蔵「文藝と道徳」『丁酉倫理会倫理講演集』五五、一九〇七年四月）

現代の小説を読むことは、学生諸君に勧める訳に行かぬ。（中略）青春に富める読者をして徒に神経過敏に流れしむるからである。（三輪田高等女学校教頭、三輪田元道「将来の小説及演劇」『東京日日新聞』一九〇七年五月二〇日）

世は社会風教の頽敗を慨嘆し男女学生の堕落を絶叫しつゝあるが、（中略）確に文学界に於ける自然主義も亦其原因の一に数ふべきものである。（広島高等師範学校教授、塚原政次「自然主義の傾向と道徳」『丁酉倫理会倫理講演集』六四、一九〇八年一月）

このように教育家たちは、一様に小説とそれに親しむ青年を攻撃した。つまり文学者たちは学生風紀問題に責任を負う存在として名指され続けていた。そしてこの動向は、最後に引用した記事に「自然主義も亦其原因の一に数ふべきものである」とあるように、自然主義運動の背景の一つとなっていた。では自然主義運動と学生風紀問題はどう関わっていたのか。

この点で重要なのは特に一九〇六年からの教育界の動きである。第8章で詳しく見たようにこの年、青年たちの煩悶や自殺が言論界の中心的な論点として浮上し、それと連動する形で綱島梁川たちの言動によって引き起こされた青年層の宗教熱が話題になるとともに、六月九日、文部大臣牧野伸顕によって文部省訓令が発せられる。これが先述の学生風紀問題の論議を受けたものだったことは、「青年子女」の「風紀頽廃」の要因として「就中近時発刊ノ文書図書」を名指し、非難するという、当時の教育家たちに倣う主張を備えていることからも明らかである。先述のようにこの訓令を契機として小説排斥の気運がいっそう高まり、これを踏まえて組まれた雑誌『新公論』の特集「如何にして衰世の悪傾向を防止すべき歟」（二一年七〜九号、一九〇六年七〜九月）はとりわけ衆目を集めた。[2]

翌一九〇七年に「道徳」と文学の対立は、前年の論議を引き継ぐ形でさらに緊迫の度を加える。特に「現代の主なる倫理学者を殆んど網羅して残す所なきやの観あり」（無署名「女性に関する二論文」『新人』六巻三号、一九〇五年三月）と目されていた丁酉倫理会の機関誌『丁酉倫理会倫理講演集』上で文学への攻撃が集中的に行われ、[3]一方、長谷川天渓、島村抱月たちによって相次いで文学擁護論が発表されるなど、[4]「道徳」と文学の両陣営の間で活発な応酬が見られた。また文壇内でも、一九〇七年の後半期にいわゆる性欲問題、モデル問題が持ち上がり、自然主義が、性欲を忌憚なく描き、友人の私行を暴くことをも辞さない非道徳的な潮流として外側に認知されていく。この一連の展開によって構築されたのが、自然主義運動の有力な担い手だった相馬御風の言う「自然主義対道徳」（「自然主義と道徳」『新声』一八編一号、一九〇八年一月）という対立の構図である。

従来ほとんど注意されていないが、自然主義運動はこのように日露戦争以前からの学生風紀問題をめぐる論議に接続する形で出現した。「道徳」への異議を唱える先の白鳥の記事がこうした言論界の状況と対応しているのは明らかだろう。現に白鳥は文部省訓令と『新公論』の特集「如何にして衰世の悪傾向を防止すべき歟」を厳しく批判しており、[5]そして文学の社会的役割を、「道徳」をめぐる動向との関連から意識していた。そのことは同時代の小説家への評価からも確かめられる。白鳥は尾崎紅葉について、「旧道徳旧人情旧趣味旧文辞が巧みに紅葉の作に含まれてゐる」ことを批判しており（「紅葉山人」、特集「明治故人評論（四）尾崎紅葉論」『中央公論』二二年八号、一九〇七年八月）、夏目漱石についても、「野分」や「二百十日」を見れば常識的道徳小説の臭ひが漲つてゐる。（中略）氏の作を見ると、氏は与へられたる道徳に跼蹐してる人で、今の家庭小説家と多く異る所がない」（「夏目漱石論」、特集「現代人物評論（二）夏目漱石論」『中央公論』二三年三号、一九〇八年三月）と難じている。つまり紅葉や漱石に対する不満は、その小説に「道徳」への反発が見られないことにあった。言い換えれば、ここで文学は「道徳」の陣営への対抗的な構えを率先して構築すべき拠点として浮かび上がっていた。

以上のように白鳥は、小説の読者たる青年たちを口々に指弾する教育家および教育行政の動向（「道徳」）を強く意識しており、この動向への態度という観点からどの小説が信頼に値するかを判断していた。白鳥の発言に見られるのは、教育界と文学という二つの領域の動きを同じ視野の中に収めつつ、あくまであるべき小説を、教育界の動きに対抗する反「道徳」的な実践として設定しようとする意識である。それは当然ながら白鳥自身の表現をも深く規定していたはずである。

3 「何処へ」と教育界

正宗白鳥の小説が「道徳」の陣営の動きに対して対抗的な姿勢を強めていく形で胚胎していくことは、作中における青年とその指導者の関係の描き方からも明らかである。例えば「旧友」（『新小説』一一年九巻、一九〇六年九月）に登場する牧師は、世話をした青年たちを一向に「真の信者とはなし得な」いまま敗残の日々を送る人物として現れるし、「安心」（『趣味』二巻六号、一九〇七年六月）では、つねづね尊敬していた牧師が病床で「淫猥極まる」寝言を言い、たまたまそれを聞いた青年が「説教」よりも「大なる慰藉」を得るという内容が語られる。特にこうした青年とその指導者の間の不和や隔たりをいっそう徹底した形で描いた試みとして現れたのが「何処へ」である。以下、「何処へ」の表現を詳しく見ていく。

「何処へ」は雑誌記者、菅沼健次の数日間の日常をめぐって展開するが、ほとんど展開らしい展開を備えていない。一応のあらすじは、健次とその友人の織田の妹との間に縁談が持ち上がるものの、健次の消極的な態度ゆえに箕浦（健次の別の友人）が織田の妹を娶ることに決まるというものである。本章の関心にとって特に重要なのは、健次が取材のために恩師にあたる大学教授の桂田博士を訪問する場面である。桂田博士は次のように健次を批判する。

どうも君は真面目でない、今から読書を卑しむやうぢや、人間は発達の見込がないと断言出来る、これから国家に尽くさうといふ青年が、こんな浮薄な根性を持つてゝどうします、碌に読書もせんで書物を軽んじたり、人間の義務を満足に尽しもしないで、世の中を攻撃したり、大間違ひの話ぢやないか、しかしこれも今の雑誌や文学が作つた悪結果の一つだらう。どうも軽佻だ、浮薄だ、過渡期には免かれんことだが、武士道の精神も衰へるし、新倫理観が青年の間に欠乏してゐるから、こんな歎かはしい現象が起る。して見ると私なども進んで積極的に救済策を講ぜねばなるまい、（中略）今の青年の通弊を見ると、どうも社会の為国家の為に黙々に附してゐらん、私も当面の問題について飽まで意見を発表しなければなるまい（二六号二九～三〇頁）

注意したいのは、ここで健次が置かれる立場、つまり、「今の雑誌や文学が作つた悪結果」、武士道という美徳にもとる存在、「救済策」を講ずべき対象、国益に背く成員（「国家の為に」云々）として幾重にも指弾される立場が、同時代の青年たちにも当てはまることである。（なお健次の父親も「武士道の精神が衰へる」ことを嘆く人物として作品に登場する。）

そのことは前節で触れた教育界の動向と照合することで明瞭となる。まず健次を含めた青年たちが「救済策」を講ずべき対象とされることは、先述の『新公論』の特集「如何にして衰世の悪傾向を防止すべき歟」（二一年七号の副題は「厭世と煩悶の救治策」）を思い起こさせる。[6] さらに、「文学」の「悪結果」として健次を批判するふるまいが、これまで見てきた同時期の小説排撃論に倣っていることは明らかである。また桂田博士は健次を「どうも社会の為国家の為に黙々に附してゐらん」と非難する。「国家の為」という言辞は当時の青年の攻撃者たちの決まり文句だった。

此の思想（青年の厭世思想）の普及して時代思想とならむには、国家の為め実に由々しき一大事なり。（山根正次〔政治家〕、特集「如何にして衰世の悪傾向を防止すべき歟」傍点木村、以下同）

今回の訓令が（中略）戦後日本の国是と、相背馳する如き形式を取りて青年界に臨む事も有らば、国家の為め由々敷次第なりと、心窃かに憂慮しつゝある者で有る。（雷軒「青年の意気」『丁酉倫理会倫理講演集』四六、一九〇六年七月）

徒らに己の材能を夸大視する時は（中略）国家の為めにも亦大に惜まざるを得ないのである。（松本文三郎〔京都帝国大学教授〕「煩悶と自殺」『新小説』一一年一一巻、一九〇六年一一月）

先の桂田博士の「国家の為」云々という部分は、このような青年の攻撃者たちに連なる発言だった。その画一性は、すでに波多野精一（早稲田大学講師）によって「今日の教育家の多くの如く、「国家の為」と叫んだ丈けで、此の弊を除かうとするのは余りに浅薄だと思ふ」（特集「文相訓令に対する意見」）と批判されていた。[7] 付言しておくと、武士道への桂田博士の関心も当時の青年の攻撃者たちの言動と対応している。[8] ここから分かるのは、先の桂田博士の発言が同時代の言論を覆った教育家や保守派論客たちの発言群の簡明な要約だったことである。

健次の訪問の目的にも注意しよう。健次は、桂田博士の談話を雑誌の記事にするためにその邸宅に訪れている。この記事の内容は、健次が「ぢや私の雑誌へも、そのお考へを書いて頂けますまいか」と返答するように、まさに健次を前にして語られた先の青年批判に決まる。そのことは、桂田博士が、文学と「道徳」の対立(「自然主義対道徳」)という言論の構図が浮上していく動きに、「道徳」の陣営の一員という立場から参与していた人物だったことを示すだろう。(9) すなわち、桂田博士もまた学生風紀問題の発言者だった。

重要なのは、このような教育家たちとの軋轢が、青年の内面という主題の浮上と表裏をなす現象だったことである。例えば桂田博士が健次の「浮薄な根性」を非難したように、あるいは井上哲次郎が青年たちを「神経的」「病的」と攻撃したように、青年の内面は救治すべき対象として貶められ、攻撃された。この状況はそれに応じた動きを促進させたと考えられる。すなわち、自身の内面が一方的に侮蔑されることへの反発を青年たちの間に呼び起したはずであり、さらにその内面を、当事者の視点を設定し直しつつあらためて表現しようとする欲求を生み出したはずである。現に白鳥は「何処へ」発表の直前にこう述べていた。

去年文相の訓令があり、それから諸先輩の煩悶救治策が現はれ、吾人は彼等の考のあまりにお目出度のを滑稽に感じたが、今日の青年の間に一種の暗い思想が湧きつゝあるのは争ふべからざる事実だ。(中略)数年前のニーチヱ鼓吹や美的生活論はまだ呑気なもので、雷同者の多くは酒を呑んで浮かれる位の量見であつたであらうが、今日少数の青年の頭にある者はもつと意味が深い。今年雷同者や盲目的反対音の多かつた自然主義も、これを広く深く進めたならばどうであらう。(「虚無思想の発芽」、特集「明治四十年文壇の回顧」『文章世界』二巻一四号、一九〇七年一二月、一一頁)

この言明から確認されるのは、白鳥が特に一九〇六年以降の教育界の動き、つまり文部省訓令や特集「如何にして衰世の悪傾向を防止すべき歟」との関連から青年の内面(「青年の頭にある者」)という主題を強く意識していたことである。実際、この発言の直後に発表され、青年を攻撃する桂田博士を揶揄的に登場させる「何処へ」は、「これ実に今日の人間が胸中を代表したものではあるまいか」という先述の長谷川天渓の評にもあったように、青年の内面の描き方によって注目された。「何処へ」は、このように同時代の青年問題、学生風紀問題をめぐる動向に作中世界を接続させ、現実感を高めながら青年読者たちを健次の内面に深く関与させようとする仕組みを備えている。では「何処へ」は青年の内面をいかにして描いたのか。

4 青年の内面

先の桂田博士の発言の直後に置かれるのは次のような一節である。

と、演説調で云つた、それが如何にも真面目で心底から憂世の情が溢れてゐるので、健次は気の毒になり、「ぢや私の雑誌へも、そのお考へを書いて頂けますまいか、私共は人生の経験も乏しんですから、先生方の御意見を窺ふと非常に為になります」と、穏かに殊勝らしく云ふと、博士は顔を軟げて頻りに首肯《うなづ》き、「つまり何さ、君などはまだ〳〵読書が足らんし世間で苦労をしないから、空論に迷はされるんさ」と時計を見て、(二六号三〇頁)

ここで示されるのは、健次と桂田博士の間に、表面的にはともかく、実質的に応答関係が生じていないことである。健次は、自身の浮薄さを難じる桂田博士の言葉に反省や反発を見せるどころか、「気の毒」に思い、桂田博士に「非常に為になります」と「殊勝らしく云ふ」。そこに示されるのは、桂田博士の「憂世の情」に満ちた言葉が健次に一向に有効な形で働きかけていないことである。この点は後続のやりとりでさらに強調される。桂田博士は、「君も必ず益する所があるに違ひない」と健次に自身の十年程前の著作「東西倫理思潮」を貸し出そうとし、健次はそれを「無理強いに読まされる苦痛を予想して、暫らく無言」になるが、博士はそれを「所々開けては二三行小声で読み、頻りに首肯《うなづき》てゐる」。この「頻りに首肯《うなづき》てゐる」という博士のしぐさが、先の引用部分、健次が「殊勝らしく」感心したふりを見せたすぐ後のところにも出てくることに注意したい（「顔を軟げて頻りに首肯《うなづ》き」）。こうした細部が強調するのは、相手の内面への桂田博士の鈍感さと独善性である。

ここで健次への桂田博士の説諭は見かけの上では一定の成功を収めたかに見えるが、実際には全くの失敗に終わっており、そして健次だけがそのことを把握している。桂田博士は、当の教導の対象たる青年に何ら有効な働きかけを行っていないどころか、そのことさえも気づいていない。この教育家は、教え子の内面を計測し損ねたまま自身の教育的効果を過信する、まさに「気の毒」な人物に他ならない。付言しておくと、後日、健次が「東西倫理思潮」を「本箱の上に置いたまゝ手にも取ら」ないままだったどころか、博士との再度の面会の約束さえ忘れてしまうことが語られ（二七号一〇〇頁）、この教育家の感化力の乏しさがあらためて確認される。この記述は、青年の内面（「青年の頭にある者」）が、教育家の「憂世の情」に満ちた言葉が決して影響力を行使しえない場所であることを示すとともに、健次の「浮薄」を難じる桂田博士のふるまい自体の安易さを際立たせる。こうした描写と結びついているのが、「何処へ」の随所で「刺激」に飢える健次の姿が描き込まれている点である。例えば「（十）」の部分で健次は、「激烈な刺激に五体の血を湧立たさねば、日に〳〵自分の腐り行くを感じ」、さまざまな「刺激」について空想に耽る。

普通の麻酔剤は何の効目《きゝめ》もない、酒なら焼酎かウヰスキーを更にコンデンスした物、煙草なら阿片（中略）。正義も公道も問題ぢやない。自分を微温の世界から救ひ出して、筋肉に熱血を迸らすか、腸まで蕩ろかす者は、それが自分の唯一の救世主だ。革命軍に加つて爆裂弾に粉砕されやうとも、山賊に組して縛首《しばりくび》の刑に合はうとも、結果が何であれ、名義が何であれ、自分を刺激する最初の者に身を投げて、長くても短かくても、或は即刻に倒れてしまつてもよい。（二七号九四頁）

引用部のように健次の内面は、「革命軍に加」わるか「山賊に組」するかという選択に価値を見出さない。つまりそこは、「刺激」があるか否かだけが問われ、善と悪の区分、他人の意図や信念が意味を失う場所として示される。そして「麻酔剤」「焼酎」「ウヰスキー」「阿片」「筋肉」「爆裂弾」「縛首《しばりくび》」といった語彙の連鎖は、この内面の放縦さをいっそう際立たせる。このように「何処へ」が強い興味を見せるのは、身体的な快、不快だけが意味を持ち、行動の理由となるような内面だった。

そのことを視野に入れると、健次と友人の織田が路上で救世軍の演説に立ち会うという一見平凡な場面は、この内面を別の角度から鮮烈に描き出した部分として浮かび上がるだろう。ここで救世軍は「皆様懺悔なさい、神様にお縋りなさい」云々と熱弁をふるうが、周囲の聴衆は野次を飛ばしたり、冷笑したり、石を投げたりする。しかし健次だけは熱心に聞き入る。この場面は次のように続く。

健次は何も答へず、目を伝道者から離さない。（中略）

かくて凡そ二十分もして、健次は摺り物を女の手から貰つて群衆を分けて出た。

「君は何故あれが面白い」と、織田は長く待たされたので恨めしさうな顔をする。

「面白いぢやないか、彼奴は地球のどん底の真理を自分の口から伝へてると確信してる。あの顔付を見給へ、自分の力で聴衆を皆神様にして見せる位の意気込みだ。人間はあゝならなくちや駄目だ」

「何にも感心しない君が、何故今夜に限つてあんな下らない者に感心する？」

「さうさ、僕は救世軍にでも入りたいな。心にも無いことを書いて、読者の御機嫌を取る雑誌稼業よりや、あの方が面白いに違ひない、あの男は欠伸をしないで日を送つてるんだ、生きてらあ」

「はゝゝ」と織田は大口を開けて勢無く笑つて、「僕は青年が浅薄な説教なんかして日を送るのが不憫にある《ママ》」

（二六号四六～四七頁）


　これまで見てきた「道徳」の陣営との抗争という文脈を視野に入れるとき、白鳥の問題意識を集約的に示す場面としてこの部分を理解できるだろう。[10] 注意したいのは、そこに内面をめぐる、当時の教育家たちから明確に差異化された認識が書き込まれていることである。

　ここで健次は確かに救世軍の演説に熱心に聞き入り、「摺り物」さえもらうが、健次と救世軍の間に何らかの了解が成り立っているわけではない。健次が演説に注意を向けるのは、演説への共感のためではなく、その度を越した自己過信ぶりのためである。つまり救世軍の主張は実際には健次に届いてはいないし、友人の織田もこうした健次のふるまいを深く気に留めるわけでもない。健次、織田、救世軍は同じ場に居合わせ、見かけの上ではある調和的な眺望を構成しているが、現実には互いに不可解な内面を抱える他人同士として存在する。「何処へ」が執着を見せるのは、このように社会の成員たちが、外見上はどうであれその個々の内面において、特定の意志によって一律に統制されることを強く拒みながら存在するという事態である。その認識が、自身の指導によって青年たちの内面を矯正しうると信じる、作中の桂田博士を含む当時の教育家たちの楽天性との顕著な違いとなることは言を俟たない。

前節でも見たように、このような内面の表現を理解する際に重要なのは当時の教育界の動きである。先の『新公論』の特集「如何にして衰世の悪傾向を防止すべき歟」には、「明治年間の新小説も亦総て之を排斥せざるべからず」（根本正）という桂田博士と同類の文学排撃論から、「園藝の趣味を解せよ」（宮川鉄次郎）というやや唐突な提案に至るまで、「〜せざるべからず」「〜せよ」「〜する事」といった種々の助言や命令が示されている。そして「何処へ」は、青年の内面がそのような言葉の浸蝕を拒む、固有の意志や欲求によって駆動する領域であることを念入りに確認する。すなわち、「何処へ」で行われるのは、青年の内面に向けて自らの教育的効果を何ら疑うことなく繰り出される「諸先輩」（白鳥「虚無思想の発芽」）の発言群の空転を露呈させ、さらに、そこで一方的に断罪された内面を、当事者の視点を回復しつつ再現するという二重の作業だった。このような企てにこそ、白鳥の試みが日露戦争後の動向の中で切実な表現となりえた大きな要因があったと考えられる。

5　独歩から白鳥へ

正宗白鳥が「道徳」の陣営を強く意識する形で創作していたことを別の角度からも指摘できる。留意しておきたいのは、これまで見てきた白鳥の表現が、「道徳」への挑戦的な態度を、先行作品よりもいっそう徹底した形で構築したことである。特にこの点で触れておきたいのは国木田独歩との関連である。[11]両者の表現の類似は同時代にも指摘されており、[12]白鳥自身もこの時期に繰り返し独歩の小説への敬慕の念を語っている。[13]しかしそこには見逃せない違いもあったと考えられる。

まず独歩「帰去来」（『新小説』六年五巻、一九〇一年五月、のちに『濤声』〔彩雲閣、一九〇七年六月〕収録）の次のくだりに目を留めたい。

野蛮？野蛮なら何だ。我は野蛮を愛す。世に尽すべき義務とや、人は独立不羈の生活、平和満足而して自由の生活を営むべき権利を有して居るのだ。自から欺いて倫理学とかいふ奴隷の信条を招牌《かんばん》とすべき義務はない！

（『濤声』一二五頁）

ここは、成女学校校主の宮田脩が昨今の小説の不健全さを体現する部分として挙げている部分である。[14] こうした道徳（「倫理学」）の担い手への反発は独歩の他の作品にも共通する。「牛肉と馬鈴薯」（『小天地』二巻三号、一九〇一年一一月）では、「忠君愛国」という教育家や保守派論客たちがたえず強調した価値観の側に立つことのできる「俗物党」たちを前にして「顔に言ふ可からざる苦痛の色」を見せる人物が描き出されるし、「酒中日記」（『文藝界』一巻一〇号、一九〇二年一一月）では小学校校長として「忠孝仁義」を説きつつも、その実背徳的な人生を歩む男が取り上げられる。確かに道徳や教育家は懐疑の対象となっている。しかし登場人物たちが一様に葛藤、苦悩する様子を見せることに注意したい。すなわち、ここで教育家や保守派論客たちの価値観が登場人物たちの内面に強い影響力を持つということ自体は疑われていない。

そのことを視野に入れると、白鳥が同じく教育家や保守派論客の価値観と対峙する場面を取り上げながらも、独歩の小説とは別種の光景を描いていたことが分かる。先に見たように「何処へ」の主人公は、その不健全を難じる教育家を前にして反発するどころか、「気の毒になり」、「私共は人生の経験にも乏しいんですから、先生方の御意見を窺ふと非常に為になります」と「穏かに殊勝らしく云ふ」。すなわち、「何処へ」は教育家の信念を反発にも値しないもの、単なる憐憫の対象として再発見している。ここで描かれているのは、もはや青年に葛藤や苦悩を呼び起こす影響力さえも教育家に認めないという、教育家の立場から言えばいっそう過酷な状況である。[15] 白鳥によって実践されるのは、このように「道徳」の喧伝家の信念を、これまでの作例よりもいっそう矮小化した形で描き出すこと、言い換えれば、教育家の反感を買った独歩の表現をも不徹底なものとして浮かび上がらせるような、いっそうの非道徳性の考案だったと言える。[16]

そしてこうした文学動向の背後にあったのが、文学と青年を執拗に攻撃する日露戦争後の教育家や教育行政の動向だった。「何処へ」発表直前の白鳥の発言に、「文相の訓令」「諸先輩の煩悶救治策」を「滑稽に感じた」と語る一節があったことを思い起こそう。第8章でも少し見たように、「文相の訓令」を契機として小説を有害視する気運がこれまで以上に高まったことは多くの資料によって確認される。例えば無署名「風俗の取締」(『趣味』一巻四号、一九〇六年九月)は『文藝倶楽部』第一二巻第一一号(一九〇六年八月)の発禁処分について文部省訓令の影響を指摘し、「文部大臣の訓令以来社会主義に関する出版物が急に其の売行を減じたそうだ」と伝えている。忘憂子「文藝時報」(『読売新聞』一九〇六年一二月一六日)は、帝国図書館での小説の扱いについて、「文相訓令以来、新刊小説は一通り事務員が目を通してから、余りひどくないものを貸すことになつたので、新刊物は少しく貸出しの時日が遅れるといふ話だ」と報じていた。[17] 同じ時期、多くの学校でも小説の閲覧を禁じる措置がとられたらしく、[18] 例えば当時の主要な教育家団体の一つだった帝国教育会は、内務省に小説の検閲の強化を働きかけている。[19] 特に文部省訓令以後に顕在化するこうした動向は、一九〇八年頃から従来にもまして頻繁に文学作品への発禁処分が下されるようになる状況を準備していく動きとして重要だろう。

このような状況こそは、自然主義運動が青年の内面の吟味と擁護にとりわけ熱意を見せた主な要因だったと考えられる。これまで見たように、当時の教育者や教育行政の動向は、青年の内面を「救治」の対象として意味づけ、批判した。では当の内面の持ち主たちはこうした状況をどのように受けとっていたのか。次に示すのは、青年投稿雑誌『新声』に掲載されたある学生の投稿文である。

現在自己指導の下にある学生の、些々たる一片の胸中だも知らざる卿等は、如何に大胆なればとて、果して学生の心理を知り尽せりとは公言し得ざるべし。自己が其指導の任に当りながら、其者の心理的傾向の十一だも究めずして、よく其責を尽したりとするか。（藪紫剣「学生風紀問題の責任者」『新声』一三編五号、一九〇五年一〇月、四九頁）

自然主義の興隆へと至る日露戦争後の数年間は、青年たちがまさにここで語られる、自身の内面（「胸中」「心理」）に対する教育家たちの無理解を繰り返し確認した時期だったと言える。この状況は、当然ながら青年の内面を当事者の立場から理解してくれる試みへの期待と結びついていたはずである。そしてこの期待に応えるべく現れた先端的な達成が「何処へ」だった。白鳥の小説が非道徳的な青年の内面（「今日の人間が胸中」）の再現に意を注ごうとするのは、こうした青年層の不服を視野に入れるからであったと考えられる。

むろん「何処へ」だけではない。これと密接に関わる白鳥の重要な作品として『落日』（『読売新聞』一九〇九年九月一日〜一一月六日）がある。この作品でも青年とその指導者という、「何処へ」でも見られたのと同じ構図が取り上げられる。ここで青年の指導者に相当するのは代議士の藤崎である。この人物は当時折に触れて教育問題に発言していた衆議院議員の竹越三叉を強く喚起させる形で造形されており、読者も次のように指摘していた。「それから竹越氏が出て来るのも妙だ。確に竹越氏だらう。（中略）現代を楽観して居る元気のよい人と、暗黒な生を自覚して居る現代の青年この対照は面白い」（池田清「落日を読む」『文章世界』五巻三号、一九一〇年二月）。なお竹越三叉は『太陽』の特集「新進廿五名家」（一五巻九号、一九〇九年六月）の「文部大臣適任者」を選ぶ読者投票で沢柳政太郎、新渡戸稲造、高田早苗たちとともに五位で当選している人物である。三叉は一時期ながら『読売新聞』主筆を務めており（一九〇六年一一月〜一九〇七年六月）、白鳥は同じ新聞の記者として三叉と接していた。このように作中世界を当時の社会状況に接続させ、臨場感を高めつつ青年を深く関与させようとする構成は「何処へ」と通底している。

他にも青年と教育家（道徳）の対立がそのまま作中世界の基本的な構図をなしている重要な作例として島崎藤村『破戒』（上田屋、緑蔭叢書第一篇、一九〇六年三月）がある。『破戒』は、「あゝ、あゝ、今の青年の思想ばかりは奈何《どう》しても吾儕《われく》に解りません」（三四頁）と青年批判を展開する小学校校長を、瀬川丑松（一応小学校教師だが、小学校から排斥される）と対比的に描き出している。そしてこの校長を、金牌に異常な執着を示し、差別にも荷担する卑しい人間として、はっきりと負の意味づけを与えつつ登場させ、一方でこの人物に敵対する瀬川の内面を念入りに写しとり、「これ程内面的の煩悶を云ひ現はした者は稀れであらう」（小川未明、特集「『破戒』を評す」『早稲田文学』五号、一九〇六年五月）という称賛を受けた。

青年の風紀の乱れを攻撃し、小説の排撃を唱える当時の教育家たちによって図らずも行われていたのが、このような自然主義小説こそを切実なものと感じうる読者たちの育成だったと言える。白鳥への青年層の共感は、「健次の性格の一部は、当今教育ある青年の多くにあるそれを捕つた所から、此作を胸にこたへる事なしに読むことは出来ない」（無署名「何処へ」『帝国文学』一四巻一二号、一九〇八年一二月）という読者の反応からも確認される。白鳥自身も「一週間の日記」（『文章世界』四巻一〇号、一九〇九年八月）で、愛読者たちからの多くの手紙や来訪に触れつつ、「青年諸氏に愛せられるために我々は生活費を得られるのである」と青年たちからの信頼を自負していた。

6　現実らしさの背景

これまで見てきた正宗白鳥の周辺の動向から分かるのは、青年の内面を報告し、擁護することが自然主義運動の担い手たちの関心事となる必然性があったことである。この背景をなしていたのが、青年の内面を一方的に「救治」の対象として意味づけ、攻撃した、日露戦争以前からの教育家や教育行政の動向だった。言い換えれば、「道徳」の陣営の諸発言も、たとえ文学に対して敵対的な役回りだったにせよ、明治後期の文学史の構成部分だったと言える。

この動向は、なぜ日露戦争後の文壇で現実（「自然」）らしさという観点が前景化し、「現実暴露」（長谷川天渓「現実暴露の悲哀」『太陽』一四巻一号、一九〇八年一月）という標語が吹聴される状況がもたらされるかを理解する上である手掛かりを与えてくれる。むろん修辞的洗練を排した、即物的な叙述に徹する作風で注目された白鳥の作品も、「書きなぐりの気味がある様だが、重もに偽はらざる自己が流露されて居る」（無署名「何処へ」『新公論』二四年一号、一九〇九年一月）と評されたようにこの文学動向の産物だった。こうした現実らしさへの渇望は何と関わっていたのか。この点で示唆的なのは、先述のように「何処へ」が、当時の教育家たちの発言を作中に組み込みながら青年の経験を辿るという構成を持つことだろう。そうした構成は、教育家たちの言動が文学の担い手の想像力を強く規定していたことを示している。なお作者自身の性欲を露骨に描くという形で「現実暴露」を行った田山花袋「蒲団」（『新小説』一二年九巻、一九〇七年九月）が、「道徳派から批難の声の上がるべき[20]」表現として浮上していたことも踏まえておきたい。

先に見たようにこの時期の言論界を特徴づけるのは、青年たちに向けて武士道や愛国心の貴さを倦むことなく説いた、桂田博士に体現される教育家たちの発言群の隆盛である。この画一的で観念的な言葉が、当の宛先たる青年たちの経験といかに隔たっていたかは、文壇の担い手たちに繰り返し意識されたはずである。それゆえに自然主義運動は、このような言葉に鋭く対立する、「現実暴露」という指針に忠実な表現、桂田博士の語を借りれば、「国家の為に黙々に附してゐ」られないと危惧させる表現をことさらに考案することに意義を見出したのではないか。またそれゆえにこうした表現は、教育家たちの攻撃対象だった青年層の読者に支持されたのではないか。当時の文壇の急進的分子たちの実践を支えていた、「現実暴露」という指針への信頼と賛同は、このように青年に向けて発せられた先行世代の発言群との緊張関係から把握されねばならない。白鳥の非道徳的な小説が手厚く遇される日露戦争後の文壇の風景はそのことを物語っている。

注

（1）本章でも注目する日露戦争後の青年問題に関しては、特に岡義武「日露戦争後における新しい世代の成長」（『思想』五一二～五一三号、一九六七年二～三月）に詳細な記述がある。ただしこの論に限らず、思想史的、教育学的観点からの検討には文学史的展開への目配りはほとんどない。本章はこの動向を文学史と密接に関わるものとしてあらためて把握していきたい。なお文学研究の領域では平岡敏夫『日露戦後文学の研究』（上下巻、有精堂出版、一九八五年五～七月）のような先例があるものの、今なお当時の青年問題をめぐる展開については未検討の部分が多い。

（2）一九〇六年前後に煩悶青年が争点化し、それと関わりつつ青年層の宗教熱（綱島梁川熱）や自然主義運動が現れることについて、本書第8章、第9章を参照されたい。詳述しないが、日露戦争以前に関しては女学生の堕落や藤村操の自殺との関連で青年層の「風紀」「風教」を憂慮する論調が目立つ。

（3）高島平三郎「文藝と教育」（五三号、二月）、宮田脩「文藝と道徳」（同号）、雷軒生「文藝と道徳及び宗教」（五四号、三月）、中島徳蔵「文藝と道徳」（五五号、四月）等。

（4）長谷川天渓「文藝と道徳」（『太陽』一三巻六号、一九〇七年五月）は先の『丁酉倫理会倫理講演集』の文学排撃論への反駁である。島村抱月に関しては、小杉天外『魔風恋風』（『読売新聞』一九〇三年二月二五日～九月一六日、春陽堂から全三冊で一九〇三年一一月～一九〇四年五月に単行本を刊行）の閲覧を禁じた帝国図書館（上野図書館）の措置に抗議する「禁閲覧の文学」（『早稲田文学』二〇号、一九〇七年七月）等。

（5）特集「如何にして衰世の悪傾向を防止すべき歟」について、「何れも今日の青年とは心界の異なれる人々の意見なれば、何れも青年の感動を惹起すに足らず」と批判する「出版界」（『読売新聞』一九〇六年八月一一日、署名剣菱）、「文相の訓令の迂愚なるは云ふを待たず、其の他の教育界政治界の重なる地位を占むる人々にも、文相以上に文藝を解するは、一もこれあらざるべし」と述べる「感想録」（『太陽』一二巻一三号、一九〇六年一〇月）等。

（6）この点は瓜生清「何処へ」論」（『北九州大学文学部紀要』二七号、一九八一年七月）三八頁で指摘されているが、そのような関連だけに留まらないことを強調しておきたい。なお山本芳明「空想ニ煩悶」する青年」（『研究年報』三三輯、一九八七年三月）はこの特集と関連づけつつ、白鳥「独立心」（『新小説』一二年五巻、一九〇七年五月）を読解している。山本は、この小説が先の『新公論』の特集に見られる徳目を身につけた結果、常軌を逸した人間が生まれることを描いたとし、先の特集への「痛烈な諷刺」を見出している。ただし山本は「何処へ」には青年（文学）と教育界との対立という背景を見出してはいない。

（7）白鳥はこの波多野の発言に、当特集の発言の中で「最も同感」を感じたと述べている（「文藝時評」『読売新聞』一九〇六年一〇月一〇日）。

（8）特に日露戦争前後は武士道の論議が盛んとなり、『中央公論』は一九〇四年八月から翌年八月にかけて武士道をめぐる井上哲次郎や大隈重信たちの論説をほぼ毎号にわたって掲載している。『武家時代女学叢書』（全三冊、梅沢和軒校註、有楽社、一九〇五年四月～一九〇六年一月）、『武士道叢書』（上中下巻、井上哲次郎・有馬祐政編、博文館、一九〇五年三～一　月）の刊行も話題を呼んだ。この武士道復興をめぐる動きが学生風紀問題の論議とも相補的だったことは次の言明からも裏づけられる。「一方に於て科学実学を奨励し、武士道を鼓吹し、尚武の気風を養成すると同時に、他方に於て一切の小説書類と芝居を撲滅し、似而非《にせ》哲学を排斥せよ」（先述の特集「如何にして衰世の悪傾向を防止すべき歟」での根本正〔政治家〕の発言）。

（9）桂田博士が健次による取材の後に文部省に出向くとされていること（「これから文部省へ行かにやならんから」）も重要である。当時教育家と文部省の間に密接な関係が築かれていたことは、例えば無署名「教学界」（『太陽』一三巻四号、一九〇七年三月）で、牧野伸顕文部大臣が末松謙澄（政治家）、井上哲次郎、新渡戸稲造（第一高等学校長）、沢柳政太郎といった名士一一名との「審議討究の上」で教育勅語の英訳を作ったと報じられていたことからも分かる。先の桂田博士の描写もこうした状況を読者に想起させたと考えられる。

（10）従来この場面については、熱心に演説に聴き入る健次の姿に着目しつつ、健次の深層にある「激越なロマンチシズムの心」（相馬庸郎「正宗白鳥」『日本自然主義再考』八木書店、一九八一年一二月、二一一頁）、あるいは作者の「すでに棄てたと自認していたキリスト教にたいする郷愁」（武田友寿『「冬」の黙示録』日本YMCA同盟出版部、一九八四年九月、七七頁）を見出す指摘が目立つ程度である。

（11）初期の白鳥と独歩との関連については、特に一柳廣孝「懐疑と断念のあいだ」（『名古屋近代文学研究』六号、一九八八年一二月）に詳細な記述がある。この論でも両者の表現上の関連（特に信仰問題の取り上げ方の違い）が検討されているが、ここでは別の視野（「道徳」への態度のとり方）から両者の関連に触れておきたい。

(12) 例えば無署名「小説界」（『早稲田文学』一五号、一九〇七年三月）は、「多く短篇の形」をとり、ささいな事象にも「一大事の潜在せることを暗示せん」とする傾向を持つ小説として独歩と白鳥の作品を挙げている。

(13) 例えば以下。「独歩集運命等は三四度を繰り返して読んだのによつて見ると、矢張此等の者が最も好きであつたのだらう」（特集「自分の好む小説」『趣味』二巻一〇号、一九〇七年一〇月）。

(14) 宮田「注意すべき文藝思潮の一傾向」（『丁酉倫理会倫理講演集』六四、一九〇八年一月）はこの箇所を引用しつつ次のように非難していた。「吾人所謂「倫理学とか云ふ奴隷の信条を招牌とする」済輩から見ると、誠に憐むべき嫌ふべき黜くべき厭ふべき鄙猥残忍の醜事も、彼等〔独歩たち〕に在つて、之を自然のもの真実のものとして容認するは勿論、寧ろ推奨して敬意を払ふのである」。なおこの記事の発表時期を考慮すれば、宮田は「帰去来」の雑誌初出本文ではなく、これを収録した独歩の作品集『濤声』（彩雲閣、一九〇七年五月）を参照したと推量される。

(15) こうした両者の差異は、例えば近松秋江による別様の評価からも裏づけられる。秋江は独歩について、「成程悲哀の感も多ければ、人生は果敢ないものとの歎もある。が、皮肉な自己主義なデカダンなノルドウに嘲けられるやうな神経過敏な暗い所は些しもない」（「文壇無駄話」『読売新聞』一九〇八年七月一二日）と述べていたが、一方、白鳥については、「此の人の作物多く自から規矩とする冷静の軌道を逸れて『ざまを見やがれ』の冷罵となる」（「文壇無駄話」、同紙、一九〇八年一一月一日、傍点原文）と、独歩とは異なる形で評している。

(16) その意味で当時の敬慕の対象だった独歩について、のちに白鳥が次のように述べていることは象徴的である。「独歩は武者小路氏にいろ〳〵な点において、似てゐると思ふ。（中略）道徳的である。理想家である。明るい。（独歩の文章を暗いものと、昔私が思つたことのあつたのは大間ちがひだつた。）」（傍点木村、「文学雑評」初出不明、『白鳥随筆集』〔人文会出版部、一九二六年三月〕に収録）。引用は『正宗白鳥全集』一九巻（福武書店、一九八五年九月）七一頁。

(17) 関連記事として島村抱月「禁閲覧の文学」も参照のこと。

(18) 例えば宮田脩「文藝と道徳」は、「文藝に関する書物は余り読まぬがよい、殊に青年に読ませるな」ということが「折々教育会議の問題にも出で大多数を以て一も二もなく決議されるのを見る」と伝えている。

(19) 『教育時論』八一二号（一九〇七年一一月）の無署名記事「風紀に関する建議」によると、帝国教育会は一九〇七年一〇月一五日に「風紀に関する建議案」を可決し、内務、文部両大臣に提出する。この建議案には次のような条文が存在する。「新聞、雑誌、小説の類厳密なる検閲をなし苟も風教に害ありと認むべきものに対しては相当の制裁を加ふることを蜿行すること」。

(20) 「『蒲団』合評」（『早稲田文学』二三号、一九〇七年一〇月）での島村抱月の発言（署名星月夜）。

第11章　政治の失墜、文学の隆盛
——一九〇八年前後

1　はじめに

これまで見てきたように一九〇〇年代に文学と「旧思想」と言われた保守派論客や教育家や統治権力は一貫して対立状態にあり、この対立が最も激化したのが自然主義運動の隆盛期だった。ではこの運動の中でいかなる思想的な展望が開拓されたのか。

重要なのは、自然主義運動が従来の表現のあり方だけではなく、文学の社会的地位や政治との関係をも大きく変える企てだったことである。かつて坪内逍遥『小説神髄』（松月堂、一八八五年九月～一八八六年四月）が、小説を「玩具《もてあそび》」ではなく、「大人学士《たいじん》を楽ましむる美術」（上巻三〇丁ウ）として位置づけ直したように、一八八〇年代頃からの文学の中心的な課題は、文学を遊戯と見る認識の変革にあった。そして自然主義運動は文学を、知識人が心血を注ぐべき高等な営み、つまり「男子一生の事業」（後述）として承認させることにこれまで以上に尽力し、大きな実績を上げげた。この点で自然主義運動は、一八八〇年代あたりから重ねられてきた文学者たちの努力の集大成と言うべき意義を帯びている。現に自然主義運動を経過した段階では文学の地位向上は心地よく回顧されている。次に示すのは、内田魯庵が一九一二年六月に発表した「二十五年間の文人の社会的地位の進歩」(『太陽』一八巻九号)の一節である。

文人の生活は昔しとは大に違つてゐる。今日では何も昔しのやうに社会の落伍者、敗北者、日蔭者と肩身を狭く謙下《へりくだ》らずとも、公々然として闊歩し得る。今日の文人は最早社会の寄生虫では無い、食客では無い、幇間では無い。文人は文人として堂々社会に対する事が出来る。(三四四頁)

ただこのように文学の卓越化を図る動きは、ある思想的な通念との摩擦を引き起こさずにはおかなかった。この通念とは、政治ないし国家への献身を何よりも貴いものと見る、特に明治期に隆盛を見た知識人たちの考え方のことである。幕末、維新期の政治的動乱、自由民権運動から日清戦争、日露戦争へと至る騒々しい社会動向は、たえずこうした「現実的政治家的態度」(のちに触れる正宗白鳥の語)の保全と強化を促してきた。文学者たちの間にも、かつては政治家志願者だったという経歴の持ち主が多かったことはすでに本書の序章で述べた通りである。そしてこうした政治(国家)を神聖視する価値観がこれまでになく激しい形で反発を受け、撤退を強いられたのが自然主義隆盛期の数年間(一九〇八年前後)だったと言える。自然主義運動の担い手たちが集団的に打ち出していくのは、文学が政治に優る意義を持つという、先の価値観の持ち主たちから見れば容認しがたい主張であり、それゆえ文壇とその外部の間で深刻な不和が生じる。この光景は、それだけ自然主義運動が内包していた視野の大胆さと新しさを表している。

ではここで生じた不和の様相とはいかなるものなのか。その点を吟味することで、文学の地位の向上という、一八八〇年代頃から文学者たちによって自覚的に推進されていく展開が最終的にいかなる思想的な段階を開拓するに至ったかを明らかにしたい[1]。

2　文学者の顕彰

まず自然主義運動が隆盛を見た一九〇八年前後に、文学が遊戯とは対蹠的な営みとして卓越化されていた状況を見ていこう。

この状況を端的に示すのが、西園寺公望首相が一九〇七年六月一七日から一九日にかけて私邸に二〇名の文士（三名欠席）を招いて歓談した出来事、いわゆる文士招待会である。このように一国の宰相と文士たちが半ば公的な形で会合を持ったのは初めてのことであり、ある新聞記事もこの会合について、「従来社会より厄介者扱ひにされた一般文士の沽券をして大に相場を狂はせたやうである」（〇●山人「平仄往来（二十）」『読売新聞』一九〇七年六月三〇日）と述べていた。さらに、一九〇八年六月における川上眉山と国木田独歩の死は各新聞によって大々的に報じられており、この報道は、文学者が「従来の社会的大人物に対すると同じ礼を以て」（無署名「明治四十一年文藝史料」『早稲田文学』三九号、一九〇九年二月）扱われた点で特筆される。

文壇人たちも文学の貴さを率先して喧伝していた。ここで触れておきたいのは、「文藝は男子一生の事業とするに足らざる乎」をめぐる文壇人たちの発言群である。この問題が一九〇八年後半の文壇で論議されるきっかけとなったのは、一記者「二葉亭氏送別会」（『趣味』三巻七号、一九〇八年七月）だったと推量される。この記事によると、ロシアへ渡ることになっていた二葉亭四迷は送別会の席上で、「私には〔文学が〕何うも詰らない」、「自分の死場処でないと言ふ様な気がする」と語ったという。(2) この発言が当時の文壇人たちの認識と齟齬を来していたことは、生田長江「室中偶語　藝術の権威」（『新潮』九巻四号、一九〇八年一〇月）での、「氏の為めに名誉のことではない」という二葉亭への批判からも明らかである。また『新潮』では「文藝は男子一生の事業とするに足らざる乎」（九巻五号、一九〇八年一一月）という特集が組まれ、ここで発言した内田魯庵、小杉天外、島村抱月、夏目漱石はいずれも文学が「男子一生の事業」とするに足ると述べており、例えば魯庵は、「宇宙の不可思議界」を明らかにする、哲学や科学と同類の営みとして文学を位置づけていたし、天外は文学が「軍人の事業にも、学者の事業にも、優るとも劣つて居るとは思はない」と主張している。

このように文学の貴さを語っていく文壇の動きに出版界も歩調を合わせていた。この状況をよく表すのが『中央公論』の誌面である。『中央公論』は、一九〇七年五月から一二月の間に「明治故人評論」という特集を掲載し、翌年二月から「現代人物評論」という特集を始める。この特集は一九〇九年末まで続き、一九一〇年以降も同種の記事が掲載されていく。これらの特集で注目されるのは文学の配置である。そこで高山樗牛、樋口一葉、尾崎紅葉、正岡子規、夏目漱石、田山花袋など文学者たちの記事と、福沢諭吉、原敬、大石正巳、徳富蘇峰、後藤新平、平田東助など政論家や政治家たちの記事とが「明治故人評論」「現代人物評論」という同じ総題のもとに配されていた。このように文学と政治が同等の地位にあるものとして、少なくとも誌面構成において提示されていたことは、当時の文学の地位向上の様子を窺わせる事例として興味深い。

『中央公論』だけではない。当時の出版界の状況を追っていくと、文学者について論議し、その足跡を回顧、顕彰していく動きが特に自然主義隆盛期に活発になっていたことが分かる。(3) この文脈で目を引く事例としては、田山花袋が編集した雑誌『文章世界』の特集「近代三十六文豪」（三巻六号、一九〇八年五月）、二段組み一九二頁の分量で書かれた『太陽』

図 11-1 『太陽』の特集「明治史第七編　文藝史」（15 巻 3 号，1909 年 2 月）

の特集「明治史第七編　文藝史」（一五巻三号、一九〇九年二月）（図11-1）、「明治文藝史上の十名家」（目次欄）の足跡を二段組み一四七頁の分量で論じた『早稲田文学』第五〇号（一九一〇年一月）（図11-2）の特集などがある。さらに、独歩の死去の際には『新声』『新潮』『趣味』『中央公論』『新小説』で相次いで追悼特集が組まれており（一九〇八年七～八月）、二葉亭四迷の死去（一九〇九年五月）の際にも諸家六二名の記事を集めた菊版四六四頁の追悼文集『二葉亭四迷』（坪内逍遥、内田魯庵編、易風社、一九〇九年八月）が編まれた。こうした文学史記述の隆盛の背後にあったのは、「明治史第七編　文藝史」に見られる、「後世に誇るべき明治文壇」（五頁）という字句が示すように、明治文学史が回顧するに足る質と量を持ちえたという文学関係者たちの自負の念だっただろう。

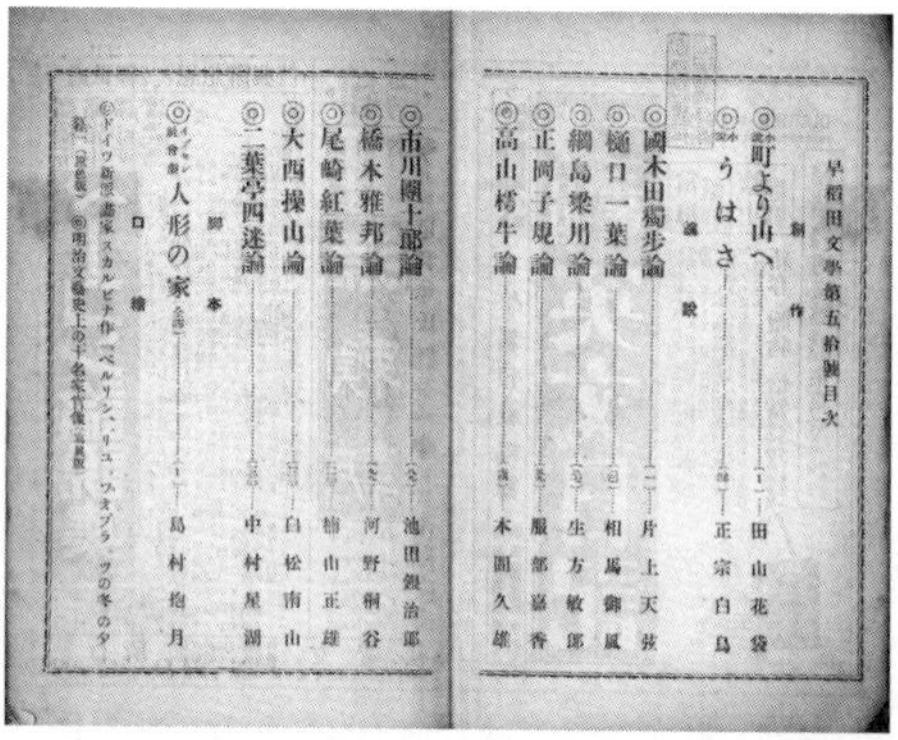
早稲田文學第五拾號目次

創作

◎町より山へ　田山花袋
◎うはさ　正宗白鳥

論説

◎國木田獨歩論　片上天弦
◎樋口一葉論　相馬御風
◎綱島梁川論　生方敏郎
◎正岡子規論　服部嘉香
◎高山樗牛論　本間久雄
◎市川團十郎論　池田銀治郎
◎橋本雅邦論　河野桐谷
◎尾崎紅葉論　楠山正雄
◎大西操山論　白松南山
◎二葉亭四迷論　中村星湖

脚本

◎人形の家　島村抱月

口繪

図11-2　「明治文藝史上の十名家」の足跡を論じた『早稲田文学』50号（1910年1月）の目次欄

このように文学者の足跡や文学史を辿っていく動向の中で、文学は「玩具《もてあそび》」（『小説神髄』）から対極的な地点にある営みとして繰り返し確認される。この光景は、例えば「わが日本民族の中より斯くの如き二個の偉人〔国木田独歩と綱島梁川〕を出したる事はわれらの永久に誇りとし光栄とすべき事である」（相馬御風「病床に於ける梁川氏と独歩氏」『新潮』九巻一号、一九〇八年七月）という文学者への言及の仕方からも窺われるだろう。またこれらの言説では、文学者の表現や思想だけではなく、その人柄、交友、生い立ち、風貌までもが興味の対象として取り上げられる[4]。すなわち、文学者とはそのようにあらゆる角度からの吟味を要するほどに深みを帯びた存在であるという認識がこれらの言説を支えていた。内田魯庵の言う、「文人は文人として堂々社会に対する事が出来る」（「二十五年間の文人の社会的地位の進歩」）という状況は、そうした諸言説に後押しされる形で築き上げられたと考えられる。このように文学者を偉人化し、その思想や人生を意義深い検討対象として取り上げていく動きは、文学者自身を題材にするという自伝的（私小説的）小説がこの時期から積極的に書き手たちによって用いられていく展開とも連動している。現に『文学界』の活動を回顧した島崎藤村の自伝的作品『春』は、こうした言説群に参与する形で生み出されていた（後述）。

重要なのは、このように文学を卓越化していく動きが、従来の知識人たちの思想的な通念との摩擦を引き起こしていくことである。ここで文学者たちの事跡を称えていく先の言説群の中に高山樗牛と北村透谷が繰り返し敬意とともに取り上げられる点に注意したい。例えば二葉亭四迷の死去を受けて書かれた無署名[5]「吁 長谷川二葉亭」（『新潮』一〇巻六号、一九〇九年六月）には次のような一節がある。

> 囚はれた第二の自個の型を破つて、真剣勝負で煩悶した人は、次代者の追随侵略に対して、ビクとも動かぬ力がある。二葉亭氏正しくそれであつた。北村透谷もそれであつた。高山樗牛には多少鬼面嚇人的のところがあつたが、少くとも此の種の人たるに背かぬ人格があつた。樋口一葉も国木田独歩もそれであつた。此種の人々は、次代者の踣随侵略に対して、何等の動揺も畏怖も感ぜず、依然として文壇の警醒者である。彼等には宗教的設彩、物凄き宣言の声がある。（一一頁）

ここでは高山樗牛と北村透谷という名を配しながら文学の尊厳が説かれる。これは一例にすぎず、先の『文章世界』の特集「近代三十六文豪」で、トルストイやゾラといった海外の文学者と並べて取り上げられる日本人文学者五名のうちの二人が樗牛と透谷だったし、他にも樗牛と透谷を称える多くの言及群がある。樗牛と透谷という名の配置と意味づけは、必然的にある思想的な含意を帯びざるをえない。一九〇八年前後に文学が、先に見たような新たな地位を獲得する一方で、その主張や表現については文壇の外側との間に深刻な摩擦を引き起こしたのもそのこと密接に関わっていたと考えられる。では文壇はいかなる思想を体現していたのか。

3　現実的政治家的態度

ここで取り上げたいのは、当時保守派論客の代表者として知られており、自然主義の攻撃者の一人でもあった徳富蘇峰の発言である。[6]まずこの人物が文学の貴さを語っていく先の言説群とはいかに対蹠的な認識を持っていたかを、「日曜講壇　青年の風気」（『国民新聞』一九〇四年九月二五日）によって確認しよう。

維新以前の青年には、少くとも其の有力なる部分の青年には、個人的自覚なるものは、殆んど是れあらざりき。（中略）

例せば当時の先進、藤田東湖、横井小楠の如き、其の経世的見解に至りては、幾多の衝突あり。されど一身は一個の私有にあらずして、国家の公有たりとの根本的観念に至りては、殆んど其の揆を一にせずんばあらず。降《くだ》りて橋本左内、吉田松陰の如きに至りては、此の観念は、特に精明、鮮白となり。宛も一種の宗教的権威と信仰との本体を、此に建立したるを見る。

蘇峰が深い敬意を捧げるのは、藤田東湖、横井小楠、橋本左内、吉田松陰へと至る志士たちの系譜であり、そして明治期に至って無視できない事態として浮上してきたのが、これらの系譜を作り上げてきた「国家的自覚」という観念を顧みない「明治の青年」たちの出現だった。

然れども所謂る明治の青年に至りては、少くとも其の著明なる部分に於ては。（中略）先輩の既に開拓したる熟田を、放棄して顧りみざるものあり。彼等は個人的自覚を得たると与もに、国家的自覚、若しくは其の一部を失墜したるが如し。

ここで蘇峰が指弾する「明治の青年」についてより詳細な批判を展開したのが、五回にもわたり『国民新聞』に載せられた「日曜講壇　地方の青年に答ふる書」（一九〇六年二月一八日〜三月一八日）である。この記事は、蘇峰に人生の悩みを書き送った青年への回答をそのまま読者に示したものであり、先の「日曜講壇　青年の風気」を含め、これまで幾度も書かれてきた青年批判を集約したものと言える。ここで蘇峰は、「人生問題」に沈潜する先の青年の浮薄さを厳しく批判するとともに（二月一八日）、「千人の乃木大将はなくもよし、一人の藤村操は是非なかる可らず」と考え、「明治の大文人、樗牛会の御祖師、高山博士」に共感を寄せる青年たちの思想を非難する[7]（三月一一日）。こうした藤村操や高山樗牛に対する非難も先の「国家的自覚」という観念と関わっている。次に示すのは「日曜講壇　地方の青年に答ふる書」の第五回（三月一八日）の一節である。

斯る場合に於て、愛国心は、無用とか、国家は邪魔者とか、国の為めに骨を折るは、余計な御苦労とか、不健全千万なる思想を鼓吹するは、実に呆れ入りたる悖行《はいこう》にして、天魔の魅入りたりと申すも之には過ぎざる可く候。

今日何事を為さんとするも、国の力に頼らずして、出来可きものに無之《これなく》候。一も国家二も国家、三も国家に候。故に何事を為すにも、其の第一著手は、国家との相談に候。

樗牛や藤村操たちが否定されねばならない理由がここに示されている。蘇峰から見れば、政治に奉仕する（「国の

図 11-3　徳富蘇峰『吉田松陰』改版第 7 版の広告（『国民新聞』1909 年 3 月 10 日）

為めに骨を折る」）精神こそは決して相対化を許さないものであり、この精神をいとも疎略に扱う「不健全」な潮流として現れたのが樗牛や藤村操たちの新思想だった。付言しておくと、一九〇八年一〇月の蘇峰『吉田松陰』改版（民友社）の刊行は、こうした事態への一つの応答という意味を持っていた。興味深いのは、この改版第七版刊行の際の広告文（図11-3）に書かれた次のような記述である。「若し能く松陰の為人を学ばゞ所謂る華厳的厭世家も出ざるべく、所謂る本能主義の人も出ざるべく（下略）。青年学生諸君請ふ細読せよ」（『国民新聞』一九〇九年三月一〇日）。これが先の藤村操、樗牛への批判そのままであることは明らかだろう。[8] つまり『吉田松陰』改版の刊行は、明治期の「不健全」な潮流に対置されるべき「維新以前の青年」の精神を再興する企ての一環だった。言い換えれば、藤村操や樗牛のような「不健全」な存在こそは、蘇峰が理想とした吉田松陰のような志士から最も程遠い存在だった。[9]

留意したいのは、「日曜講壇　地方の青年に答ふる書」で示される認識が、人生相渉論争（一八九三年）の際の北村透谷（『文学界』）批判を引き継いだものだったことである。蘇峰が樗牛たちを非難するために用いた「不健全」という語は、かつて「社会に於ける思想の三潮流」（『国民之友』一八八号、無署名、一八九三年四月、のちに『経世小策』下巻〈民友社、一八九六年七月〉収録）で透谷を批判するために用いられたのと同一の語である。[10] 同様に蘇峰は、「日曜講壇　地方の青年に答ふる書」で樗牛を揶揄するために用いた「竹林の七賢人」という言葉を、「社会に於ける思想の三潮流」で透谷（『文学界』）たちにも投げかけていた。ここから浮かび上がるのは、明治期の思想界を貫く「不健全」の系譜、つまり透谷、樗牛、藤村操、日露戦争後の青年群という連なりである。

こうした蘇峰の経世家風の意識ないし志士的精神は、当時の知識人たちの間に広く共有されていた。現に人生相渉論争の際に蘇峰の盟友として透谷を攻撃した山路愛山は、先の蘇峰「日曜講壇　青年の風気」を「快誦」したと語っていたし（「『青年の風気』に就て」『国民新聞』一九〇四年九月二七日）、「愛国の埒を破」る樗牛たちの思想を、「是豈済世に志あるもの丶看過し得べき事態ならんや」と難じていた（「文学及び思想」『独立評論』三九年二号、一九〇六年二月、無署名）。[11] 前章までに見てきた、青年と文学を攻撃した保守派論客や教育家や政府の要人たちが同様の価値観の持ち主だったことはもはや詳述を要さないだろう。

以上のことを視野に入れると、自然主義運動期の文学界がそれとは真向から対立する価値観の拠点となっていたことが分かる。ここで触れておきたいのは正宗白鳥「宗教問題」（『読売新聞』一九〇六年五月一〜二日）である。白鳥は冒頭で北村透谷、藤野古白、藤村操、「此頃徳富蘇峰氏に向って衷情を訴へた或る地方の青年」たちへと至る、新しい「苦痛」を持つ青年たちの系譜に触れ、こう述べている。

徳富蘇峰氏ハ以前、文学界一流のセンチメンタリズムを斥け、当時の新文学を病的とした如く、この頃の青年の傾向に対しても、現実的政治家的態度で批評を加へ、五たび青年に与へた書（「日曜講壇　地方の青年に答ふる書」）の大要も「人生の極致など人間の力で分る者か、そんな無用なことを考へるよりも、現在に活動せよ、国家を愛せよ」といふにあつた。これも一の真理であらうが、氏に書を贈つた代表的青年とハ根本に頭脳を異にし、氏自身にハ青年時代から専ら「治国平天下」を心がけて、氏の所謂「愚なる煩悶」をしたことがないのだから、氏の言ハ其青年の渇仰を価する説でハなかつた。青年と蘇峰氏位の年輩の人とハ思想に一大懸隔があるのだから、氏が最後に道同じからざればバ相為に計らずと、青年に対して匕を投げたのも無理もないことだ。

（五月一日）

白鳥は人生相渉論争（「以前、文学界一流のセンチメンタリズムを斥け」）や先の「日曜講壇　地方の青年に答ふる書」を思い起こしながら、蘇峰の「現実的政治家的態度」を批判し、一方で透谷や日露戦争後の青年たちの「不健全」な思想を擁護する。なお白鳥はここで樗牛に触れていないが、「青年と宗教」（『読売新聞』一九〇五年一二月一三日）では樗牛を「青年悲痛の声」の代弁者として好意的に位置づけている。[12] つまり白鳥のような文壇人から見れば、蘇峰が吉田松陰のような志士たちと対蹠的な存在として意識し、批判した透谷、樗牛、藤村操、日露戦争後の青年群の系譜こそが共感の対象であり、青年層の政治的関心の後退も進んで是認されるべきことだった。

そのことを踏まえれば、前節で見た、過去の文学者たちの事跡を称える文学史的記述が帯びていた党派的な性格が浮かび上がるだろう。再び無署名「吁　長谷川二葉亭」を思い起こしたい。この記事は透谷と樗牛という名を挙げつつ文学の尊厳を説いていた。こうした言明が先の白鳥の発言と軌を一にしていることは言を俟たない。同様の言明を、伊藤博文の死を受けて組まれた『太陽』の臨時特集号「伊藤博文公」（一五巻一五号、一九〇九年一一月）での島村抱月の発言に見出せる。

僕一個に取つては、たゞ国家の功臣といふやうな国宝を失つた感じ、死際が苦しくは無かつたらうかといふ気の毒の感じ以外、別に是れからの自分等の生存と接触した印象は〔伊藤の死に対して〕残らない。随つて世間で言ふやうな痛切な哀悼の情は、却つて独歩が死んだ二葉亭が死んだといふ方に余計に起る。当然の事であらう。（「国宝的人物」二二〇頁）

抱月は国木田独歩と二葉亭四迷の死を、伊藤博文という著名な政治家の死よりもいっそう重大な出来事として意味づける。この発言や先の「吁 長谷川二葉亭」に、蘇峰に体現される政治の神聖視から一線を画そうとする文壇の問題意識が端的に表れている。

同じ時期に文学の担い手たちが相次いで人生相渉論争を回顧していることも、同様の問題意識の表れだったはずである。この論争の際の蘇峰（民友社）を批判した先の白鳥「宗教問題」はその一例であり、また例えば田山花袋は「諸家文章短評（二）」（『文章世界』三巻三号、一九〇八年二月、署名ＫＴ生）[13]で山路愛山に対して次のように記している。「曾て北村透谷と人生を論じた時もさうであつたが、詩を経世的眼光で批評するのだけはやめて貰ひ度い。今は三歳の童児でも社会と純文学との区別位は知つてる時代だから」。さらに、先にも触れた『文章世界』の特集「近代三十六文豪」の記事「北村透谷（日本）」（無署名）[14]は、透谷が「文藝を以て直ちに社会の為にしようとする功利論者に対して、激しく論戦した」ことを敬意とともに回顧している。その他、「功利主義派に反抗の声をあげ」た透谷の足跡を辿っている相馬御風「北村透谷私観」（『早稲田文学』三四号、一九〇八年九月）など、複数の記事が同類の言及を残している。[15]

以上のように日露戦争後の文壇に確認されるのは、蘇峰に代表される「現実的政治家的態度」に対する反発の高まりであり、この意識と連動していたのが、人生相渉論争の際の蘇峰（民友社）を思い起こし、口々に批判する文学者たちの発言群だった。この光景を視野に入れると、当時の書き手たちの想像力も、蘇峰のような保守派論客に対抗していく文学者たちの共同作業に参与していたことが見えてくる。次に当時の文壇に重きをなした二人の小説家、島崎藤村と花袋の表現を取り上げよう。

4 『春』と「罠」

まず見ておきたいのは、徳富蘇峰の『吉田松陰』改版の刊行と同じ年に発表された島崎藤村の長編小説『春』(『東京朝日新聞』一九〇八年四月七日〜八月一九日、のちに緑蔭叢書第貳篇として同年一〇月自費出版)である。『春』は高い評価を得た作品であり、早稲田文学記者「推讃之辞」(『早稲田文学』三九号、一九〇九年二月)によって正宗白鳥の作品集『何処へ』(易風社、一九〇八年一〇月)とともに称えられたことはよく知られている。『春』で行われるのは、藤村自身の失恋と『文学界』の文学活動の回顧である。本章の関心にとって重要なのは、『春』が一八九四年五月に自殺した北村透谷の顕彰という側面を持つことである。すでにこの点について、忘れられつつあった「『文学界』の復権要求の意図」(16)を指摘する見解があるが、この説明だけでは透谷を登場させる小説を、一九〇八年、つまり自然主義隆盛期のさなかに送り出すことの含意は充分に浮かび上がらない。注意したいのは、『春』が、先に見てきた文学者の足跡を称えていく種々の文学史記述への参画ないし増補と言うべき意義を持つことである。実際、先に触れた相馬御風「北村透谷私観」は、『春』の記述を参照しながら書かれている。

まず一九〇八年頃に透谷を称えるという『春』の身振りが、先の白鳥や花袋たちの徳富蘇峰(民友社)批判に連なるものであることは言うまでもない。すなわち、『春』も政治の貴さ(「現実的政治家的態度」)への疑念とともに胚胎した言説だった。『春』の作者がそのことに多分に自覚的だったことは『春』の次の場面から分かる。

> 『どうも世間の奴等は不健全で不可《いかん》』と言つて、彼(透谷、作中では青木)が憤慨して居るので、『青木君は、自分の方が健全だと思つてるから面白い』と斯う市川なぞは心に驚いて居る位である。(二六〇頁)(17)

ここでの「不健全」をめぐる言及は明らかに人生相渉論争を踏まえている。[18] 先述のように人生相渉論争で透谷たちに加えられた非難が「不健全」だった。そのことを藤村が強く記憶に留めていたことは、「北村透谷の短き一生」(『文章世界』七巻一四号、一九一二年一〇月)の次の記述から分かる。

文学界の先づ受けた非難は、不健全といふ事であつた。それに対しても、吾々若いものは皆激しい意気込を持つてゐたから、北村君などは『どうも世間の奴等は不健全で可かん。』とあべこべに健全を以て任ずる人達を、罵るほどの意気で立つてゐた。(三九頁)

この一節は『春』の問題意識を示唆する。すなわち、蘇峰に代表される「健全を以て任ずる人達」に反発した文学青年の足跡を敬意とともに振り返ることに『春』の主眼があったと言える。藤村が蘇峰たちを強く意識しつつ『春』を構成していたことは、民友社(山路愛山)を批判し、人生相渉論争のきっかけを作った透谷「人生に相渉るとは何の謂ぞ」(『文学界』二号、一八九三年二月)の文面を四頁(初出単行本)にもわたって引用していることからも窺われる。さらに、平田禿木(作中では市川)が透谷たちに「どう見ても吾儕《われく》は高踏派だね、斯うして雲の上を歩いてる様子は」(四九頁)と言う場面が『春』にある。これも透谷たちを「高踏派」と名指し、批判した蘇峰「社会に於ける思想の三潮流」を踏まえている。[19]

こうした「健全を以て任ずる人達」への対抗意識は、透谷に特徴的な類推を連ねていこうとする修辞的配慮と関わっている。作中の透谷は、「爆発弾を投げる虚無党の青年」(二八七頁)に喩えつつ自殺に惹かれる心情を妻に語り、別の場面では若い頃に「英雄豪傑の気風を欽慕」(三九八頁)していたことを述べる透谷の書簡が引用される。そして友人は、先の透谷の評論「人生に相渉るとは何の謂ぞ」に「単騎陣頭に立つといふ勢ひサ」(四六頁)という評を与え、透谷の死去の際には語り手も、「仲間中《うち》から一人の戦死者を出したといふことが、反《かへつ》て深い刺激に成つて、各自《めいく》志す方へ突進まうとしたのであつた」（四一五頁）と藤村たちを描き出す。『春』はこのように「爆発弾」「英雄豪傑の気風」「単騎陣頭」「戦死」といった政治闘争の語彙群で透谷像を構成していく。この特徴的な表現の背後にあるのは、「健全を以て任ずる人達」によって攻撃された透谷こそが英雄とされるにふさわしいという認識に他ならない。[20] そのことが、先述のように蘇峰などの保守派論客と対立しつつ、文学を政治の上位にある営みとして卓越化していく文壇人たちの企てと軌を一にすることは言うまでもない。『春』が内包する修辞的意識は、こうした一九〇八年前後の文壇状況と不可分に結びついている。

このように文学（透谷）を卓越化していく身振りは『春』の終盤の記述にも見られる。

斯ういふ中で岸本〔藤村〕は大根畠の二階に籠つて、自分は自分だけの道路《みち》を進みたいと思つて居た。自分等の眼前《めのまへ》には未だく開拓されて居ない領分がある――広《ひろ》い闊い領分がある――青木〔透谷〕はその部分を開拓しやうとして、未完成な事業《しごと》を残して死んだ。斯の思想《かんがへ》に励まされて、岸本は彼《あ》の播種者《たねまき》が骨を埋めた処に立つて、コツく其の事業《しごと》を継続して見たいと思つた。（四九〇～四九一頁）

引用文のように『春』は、透谷を新たな歴史的段階が切り拓かれた起点（「播種者《たねまき》」）とする形で藤村という後続の文学の担い手を定義する。この言明が、吉田松陰のような志士たちを突出させる形で歴史を辿ろうとする蘇峰の視野といかに異なっているかは言を俟たない。すなわち、蘇峰が吉田松陰のような志士から最も遠い存在と見ていた厭世自殺者こそは『春』が記憶すべき偉人として発見した存在だった。この志向が当時の文壇人たちにも共有されていたことは、前節で見た人生相渉論争をめぐる発言群からも明らかである。そのことが示唆するのは、一九〇八年前後に相次いで整備されていく、『春』を含めた文学史言説が、吉田松陰の功績を突出させる蘇峰流の視野に対置されるべき歴史叙述の試みだったことであろう。

このように「健全を以て任ずる人達」の視野に対抗していく作業を、藤村とは異なる角度から推進した試みとして注目されるのが田山花袋の小説である。花袋が先述のように人生相渉論争の際の民友社の発言を批判した人物の一人だったことも踏まえておきたい。花袋がこの時期に幾度も行うのは、人間の中にある動物性、つまり「本能」「性慾」「自然」の喧伝である。「蒲団」(『新小説』一二年九巻、一九〇七年九月)はその一例であり、特にこの試みの同時代的な意義を教えてくれるものとして興味深いのは、小栗風葉『恋ざめ』(新潮社、一九〇八年四月、刊行後発禁処分)に付された次のような花袋の序文である。

風葉君は少くともナチユラリストだ。(中略)/人間としてナチユラリストの性質を受けて世に生きた人は実に幸福である。かういふ人は一種の観念とか理想とか言ふものに支配される恐が無い。時勢の必要上、一時それに捉へられることがあつても、内容が動いて承知が出来ないから、すぐ其の自然の姿に帰つて了ふ。小さな観念や主義や理窟では何うしても生きて居られない。従つて、一面から見ると、非常に我儘子のやうな処があつて、社会組織の上からは、謀叛人のやうに見られることがあるが、要するにこれは自然の姿だ。最も貴ぶべき人間の自然性だ。(六～七頁)

注目されるのは、「謀叛人」、つまり国家に背く存在と同一視される「自然の姿」こそを「最も貴ぶべき」ものとする記述である。ここでは国家の上位に「自然」という水準が設定され、それに奉仕することがあるべき主体像の条件として示される。言い換えれば、蘇峰にとって相対化を許さない「国家的自覚」という徳目を備えること自体が、花袋から見れば、「小さな観念や主義や理窟」への拘泥、つまりあるべき主体像からの後退として斥けられねばならない。当時「自然」が「国家的自覚」のような概念を矮小化する語としての意味づけを得ていたことは、自然主義を標榜とした文学運動を理解する上で重要だろう。

この時期、花袋が執着を見せるのは、こうした「謀叛人」に近似する主体像を明確化する作業だった。その中で生み出される成果の一つが短編「罠」（『中央公論』二四年一〇号、一九〇九年一〇月）である。「罠」は、人間の行動原理としての「本能」（この語は花袋において「自然」とほぼ同義で用いられる）(21)を執拗に強調しながら家庭生活の愚かしさを説く一種の思想小説である。語り手の「僕」は、「男が保留された本能作用を自由に家庭以外に縦《ほしいまま》にするのも止むを得ないぢやないか」（五頁）とまで言い放ち、別のところでは、近所の肴屋の上《かみ》さんに子供が出来たことに触れてこう述べている。「騙されて、罠に入れられて、子供を一人育てなければならないはめに入つたのも知らずに、やれお七夜だ、やれお頭《かしら》つきだ、やれ赤飯だと騒いで居る人間の愚かさ加減が解らない」（一三頁）。このような放逸な言辞を連ねる作品が、「謀叛人」にも近接する「自然の姿」を称える先の『恋ざめ』序文と深く関わるのは明らかであろう。

当然ながら「罠」は蘇峰にとって容れることのできない作品だった。蘇峰は「東京たより」（『国民新聞』一九〇九年一〇月一九日、署名門外漢）で「当今我国の青年作家」について次のように記している。「社会の根柢を、性慾に措き。神聖なる可き夫婦の関係を、唯だ一種の性慾機関となし。所謂る家族以外に、自由なるものを、要求す可く、絶叫するものあり」。この一節は、作品名こそ示されないが、明らかに「罠」を意識している。その上で蘇峰は言う。

> 社会を根柢より顚覆せんとする思想に至りては、之を唱ふる当人も、其禍の甚大なるを知らず。之に和する応声虫も、其害の甚深なるに気附かず。彼等が看て以て一場の茶話となしたる者、実に国家元気衰頽の原因となり、社会秩序紊乱の動機となる也。

蘇峰から見れば、「罠」は「国家元気衰頽の原因」として排除されるべき類のものだった。一方、花袋はすぐに反駁する。

この記事を読んで私はまづ（中略）東京だよりの記者が作家と作品とが、如何なる関係交渉を有するやをもすら知らざる低級読者の群の一人なのを此上なく遺憾におもふ。

作家は感官に触れ、胸中に映つた事々物々を、たゞ現象として取扱ふのみである。要するに現象である。主張ではない。又経世論では無論ない。経世者がその現象に怖毛《おぞけ》を振ふのは勝手だが、それを以て藝術に対さうとするのは、読者としては殆ど無価値である。（「文壇一夕話」『文章世界』四巻一四号、一九〇九年一一月、一七七頁）

花袋は「経世者」たる蘇峰を「低級読者」の一人として意味づける。この言明に確認できるのは、ありのままに描く（「感官に触れ、胸中に映つた事々物々を、たゞ現象として取扱ふ」）という自然主義的な文学理念が、「経世」に敵対する指針として浮かび上がっていたことである。そして当時の文壇は、「経世」とは一線を画する視野から「罠」について発言を連ねていく。XYZ「現代文壇の鳥瞰図」（『文章世界』同号）は同じように蘇峰を攻撃しつつ、「かくのごとく観じてゐる一己の人が明治天皇の治下に生息しつゝある事実は、これを何人と雖、いかなる官権と雖、よく如何ともすることが出来るものでない」と語り、上司小剣は「スッカリ感心した」と述べ（「近頃の感想」『読売新聞』一九〇九年一〇月一七日）、相馬御風は「一種の底気味の悪い感銘」を与える点を称える（「随感録」『読売新聞』一九〇九年一〇月三一日）。また『趣味』の特集記事「本年中尤も興味を引きし一小説脚本＝絵画＝演劇」（四巻一二号、一九〇九年一二月）では、島村抱月、徳田秋声、片上天弦、岩野泡鳴が口を揃えて「罠」を賞賛する。ここでは「経世論」の観点から「国家元気衰頽の原因」として非難されるべき表現こそが意義あるものと見られ、そして次々と文壇人たちの賛同を呼び込んでいくという事態が現出している。この光景に、当時の文壇が経世家風の意識（「経世論」）から差別化された視野をいかに強固に作り上げたかがよく表れている。

むろん藤村や花袋の事例だけではない。先の蘇峰「東京たより」が「罠」とともに非難したのが、「罠」と同時に『中央公論』に掲載され、「非愛国の精神を鼓吹する」(蘇峰)と目された永井荷風「帰朝者の日記」である。[22]他にも、「これから国家に尽くさうといふ青年が、こんな浮薄な根性を持つてゝどうします」と述べる教育家を貶めながら青年の内面を描いた前述の正宗白鳥「何処へ」(『早稲田文学』二六〜二九号、一九〇八年一〜四月)など、同類の事例をこの時期の文学作品から探し出すのは容易である。ここから分かるのは、当時の書き手たちの想像力も、前節で見てきた、蘇峰に体現される経世家風の視野に対抗する文壇人たちの共同作業に率先して協力していたことである。

5 「不健全」の擁護

以上のように自然主義運動は、従来の知識人たちの思想的な通念との抗争として浮上していた。ここで作り上げられるのが、政治に文学への優位性を認めないという特異な思想的拠点であり、[23]政治が尊重に値しないことが文壇人たちの間で繰り返し確認される。このような思想的拠点を開拓した点に、政治の至高性を自明としてきた従来の思想的展開に対する自然主義運動の革新性を認めることができるだろう。

同時にここから見えてくるのは、北村透谷、高山樗牛の試みから自然主義運動へと至る展開の連続性である。この連続性は、透谷と樗牛に向けられた日露戦争後の文壇人たちの敬意の念、またこの両者に対する徳富蘇峰の批判によって裏づけられる。ここで一貫して模索されていたのが、政治の至高性が疑われようとしないこれまでの思想的状況からの脱却だった。ただ透谷や樗牛の発言は、当時決して文壇の中で支配的な勢力を築いたわけではない。透谷は新進の批評家の一人として知られていたにすぎず、樗牛も文壇を自身にとって迂遠なものとして見ていた。[24]しかし自然主義運動の中でこの企ては、先の田山花袋「罠」をめぐる発言群の連鎖によく表れているように、主要な文壇人たちを結集させた共同作業として推し進められており、そこに自然主義運動が築き上げた展開の新しさがあった。

以上のことを視野に入れると、自然主義運動が文学に新たな社会的役割を担わせる企てだったことが理解される。確かに自然主義の小説に関しては、田山花袋「蒲団」に見られるように、その取材範囲の狭さが当時から批判の対象となっており[25]、のちに例えば中村光夫『風俗小説論』(河出書房、一九五〇年六月)などが非社会的という評言で自然主義を批判している[26]。ただ中村式の理解では自然主義運動の意義を適切に捉えられない。本章で見てきたように当時の文壇人たちは、政治の下位に置かれてきた文学こそを政治の上位の営みとして再定義していく。ここで行われていたのは、政治の貴さを疑わない者たちの価値観を失墜させるという企てだったと言える。自然主義運動が、蘇峰のような保守派論客や統治権力をも巻き込む日露戦争後の言論界の中心的な争点[27]として浮上したのもそうした挑発的な性格のためだった[28]。

言い換えれば、この文学運動が推進していたのは「不健全」の擁護だった。ここで思い起こしたいのは、「人生の極致など人間の力で分る者か、そんな無用なことを考へるよりも、現在に活動せよ、国家を愛せよ」という蘇峰の態度(正宗白鳥「宗教問題」)についてである。蘇峰にとって意味を持つのは、このように国家に有用な存在か否かという観点であり、この評価法のもとで吉田松陰のような偉人の対極に置かれる「不健全」な存在、つまり二級の人間として意味づけられるのが透谷や樗牛や文学青年たちだった。一方、自然主義運動が目指していたのは、こうした評価に対抗しつつ、「不健全」な人間たちの経験を手厚く吟味し直すことだったと理解できる。この試みこそは自然主義運動を明治後期の思想界の中で個性的な企てとして浮かび上がらせた。蘇峰のような保守派論客から見れば、国家ないし政治への忠誠心こそは神聖であり、その言論活動の存在理由そのものだった。一方、文壇人たちはこの価値観を、社会の成員たちの精神の自由に対する不当な束縛として発見する。ここで推進されていたのは、先のような国家に有用か否か（「健全」か「不健全」か）という評価法に拘束されない表現と思想の拠点として文壇を整備し直すという企てだったと言える。

当時の文壇人や知識層の青年たちが、蘇峰のような「健全を以て任ずる人達」（島崎藤村「北村透谷の短き一生」）に対していかに対抗意識を強めていたかは、「不健全」たる透谷こそを英雄化する藤村『春』の例だけではなく、例えば正宗白鳥「健全なる思想」（『読売新聞』一九〇四年一一月二五日、署名剣菱）での、「善も悪も健全も不健全も畢竟立場の異なる者より見たる独断に過ぎず」という発言からも明らかである。また樗牛や自然主義文学の愛読者だった阿部次郎（当時東京帝国大学学生）は、「健全なる思想とは何ぞや」（『帝国文学』一三巻二〜三号、一九〇七年二〜三月、署名峙楼）[29]で「健全不健全」という語が吹聴される数年来の状況を取り上げ、「不健全と呼ばれ病的と呼ばるゝは寧ろ現代青年の誇とすべき所」とまで主張した。こうした知識階級の青年の発言から分かるのは、「健全を以て任ずる人達」によって自己の精神が不当に抑圧されているという不服の高まりであり、この意識を擁護し、検証する役割を担ったのが自然主義運動だった。

本章で確認しておきたかったのは、以上のように自然主義運動が、文学表現の変革の試みだっただけではなく、従来の知識人たちが自明としてきた経世家風の意識や志士的精神の限界を乗り越えていくための模索だったことである。この運動が「健全を以て任ずる人達」から繰り返し批判されてもなお青年たちの厚い信頼に支えられていたのは、こうした明治後期の思想動向への貢献のためだったはずである。

注

（1）自然主義隆盛期に文学はその外部と激しく対立していた。しかし吉田精一『自然主義の研究』（上下巻、東京堂出版、一九五五年一一月～一九五八年一月）など自然主義運動を扱う先行研究は、基本的に文壇の内部の現象にのみ注目しており、結果、自然主義運動が文壇の外側（保守派論客や教育家や統治権力）の抱え持つ価値観への対抗という意義を備えていたことはまだ充分に理解されていない。筆者はこの点を踏まえ、自然主義運動の展開を先の対立関係に注目しながら把握する調査を行ってきた。その報告が本書第7章から本章にかけての部分である。

（2）その他、二葉亭は「予が半生の懺悔」（『文章世界』三巻八号、一九〇八年六月）等で文学への疑念を語っている。

（3）日露戦争後の文学史的記述について、本章とは関心が異なるが、中山昭彦「死の歴史＝物語」（『文学』五巻三号、一九九四年七月）での調査がある。

（4）例えば以下のような発言。「樗牛の其のスラリとした、毛の濃い、黒眼勝ちの、歯並の、整つた、威厳をつくらう程に口の大きい、苦味のある、言語の明晰な風采は其の文章と酷く似て居る」（「明治故人□〔評〕論（一）高山樗牛」での近松秋江の発言、『中央公論』二二年五号、一九〇七年五月）。

（5）この記事に「自己革命」という特徴的な語があり、それが『新潮』同号の松原至文「藝術の新生命とは何ぞや」に使われていることから、「吁 長谷川二葉亭」は至文の手になると推量される。

（6）「東京だより」（『国民新聞』一九〇八年一月七日、署名門外漢）や『文章世界』の特集「肉慾描写について」（三巻四号、一九〇八年三月）での発言等に自然主義批判が展開されている。門外漢が蘇峰を指すことは、「東京だより」（『国民新聞』一九〇一年一一月二二日、署名門外漢）等の記述から分かる。なおこの頃の蘇峰に関する検討として、田口道昭「石川啄木と徳富蘇峰」（『立命館文学』六三〇号、二〇一三年三月）がある。

（7）同時に蘇峰は、「神を見た」と吹聴する「一種の精神病者」を批判している。これは「予が見神の実験」（『病間録』金尾文淵堂、一九〇五年一〇月）で注目された綱島梁川を指すだろう。

（8）文中の「本能主義」について付言しておく。周知のように樗牛は「美的生活を論ず」（『太陽』七巻九号、一九〇一年八月）で「本能」を称えており、当時の論者も「本能主義」という語で樗牛の主張を理解していた。例えば以下。「樗牛氏が彼の本能主義――美的生活論――に一転し」（太田水穂「近世批評史論」後述）。

（9）むろん吉田松陰（一八三〇年生まれ）や伊藤博文（一八四一年生まれ）たちの世代と、蘇峰（一八六三年生まれ）たちの世代の間には思想面で異なる点も存在するだろう。その点は、かつて蘇峰自身が『新日本之青年』（集成社書店、一八八七年四月）で「天保ノ老人」と「明治ノ青年」（四頁）という区別を設けて力説していたことだった。しかし明治後期に至って蘇峰は、当初は『新日本之青年』で否定した「天保ノ老人」あたりの世代こそを肯定し、樗牛など新世代の者たち（「日曜講壇　青年の風気」で言われる「明治の青年」）を否定する。そのことは、蘇峰の思想の変貌ぶりを示すとともに、樗牛たちの思想がそのすぐ上の世代（蘇峰たち）との間に作り上げた分断の深刻さを物語っているだろう。

(10)『文学界』同人たちが一八九〇年代に蘇峰によって「不健全」という符牒と結びつけられていた様相は、十川信介「「不健全」な文学Ⅰ」（『「ドラマ」・「他界」』筑摩書房、一九八七年一一月）で考察されている。

(11)二四～二五頁の『火鞭』に関する記述から当記事が愛山の執筆になることは確実である。

(12)「華厳の滝辞世の文〔藤村操の遺書〕も美的生活論の如きさへ平板道徳に盲従し得ざる青年悲痛の声にして、汚沢の止水を甘しとする者の伺ひ知る所にあらず」。

(13)ＫＴ（生）が花袋を指すことは、「新緑の村より」（『文章世界』五巻七号、一九一〇年五月、署名ＫＴ生）等が花袋「卓上語」（『花袋文話』博文館、一九一一年一二月）に収録されていることから明らかである。この点は『定本花袋全集』別巻（臨川書店、一九九五年九月）の「索引」一九頁に指摘がある。

(14)紅野敏郎編『文章世界総目次・執筆者索引』（日本近代文学館、一九八六年二月）は筆者を窪田空穂とするが（三一三頁）、推定根拠不明。

(15)岩野泡鳴「新体詩史」（『新思潮』三～六号、一九〇七年一二月～一九〇八年三月）も、人生相渉論争に触れつつ、次のように透谷を突出させる史的見取り図を提示している。「透谷はこの攻撃と自已《ママ》の実力に関する疑惑とに堪へ切れないで、遂に自殺を遂げたのである。これは大変当時の無名詩人等を感動さした事件であつた。この影響は同じ派の藤村、孤蝶、柳村等には勿論、恐らく俳句界の有望者にも及んだのであらう」（六号、三二～三三頁）。その他、太田水穂「近世批評史論」（『趣味』四巻六～八号、一九〇九年六～八月）にも同類の言及がある。ただこのように透谷を突出させる文学史の構築は、民友社の文学史上の功績を不当に小さく評価するという今なお残存する偏向をも作り上げる要因となったと思われる。

(16)亀井秀雄「物語のなかの文学史」（『明治文学史』岩波書店、二〇〇〇年三月）二三四頁。

(17)『春』の引用は緑陰叢書第二篇の本文による。この本文と初出新聞の本文の間に論旨に影響する異同はない。

(18)すでに十川信介「「不健全」な文学Ⅰ」一九七～一九九頁に指摘がある。

(19)『日本近代文学大系14』（角川書店、一九七〇年八月）の『春』注釈（和田謹吾）は、「高踏派」をフランスの詩人のある一派と結びつけているが（七一頁）、この解釈は不適切だろう。

(20)『春』の冒頭部分で透谷の外貌が説明される際に、文学者らしい内面性（「蒼ざめた頬」「非常な過敏な神経質」「懺悔するやうな口元」三頁）に触れられる一方で、闘士らしい男性的な側面（「迫つた眉」「雄々しい傲慢な額」「傷つけ破らざれば休まずとでも言つたやうな」同頁）が強調されることも先の修辞的配慮と結びついているだろう。

(21)その点は次の言明から分かる。「本能の囁《ささや》きは自然の囁である。本能の力は、自然の力である。本能の顕はれは自然の顕はれである」(『小説作法』博文館、一九〇九年六月〔国会図書館所蔵本では七月と墨書で修正〕、一六二頁)。
(22) 蘇峰は作品名を明示していないが、前掲のＸＹＺ「現代文壇の鳥瞰図」でこの点が指摘されている。
(23) むろん当時の文壇には「現実的政治家的態度」への対抗という点で不徹底な部分もあった。魚住折蘆「自己主張の思想としての自然主義」(『東京朝日新聞』一九一〇年八月二二〜二三日)は、「天渓氏が自然主義と国家主義とを綴り合せて居るのは只噴飯の外はない」と長谷川天渓を批判している。この天渓批判は、「現実主義の諸相」(『太陽』一四巻八号、一九〇八年六月)等の発言を念頭に置いたものだろう。ただこの天渓批判が示すのは、折蘆もまた自然主義の主眼が「現実的政治家的態度」への対抗にあると考えていることである。
(24) 例えば樗牛は、「予は初めより今の多くの作家を以て予の言に警醒せられ得べきものと思はざりき」(「姉崎嘲風に与ふる書」『太陽』七巻七号、一九〇一年六月)と語っている。
(25) 幸田露伴「現時の小説に就きて」(『太陽』一三巻一二号、一九〇七年九月)、ＫＴＮ「近時の小説」(『教育学術界』一六巻二号、一九〇七年一一月)等。
(26) 特に「近代リアリズムの発生」の「四」を参照。周知のように同類の自然主義(私小説)批判として、平野謙「明治文学評論史の一齣」(『学藝』七三号、一九三八年一一月)、伊藤整『小説の方法』(河出書房、一九四八年一二月)等がある。
(27) 例えば長谷川天渓は「現実の人生に触れた文壇」(『文章世界』三巻一六号、一九〇八年一二月)でこう述べている。「思想界を顧みても、創作界を眺めても、自然主義が其の中心問題であつた。哲学者とか、倫理学者とか、或は教育家とか、或は為政家とか、皆な此の思潮に刺戟されて、活動した」(一三頁)。
(28) 中村たちの議論の前提となっているのは、作品の取材範囲(想定読者)の狭さが直ちに社会的影響力の喪失を意味するという発想である。これは粗雑に過ぎると言わねばならない。取材範囲という観点だけが社会的影響力の有無を決定するわけではないからである。たとえ作品が独白的な言葉に満たされていても、それが外部への問題提起や挑発となる限り必ずしも閉じられているとは言えないし(「蒲団」はまさにその例だろう)、作品をめぐって生み出される二次的な言説群、それを取り巻く文壇や言論界や統治権力の動向といった諸要素も作品の社会的影響力の増減に関与する。現に取材範囲の狭さを批判された自然主義文学こそが日露戦争後の言論界の中心的な争点となっていた。なお自然主義運動と統治権力との関係については本書第8章を参照されたい。
(29) のちに阿部次郎ほか『影と声』(春陽堂、一九一一年三月)収録。阿部は「トルストイに関する思出」(『トルストイ研究』一号、一九一六年九月)で樗牛への心酔を語っている。阿部は自然主義に一面では批判的だったが、「明治文学の回顧」(『改造』八巻一三号、一九二六年一二月)で若い頃に愛読した作家として国木田独歩や正宗白鳥を挙げているように、自然主義運動と多分に関心を共有していた。

第12章　自然派ぶりの漱石

1　はじめに

一九〇七年、夏目漱石は東京帝国大学講師を辞し、池辺三山に請われて朝日新聞社に入社する。時期はちょうど自然主義運動の隆盛期（一九〇六年頃～一九一〇年頃）と重なっている。ただ漱石に対する評価は決して安定したものではなかった。一時は「草枕」（『新小説』一一年九巻、一九〇六年九月）などの作品が評判を呼ぶものの、「常識的道徳小説の臭ひが漲つてゐる」（正宗白鳥「夏目漱石論」『中央公論』二三年三号、一九〇八年三月、四六頁）と評された漱石の小説は、文壇の主流から外れたものと見られ、国木田独歩や島崎藤村や田山花袋などの自然主義者たちの小説に比して軽視されていた。例えば漱石を「たゞ学問ある戯作者に外ならない」と貶める岩野泡鳴の発言（「文界私議」『読売新聞』一九〇八年一月二六日）は、漱石に対する風当たりの強さをよく物語っている。

しかし読者たちが相次いで指摘していたように、(1) 漱石の作風は特に『それから』（『東京朝日新聞』一九〇九年六月二七日～一〇月一四日）あたりから大きな変化を見せる。当時の資料群を通して浮かび上がるのは、この変化がこれまでの「常識的道徳小説」という路線の撤回と自然主義への接近として理解されたことである。例えば生田長江は、

『それから』と『門』（『東京朝日新聞』一九一〇年三月一日～六月一二日）に至って漱石の作風が「殆んど自然派の作品と撰ばない」と述べ、「道学的の傾向」の減少を指摘している（「夏目漱石氏を論ず」『新小説』一七年二巻、一九一二年二月）。[2] 近松秋江も、『門』が「頗る自然派ぶり」であることへの驚きを語り、「漱石氏が自然派に覇を唱ふる日が来るかも知れぬ」と揶揄していた（「思ったまゝ」『読売新聞』一九一〇年五月一三～一五日）。別の評者による、「「門」「それから」以降「心」「明暗」の最近にかけては、その内容が次第に現実的心理的になつて来た」（小林愛川「漱石氏の文章」『文藝倶楽部』二年二号、一九一七年二月）[3] という発言も同様のことを踏まえたものだろう。そのことが示唆するのは、漱石もまた自然主義運動の衝撃から無縁ではいられなかったという事実である。[4]

むろん漱石自身が自然主義を標榜したわけではないし、交友面でも田山花袋をはじめとする自然主義者たちとの間には溝があった。しかし漱石の表現意識が自然主義と近接していたことは、漱石自身の言葉からも裏づけられる。漱石は一九一三年に『虞美人草』（『東京朝日新聞』一九〇七年六月二三日～一〇月二九日）翻訳の許諾を求める人物に書簡を送っている。そこで漱石は、まさに白鳥の言う「常識的道徳小説」そのものと言える『虞美人草』を「絶版に致し」たいとまで述べ、『それから』以後の作品の翻訳を奨めていた（高原操宛書簡、一一月二一日）。[5] そのことが意味するのは、ある時点から漱石が、「殆んど自然派の作品と撰ばない」と言われた作風こそを重視し始めたということだろう。漱石の死後、自然主義と漱石の後期小説（以下、『それから』から『明暗』に至る小説群をこう呼ぶ）の違いがことさらに強調されていくが、[6] それは以上のような同時代的文脈を見過ごすことで成り立つ理解でしかない。

ここでまず行いたいのは、自然主義と漱石の後期小説群の間の繋がりをいっそう明確にするという作業である。従来自然主義と漱石の関連については、先の長江や秋江の評にあるように、主に現実らしさの重視（「現実的心理的」等）という作風上の共通点が挙げられてきたが、[7] 本章はそれとは異なる観点に注目する。すなわち、文学の地位の向上という課題と連動する、一九〇〇年代における「考へさせる」小説群の出現という文脈と漱石の表現との関連を探りたい。この関連を視野に入れることで、漱石の小説群が、自然主義隆盛期に正当化された表現を独自に発展させる形で書かれていたことが見えてくるはずである。さらにこの検討を通して、本書が追ってきた政治から文学へという思想の流れがどのように大正期の動向と繋がっていったかを浮上させることができるだろう。

2　考へさせる小説

これまで述べてきたように、明治期の文学の中心的な課題は、文学を遊戯から脱却させ、人間や人生に対する真摯な批評や研究として再構築することにあった。とりわけ一九〇〇年代はこうした模索が目覚しい展開を見た時期に当たる。そのことをよく窺わせる事例の一つが一九〇〇年代前半の国木田独歩の文業である。では独歩が打ち出した表現の新奇性はどこにあったのか。留意したいのは、次のような哲学的、宗教的な懐疑や思弁がそこに頻出することである。

それでは貴様《あなた》は宇宙に神秘なしと言ふお考なのです。要之《つまり》、貴様には此宇宙に寄する此人生の意義が、極く平易明亮なので、貴様の頭は二々《ににん》が四で一切が間に合うのです。貴方の宇宙は立体でなく平面です。（「運命論者」『山比古』一〇号、一九〇三年三月、五頁）

天地はたゞ盲動の暗黒のみ、人は愚と悪との肉塊のみ、美とは空名のみ、愛とは動物の発作のみ、空《くう》に生じて空《くう》に消ゆべきのみ。（「悪魔」『文藝界』一七号、一九〇三年五月、三三頁）

ここに見られるように、独歩の試みの特異さは、従来ならば哲学書や宗教書で記されてきたような表現を小説の中に持ち込んだ点にあった。ここで小説は、端的に用いられる語彙や表現（「此宇宙に寄する人生の意義」等）の点で哲学書や宗教書に接近している。むろん哲学的、宗教的な懐疑自体は独歩に特有のものではなく、同じ時期の高山樗牛や綱島梁川の評論や感想録にも頻出する。この中での独歩の模索の新しさは、評論や感想録ではなく、小説というジャンルの中で先のような抽象度の高い懐疑を語ろうとした点にある。現に当時の読者は独歩の小説について、「哲学的の形容文字を、五月蠅《うるさ》き程に列ぶる」（莫愁「国木田独歩と江見水蔭」『文庫』二三巻四号、一九〇三年六月、三四二頁）、「哲理あつて詩美なく」（忘憂子「丙午文壇の概観」『読売新聞』一九〇六年一二月二三〜二六日）、「哲学者や宗教家の堅苦しい説法を聴くと同じで重く渋くて」（新声合評会「国木田独歩」『新声』一六編五号、一九〇七年五月、七二頁）といった感想を残していた。

この試みはきわめて自覚的に行われていた。先に触れた独歩の「運命論者」や「悪魔」が書かれた時期は、徳富蘆花の『不如帰』（民友社、一九〇〇年一月）[8]や菊池幽芳の家庭小説『己が罪』（全三冊、春陽堂、一九〇〇年八月〜一九〇一年七月）[9]が大衆的な支持を集めていた時期と重なる。独歩が目指していたのは、それとは異質な小説を作り出すことだった。独歩は薄田泣菫宛の書簡の中でそうした蘆花や幽芳の、「思はしむるよりも感ぜしむる」小説を批判し、「思ふことを楽む読者」を念頭に置いた、「人をして思はしめ」る小説の必要性を訴えている（一九〇二年四月八日、圏点原文）[10]。こうした問題意識が先のような思弁的な記述と結びついていることは言うまでもない。『不如帰』や『己が罪』などの流行小説が話題となる一九〇〇年代前半の状況の中で、哲学書や宗教書で記すにふさわしい表現をあえて小説というジャンルに持ち込もうとした独歩の模索は異例であり、それゆえしばらくの間充分な理解者に恵まれなかった。例えば莫愁「国木田独歩と江見水蔭」は独歩の小説を次のように難じていた。「其弊は余りに抽象的独歩的なるに過ぎて、其愛読せらるる範囲が、余りに狭窄なるの畏れなきを保せず。「運命論者」然りき、其他の二三篇然りき」。

以上のような一九〇〇年代前半の文壇動向を塗り替えたのが、一九〇六年頃から起こる自然主義運動だった。これまで孤立していた独歩の問題意識は、ここで文壇に広く共有されるものとなる。そのことをよく表すのが次の発言群である。

> 泣かす為の小説は新聞の続物《つゞきもの》で沢山ある。吾人はそんな小説よりは寧ろ考へさす小説思はしめる小説を望む。（XYZ[11]「近刊雑誌」『読売新聞』一九〇八年六月七日）

> たゞ、それ〔人の実生活〕を深く思ひ、切に考へさせるもの、それが真文藝の目的である。（島村抱月「紛々たる反対論の如きは」『文章世界』三巻一六号、一九〇八年一二月、三頁）

> 例の『不如帰』や、田口掬汀君の書いて居るやうなもの、即ちセンチメタル《ママ》なもの、乃至は同情小説、人を泣せる小説を全然亡して了はねばならん。而《そ》して読者をして考へさせるやうな小説を出して貰ひ度いことだ。（長谷川天渓「四十二年の文藝界に対する要求」『趣味』四巻一号、一九〇九年一月、七八頁、傍点原文）

これらの言説が、「人をして思はしめ」る小説の必要性を訴えていた独歩の発言と通底することは明らかだろう。特に天渓の発言は、あるべき小説を『不如帰』や家庭小説（「田口掬汀君の書いて居るやうなもの」）の対極に置く構図においても独歩の先の書簡と一致している。ここから分かるのは、独歩によって先駆的に示された「考へさせる」小説を正当な表現として位置づけたのが自然主義隆盛期の文壇だったことである。[12] 当初は種々の雑誌が掲載を拒んだ先の独歩「運命論者」も、この展開の中で「傑作」（無署名「道聴塗説」『文章世界』二巻一号、一九〇七年一月、一四二頁）として見出された。

注意したいのは、「考へさせる」表現に価値を見出す意識が、厭世家や自殺者という題材を重視していこうとする態度と密接に関わっていたことである。現に独歩「運命論者」は、酒によって自分の体が「自滅」していくこと、つまり緩慢な自殺を願う男を描いた作品であり、「悪魔」は、自殺への親近感を記した青年の手記をそのまま読者に示した作品だった。そして「考へさせる」小説への関心の高まりは、当然ながらこうした独歩風の小説の流行を促した。

その顕著な例が、島崎藤村の二つの長編小説、すなわち、自殺に惹かれる被差別部落出身の青年を描く『破戒』(上田屋、緑蔭叢書第一篇、一九〇六年三月)と、厭世自殺者たる透谷と自殺未遂者たる作者自身を登場させる『春』(『東京朝日新聞』一九〇八年四月七日〜八月一九日)である。当時その作者は、敬愛する作品として「自《みづか》ら破れたものや、世の中から斥けられたすたり者」を好んで描く独歩の小説を挙げていた(島崎藤村氏談「名家を訪ひて(六)緑蔭雑話」『読売新聞』一九〇六年四月九日)。また独歩の小説を露骨な形で模倣しながら自殺に惹かれる男の憂鬱を描く作例として村山鳥逕「坦道」(『中央公論』二一年四号、一九〇六年四月)があり[13]、同じ時期に多くの書き手たちが同類の作例を残していた。例えば小栗風葉「女塑像家」(『新小説』一一年八巻、一九〇六年八月)、宮崎湖処子「噴火口」(『新小説』一二年七巻、一九〇七年七月)、三島霜川「幻想」(『文章世界』二巻一三号、一九〇七年一一月)、岩野泡鳴「栄吉」(『趣味』三巻一〇号、一九〇八年一〇月)、相馬御風「自殺者の手紙」(『新潮』一一巻三号、一九〇九年九月)[14]、秋田雨雀「少年とピストル」(『早稲田文学』五一号、一九一〇年二月)、小川未明「赤褐の斑点」(『太陽』一六巻一六号、一九一〇年一二月)などが自殺者や自殺願望を描き出している。島村抱月が、厭世自殺を企て、危うく死を免れた早稲田大学哲学科の学生の手記を『早稲田文学』に紹介していたのも(KF生「自殺手記」、四〇号、一九〇九年三月)[15]、こうした潮流を踏まえてのことだったはずである。

小説の中で哲学的な懐疑が好んで表明されるのもこの頃のことである。その記述の特徴は、「人」や「人間」といった抽象度の高い字句を進んで用いようとする点にあり、例えばそれは、「何の為めに人間は生きて居るか」（吉江孤雁「梅雨」『早稲田文学』二二号、一九〇七年八月、一三二頁、傍点木村、以下同）、「人間は塵だといふが、成程塵だ。（中略）何処から生れて来て何処へ死んで行つたのだか分らない」（小山内薫「否定」『文章世界』四巻五号、一九〇九年四月、二〇頁）といった形で用いられる。こうした記述が独歩の小説に見られる、「人は愚と悪との肉塊のみ」（「悪魔」）などの反復であることは言を俟たない。「人間」そのものへの懐疑は、ときに次のような過激な調子を帯びることもある。

だツて、狂人《きちがひ》と謂や、活きてる人間は皆狂人《きちがひ》だわ。先づ第一が色情狂《いろきちがひ》さ、それから政治狂人《きちがひ》だの宗教狂人だの（下略）（三島霜川「虚無」『中央公論』二二年一二号、一九〇七年一二月、九四頁）

いや僕は自分の長生きをしたのを不思議に思ひます。僕ばかりぢやない。世間の人間が容易に死なんのに驚きます。（中略）僕は思ひの外《ほか》人間が脆くないのを浅間しく思ふんです。（正宗白鳥『落日』『読売新聞』一九〇九年九月一日〜一一月六日、単行本『落日』左久良書房、一九〇九年一二月、二二八頁）

其処〔妊婦の腹〕にも人間が居るんだ。虚誕《うそ》をついたり、姦淫をしたり、罪悪を犯したり、人殺をしたりする人間が居るんだ。浅間しい！（中略）／犬殺しの持つてるやうな太い棒を提げて、片ツ端から人間を撲殺して歩き度い。（田山花袋「罠」『中央公論』二四年一〇号、一九〇九年一〇月、三〇頁）

これらの引用群は、登場人物たちの抱く不信感の対象が、個別の人間を超えて一挙に「人間」全体へと拡大される点で共通する。そこから浮かび上がるのは、この時期、多様な書き手たちが「人間」に対する不信感の深さを競い合うかのように小説を生み出していたという光景だろう。以上のように当時の文学動向は、家庭小説などの「泣せる小説」に反発しながら厭世家や自殺者たちの経験に関心を向け、「人間」などの抽象度の高い字句を用いながら懐疑を綴っていくことで、読者に内省を促していた。こうした潮流は、文学を哲学と近接する非遊戯的な営み、つまり人間や人生に対する真摯な研究として位置づけることに繋がる。太田水穂「疑問一束」(『読売新聞』一九〇九年二月七日)は当時の文学動向をこう要約していた。「従来の脚色一点張り場当り本位の作物が殆んど何等思想上の問題をも包み居らざりしに反して、近時の創作は直ちに一種の哲学若くは宗教に接せり」。そして漱石の後期小説群は、こうした動向に対する幾分遅れてきた応答だったと考えられる。

3 厭世家の告白

まず再び正宗白鳥の夏目漱石評に触れておこう。初期の漱石の小説に失望した白鳥は、長らく『東京朝日新聞』に載った漱石の小説を通読したことがなかったが、『心』(『東京朝日新聞』一九一四年四月二〇日〜八月一一日)が連載された際には毎回それに目を通したという。見出しに「先生の遺書」とあり、「書出しの様子が一種変つた厭世家が描かれさうなので好奇心を惹いた」というのが理由である(「読んだもの」『読売新聞』一九一四年一〇月八日)。「厭世家」という題材に心惹かれたと述べるこの自然主義者の意識が、先に見た明治末の文壇動向の中で培われたものであることはもはや詳述を要しないだろう。『心』がそうした関心の持ち主にとって無視できない小説として現れたという事実は、自然主義と漱石の小説との連続性をよく示している。

この連続性は別の側面からも裏づけられる。興味深いのは次のような先生の発言である。

信用しないつて、特にあなたを信用しないんぢやない。人間全体を信用しないんです（『心』岩波書店、一九一四年九月、五二頁）

私は彼等〔親戚〕を憎む許りぢやない、彼等が代表してゐる人間といふものを、一般に憎む事を覚えたのだ。（二一六頁）

ここでは不信感の対象が個別の人物から一挙に「人間」一般へと拡大された厭世観が示される。『行人』（『東京朝日新聞』一九一二年一二月六日〜一九一三年一一月一五日）でも、「人間も此通りだ〔牢屋にいるように不自由だ〕」などと「哲学者めいた事をいふ癖」を持つ厭世家が登場する（『行人』大倉書店、一九一四年一月、一七六頁）。こうした言明が、前節で見た、「人間」への嫌悪感を口々に表明する自然主義小説群を踏襲したものであることは明らかだろう。

さらに注意を引くのは、『心』では厭世家が「先生」として設定されることである。『心』は次のような一節で始まる。

私は其人を常に先生と呼んでゐた。だから此処でもたゞ先生と書く丈で本名は打ち明けない。是は世間を憚る遠慮といふよりも、其方が私に取つて自然だからである。（一頁）

ここにはっきりと時代が刻印されている。語り手の青年（「私」）は、これから詳述されることになる厭世家を「先生」と呼ぶことを告げる。ただ周知のようにこの先生は、特定の職にも就かず、秘められた過去に煩悶しながら生きるだけの人物にすぎない。さらに言えば、青年から職の斡旋を依頼されても、「あなたの糊口の資、そんなものは私にとつて丸で無意味なのでした」（二一四頁）と書き送る始末である。

こうした人間に「先生」という符牒が与えられることの異様さは随所で示される。当の先生は、「先生」と呼ばれることに「苦笑ひ」し、青年はわざわざ「年長者に対する私の口癖だと云つて弁解」せねばならない（一一頁）。さらに青年の父親は、この先生が職を持たないことを訝り、先生が「やくざだから遊んで居るのだ」と理解する（二六五頁）。青年の兄も、青年が「先生々々」と「尊敬」する人物が「大学の教授」などの地位とは無縁であることを知り、先生を「詰らん人間」と断定する（一九八頁）。しかし青年は、こうした父親や兄の見方を拒絶し、「私には学校の講義よりも先生の談話の方が有益なのであつた」（五一頁）と述懐し、「真面目に人生から教訓を受けたいのです」（一一九頁）と先生に迫っていく。このように青年は、父親や兄の価値観から言えば「先生」という符牒から最も程遠いような人間こそを「先生」として設定する特殊な認識の持ち主だった。ではこうした先生と青年の関係はいかなる思潮と関連するのか。つまり何が「詰らん人間」と貶められる人間を「先生」として浮かび上がらせるのか。

　これまでの本書の検討を踏まえると、以上のような『心』の内容は明治末に見られた光景の反復として浮かび上がるだろう。先生の厭世的情念は、前節でも見たように国木田独歩をはじめとする小説家たちが繰り返し描いてきた題材であり、そうした傾向のために当時の小説は、当局や教育家や保守派論客たちによって攻撃された（第8章参照）。しかし青年たちはまさにこうした小説から人生の教訓を受けとっていた。例えば植村正久は次のような独歩の愛読者に触れている。

　私の所に来る学生の中には非常に同君〔独歩〕の作物に感心して居る人がある。「作中に現はれてゐる煩悶も苦悩も実に切実な人生の声である」と言つて非常に感服して居る。（「信仰上の独歩」『新潮』九巻一号、一九〇八年七月、二四頁）

他にも「氏〔独歩〕は小説家と云ふ以外、一種の精神的感化者として、一部の青年から崇拝されて居る」（SG生

「新書雑感」『早稲田文学』三四号、一九〇八年九月、六一頁）という指摘もある。ここから確認できるのは、厭世的傾向に染まった、不健全そのものと言える独歩の小説こそが人生についての深い教訓を与えてくれるという認識が青年たちに備わっていたことである。明治後期に成立したのは、以上のような文学者と青年の間の排他的な連帯、つまり当局や保守派論者たちから非難された文学者こそが青年たちの敬慕の対象となるという構図だった。それが、青年の父親や兄から蔑まれる厭世家こそが青年の敬慕の対象となる『心』の構図と重なることは言うまでもない。すなわち、青年の父親や兄のような常識人から見れば「詰らん人間」であるはずの、教育家ならざる厭世家を「先生」として設定することを可能にしたのが明治末の思想動向だった。[16]

『心』と明治末の思想動向との関連を、『心』の結末部分にも指摘できるだろう。ここで先生は乃木希典の殉死に促される形で自殺を決心したと記す（四二三頁）。このような意味づけを経ることで人生への懐疑ゆえの自殺は、名高い軍人の殉死（政治、国家のための死）と対等たりうる真摯さを帯びた行為として提示される。こうした厭世自殺の意味づけ方も、明治末の思想動向を踏まえれば既視感を伴って浮かび上がる。すでに本書で見てきたように、日露戦争後の厭世的青年たちの思潮は、「精神界に於ける一種の革命運動」（島村抱月「教育と精神的革新」『東京日日新聞』一九〇六年六月一一日）として意味づけられ、北村透谷の厭世自殺も、「大変当時の無名詩人等を感動さした事件」（岩野泡鳴「新体詩史」『新思潮』三～六号、一九〇七年一二月～一九〇八年三月）[17]として回顧され、「戦死」（島崎藤村『春』『東京朝日新聞』一九〇八年四月七日～八月一九日）[18]等の字句によって美化されていた。先の『心』での自殺の意味づけは、こうした明治後期の認識を踏襲したものとして理解できる。

以上のような漱石の表現と明治末の思想動向との結びつきは、読者の反応からも裏づけられる。例えば大槻憲二「夏目漱石論」（『人文』二巻一〇号、一九一七年一〇年）は漱石の文業について、「前半生には、文章的であり、後半生には哲学的であつた」と整理した上で、『心』を「哲学的」な作風の代表的成果として位置づける。[19]「哲学的」という評言が、哲学との近接によって特徴づけられる明治末の文学動向と深く関わることは言うまでもない。以上の検討からも漱石の後期小説が、単に「現実的心理的」傾向という局面だけではなく、厭世家や自殺という題材の選択とその意味づけ方、登場人物の構図（厭世家と青年の師弟関係）などの局面でも自然主義文学に接続する形で生み出されたことが分かるだろう。ただ漱石の後期小説は、自然主義隆盛期の表現を吸収するだけではなく、その上で独自の模索を行っていたと考えられる。それはどのようなものなのか。

4 『心』から『明暗』へ

ここで手掛かりにしたいのは、「現代文壇特異の作物」と『心』を評価する無署名「こゝろ（夏目漱石著）」（『時事新報』一九一四年一〇月二〇日）の次の一節である。「最も現実的なる世間の一事件中より最も霊妙幽微なる人の「こゝろ」の秘密を捉へ来り」。この指摘は『心』の達成を簡明かつ適切に言い表している。描かれる状況の卑近さないし日常性と、内面描写の精緻さという二つの特徴が漱石の表現の特質となっていたことは、「漱石先生は日常生活の心理描写に、驚くべき霊腕を持つてゐられる人である」と述べる小宮豊隆「漱石先生の『心』を読んで」（『アルス』一巻四号、一九一五年七月、七頁）からも裏づけられる。

この点を確認するために、国木田独歩「運命論者」との比較を行いたい。「運命論者」は、ある時点まで平穏に過ごしてきた男が不幸な体験を経て自滅（死）を望む厭世家へと変貌していく軌跡を描いた作品であり、その点で『心』との強い類似性を感じさせる。しかし「運命論者」が厭世家への転落の要因として提示するのは、男の妻が偶然にも父親を異にした妹であり、さらに妻の母親が自分を捨てて間夫と駆け落ちした実の母親だったことを発見し懊悩するという世にも稀な出来事である。ここには、厭世家の経験を読者の誰もが共有しうる普遍的な体験として提示しようとする姿勢は見られない。

同様の傾向は、しばしば性欲や虚無的な内面を誇張して描いた自然主義者たちの表現にも当てはまる。例えば中島孤島「白鳥と青果」(『新小説』一三年八巻、一九〇八年八月)は、自然主義隆盛期の小説が「生きた人間の世界からかけ離れた世界を建てる」と述べた上で、その傾向を、「蒲団」(『新小説』一二年九巻、一九〇七年九月)などに見られる田山花袋の「野獣主義」と、自己本位の冷たい人間を好んで描く正宗白鳥や真山青果の「悪魔主義」に大別して批判していた(一〜二頁)。他の論者たちも当時の自然主義文学について、「箇様に変畸の人間を描写するやうになつては、余り誉めたもので無からうと思ふ」(幸田露伴「現時の小説に就きて」『太陽』一三巻一二号、一九〇七年九月、一四〇頁)、「今の我自然派の作は皆意思の弱いひねくれた人物のみを書いて居る」(三宅雪嶺「現時の我文藝」『太陽』一六巻一〇号、一九一〇年七月)と述べていた[20]。

むろん「人間全体を信用しないんです」などと語る人物を登場させる『心』が以上の傾向から全く無縁だったとは言えない。ただ注意したいのは、たとえそのような厭世家を登場させるにせよ、漱石があくまでその経験を、誰もが共有しうる「最も現実的なる世間の一事件」として浮上させようと努めたことである。特にその姿勢は、小宮豊隆も称えているように、『先生と遺書』の中の、Kと云ふ友人に対する嫉妬の心理描写」(「漱石先生の『心』を読んで」七頁)によく表れている。

この場面は、友人のKとお嬢さんが親しくなっていくことに気づいた先生が、Kへの嫉妬のために醜い策略を凝らすことを描いた部分に当たる。このとき先生はKに向かって「精神的に向上心のないものは馬鹿だ」と二度言い放つ。このたった二つの発言が先生の入念な計算と策略から案出されたものだったことは、単行本で約三頁もの分量(約四〇行)を費やして説明される。次に示すのは、その一度目の発言の直前に配される心理描写である。

私は丁度他流試合でもする人のやうにKを注意して見てゐたのです。私は、私の眼、私の心、私の身体《からだ》、すべて私といふ名の付くものを五分《ぶ》の隙間もないやうに用意して、Kに向つたのです。罪のないKは穴だらけといふより寧ろ開け放しと評するのが適当な位に無用心でした。私は彼自身の手から、彼の保管してゐる要塞の地図を受取つて、彼の眼の前でゆつくりそれを眺める事が出来たも同じでした。

Kが理想と現実の間に彷徨してふら〳〵してゐるのを発見した私は、たゞ一打《ひとうち》で彼を倒す事が出来るだらうといふ点にばかり目を着けました。さうしてすぐ彼の虚に付け込んだのです。私は彼に向つて急に厳粛な改まつた態度を示し出しました。無論策略からですが、其態度に相応する位な緊張した気分もあつたのですから、自分に滑稽だの羞恥だのを感ずる余裕はありませんでした。私は先づ『精神的に向上心のないものは馬鹿だ』と云ひ放ちました。（三六五頁）

ここで「精神的に向上心のないものは馬鹿だ」という発言が、Kに与えうる心理的打撃を最大化するためにできる限りの集中力をもって（「私といふ名の付くものを五分の隙間もないやうに用意して」）計算した上で案出され、発声の仕方に至るまで周到に考慮されていたこと（「急に厳粛な改まつた態度」云々）が記される。さらにこの部分に続いて、悩める友人を前にして先生が、ひたすら自己の利益、つまりKが御嬢さんへの恋慕の情を断念することだけを気に懸け、Kに追い撃ちをかけるために再び「精神的に向上心のないものは馬鹿だ」と繰り返す様子が示され、自己の利益のためならば親友に対してさえも際限なく残酷になれる先生の姿が浮き彫りにされる。『心』は、このように発言だけを記せばほんの数十字で終わってしまうはずの友人同士のやりとりを、限度を知らない人間の利己心と嗜虐性を暴き出す場面として発見する。

ここに独歩「運命論者」などの先行例とは異なる特色を見出せる。『心』は、親しい存在が突如として嫉妬の対象として現れるという、誰もが日常で体験しうる卑近な情景（「最も現実的なる世間の一事件」）を設定し、その中で癒しがたい人間の利己心が露呈することを念入りに確認する。その設定の卑近さゆえに、厭世家の経験を例外的な出来事として突き放せる余地は残されていない。すなわち、誰もが先生と同類の醜い策略家へと転落する可能性が示されており、人生への懐疑はいっそうの迫真性を帯びると言える。このように卑近な日常の一齣を、精緻な内面描写を介することで「人間」の醜さが決定的な形で露呈する場として異化していく手腕に、先行する作例に対する漱石の表現の特質を指摘できるだろう。付言しておくと、単独の著者によって書かれた初の漱石研究書だった赤木桁平『夏目漱石』（新潮社、一九一七年五月）が、『「心」一巻の中に在つて最も潑剌たる生気を持つた場面」（二四九頁）と称えたのも先の精緻な内面描写だった。

むろん『心』だけではない。「最も現実的なる世間の一事件」への解剖を通して人生への懐疑を呼び起こそうとする点では『行人』も同様である。『行人』は、厭世家たる一郎の哲学的な懐疑を描き出すだけではなく、周囲の家族たち（妻、弟、母親）の発言や心理を追うことで、この厭世家が家庭の中で端的に面倒な存在であることを詳述する。例えば一郎の弟は一郎を「真正の精神病患者」（二〇九頁）として見出し、一郎の両親は「如何にも兄（一郎）の存在を苦にして」（四七〇頁）いる。こうした情景に眼を向けていくことで、家族という最も親密度の高いはずの生活共同体さえもが和解不可能な者同士の集まりにすぎないことが露呈し、厭世家が陥った窮状は、その日常生活の具体的な細部から丹念に確認される。ここに『心』と通底する志向があることは言うまでもない。こうした模索を経た上で、普段の夫婦の生活がひたすら息苦しい心理劇として提示される『道草』（『東京朝日新聞』一九一五年六月三日〜九月一四日）と『明暗』（『東京朝日新聞』一九一六年五月二六日〜一二月一四日）が書かれることは自然な成り行きと言える。特に『明暗』は、これまで以上に徹底された心理劇の詳細化と日常生活への懐疑的吟味において特筆される。先に見た周密な漱石の心理描写は、『心』では作中の山場ないし急所として設定されるが、もはや『明暗』では作中の常態的な表現と化している。

この執拗な心理描写の挿入によって示されるのは、「人間」たちが発する言葉の空転である。例えば津田の妻（お延）が従妹に述べた「ただ愛するのよ、さうして愛させるのよ」という助言は、実際には自己の悩みの吐露にすぎなかったが、従妹は「それを自分のためとのみ解釈」するし（『明暗』岩波書店、一九一七年一月、二五九〜二六〇頁）、津田の妹は、「自己を満足させるため」の津田の行為を「悉く細君を満足させるために起つたものとして解釈」し、執拗に津田を攻撃する（三六九頁）。こうした誤読や恣意的意味づけを常態とする意思疎通の中では、「人道」（五八二頁）という語も自己の身勝手な言い分を偽装する手段としかならず、ある人物が見せる涙も別の人物に「ただ迷惑さうに」（一二〇頁）眺められるものとなる。これらの表現は、登場人物たちの個々の発話の裏に、「嫉妬」（一七九頁）、「軽侮の念」（一九三頁）、「〔相手が〕自分に媚びる一種の快感」（二二八頁）、「自分の優越を示す浮誇の心」（二三六頁）などの負の感情を繰り返し指摘しようとするふるまいと結びついている。さらに、「有体《ありてい》に云へば世の中全体が寄つてたかつて僕を軽蔑してゐるんです」（三〇八頁）、「奥さん、僕は人に厭がられる為めに生きてゐるんです」（三〇九頁）などと相互理解の不可能性こそを饒舌に語り続ける小林の諸発言は、まさに伝達手段としての言葉の自己否定と言うべきであり、『明暗』の荒廃した意思疎通の世界を象徴している。以上の叙述は、『明暗』が「人間」によって発せられる言葉をいかに不信と嫌悪の対象として見出したかを物語っている。

むろん「人間」たちの言葉への懐疑自体は、かつての自然主義文学にもよく見られたものである。すでに国木田独歩や正宗白鳥の小説によって確認してきたように、自然主義の担い手たちは、忠君愛国や社会道徳を鼓吹した保守派論客や教育家たちの言葉の疑わしさを繰り返し説いていた。ただしそこで白鳥が、「今日少数の青年の頭にある者は〔数年前よりも〕もつと意味が深い」（「虚無思想の発芽」『文章世界』二巻一四号、一九〇七年一二月、一一頁）と述べつつその内面を代弁していたように、進歩的な青年や文学者たちが連帯できること（その告白が理解されること）自体は前提となっていた。[21] しかし『明暗』の見地に立てば、その点も認識不足の所産と言わねばならないだろう。『明暗』で描かれるのは、最もありふれた場面の中で妻や親族や友人など最も身近な者たちが発する言葉の一つ一つがたえず欺瞞を孕み、または誤読されていくという事態であり、この小説では何らかの連帯さえも虚構としか浮かび上がらない世界が築かれている。『明暗』で読者に提示されるのは、「人間」を理解できるという前提そのものへの疑念だったと言える。

当時の読者にとって『明暗』の表現が、類例を見出せないほどの異様さを備えていたことは、「これだけ奥深い自己批判を促し進めてくれる作品が、現代の日本のどこにあるだらうか」（相馬御風「『明暗』を読む」『早稲田文学』一三六号、一九一七年三月、五四頁）、「事実私は、この位深刻に私達の醜くい、汚ない一面を鋭く描かれた小説を近頃見たことはありません」（本間久雄「自分の世界と他人の世界」『早稲田文学』同前、五五頁）という反応から分かる。なお自然主義陣営の中心的勢力だった早稲田派に属する御風や本間が漱石を称えていることは、この時期の漱石の「自然派ぶり」を示す一つの裏づけとなるだろう。『明暗』は、いかにして人生への懐疑を描くかをめぐる明治後期からの文学的模索が、漱石という参画者を得ることで大正期にどのように先鋭化し、独自の発展を遂げたかを教えてくれる。

5　抵抗としての内省

あらためて正宗白鳥の夏目漱石評に触れておこう。『心』連載時に白鳥は、「「草枕」時代とは作風が非常に異《ちが》つて来たことを、おくれ馳せに認めた」（「読んだもの」）という程度の発言しか残していなかった。しかし昭和期に入っていっそう先入観なく漱石の小説を読める条件が整ったとき、漱石に対する評価は転換する。

後年の小説には、「悠然南山を見る」底の生悟りや、封建道徳の理想臭から離れた、もつと深い人間性が描出されてゐる。「行人」や「心」や「道草」や「明暗」などには、当年の自然主義作家以上に、所謂「つらいく人生」が写されてゐるから、皮肉だ。低徊趣味と評された漱石のこれ等の小説と、せつぱ詰まつた人生を描いたとされた自然派の独歩などの小説とを、今日よく比べて見ると、どちらが暗い人間心理を一層的確に写してゐることか。（「明治文壇総評」『中央公論』四六年四号、一九三一年四月、二七～二八頁）

一九三〇年代初めに書かれたこの記事ではもはや独歩（自然主義）と漱石に対する評価は反転している。白鳥は漱石の小説を、かつて熱烈に讃美した独歩の小説以上に人生への懐疑を写しえた達成として見出している。ここからも漱石の後期小説が、明治後期の先端的な表現（「考へさせる」小説）を吸収しながら独自の発展を遂げた試みだった[22]ことが分かる。漱石の後期小説は、独歩たちの小説から遅れて来たが、その分だけいっそう周到な「つらいく人生」の研究として現れたと言える。

むろん漱石の小説に留まらない。「考へさせる」表現の考案という展開の中で逸することのできない成果として、例えば戦後に至るまで多くの愛読者を得た阿部次郎（漱石の弟子筋の一人で、独歩の小説にも親しんでいた[23]）の『三太郎の日記』（東雲堂書店、一九一四年四月）がある。[24]そこに記されるのも、「一厭世者の手記より」「一懐疑者の手記より」という見出しを持つ収録記事があるように、人生に対する数々の内省の様子であり、さらにこの内省を支える哲学、宗教、芸術への愛惜の念だった。注目されるのは、もはやここでは、政治と文学の挟間で悩んだ独歩や高山樗牛など先行する知識人たちとは異なり、人生や自己への思索がいささかの逡巡や迂回もなく肯定される点である。[25]特に次の言明にそうした阿部の態度がよく表れている。「俺は俺自身の悩みを悩み、俺自身の運命を開拓する。（中略）／さうして俺は俺の悩みと努力との経験を表現する事によつて、直ちに俺の経験を人類の財産とする」（『三太郎の日記 第弐』一二二〜一二三頁）。この高らかな思索礼賛と自己肯定に、知識人がこれまで以上に文学や哲学的思索を肯定できるようになった大正期の状況を窺うことができるだろう。[26]

同じ頃に岩波茂雄によって創業された岩波書店もこの文脈で無視できない。岩波書店は、『心』などの漱石の著作を刊行することで出版社としての基礎を築き、阿部や安倍能成という哲学系の若手知識人を編集者として起用して『哲学叢書』（全一二冊、一九一五年一〇月〜一九一七年七月）を刊行した。この叢書は「岩波書店に哲学書肆としての名を肆にさせ」、「一時の哲学もしくは哲学書流行時代を作った」という（安倍能成『岩波茂雄伝』岩波書店、一九五七年一二月、一四〇〜一四一頁）。さらに岩波書店は、雑誌『思潮』（阿部次郎編集主幹、一九一七年五月〜一九一九年一月）や『思想』（創刊時には和辻哲郎が編集、一九二一年一〇月〜現在）を創刊することで、知識層の青年たちを思索へ向かわせる環境作りに尽力した。[27] こうした企てが、哲学的な懐疑を進んで語ろうとした自然主義文学や漱石の文業に連なるものだったことは言うまでもない。現に岩波は、第一高等学校の学生だったときに藤村操を「憬れの目標」と考え、「他の者から自殺でもしかねまじく思はれてゐた」（「思ひ出の野尻湖」『茂雄遺文抄』岩波書店、一九五二年四月、四一頁）という厭世家の一人だった。

では明治後期から陸続と現れる懐疑的、厭世的な表現はいかなる意義を帯びていたのか。ここで独歩が自身の内省を記録した日記（『欺かざるの記』）を『明星』に載せる際に付した自序の一節を見ておこう。

> 思ふに明治の児にして彼〔独歩〕が如き者、決して少からじ。国の武装の完備、国の法治の成就、国の交通の便益、国の商工の繁盛等をのみ明治の光栄となす世に於ては、彼が如きもの殆ど有て無きが如し。無きが如しと雖も、彼等は確に明治の児なり。明治は彼等を生めり。

則ち渺たる彼の告白、亦一顧の値なしとせんや。（「独語」『明星』一五〜一七号、一九〇一年九〜一一月、未完、引用は一五号二一頁による）

こうした明治期の社会に対する反発が他の文壇人たちにも抱かれていたことは、自然主義運動の指導的批評家だった島村抱月の次の言明からも分かる。「公的生活の全部が、政治、実業、法律と云ふが如きものに占領されて了つて、文藝は殆んどその間に何等の勢力をも有し得ないかの如く取り扱はれて居る。（中略）結局は国民多数の文化の精神的方面が、極めて偏よつて居る」（「戒むべき最近文壇の二傾向」『新潮』一三巻一号、一九一〇年七月、二一頁）。これらの発言から浮かび上がるのは、世界の不可解さに驚いたり、我とは何かと問うことさえもが不健全視されるという明治期の社会的条件であり、独歩をはじめとする文学者たちの模索はそのような不自由の中で行われねばならなかった。そしてこれらの文学者たちは、自身の内省と懐疑の記録を率先して公開し、それに対する理解者を拡大し、そうした思索の拠点として文壇を整備し直すことを企てた。ここで行われていたのは、「国の武装の完備、国の法治の成就、国の交通の便益、国の商工の繁盛等をのみ明治の光栄となす世」に対する抵抗であり、社会をこれまで以上に思想的な多様性を許容する場へと作り替えるための、つまり精神の自由を拡大するための闘争だったと言える。そのことを踏まえれば、本章で見てきた独歩をはじめとする自然主義者たちの内省的、懐疑的な記述はもちろん、それを発展させる形で現れた、「醜くい、汚ない」人間たちの姿を突きつけつつ読者に自己批判を迫ろうとする漱石の表現も決して脱社会的な試みとして処理できないことが理解される。

注

（1）例えば以下。「「猫」や「坊ちやん」や「草枕」や「虞美人草」頃までの先生の創作に対する心意状態が『それから』、『門』、『彼岸過迄』、『行人』を書かるゝ時には、全く別人の如《やう》に異なつて居た」（蟹堂「噫夏目先生」『大阪朝日新聞』一九一六年一二月一三日）。森田草平は漱石の真価が『それから』によって「はじめて認められた」と述べている（『夏目漱石』三、講談社学術文庫、一九八〇年八月、二二五頁、初出一九四七年六月）。

（2）平野清介編『雑誌集成夏目漱石像九』（明治大正昭和新聞研究会、一九八二年五月）三三二頁。

（3）平野清介編『雑誌集成夏目漱石像十三』（明治大正昭和新聞研究会、一九八二年一二月）三四四頁。

（4）当時『新潮』記者だった中村武羅夫も、『それから』以降の作風が「幾らか自然主義的な文学に接近して来てゐる」と述べており、それを受けて漱石の弟子筋に当たる野上豊一郎は、「それは、知らず識らずぢやなくして、意識してゐたんでせう」と述べている（徳田秋声ほか「夏目漱石研究」『明治・大正文豪研究』新潮社、一九三六年九月、平岡敏夫編『夏目漱石研究資料集成』八巻、日本図書センター、一九九一年五月、一九三頁）。

（5）『漱石全集』二四巻（岩波書店、一九九七年二月）二二〇〜二二一頁。

（6）例えば中村光夫「夏目漱石（一）」（『文学界』一〇巻五号、一九四三年五月）は、「当時無鉄砲に漱石を「蔑視」しながら、その個性の社会化といふ点で彼に遥かに及ばなかつた自然派の文壇に対して、心中ひそかに期するところのあつた漱石が」云々と、自然主義と漱石の関係を単に敵対的なものとして捉えている（平岡敏夫編『夏目漱石研究資料集成』一〇巻、日本図書センター、一九九一年五月、三四六頁）。同じく奥野健男「漱石山脈」（伊藤整編『近代文学鑑賞講座』五巻、角川書店、一九五八年八月）は、「漱石は（中略）自然主義文学、私小説、風俗小説からは、軽視され、傍流の存在とされていた。日本文学の系譜の中では孤立していたのだ」と述べている（三五一頁）。後述の検討が示すように、こうした見解は再考を要する。

（7）先の近松秋江「思つたまゝ」は「頗る現実的に且つ平坦に」描くという『門』の筆法に自然主義との類似を見出しており（一四日）、無名氏「夏目さんの「それから」を読む」（『大阪朝日新聞』一九一〇年一月二八日〜二月一日）は、「科学的説明小説」という点で『それから』と自然主義小説の共通性を指摘する（二八日）。詳述しないが、他にも『道草』の私小説的性格への着目などが挙げられる。

（8）もともと一八九八年一一月二九日〜一八九九年五月二四日に『国民新聞』に掲載された。

（9）もともと一八九九年八月一七日〜一九〇〇年五月二〇日に『大阪毎日新聞』に掲載された。

（10）『国木田独歩全集』五巻（学習研究社、一九六六年六月）四五二〜四五三頁。

（11）本書第8章の注（1）で述べたように、XYZは正宗白鳥を指す。

(12)「考へさせる」という語の流行ぶりは、「自分は「懺悔」といふ言葉が、「真面目」とか「考へさせる」とかいふ言葉と同じく、又軽々に使用せられはすまい〔か〕と思ふ」(安倍能成「軽易なる懺悔」『国民新聞』一九〇九年一〇月二三日)という発言からも裏づけられる。なお長谷川天渓は「考へさせる」小説(「思索せしむる様の小説」)の例として、「藤村君の『春』花袋君の『生』及び『妻』を初めとし、白鳥君の短篇数種」を挙げている(「現実の人生に触れた文壇」『文章世界』三巻一六号、一九〇八年一二月、一四頁)。ここから自然主義文学が「考へさせる」小説の具体例として意識されていたことが分かる。

(13)「今や自分は何か喫驚《びつくり》して見たいのである」云々(一八六頁)という「坦道」の記述は、明らかに「喫驚《びつくり》したいといふのが僕の願なんです」(二五頁)と言う男を描く独歩「牛肉と馬鈴薯」(『小天地』二巻三号、一九〇一年一一月)の模倣だろう。現に鳥逕は独歩の作を高く評価していた(「「運命」と「破戒」」『中央公論』二一年六号、一九〇六年六月、署名煙霞生、この記事が鳥逕の手になることは鳥逕「藤村君に就て」〔同誌二三年一一号、一九〇八年一一月〕六一頁で述べられている)。

(14)御風はこの小説のもとになった出来事を「自殺した友の歩んだ道」(『早稲田文学』六二号、一九一一年一月)という随筆で語り直している。

(15)この厭世自殺は「学生の厭世自殺」(『国民新聞』一九〇八年一月二二日)で報じられている。なお『趣味』にもKF生「回顧録――(予の自殺するに居たりし径路)」(四巻四号、一九〇九年四月)という関連記事が掲載されている。

(16)石原千秋は、『心』冒頭の浜辺の場面に着目し、先生が高等教育を受けた人間と映ったために「先生」と呼ばれたと指摘している(「高等教育の中の男たち」『反転する漱石』青土社、一九九七年一一月、四九〜五二頁)。それは「先生」という呼び名の一つの理由となりうるが、以上に述べた明治末の思想動向との関連を考慮することも必要と思われる。付言しておくと、『心』冒頭の浜辺の場面ですでに先生が、「非社交的」で、「超然として」おり、「周囲がいくら賑やかでも、それには殆ど注意を払ふ様子」を見せず、「いつでも一人であつた」(『心』九頁)とあるように、厭世家らしい佇まいを備えていたことは注目される。それゆえ、「現代の思想問題」(二一九頁)に深い関心を寄せていた青年は直感的にこの年長の人間が「教訓を受け」るに足る人物、つまり「先生」として見出したと解釈するのは不自然ではないはずである。

(17)引用は六号三三頁による。

(18)『春』(緑蔭叢書第弐篇、自費出版、一九〇八年一〇月)四一五頁。

(19)平野清介編『雑誌集成夏目漱石像十五』(明治大正昭和新聞研究会、一九八三年三月)二六七頁。

(20)同様の指摘を、片上天弦「七作家最近の印象」(『趣味』三巻一〇号、一九〇八年一〇月)の次の一節にも見出せる。「正宗氏の人生の観かたも、田山氏の如く、どこか偏つた気味のある、自己の特性の鋭く出た、ややもすると癖ともいひたいほどの色のついたものである」(六四頁)。

(21) 例えば「我等が告白懺悔」の貴さを声高に語る片上天弦「新興文学の意義」(『太陽』一四巻四号、一九〇八年三月)に、ここで述べる当時の文壇の連帯感がよく表れている。

(22) 付言しておくと、ある読者は「考へさす点」に漱石の小説の特質を見出しており(木村清三郎「夏目漱石氏と其文章」『日の出新聞』一九一六年一二月二五～二九日)、別の読者は、「色々の事を考へさせられた」と読後感を語っている(石山徹郎「漱石氏の作物の研究」『水甕』三巻一〇号～四巻二号、一九一六年一〇月～一九一七年二月、『雑誌集成夏目漱石像十三』四〇二頁)。こうした発言が自然主義隆盛期の評価法を踏襲したものであることは明らかだろう。

(23) 阿部「驚嘆と思慕」(『東京朝日新聞』一九〇九年一二月一〇日)、阿部「明治文学の回顧」(『改造』八巻一三号、一九二六年一二月)六三頁を参照。

(24)『三太郎の日記』刊行後に『三太郎の日記 第弐』(岩波書店、一九一五年二月)が出され、さらに両者の内容を併せ、時評類を除いた『合本 三太郎の日記』(岩波書店、一九一八年六月)が刊行される。

(25) 独歩が、「今は吾れ大に苦しみつゝあり。則ち吾れ政治家たる可きか。詩人たる可きか」(『欺かざるの記』一八九五年五月一二日、『国木田独歩全集』七巻、学習研究社、一九六五年六月、二九三頁)と記し、樗牛が自己を「矛盾の人」と呼んだように(「消息一通――(姉崎嘲風に寄する書)」『太陽』七巻一四号、一九〇一年一二月、四六頁)、一八七〇年前後生まれの文学者たちの特徴は、その文業が、程度の差こそあれ、ある自己矛盾を孕む形で、つまり自己の内なる経世家風の意識に抗しつつ推進されねばならなかった点にある。こうした自己分裂はもはや一八八三年生まれの阿部には見られない。

(26) こうした知識人のあり方に批判がないわけではない。唐木順三は「現代史への試み」(『現代史への試み』筑摩書房、一九四九年三月)で阿部について、「この著者は、明治から大正へかけての社会的大変動の時期に於て、(中略)専ら自分の内面生活の悲哀や希望を書き綴つてゐたといふことになる」と批判している(『唐木順三全集』増補版三巻、筑摩書房、一九八一年六月、一〇九頁)。しかしそうした知識人の態度が可能となる大正期の状況にある豊かさを見出すことも可能ではないか。なぜならそれは、文学や哲学的思索に携わる者たちがいっそうの精神の自由を享受しうる時代、つまり知識人たちの頭脳がいっそう多方面に駆動される時代の到来を意味するからである。

(27) 大正期の岩波書店については、竹内洋『教養主義の没落』(中公新書、二〇〇三年七月)第四章、紅野謙介『物語 岩波書店百年史1』(岩波書店、二〇一三年九月)に詳しい。

あとがき

筆者の研究の出発点にあったのは、学部三、四年生の頃の『国木田独歩全集』と『国民之友』との出会いだった。独歩の「忘れえぬ人々」や「牛肉と馬鈴薯」の、今日から見れば多分に奇妙な表現に心打たれたことがきっかけとなって独歩のことを調べ始め、それと並行して神戸大学附属社会科学系図書館の片隅で、とても保存状態がよいとは言えない『国民之友』の原版を創刊号から読み進めていった。それ以来、著名な文学者たちの作品だけではなく、今では忘れ去られた経世家や宗教家や史論家たちの言説も視野に入れながら明治期の表現と思想の劇を辿ることに興味を覚えた。

調査の過程で、明治期の表現と思想の変革が徳富蘇峰の周辺で目覚しい動きを見せることはすぐに分かった。ただこの言論人はこれまで文学研究者の間でほとんど注目されておらず、触れられる場合にも功利主義者という蔑視的な評価を得るにすぎなかった。本書の第I部を成り立たせているのは、明治期の青年たちの尊敬を一身に集めた蘇峰がこうした扱いを受けていることへの違和感だったと言える。蘇峰の周辺の調査に続いて取りかかったのは、一九〇〇年代の表現と思想の流れを辿る作業である。経世家や教育家たちの発言にも検討範囲を広げながら資料を漁っているうちに、自然主義運動の実態が中村光夫『風俗小説論』などの説明とは懸け離れていることが分かってきた。本書の第II部はほぼこうした通説の批判と自然主義運動形成史の描き直しに費やされている。

この調査を通して繰り返し意識させられたのは、明治期という時代の一種の貧しさだった。この時期、新進の知識人たちは、政治が神聖視された中で文学や哲学的、宗教的な思弁を正当な営みとして肯定するために多大な労力を割かねばならなかった。本書で見てきたようにこの試みは、一八八〇年代後半の政治小説批判から日露戦争後の自然主義運動まで途切れることのない脈絡をなしている。この事実はそれだけ明治期の思想界の貧しさを物語るだろう。明治期とは、文学という営みがたえざる摩擦や抗争や弁明なしには可能とならなかった、不自由で貧しい時代だったと言わねばならない。そして文学を正当化するための努力は、「今日の文人は最早社会の寄生虫では無い」という内田魯庵の言明（「二十五年間の文人の社会的地位の進歩」『太陽』一八巻九号、一九一二年六月）が示すように、確かに一定の成果を上げたと言える。言い換えれば、ここで推し進められていたのは、政治方面に集中しがちだった知識人という資源をいっそう文学的な問題へと向かわせつつ新たな知の環境を築き上げるための作業だったと理解できるだろう。

筆者の研究はさまざまな人たちによって支えられてきた。これまでお世話になった方々に感謝の意を表したい。調査にあたり、頻繁に各地の大学図書館で資料の閲覧を請い、「『評論』全号、全頁」「『日本評論』全号、全頁」といった強引な複写依頼を繰り返さねばならなかった。本書が各地の図書館員たちのご厚意なしには成り立たなかったことを付言しておく。

なかでも指導教官の林原純生先生の存在は重要だった。筆者はこの研究者によって書かれた論文を二〇代始めから読み続けてきた。林原先生の全論文の複写を収めた二冊のファイル「林原純生1」「林原純生2」はつねにすぐ傍らの本棚に置かれていた。「「欧洲奇事花柳春話」から「「斎武名士経国美談」へ」や「「小新聞」と〈つづき物〉」などの先生の論文は、これまで筆者が接してきたどの論文にも似ておらず、衝撃を受けた。たまたまこのような論文の作者が指導教官だったことは幸運だった。

名古屋大学出版会の橘宗吾さんは、筆者の原稿に対して深い洞察に支えられたご助言を何度も下さった。橘さんに見ていただかなければ本書は今よりもっと低い水準のものになっただろう。同出版会の三原大地さんには主に校正の面でとてもお世話になった。お二方に深く感謝申し上げたい。本書を、学生時代に愛読した宮下規久朗先生の『カラヴァッジョ』と同じ出版社から刊行できることをうれしく思う。

中野デザイン事務所の中野豪雄さん、川瀬亜美さんに本書の装幀をお引き受けいただいた。中野さんたちの手になる意匠によって本書を装うことができたことを光栄に思っている。

なお本書は、日本学術振興会の平成二七年度科学研究費補助金（研究成果公開促進費「学術図書」）の助成を受けて刊行される。

木村　洋

二〇一五年九月

《著者略歴》

木村《きむら》　洋《ひろし》

1981 年　兵庫県に生まれる
2004 年　神戸大学文学部卒業
2010 年　神戸大学大学院人文学研究科博士後期課程修了
　　　　日本学術振興会特別研究員などを経て
現　在　熊本県立大学文学部准教授，博士（文学）

文学熱の時代

2015 年 11 月 10 日　初版第 1 刷発行

定価はカバーに
表示しています

著　者　木　村　　洋

発行者　石　井　三　記

発行所　一般財団法人　名古屋大学出版会
〒 464-0814　名古屋市千種区不老町 1 名古屋大学構内
電話(052)781-5027/ FAX(052)781-0697

印刷・製本 ㈱クイックス　ISBN978-4-8158-0821-1
乱丁・落丁はお取替えいたします。

索　引

ア　行

カ 行

サ　行

タ　行

ナ　行

ハ　行

マ　行

ヤ・ラ・ワ行

図版一覧

初出一覧

本書の各章の初出は以下のとおりである。ただしそれぞれ加筆，修正している。

序　章　明治期の政治と文学
　　書き下ろし
第 1 章　徳富蘇峰の文学振興
　　「徳富蘇峰の文学振興」（『日本文学』64 巻 6 号，2015 年 6 月）
第 2 章　経世と詩人論——徳富蘇峰の批評活動
　　「経世と詩人論——徳富蘇峰の批評活動」（『国語と国文学』85 巻 10 号，2008 年 10 月）
第 3 章　明治中期，排斥される馬琴——松原岩五郎の事例
　　「明治中期，排斥される馬琴——松原岩五郎の事例をめぐって」（『日本文学』57 巻 6 号，2008 年 6 月）
第 4 章　平民主義の興隆と文学——国木田独歩『武蔵野』論
　　「平民主義の興隆と文学——国木田独歩『武蔵野』論」（『日本近代文学』79 集，2008 年 11 月）
第 5 章　民友社史論と国木田独歩——「人民の歴史」の脈絡
　　「民友社史論と国木田独歩——「経世家風の尺度」との葛藤」（『日本文学』57 巻 2 号，2008 年 2 月）
第 6 章　人生を思索する精神——1890 年代の内村鑑三
　　書き下ろし
第 7 章　告白体の高山樗牛
　　「告白体の高山樗牛」（『国文研究』57 号，2012 年 6 月）
第 8 章　藤村操，文部省訓令，自然主義
　　「藤村操，文部省訓令，自然主義」（『日本近代文学』88 集，2013 年 5 月）
第 9 章　明治後期文壇における告白——梁川熱から自然主義へ
　　「明治後期文壇における「告白」——梁川熱から自然主義へ」（『日本近代文学』81 集，2009 年 11 月）
第10章　自然主義と教育界——正宗白鳥「何処へ」を中心に
　　「自然主義と道徳——正宗白鳥の初期作品をめぐって」（『国文論叢』44 号，2011 年 3 月）
第11章　政治の失墜，文学の隆盛——1908 年前後
　　「政治の失墜と自然主義——1908 年前後の文壇」（『国文論叢』47 号，2013 年 9 月）
第12章　自然派ぶりの漱石
　　書き下ろし